KB113139

새로운 인생

Yeni Hayat

YENI HAYAT

by Orhan Pamuk

Copyright © Iletisim Yayincilik A.S. 1994
All rights reserved.

Korean translation edition is published by arrangement with
Orhan Pamuk c/o The Wylie Agency (UK), Ltd.

Korean Translation Copyright © Minumsa 1999, 2006, 2023

이 책의 한국어 판 저작권은
The Wylie Agency (UK), Ltd.와 독점 계약한 (주)민음사에 있습니다.

저작권법에 의해 한국 내에서 보호를 받는 저작물이므로
무단 전재와 무단 복제를 금합니다.

세계문학전집 134

새로운 인생

Yeni Hayat

오르한 파묵

이난아 옮김

민음사

일러두기
1 본문의 각주는 모두 옮긴이 주이다.

차례

새로운 인생   9

작품 해설   387
작가 연보   399

세퀴레에게

1

같은 이야기를 들었음에도
다른 이들은 그와 같은 경험을 하지 못했다.
—노발리스

어느 날 한 권의 책을 읽었다. 그리고 나의 인생은 송두리째 바뀌었다. 첫 장에서부터 느껴진 책의 힘이 어찌나 강렬했던지, 내 몸이 앉아 있던 책상과 의자에서 멀리 떨어져 나가는 듯한 느낌을 받았을 정도였다. 그러나 실제로 내 몸이 나로부터 분리되는 듯한 느낌을 받았음에도 불구하고, 나의 존재는 한 치의 흐트러짐도 없이, 나의 영혼뿐 아니라 나를 나이게 만드는 모든 것에 영향을 미치고 있는 책이 놓여 있는 바로 그 책상 앞에 그대로 머물러 있었다. 이는, 마치 내가 읽고 있던 책장에서 내 얼굴로 빛이 뿜어져 나오는 것 같은, 그러한 강력한 힘 때문이었다. 그 빛은 나의 이성을 무디게 만드는 동시에 환하게 밝혀 주고 있었다. 나는 이 빛 안에서 다시 태어날 수도 있었다. 혹은 그 안에서 길을 잃을 수도 있었다. 나

새로운 인생   9

는 이미 이 빛 안에서, 내가 훗날 알게 되고 또 가까워지게 될 어떤 삶의 그림자를 느꼈다. 책상에 앉아서 책장을 넘기는 동안, 내 머릿속 한구석은 내가 지금 책상에 앉아 있다는 사실을 알고 있었다. 그리고 새로운 페이지에서 새로운 단어들을 접할 때마다 내 삶은 송두리째 변해 갔다. 그러나 곧이어 내게 일어날 모든 일에 아무런 준비도 되어 있지 않았고 속수무책이었기 때문에, 한순간 나는 책에서 뿜어져 나오는 힘으로부터 자신을 보호하려는 것처럼 본능적으로 얼굴을 책장에서 멀리했다. 그리고 나를 둘러싼 세계가 완전히 다른 것으로 변했음을 깨닫곤 공포에 휩싸였다. 그다음엔 지금까지 한 번도 경험해 보지 못한 고독감에 압도되었다. 지리도, 언어도, 관습도 모르는 나라에 홀로 남겨진 것 같은 느낌이었다.

이러한 고독이 가져다준 속수무책을 경험하고 나자, 나는 더욱더 책에 얽매이게 되었다. 어떻게 행동해야 하는지, 무엇을 믿어야 하는지 혹은 조심해야 하는지, 내가 지금 서 있는 이 낯선 나라에서 내 삶이 어떤 길을 택하게 될지 가르쳐 줄 수 있는 것은 이 책 외엔 아무것도 없었다. 나는 낯선 오지에서 나를 인도해 줄 안내서를 읽듯, 책장을 한 장 한 장 넘기며 책을 읽어 나갔다. 도와 달라고, 내가 아무런 사고 없이 안전하고 무사하게 새로운 삶을 찾을 수 있도록 도와 달라고 말하고 싶었다. 하지만 나는 새로운 인생이 이 안내서 속에 있는 단어들로 이루어져 있다는 사실을 깨달았다. 그래서 단어를 하나하나 읽으며 나의 갈 길을 찾으려 애썼고, 한편으로는 완전히 길을 잃게 만들 수도 있는 경이로운 상상을 하나하나 그려 보고 있었다.

책은 여전히 내 얼굴에 빛을 비추며 책상 위에 놓여 있었지만, 방에 있는 친숙한 물건들과 별로 달라 보이지 않았다. 나는 지금 내 앞에 놓인 새로운 세계, 새로운 인생의 존재를 놀랍게 받아들이는 동시에, 이토록 강렬한 힘으로 내 삶을 바꾸어 놓은 이 책이 사실은 평범한 물건임을 인식하고 있었다. 책 속의 단어들이 내게 약속한 새로운 세계의 경이를 향해 나의 마음이 창문과 문 들을 서서히 열어 가고 있을 때, 문득 나를 이 책으로 이끈 우연한 계기가 다시 한 번 떠올랐다. 그러나 이러한 기억은 나의 의식에 강한 인상을 남기지 못한 피상적인 영상에 불과했다. 책을 계속 읽어 내려가자, 어떤 공포가 이 영상을 떠올리게 했다. 책이 내게 보여 준 새로운 세계는 너무나 낯설고 너무나 이상하면서도 놀라운 것이어서, 이 세계 속에 완전히 빠져들지 않기 위해 현재와 관련된 무엇인가를 느껴야 한다는 조급함이 일었다. 책에서 고개를 들고 내 방이나 옷장, 침대 혹은 창밖을 보았을 때 내가 알던 세상을 발견 못할지도 모른다는 두려움에 휩싸였기 때문이다.

시간과 책장이 서로의 꼬리를 물고 흘러가고 있었다. 멀리 기차가 지나갔다. 어머니가 나가는 소리, 돌아오는 소리가 들렸다. 나는 도시의 일상적인 소음에 귀를 기울였다. 거리에서 요구르트 장수가 종을 딸랑이는 소리, 자동차 엔진 소리. 내가 익히 알고 있던 소리들을 생소한 소리처럼 들었다. 처음에 소나기 내리는 소리라고 생각했던 것은 곧 여자애들이 줄넘기하는 소리로 변했다. 또 날씨가 개는구나 생각했을 때에는, 빗방울이 창문을 두드려 대는 소리가 들렸다. 나는 다음 페이지, 그다음 페이지, 또 그다음 페이지를 읽었다. 다른 생의 문틈에서 새어 나오는 빛이 보였다. 내가 알았던 것과 알지 못했던 것이 보였다. 그리고 내 삶과 내 삶이 가게 되리라고 생각되는 길이 보였다…….

책장을 넘기면 넘길수록 내가 상상하지도, 생각하지도, 인식하지도 못했던 어떤 세계가 점점 더 내 존재 속으로 침투하며 내 영혼을 사로잡았다. 내가 알았거나 한때 고민했던 모든 것은 사소한 것으로 변했고, 예전에 내가 몰랐던 것들은 숨어 있던 곳에서 하나씩 나타나 내게 신호를 보냈다. 이것들이 무엇인지 말해 보라고 해도, 책을 읽고 있는 동안은 대답하지 못했을 것이다. 내가 되돌아갈 수 없는 길을 천천히 나아가고 있다는 사실과 예전에 가지고 있었던 사물에 대한 관심이나 호기심이 사라져 가고 있음을 알고 있었지만, 내 앞에 펼쳐진 새로운 인생에 대한 기대와 흥분 때문에 이곳에 존재하는 것은 무엇이건 관심을 가질 만한 가치가 있는 것처럼 느껴졌다. 이렇게 엄청나고 다양하면서도 복잡한 가능성들이 일종의 공포와 같이 변해 버렸을 때, 나는 앞으로 벌어질 일들에 대한 기대에 들떠 온몸에 전율을 느끼며 다리를 흔들고 있었다.

내 얼굴 위로 비친, 책에서 뿜어져 나온 빛 속에서 허름한 방들, 폭주하는 버스들, 지친 사람들, 희미한 글자들, 사라진 마을과 사람 들, 유령들을 보고 나는 두려움에 사로잡혔다. 여행이 있었다, 항상 여행이 있었다. 모든 것은 여행이었다. 그때 나는 이 여행을 하는 내내 나를 따라다니고, 전혀 예상치 못했던 곳에서 내 앞에 나타날 것 같다가도 사라져 버리고, 사라졌기 때문에 더욱더 찾고 싶게 만드는 시선을, 오랜 세월 동안 죄악이나 불명예와는 거리가 멀었던 부드러운 시선을 보았다. 나는 그 시선이 되고 싶었다. 그 시선을 통해 바라본 세계 속에 존재하고 싶었다. 그것을 얼마나 간절히 원했던지, 정말로 그 세상에 내가 존재한다고 믿게 되었다. 스스로를 납득시킬 필요조차 없었다. 나는 정말로 그곳에 살고 있었다. 그리고 내가 그곳에 살고 있다면, 이 책은 당연히 나에 관한 것일 수밖에 없었다. 이 책은, 누군가가 나의 생각들을 나보다 먼저 생각해서 적어 내려간 것이었기 때문이다.

어떠한 단어들과 그것들이 지닌 의미가 일반적인 경우와는 완전히 다르게 이해되어야 할 때도 있다는 사실이 이젠 이해가 됐다. 처음부터 나는 이 책이 나를 위해 쓰였음을 감지했다. 모든 단어, 모든 비유가 마음에 와 닿았던 이유는 문장이 비범하거나 단어가 특별했기 때문이 아니라, 이 책이 나에 대한 것이라고 생각하고 있었기 때문이었다. 어떻게 이러한 느낌에 휩싸이게 되었는지는 알 수 없었다. 어쩌면 책을 가득 채우고 있는 살인, 사고, 죽음, 놓쳐 버린 신호 사이에서 나의 길을 찾으려 애쓰는 동안 잊어버렸는지도 모른다.

그리하여 책을 읽는 동안 나의 시선은 책의 말들로, 그리고 책의 말들은 나의 시선으로 변했다. 그리고 눈부신 빛 때문에 내 눈은 더 이상 책 속의 세계와 바깥 세계 속의 책을 분간하지 못하게 되었다. 마치 온갖 종류의 색깔들과 사물들을 모두 갖춘 하나의 완전한 세계가 책 속에 존재하는 단어들 안에 담

겨 있는 것만 같았다. 그래서 나는 존재할 수 있는 모든 가능
성을 머릿속으로 상상하며 즐겁게 책 속으로 빠져들 수 있었
다. 처음에는 속삭이다가, 그다음엔 두드리듯, 그다음엔 막무
가내로 책이 내 머릿속에 욱여넣으려 했던 모든 것들이 사실
은 처음부터 내 영혼의 심연 속에 존재해 왔음을 나는 읽을
수록 깨닫게 되었다. 책은 오랫동안 저 밑바닥에 가라앉아 있
던, 사라진 보물들을 건져 올리고 있었다. 나는 행과 행 사이,
단어와 단어 사이에서 찾아낸 것들을 이제는 나의 것이라고
말하고 싶었다. 책의 마지막 부분 어딘가에서는 나도 이것과
똑같은 생각을 했었다고 말하고 싶었다. 내가 실제로 동트기
직전의 여명 속에서 천사처럼 빛나는 죽음을 본 것은 책에서
묘사된 세계 속으로 완전히 들어가고 나서도 한참 후의 일이
었다. 그것은 바로 나 자신의 죽음이었다.

　나는 내 삶이 상상할 수 없을 정도로 풍성해졌음을 불현듯
깨달았다. 그때 유일하게 두려웠던 것은 책으로부터 멀리 떨
어져 있는 것이었다. 내 방이나 거리에 있는, 주변의 평범한 사
물들 속에서 책이 내게 말해 준 것을 알아보지 못할지도 모른
다는 두려움은 더 이상 느끼지 않았다. 나는 책을 양 손바닥
사이에 끼우고, 어린 시절 만화책을 다 읽으면 하던 것처럼 책
장에서 풍기는 종이와 잉크 냄새를 맡았다. 그때와 똑같은 냄
새가 났다.

　나는 책상에서 일어나, 어렸을 때 하던 것처럼 차가운 유리
창에 이마를 대고 거리를 내려다보았다. 다섯 시간 전, 정오
가 조금 지나 내가 책을 책상 위에 놓고 읽기 시작했을 때 인

도에 있던 트럭은 이미 사라지고 없었다. 지금은 거울 달린 옷장, 묵직한 탁자들, 상자들, 스탠드들이 부려져 있었고, 비어 있던 맞은편 아파트에는 새로운 가족이 이사 와 있었다. 아직 커튼을 달지 않은 탓에, 전등갓도 없는 환한 전구 불빛 아래 중년의 부부와 내 또래 아들과 딸의 모습이 보였다. 그들은 텔레비전 앞에 앉아 저녁 식사를 하고 있었다. 딸의 머리칼은 밝은 갈색이었고, 텔레비전 화면은 초록색이었다.

나는 잠시 동안 새로운 이웃을 바라보았다. 내가 그들을 구경하는 것을 즐겼던 이유는 단지 그들이 새로 이사 왔기 때문일 수도 있었고, 그들을 바라봄으로써 나 자신을 지키고 싶었기 때문일 수도 있었다. 나는 아직 나에게 친숙한 이 세계가 송두리째 변하길 원치 않았다. 그러나 내 방이 예전의 그 방이 아니고, 거리도 예전의 그 거리가 아니며, 어머니와 친구들 또한 전과 같은 사람이 아니라는 사실은 이미 알고 있었다. 그들은 하나같이 일종의 적대감, 딱히 뭐라 이름 붙일 수 없는 두렵고도 위협적인 무언가를 품고 있었다. 나는 창가에서 한 걸음 물러났지만, 나를 부르고 있는 책에게로 돌아가지는 못했다. 내 인생을 원래 궤도에서 벗어나게 한 것이 등 뒤의 책상 위에서 나를 기다리고 있었다. 내가 아무리 등을 돌려도 모든 것의 시작은 책 속에 있었고, 이제 더 이상은 그 여행을 미룰 수가 없었다.

그 순간, 예전 삶과의 연결 고리가 완전히 끊어져 버렸다는 생각에 소름이 끼칠 정도로 두려워졌다. 그래서 어떤 재앙에 의해 삶이 돌이킬 수 없이 변해 버린 사람들이 그러는 것처럼, 나 또한 내 삶이 다시 예전의 궤도로 돌아갈 것이고, 지금 내 앞에 벌어진 일은 어떤 끔찍한 사고도 재난도 아니라고 믿음으로써 마음의 평온을 되찾고 싶었다. 그러나 내 등 뒤에 펼쳐져 있는 책의 존재가 손에 닿을 듯이 너무도 가깝게 느껴졌기 때문에, 내 인생이 어떻게 다시 예전으로 돌아갈 수 있을지 상상조차 할 수 없었다.

어머니가 저녁 먹으러 오라고 나를 불렀을 때, 나는 이런 상태로 방에서 나왔다. 그러고는 새로운 곳에 익숙해지려고 안간힘을 쓰는 풋내기처럼 식탁에 앉아 어머니와 대화를 나눠 보려고 애썼다. 텔레비전이 켜져 있었고, 앞에 놓인 여러 개의 접시에는 다진 고기와 감자로 만든 스튜, 올리브 기름으로 요리한 부추, 샐러드, 사과가 담겨 있었다. 어머니는 맞은편 아파트에 새로 이사 온 이웃에 대해, 내가 기특하게도 오후 내내 책상에 앉아 공부한 것에 대해, 장을 보러 갔던 일에 대해, 소나기, 텔레비전에서 하고 있는 저녁 뉴스, 앵커에 대해 이야기했다. 나는 어머니를 사랑했다. 어머니는 미인이었으며, 온화하고 부드럽고 이해심 많은 사람이었다. 나는 어머니의 세계로부터 나를 멀어지게 만든 책을 읽은 것에 죄책감을 느꼈다.

만약 그 책이 모두를 위해 쓰였다면, 난 생각했다, 이 세계의 삶이 이토록 느리고 무심하게 흘러갈 수는 없었을 것이다. 그러나 또 한편으론, 이 책이 오직 나만을 위해 쓰였다는 생각은 나처럼 합리적인 공학도에게는 맞지 않는 것 같았다. 하지만 책이 나에게, 오직 나 한 사람에게만 말을 건 것이 아니라면, 어떻게 바깥 세계가 예전과 똑같이 돌아갈 수 있을까? 그 책이 오직 나만을 위해 상상된 비밀이라는 사실은 생각하기조차 두려웠다. 식사를 마친 후 어머니가 설거지를 할 때, 나는 돕고 싶었다. 어머니를 만지면, 내가 들어가지 않으려고 애써 온 그 세계로부터 다시 현실로 돌아올 수 있을 것 같았다.

"그냥 놔두렴." 어머니가 말했다. "나중에 내가 할 테니."

나는 잠시 동안 텔레비전을 보았다. 나는 저 세계 속으로 들어갈 수도 있었고, 혹은 텔레비전 화면을 발로 걷어찰 수도 있었다. 하지만 그것은 우리 집 텔레비전이었다. 우리가 보는 것, 일종의 램프, 한 가정의 신과도 같은 것. 나는 웃옷을 입고 외출용 신발을 신었다.

"나갔다 올게요."

"몇 시에 들어올 거니?" 어머니가 물었다. "기다릴까?"

"기다리지 마세요. 괜히 그러다 또 텔레비전 앞에서 주무시게 될 거예요."

"네 방 불은 껐니?"

그리고 나는 어느 낯선 동네의 위험한 구역을 돌아다니듯, 내가 어린 시절부터 22년 동안 살아온 우리 동네의 거리로 대담하게 걸어 들어갔다. 12월의 축축하고 차가운 공기가 가벼운 산들바람처럼 얼굴을 스치자, 어쩌면 예전의 세계에서 내가 지금 막 들어선 이 새로운 세계로 몇 가지가 함께 넘어왔을지도 모른다는 생각이 들었다. 만약 그런 것이 있다면, 내 삶을 구성하고 있는 이 거리를 걷는 동안 곧 그것들을 만나게 될 것이다. 갑자기 달리고 싶었다.

나는 불 꺼진 인도를 따라, 커다란 쓰레기통과 진흙 구덩이를 피해 가며 빠르게 걸었다. 한 걸음 한 걸음 내디딜 때마다 눈앞에서 새로운 세계가 만들어지는 것이 보였다. 어렸을 때부터 봐 온 플라타너스와 미루나무는 여전히 똑같은 플라타너스와 미루나무처럼 보였지만, 거기에서는 어떤 추억이나 연상 작용도 느껴지지 않았다. 나는 지친 나무들, 낯익은 이층집, 회반죽 구덩이에 불과할 때부터 지붕을 얹을 때까지 지켜봤고 나중에 새로운 친구들이 이사 오고 나선 곧잘 놀러 가기도 했던 지저분한 아파트 건물들을 바라보았다. 그러나 이런 영상들은 내 삶과 떼려야 뗄 수 없는 조각들이 아니라, 그런 사진을 찍었다는 사실조차 기억나지 않는 사진들 같았다. 나는 그림자들, 불 켜진 창문들, 앞뜰의 나무들, 현관의 문패들을 알아보았지만, 그것들은 내게서 어떠한 감정도 끌어내지 못했다. 예전의 세계는 내 주위를 온통 둘러싸고 있었다. 그것은 맞은편 거리에, 여기저기에, 모든 곳에, 친숙한 식료품 가게의 진열장과 에렌쾨이 역 광장의 가로등과 이 시간까지도 최레크[1]를 굽고 있는 빵집 오븐과 과일 가게의 나무 박스들과 손수레들과 '인생'이라는 이름의 제과점과 낡아 빠진 트럭들과 방수포와 피곤에 지친 시커먼 얼굴의 형태로 존재하고 있었다. 커다란 죄라도 되는 것처럼 남몰래 책을 품어 온 나의 마음 한구석은 도시의 불빛 속에서 부드럽게 빛나는 그 모든 형태들을 보곤 얼어붙어 머물었다. 나는 이 익숙한 거리로부터, 비에 젖은 나무들의 슬픔으로부터, 환하게 밝혀진 과일 가게

---

1) 가늘고 긴 밀가루 반죽 여러 개를 땋아 만든 빵.

와 정육점의 간판으로부터, 아스팔트와 물웅덩이에 비친 네온 사인으로부터 달아나고 싶었다. 한 줄기 바람이 불자, 나무에서 물방울이 떨어졌다. 그때 내 귓속에서 엄청난 아우성 소리가 들렸고, 나는 그 책이 내게 주어진, 내가 풀어야 할 비밀이라고 믿게 되었다. 난 공포에 사로잡혔다. 누군가와 얘기를 하고 싶었다.

나는 역 앞 광장에 있는 '젊은이들의 카페'로 갔다. 여전히 그곳에서는 동네 친구 몇몇이 저녁마다 모여서 카드놀이를 하거나, 텔레비전으로 축구 경기 중계를 보거나, 특별한 이유 없이 노닥거리곤 했다. 가게 뒤편의 테이블을 보니, 자기 아버지의 신발 가게에서 일하는 대학교 친구와 아마추어 축구 선수로 뛰고 있는 동네 친구가 흑백텔레비전이 비추는 빛 아래서 이야기를 나누고 있었다. 그들 앞에는 하도 여러 사람의 손을 거쳐서 거의 걸레가 되다시피 한 신문과 찻잔 두 개, 담배, 그리고 식료품상에서 사 가지고 와서 의자 뒤에 숨겨 놓은 맥주병이 보였다. 나는 누군가와 아주 오래, 몇 시간 동안 이야기를 하고 싶었다. 하지만 곧 그들과는 이야기할 수 없음을 깨달았다. 잠시 동안 눈물이 날 정도의 슬픔에 사로잡혔지만, 곧 오만하게 냉정함을 되찾았다. 나는 책 속의 세계에서 살고 있는 사람들 중에서 선택된 사람에게만 나의 영혼을 보여 줄 수 있었다.

그리하여 나는 나 자신의 미래가 완전히 내 손에 달려 있다는 믿음을 갖게 되었지만, 지금 나를 소유하고 있는 것은 책이라는 사실 또한 알고 있었다. 책은 일종의 비밀이나 죄악처럼 내 존재의 구석구석에 스며들어 있었을 뿐 아니라, 나를 마치 꿈속에서 경험하는 것과 같은, 말문이 막힌 상태에 빠뜨려 놓았다. 나와 얘기를 나눌 수 있는, 나와 닮은 영혼들은 대체 어디에 있는 것인가? 나에게 말을 걸었던 꿈을 찾을 수 있는 나라는 또 어디에 있는가? 나와 같이 책을 읽은 다른 이들은 어디에 있는가?

나는 철로를 가로지르고, 뒷골목을 지나, 도로에 달라붙어 있는 노란 낙엽을 밟으며 걸었다. 갑자기 가슴속에서 강한 희망의 감정이 솟아올랐다. 계속 이렇게 빠른 속도로, 멈추지 않고 걸어갈 수만 있다면, 이 여행을 계속할 수만 있다면, 책에서 보았던 세계에 도달할 수 있을 것만 같았다. 내 안에서 느꼈던 새로운 인생의 반짝임은 아주 먼 곳에, 어쩌면 영원히 다다를 수 없을지도 모르는 나라에 있었다. 그러나 앞으로 나아가고 있는 한, 그곳에 점점 가까워지고 있는 거라고 나는 생각했다. 적어도 과거의 인생으로부터 떠나올 수는 있었다.

바닷가에 다다랐을 때, 나는 바다가 칠흑처럼 새까맣다는 사실에 놀랐다. 마르마라 해가 밤에는 이렇게 검고, 단호하고, 잔인하다는 것을 왜 한 번도 알아채지 못했을까? 아주 가끔이긴 했지만, 책이 나를 꾀어서 빠뜨린 일시적인 정적 속에서, 사물들이 내가 이제 막 알아듣기 시작한 어떤 언어로 말을 걸어오는 것만 같았다. 삼시 동안이었지만, 나는 책을 읽는 동안 내 안에서 피할 수 없는 나 자신의 죽음의 빛을 느꼈을 때처럼, 부드럽게 출렁이는 바다의 무게를 느꼈다. 그러나 그것은 진정한 죽음이 가져오는 '종말이 왔도다.'와 같은 강렬한 느낌은 아니었다. 그것은 새로운 삶을 시작하는 자의 호기심과 흥분에 더 가까웠고 내게 활기를 불어넣었다.

나는 해변을 이리저리 왔다 갔다 했다. 예전에는 동네 친구들과 함께 바다가 해변에 부려 놓은 잡동사니들——깡통, 고무공, 빈 병, 비치 샌들, 빨래집게, 전구, 플라스틱 인형——속에서 무언가, 어느 나라 보물에서 흘러나온 마법적인 물건, 무엇인지 알 수 없는 반짝이는 물건 같은 것을 찾으러 오곤 했다. 한순간, 예전의 세계로부터 넘어온 물건이 이곳에 존재해서 그것을 자세히 들여다볼 수 있다면, 책에 의해 새롭게 뜨인 나의 눈이 그것을 아이들이 늘 찾아 헤매던 마법의 물건으로 바꿔 놓을 수 있을지도 모른다고 생각했다. 그러나 그 순간 내 마음은 갑자기 책이 이 세계로부터 나 혼자만 따로 격리시켰을지도 모른다는 느낌에 압도되어, 저 검은 바다가 갑자기 솟아올라 나를 삼켜 버릴지도 모른다는 생각에 휩싸였다. 나는 불안감에 사로잡혀 빨리 걷기 시작했다. 내가 내딛는 걸음마다 새로운 세계가 생겨나는 것을 보기 위해서가 아니라, 한시라도 빨리 내 방으로 돌아가 책과 단둘이 남기 위해서였다. 나는 거의 뛰어가다시피 했는데, 속으로는 이미 나 자신을 책에서 뿜어져 나온 빛에서 태어난 사람으로 생각하고 있었다. 이러한 생각은 나를 진정시켜 주었다.

나의 아버지에게는 아버지와 마찬가지로 철도청에서 오랫동안 근무해서 감찰관 자리에까지 오른 비슷한 연배의 절친한 친구가 있었다. 그는 기차 마니아들을 위한 《철도》라는 잡지에 자신이 쓰고 그려 실었던, 어린이용 만화를 '어린이를 위한 모험 만화'라는 주간지 시리즈로 출간하기도 했다. 나 또한 쏜살같이 집으로 달려와 철도원 르프크 아저씨가 내게 선물해 준 『페르테브와 피터』나 『카메르, 미국에 가다』 같은 책에 빠져 시간 가는 줄 몰랐던 때가 여러 번 있었다. 하지만 그런 책들에는 항상 끝이 있었다. 마지막 장에는 항상 영화에서처럼 '끝'이라는 말이 쓰여 있었고, 그 한 글자를 읽고 나면 나는 영원히 머물고 싶었던 나라에서 나와야 했을 뿐 아니라, 그 마법의 나라가 철도원 르프크 아저씨가 지어낸 곳이라는 사실을 또 한 번 가슴 아프게 깨달아야만 했다. 하지만 반대로, 내가 다시 한 번 책에서 읽으려 하는 것은 모두가 진실이었다. 그렇기 때문에 나는 그 책을 마음속에 간직했던 것이고, 내가 달려온 이 젖은 거리가 진짜처럼 느껴지지 않고 벌 대신 제출해야 하는 숙제의 일부분처럼 지루하게 느껴졌던 것이다. 내 생각엔, 책이 나의 존재 이유를 가르쳐 준 것 같았기 때문이다.

진흙탕에 발을 디딜 뻔하다가 펄쩍 뛰었는데 발이 미끄러져서 흙탕길에 무릎을 짚었을 때, 나는 철로를 가로지른 후 이슬람 사원 근처를 지나고 있던 참이었다. 나는 그 자리에서 벌떡 일어나 가던 길을 계속 가려 했다.

"아이고, 넘어질 뻔했구나, 얘야." 내 모습을 본 어느 수염 기른 노인이 말했다. "어디 다친 덴 없니?"

"있어요." 나는 대답했다. "어제 아버지가 돌아가셨거든요. 오늘 장례를 치렀어요. 아주 몹쓸 인간이었지요. 매일같이 술을 마시고 어머니를 두들겨 패곤 했거든요. 우리랑 같이 살고 싶어 하지도 않았어요. 그동안 저는 비란바에서 살았고요."

비란바라니! 어디서 그런 이름을 생각해 낸 것일까? 어쩌면 노인도 내 얘기가 전부 거짓말이라는 걸 알고 있었는지도 모른다. 하지만 순간적으로, 나는 나 자신이 엄청나게 똑똑하다고 확신했다. 나를 자극한 것이 내가 지어낸 거짓말이었는지, 책이었는지, 아니면 노인의 당황한 표정이었는지는 모르겠지만, 나는 속으로 계속 이렇게 말했다. '두려워하지 마, 두려워하지 마! 책 속의 세계가 진실이야!' 하지만 나는 두려웠다.

무엇 때문에?

나는 예전에, 한 권의 책을 읽은 후 인생을 망쳐 버린 사람들에 관한 이야기를 들은 적이 있었다. 그중 한 사람은 『철학의 기본 원리』라는 책을 하룻밤 만에 다 읽고는, 이 책에 너무나 공감하여 바로 다음 날 프롤레타리아 혁명 전위대에 들어갔는데 사흘 후에 은행을 털다 체포되어 10년 동안 감옥살이를 했다고 했다. 또 밤을 새워 『이슬람교와 신도덕』, 『서구화에의 배반』 같은 책을 읽고, 하루아침에 술집에서 사원으로 근거지를 옮기고 장미수 향기가 물씬 풍기는, 얼음장처럼 차가운 카펫 위에 앉아 앞으로 족히 50년 안에는 오지 않을 내생을 인내심 있게 기다리는 이들에 대한 이야기도 들었다. 그리고 '사랑의 자유'나 '나 자신을 알게 되었다' 같은 제목을 가진 책에 흠뻑 빠진 사람들을 만난 적도 있었다. 이들은 점성술도 믿을 법한 부류의 사람들이었지만, 그 대신 진심을 담아 "이 책은 하룻밤 만에 내 인생을 바꿔 놨어!"라고 외칠 수도 있는 사람들이었다.

사실 내가 두려웠던 건 이런 가련한 상황에 처하게 되는 것이 아니었다. 나는 혼자가 되는 것이 두려웠다. 책을 잘못 이해하거나, 깊이 없는 사람이 되거나, 혹은 그 반대가 되거나, 남들과 다른 사람이 되거나, 사랑에 빠지거나, 혼자만 알고 있는 우주의 비밀을 가장 관심이 없을 것 같은 사람들에게만 설명하다가 평생 동안 웃음거리가 되거나, 감옥에 가거나, 미치광이 취급을 받거나, 세상이 내가 상상했던 것보다 훨씬 더 잔인한 곳이라는 사실을 깨닫게 되거나, 예쁜 여자애들의 사랑을 얻지 못하는 것같이, 나 같은 바보가 충분히 할 만한 짓을 하게 될까 봐 두려웠다. 만일 책의 내용이 사실이라면, 삶이 정말로 내가 책 속에서 읽은 것과 같다면, 정말로 그런 세상이 가능하다면, 사람들이 왜 기도를 하러 사원에 가야만 하고, 커피숍에서 쓸데없는 수다나 떨며 인생을 낭비하고, 너무나 지루해서 죽어 버리지 않기 위해 매일 저녁 텔레비전 앞에 앉아 있어야만 하고, 혹시 조금이라도 재미있는 일, 예를 들면 자동차가 쌩 하고 지나가거나, 말이 히힝 하고 울거나, 거리에서 술주정꾼이 행패를 부리는 일이 일어날까 봐 커튼을 완전히 치지 못하는지를 이해한다는 것은 불가능했다.

내가 철도원 르프크 아저씨네 아파트 건물 앞에 서서 반쯤 열린 커튼 사이로 2층에 있는 그의 집 안을 들여다보고 있다는 사실을 깨닫기까지 얼마나 오랜 시간이 지났는지 모르겠다. 어쩌면 깨달을 것도 없이 처음부터 알고 있었는지도, 또나의 새로운 인생이 시작되기 전날 밤에 나도 모르게 본능적으로 그에게 인사를 보내고 있었는지도 모른다. 내 마음속에는 이상한 소망이 있었다. 아버지와 그의 집에 마지막으로 찾아갔을 때 보았던 물건들을 다시 한 번 가까이에서 보고 싶다는 것이었다. 새장 속의 카나리아, 벽에 걸린 기압계, 세심하게 액자에 끼워 넣은 열차 사진들, 리큐어 세트와 모형 열차와 은제 사탕 그릇과 검표할 때 쓰는 펀치와 철도청에서 받은 메달이 반을 차지하고 나머지 반에는 40~50권의 책이 꽂혀 있는 장식장, 그 장식장 위에 놓인 사용하지 않는 세마외르 찻주전자, 탁자 위에 놓여 있는 트럼프 카드…… 반쯤 열린 커튼 사이로 텔레비전에서 비치는 빛이 보였지만 수상기 자체는 볼 수가 없었다.

어디서 솟아 나왔는지 알 수 없는 용기가 나로 하여금 앞뜰 주위에 둘러져 있는 담 위로 기어 올라가 철도원 르프크 아저씨의 미망인인 라티베 아주머니가 보고 있는 텔레비전 수상기뿐 아니라 그녀의 머리까지 보게 만들었다. 그녀는 텔레비전 정면으로부터 45도 돌려 놓은 죽은 남편의 안락의자에 앉아, 우리 어머니가 텔레비전을 볼 때 그러는 것처럼 머리를 양어깨 사이에 쑥 집어넣고는, 어머니처럼 뜨개질을 하는 대신 담배를 뻑뻑 피우고 있었다.

철도원 르프크 아저씨는 지난해 심장마비로 돌아가신 우리 아버지보다 1년 먼저 돌아가셨지만, 그의 죽음은 자연사가 아니었다. 그는 어느 날 밤 총에 맞아 죽었다. 아마도 찻집에 가는 길이었던 것 같다. 살인범은 잡히지 않았다. 시기심 때문이라는 소문이 있었지만, 아버지는 생의 마지막 1년 동안 그 말을 절대로 믿지 않았다. 아저씨 부부에겐 자녀가 없었다.

어머니가 잠자리에 든 지 한참 후인 자정이 지난 시각에, 나는 허리를 똑바로 펴고 책상 앞에 앉아 팔꿈치 사이에 놓인 책을 보고 있었다. 그리고 조금씩, 열중하여, 온 마음을 다해, 이 동네를 우리 동네로 규정짓는 모든 것들을 내 마음속에서 몰아냈다. 이 동네와 도시 전체의 꺼져 버린 불빛들, 젖어 있는 텅 빈 거리의 슬픔, 마지막 한 바퀴를 돌고 있는 보자[2] 장수가 외치는 소리, 아직 채 다 자라지도 않은 까마귀 두 마리가 시도 때도 없이 깍깍대는 소리, 마지막 시외 열차가 지나가고 한참 후에 화물 열차가 참을성 있게 칙칙폭폭 하며 지나가는 소리, 나는 책으로부터 뿜어져 나오는 빛에 나 자신을 완전히 내맡겼다. 그렇게 나의 삶과 미래를 구성하는 모든 것—점심 식사, 영화관, 학교 친구들, 일간 신문, 탄산음료, 축구 경기, 책상, 여객선, 예쁜 여자들, 행복을 꿈꾸던 상상들, 미래의 연인들, 아내, 사무실 책상, 아침, 아침 식사, 버스표, 사소한 고민들, 끝내지 못한 통계학 숙제, 낡은 바지, 얼굴, 잠옷, 밤, 자위할 때 쓰던 잡지, 담배, 이토록 확실한 망각의 순간에도 나를 충성스럽게 기다리고 있는 침대—은 내 뇌리에서 완전히 사라졌다. 그리고 나는 빛의 나라에서 떠돌고 있는 나 자신을 발견했다.

---

2) 보리, 기장, 옥수수, 밀 같은 곡류의 반죽을 발효시켜 만든 진하고 시큼하고 단 음료.

2

다음 날, 나는 사랑에 빠졌다. 사랑은 책에서 내 얼굴을 향해 뿜어져 나왔던 빛만큼이나 충격적이었고, 내 인생이 이미 궤도에서 벗어났다는 사실을 아주 분명하게 증명해 주었다.

아침에 일어나자마자, 나는 전날 밤 내게 일어났던 일들을 생각했다. 그리고 내 앞에 펼쳐진 새로운 세계가 한순간의 환상이 아니라, 내 몸이나 팔다리처럼 실제로 존재하는 것임을 곧 깨달았다. 나는 내가 빠진 이 새로운 세계의 참을 수 없는 외로움에서 벗어나기 위해 나와 닮은 다른 사람들을 찾아내야만 했다.

밤사이 눈이 내려 창문 앞과 인도, 지붕이 온통 얼어붙어 있었다. 창밖에서 비쳐 들어오는 하얗고 오싹한 빛 때문에, 책상 위에 펼쳐져 있는 책은 실제보다 더 차갑고 순수해 보였고,

나를 더욱더 두렵게 만들었다.

　그래도 나는 평소와 다름없이 어머니와 아침 식사를 하고, 구운 빵 냄새를 음미하며 《밀리예트》 신문을 뒤적거리고, 칼럼니스트 젤랄 살리크의 글을 훑어보는 것을 잊지 않았다. 모든 것이 그대로인 것처럼 식탁 위의 치즈를 먹었고, 어머니의 선한 얼굴을 보며 미소 지었다. 찻잔과 숟가락과 찻주전자가 달그락거리는 소리, 거리에서 들려오는 오렌지 장수의 트럭 소리는 삶이 예전과 똑같이 흘러가고 있다고 말하고 있었지만 나는 속지 않았다. 세상이 완전히 바뀌었다는 것을 너무나 확신했기 때문에, 돌아가신 아버지의 낡고 무거운 외투를 입고 집을 나섰지만, 그 어떤 초라한 느낌도 들지 않았다.

　나는 역까지 걸어가서 기차를 탔고, 기차에서 내린 다음엔 여객선에 올라탔다. 배가 카라쾨이에 도착하자 나는 부두로 펄쩍 뛰어내렸다. 그다음엔 팔꿈치로 사람들을 밀치며 계단을 올라가 버스에 올라탔다가 탁심 광장에서 내렸다. 학교로 가는 길에 잠시 멈춰 서서, 길에서 꽃을 팔고 있는 집시들을 바라보았다. 어떻게 하면 삶이 예전과 똑같이 지속되고 있다는 걸 믿을 수 있을까? 혹은 어떻게 하면 내가 책을 읽었다는 사실을 잊을 수 있을까? 갑자기 이 사실이 너무나 두렵게 느껴져서 달리고 싶은 충동이 일었다.

　역학 시간에는 칠판에 적힌 노식과 숫사, 공식 들을 신지하게 받아 적었다. 대머리 교수가 칠판에 아무것도 적고 있지 않을 때는, 팔짱을 끼고 그의 달콤한 목소리를 경청했다. 내가 정말로 경청을 하고 있었나? 아니면 다른 학생들처럼 듣는 척만 하면서, 공과대학 토목공학과 소속의 학생 역할을 연기하고 있었던 것일까? 나도 잘 모르겠다. 하지만 잠시 후, 나에게 익숙한 과거의 세계가 참을 수 없을 정도로 절망적이라고 느껴졌을 때, 나의 심장은 빠르게 뛰기 시작했고 혈관에 약 기운이라도 도는 것처럼 머리가 혼미해졌다. 그러고는 책으로부터 뿜어져 나온 힘이 목덜미에서 온몸으로 천천히 퍼져 나가는 것을 느끼고 전율했다. 새로운 세계는 이미 존재하는 모든 것을 없애고 현재를 과거로 바꿔 놓았다. 내가 보거나 만졌던 모든 것들은 애처로울 정도로 옛것이 되어 있었다.

이틀 전, 내가 책을 처음 보았을 때, 그것은 어느 건축학과 여학생의 손에 들려 있었다. 그녀는 아래층 매점에서 뭔가를 사려고 지갑을 찾고 있었지만, 다른 손에도 무언가를 들고 있어서 가방 속을 샅샅이 뒤지지 못했다. 그녀는 손을 비우기 위해, 들고 있던 책을 내가 앉은 탁자 위에 잠깐 올려놓았다. 나는 그 짧은 시간 동안 탁자 위에 놓인 책을 들여다보았다. 내 인생을 바꾸어 놓은 우연은 그게 다였다. 그날 오후 집으로 돌아오는 길에 헌책을 파는 가판대에서 오래된 양장본, 소책자, 시집, 점술서, 연애소설과 정치 소설 사이에 있는 그 책을 발견하곤, 그것을 샀다.

점심 종이 울리자마자 대부분의 학생들은 식당 줄을 서기 위해 잽싸게 계단을 뛰어 내려갔지만, 나는 그대로 자리에 앉아 있었다. 그러고는 복도를 왔다 갔다 하다가 매점으로 내려가서 안뜰을 가로지른 다음, 기둥이 있는 회랑을 지나 빈 강의실로 들어갔다. 창문으로 맞은편 공원의 눈 덮인 나무들을 바라보고 난 후엔 화장실에 가서 물을 마셨다. 나는 타슈크슐라3) 전체를 돌아다녔다. 그녀는 아무 데도 없었지만, 그렇다고 조급해하지는 않았다.

점심시간이 지나자 복도는 더욱더 복잡해졌다. 나는 건축학과 건물의 모든 복도를 다 돌아다닌 다음, 제도실(製圖室)로 들어가 학생들이 동전 따먹기 게임을 하는 것을 구경했다. 그런 다음엔 구석에 자리를 잡고 앉아 흩어진 신문을 정리해 읽었다. 다시 밖으로 나온 다음엔 복도를 배회하거나 계단을 오르락내리락하면서 사람들이 축구 얘기, 정치 얘기, 어젯밤에 본 텔레비전 얘기 하는 것을 들었다. 아이를 낳기로 결심한 영화배우에 대해 농담하는 사람들 사이에 끼어들어서는 그들에게 담배와 라이터를 돌렸다. 누군가가 농담을 하면 열심히 들어 주었고, 그 와중에 나에게 누구누구 못 봤냐고 묻는 사람이 있을 땐 친절하게 대답도 해 주었다. 농담 따먹기 할 친구가 없을 때, 혹은 내다볼 창문을 찾지 못했을 때, 혹은 더 이상 갈 곳이 없을 때에는, 뭔가 굉장히 중요한 생각이 떠올랐거나 급한 일이라도 있는 것처럼 아무 방향으로나 단호한 걸음으로 재빨리 걸어갔다. 그러나 특별한 목적지가 있는 것이 아니었기 때문에, 도서관 앞에 도착하거나 계단 꼭대기에 다다르거나 담배를 빌려 달라는 사람을 만나면, 나는 다시 방향을 바꿔 군중 속에 섞여 들거나 담배 한 대를 더 피우기 위해 멈춰 서곤 했다. 그러다 게시판에 새로 붙은 공고를 막 보려는

---

3) 이스탄불 공과대학 캠퍼스의 이름.

순간, 갑자기 심장이 빠르게 고동치기 시작하더니 다시 뚝 하고 멈춰 버려서, 나는 멍하니 그곳에 섰다. 그녀가 거기 있었다. 책을 들고 있던 여학생이 인파 속으로 멀어져 가고 있었다. 그런데 그녀는 마치 꿈속의 한 장면처럼 천천히 걸어가고 있어서, 왠지 모르게 따라오라고 나를 부르는 것만 같았다. 나는 이성을 잃었다. 나는 더 이상 내가 아니었다. 그 사실을 알고 있었지만, 나는 내가 그녀를 뒤따라가도록 내버려 두었다.

그녀는 무척 옅은 색이지만 흰색은 아니고 딱히 무슨 색이라 부르기 어려운 색의 옷을 입고 있었다. 나는 계단에 다다르기 전에 그녀를 따라잡았다. 가까이에서 본 그녀의 얼굴은 책에서 뿜어져 나왔던 빛처럼 강하면서도 부드러운 빛으로 빛나고 있었다. 나는 이 세계에 있었고, 동시에 새로운 인생의 문턱 앞에 있었다. 나는 그곳, 더러운 계단 앞에 서 있는 동시에 책 속의 인생 속에 있기도 했다. 그 빛을 볼수록 내 심장이 내 말에 전혀 귀를 기울이지 않을 거란 생각이 들었다.

나는 그녀에게 책을 읽었다고 말했다. 그녀의 손에서 책을 본 후에 읽었다고 말했다. 책을 읽기 전에도 나의 세계는 있었지만, 책을 읽고 난 지금은 또 다른 세계가 생겼다는 말도 했다. 우린 지금 당장 얘기해야만 했다. 나는 이 세상 속에서 완전히 혼자야.

"난 지금 수업이 있어." 그녀가 말했다.

순간적으로, 심장이 박동을 멈췄다. 그녀도 내가 당황한 것을 알아차렸는지, 잠시 곰곰이 생각에 잠겼다.

"좋아." 마음을 정한 듯, 그녀가 말했다. "빈 강의실로 가서 얘기하자."

2층에 빈 강의실이 하나 있었다. 그 안으로 걸어 들어갈 때, 다리가 후들후들 떨렸다. 책이 마치 비밀을 누설하듯 그 속의 세계를 보여 주며 나에게 속삭였다는 점을 생각하니, 책이 약속한 세계에 대해 내가 알고 있다는 사실을 그녀에게 어떻게 얘기해야 할지 알 수가 없었다. 책은 내게 속삭이듯 말했고, 비밀을 열어 보이듯 그 세계를 선사했던 것이다. 그녀는 자기 이름이 자난이라고 했고, 나도 내 이름을 말해 주었다.

"왜 그렇게 그 책에 집착하는 거지?" 그녀가 물었다.

난 이렇게 말하고 싶었다. 천사여, 네가 그 책을 읽었으니까. 그런데 이 천사 운운은 대체 어디서 튀어나온 걸까? 머릿속이 뒤죽박죽이었다. 내 머릿속은 항상 복잡하다. 하지만 나중에 가서는 누군가가, 어쩌면 천사가 항상 내게 도움을 준다.

"책을 읽은 후로, 내 인생은 완전히 바뀌었어." 내가 말했다. "내가 살고 있는 방, 집, 세계는 더 이상 내 것이 아니야. 더 이상 내가 속한 곳이 아니야. 내가 책을 처음 본 게 네 손에 들려 있을 때였으니, 너도 분명 책을 읽었겠지. 네가 여행한 세계에 대해 말해 줘. 내가 그 세계에 들어가려면 어떻게 해야 하는지 가르쳐 줘. 우리가 왜 아직도 여기 있는지 설명해 봐. 왜 새로운 세계가 내 집처럼 익숙한지, 내 집이 새로운 세계처럼 낯선 건 또 어찌된 일인지 말해 줘."

나는 이 분위기로, 이 리듬으로 언제까지고 계속할 수 있었다. 하지만 갑자기 알 수 없는 빛에 눈이 부셔서 말을 멈추었다. 밖에 쌓인 눈에 반사된, 겨울 오후의 햇빛이 어찌나 강렬했던지, 분필 가루 날리는 조그만 강의실의 창문들이 한순간 마치 얼음으로 만들어진 것처럼 보였다. 나는 그녀의 얼굴을 똑바로 쳐다보는 데 두려움을 느끼며 그녀를 바라보았다.

"책 속의 세계에 들어가기 위해 뭘 할 수 있어?" 그녀가 물었다.

그녀의 얼굴은 창백했고, 머리칼은 밝은 갈색이었으며, 시선은 부드러웠다. 만일 그녀가 이 세계에 속한 사람이었다면, 아마도 추억으로부터 걸어 나온 존재였을 것이다. 만일 그녀가 미래에서 온 사람이었다면, 그녀는 두려움과 슬픔의 사자(使者)였을 것이다. 나는 그녀를 너무 뚫어지게 쳐다보면 이 꿈같은 상황이 현실로 변해 버릴까 봐 두려운 것처럼, 쳐다본다는 사실을 의식하지 않으면서 그녀를 쳐다보았다.

"책 속에 나오는 세상을 찾기 위해서라면 뭐든 할 거야." 내가 대답했다.

그녀는 입가에 희미한 미소를 띠고 상냥한 눈빛으로 나를 쳐다보았다. 믿을 수 없을 정도로 아름답고 매력적인 여자가 이런 눈빛으로 쳐다볼 때는 어떻게 행동해야 하나? 성냥은 어떻게 잡고, 담배에 불은 어떻게 붙이고, 창밖은 어떻게 쳐다보고, 그녀에게 말은 어떻게 걸고, 그녀 앞에 어떻게 서야 하며, 숨은 또 어떻게 쉬어야 하지? 학교에서는 이런 것들은 절대로 가르쳐 주지 않는다. 나 같은 사람들이나 쿵쾅대는 심장 고동 소리를 숨기려 안간힘을 쓰며 고통에 몸부림칠 뿐이다.

"뭐든 할 거라는 말이 무슨 뜻이야?" 그녀가 물었다.

나는 "말 그대로 뭐든지."라고 말한 다음 입을 다물고 내 심장 소리에 귀를 기울였다.

이유는 알 수 없었지만, 내 머릿속에 불현듯 끝없이 이어질 것만 같은 기나긴 여행, 쉬지 않고 내리는 전설적인 비, 사라져 버리는 미로 같은 거리들, 슬픈 나무들, 흙탕물이 되어 버린 강들, 정원들, 나라들이 떠올랐다. 내가 언젠가 그녀를 안게 된다면, 이러한 곳으로 여행을 떠나야 하리라.

"그럼, 죽을 각오도 돼 있다는 거야?"

"물론."

"책을 읽었다는 이유만으로 너를 죽이려 하는 사람들이 있다고 해도?"

내 마음속의 공학도가 '그래 봤자 그건 책일 뿐이야!'라고 외쳐 댔기 때문에 나는 미소를 지으려 했지만, 자난의 눈이 나를 뚫어져라 쳐다보고 있었다. 내가 경솔하게 말실수라도 했다간 그녀에게도, 책 속의 세계에도 영원히 가까이 갈 수 없게 되는 건 아닌지 걱정이 되었다.

나는 누군지도 모르는 어떤 인물의 연기를 흉내 내면서 "누가 나를 죽일 거라고 생각진 않아."라고 말했다. "설사 그렇다 해도, 죽는 게 두렵지도 않고."

창을 통해 들어오는 희부연 햇빛 속에서 그녀의 벌꿀 색 눈이 반짝하고 빛났다. "넌 그런 세상이 정말로 존재한다고 생각해? 아니면 그서 책 속에 쓰여 있는, 누군가가 시켜낸 환상인 것 같아?"

"그 세계는 정말로 있어!" 내가 말했다. "너의 아름다움이 네가 그곳에서 왔다는 걸 말해 주고 있어."

그녀가 갑자기 나를 향해 다가왔다. 그러고는 양손으로 내 얼굴을 감싸 쥐더니 내 입술에 키스를 했다. 그녀의 혀도 잠시 내 입술에 닿았던 것 같다. 두 손으로 그녀의 가냘픈 몸을 감싸려 할 때, 그녀는 뒤로 물러났다.

"넌 정말로 용감하구나!" 그녀가 말했다.

그녀에게서 라벤더 화장수 향기가 났다. 나는 그 향기에 취하기라도 한 것처럼 그녀에게 다가갔다. 시끄럽게 떠들어 대는 학생 몇 명이 문밖을 지나갔다.

"잠깐 진정하고 내 말을 들어 봐." 그녀가 말했다. "네가 지금 내게 말한 것들을 메흐메트에게도 말해야 해. 그는 책 속의 세계에 들어갔다가 돌아온 사람이야. 그곳에 갔다 왔기 때문에 모든 걸 알고 있다고. 알겠어? 하지만 그는 다른 사람들도 그곳에 갈 수 있다고 믿지는 않아. 끔찍한 일을 겪고 난 후로 믿음을 잃어버렸거든. 그와 얘기해 보겠니?"

"메흐메트라는 자가 대체 누군데?"

"10분 뒤, 수업 시작 전에 201호실 앞에서 만나." 이렇게 말한 후, 그녀는 갑자기 문밖으로 나가 버렸다. 그녀는 사라졌다.

마치 나도 그곳에 없는 것처럼, 교실이 텅 빈 듯 느껴졌다. 나는 멍하니 그곳에 서 있었다. 지금껏 내게 그렇게 키스한 사람은, 나를 그렇게 쳐다본 사람은 아무도 없었다. 그리고 지금 난 혼자였다. 그녀를 다시는 못 볼지도 모른다고, 영원히 땅 위에 두 발을 딛고 설 수 없을지도 모른다고 생각하니 두려웠다. 그녀를 쫓아가고 싶었지만 심장이 너무나 빨리 뛰어서 숨을 쉴 수 없을 것 같아 두려웠다. 눈부신 하얀 빛이 내 눈뿐 아니라 이성까지 눈멀게 했다. 모두가 책 때문이야. 불현듯 내가 얼마나 그 책을 사랑하고, 얼마나 그 세계 속에 존재하길 원하는지를 깨달았다. 그 마음이 너무나 간절해서 눈물이 쏟아질 것만 같았다. 책의 존재가 나를 지탱해 주고 있었다. 왠지 모르게 그녀가 언젠가 나를 한 번 더 안아 주리라는 확신이 들었다. 하지만 지금은 이 세계가 나를 버려두고 떠나 버린 것만 같았다.

아래쪽에서 시끄러운 소리가 들려서 내려다보니, 공원 가장자리 근처에서 토목공학과 학생들이 와자지껄 떠들어 대며 눈싸움을 하고 있었다. 나는 내가 무엇을 보고 있는지도 인식하지 못한 채 멍하니 그들을 쳐다보았다. 내 안에 어린아이의 순수함은 더 이상 남아 있지 않았다. 나는 사라져 버렸다.

이것은 우리 모두에게 이미 일어난 일이다. 어느 날, 평소와 다름없는 아주 평범한 날에, 주머니 속에는 사용한 극장표와 담배꽁초가 들어 있고, 머릿속에서는 신문기사와 자동차 소음, 구슬픈 말들이 서로 부대끼는 가운데, 매일매일의 일과에 따라 움직이고 있다고 생각하고 있을 때, 우리는 갑자기 자신이 엉뚱한 장소에 와 있다는 것을, 우리가 발을 내딛었던 그곳에 서 있지 않다는 사실을 깨닫게 된다. 나는 오래전에 사라졌다. 얼음으로 만들어진 유리창 뒤에 서 있을 때, 세상에서 가장 밝은 색보다도 더 밝은 색 속으로 녹아 없어졌다. 당신이, 발을 디딜 그 어떤 땅이나, 그 어떤 세계로, 현실로 돌아오길 원한다면, 여자를, 그 여자를 안고, 그녀의 사랑을 얻어야만 한다. 숨 가쁘게 고동치는 나의 심장은 어쩌면 그리도 빨리 이런 오만함을 배웠는지! 나는 사랑에 빠졌다. 측정할 수 없는 깊이를 가진 나의 심장에 굴복해 버렸다. 시계를 보니, 약속 시간까지는 8분이 남아 있었다.

나는 천장이 높은 복도를 유령처럼 걸어갔다. 이상하게도 나의 몸과 나의 인생, 내 얼굴과 살아온 시간이 너무도 또렷하게 느껴졌다. 사람들 속에서 그녀를 만날 수 있을까? 그녀를 만나면 무슨 말을 하지? 내 얼굴이 어땠더라? 기억이 안 났다. 나는 계단 옆에 있는 화장실로 들어갔다. 그러고는 수도꼭지에 입을 대고 물을 들이켰다. 나는 조금 전 그녀와 키스했던 입술을 보기 위해 거울을 들여다보았다. 어머니, 전 사랑에 빠졌어요. 전 사라지고 있어요, 어머니. 어머니, 두려워요. 하지만 그녀를 위해서라면 뭐든 할 거예요. 나는 자난에게 물어볼 것이다. 메흐메트란 자가 대체 누구야? 그는 왜 겁을 내고 있지? 책 읽은 사람을 죽이려고 하는 자들은 누구야? 난 아무것도 두렵지 않았다. 책을 이해하고, 그것이 진실임을 믿게 된 사람은, 내가 그랬듯이, 아무것도 두려워하지 않게 될 것이다.

군중 속으로 돌아가자, 나는 또다시 뭔가 중요한 일이라도 있는 사람처럼 잰걸음으로 걷고 있는 나 자신을 발견했다. 2층으로 올라간 다음, 분수가 있는 안뜰을 향해 난 높다란 창문을 따라 걷고 또 걸었다. 걸음걸음마다 자난을 생각하며 걸었더니, 나의 존재가 점점 등 뒤로 멀어지는 것이 느껴졌다. 나는 다음 수업을 위해 모여 있는 과 친구들을 지나쳤다. 얘들아! 조금 전에 정말로 매력적인 여자가 나한테 키스를 해 줬어, 얼마나 황홀했다고! 내 다리는 나를 나의 미래로 빠르게 데려가고 있었다. 그 미래 속에는 검은 숲, 호텔 방, 자줏빛과 쪽빛 유령들, 인생, 평온과 죽음이 있었다.

수업이 시작하기 3분 전 201호실 앞에 도착했을 때, 나는 수많은 사람들이 서 있는 복도에서 그의 곁에 서 있는 자난을 발견하기도 전에 누가 메흐메트인지를 알아보았다. 그는 낯빛이 창백했고, 나처럼 마르고 키가 컸으며, 사색적인 분위기와 넋 나간 듯한 표정에, 피곤한 모습을 하고 있었다. 예전에 자난과 함께 있는 그를 한 번 보았던 적이 있는 것 같다는 생각이 들었다. 난 생각했다. 그는 나보다 많은 것을 알고 있으리라. 그는 나보다 오래 살았다. 나보다 적어도 두 살은 나이가 많았다.

나를 어떻게 알아보았는지, 그가 사물함 뒤쪽의 한구석으로 나를 데리고 갔다.

"네가 책을 읽었다고 들었어." 그가 말했다. "거기서 무엇을 보았지?"

"새로운 인생."

"그걸 믿어?"

"믿어."

그의 안색을 보고 그가 대체 무슨 일을 겪었을지를 상상하니, 그것만으로도 나는 두려워졌다.

"사, 내 말을 들어 봐." 그가 말했다. "나도 한때는 그실 믿었어. 그 세계를 찾을 수 있으리라고 생각했지. 끊임없이 버스를 타고 이곳저곳, 이 도시에서 저 도시를 돌아다녔어. 그 나라를, 그 사람들을, 그 거리들을 찾을 수 있을 거라고 생각하면서 말이야. 내 말을 믿어. 그 길의 끝에는 죽음 말곤 아무것도 없었어. 그들은 무자비하게 사람들을 죽이지. 지금도 우리를 감시하고 있을지 몰라."

"벌써부터 겁주지 마." 자난이 말했다.

침묵이 흘렀다. 한순간이었지만, 마치 오래전부터 알아 온 사람처럼 메흐메트가 나를 바라보았다. 내가 그를 실망시켰다는 느낌이 들었다.

"난 겁 안 나." 나는 자난을 쳐다보며 말했다. 그리고 영화 속의 강인한 등장인물이 말하는 것처럼 "난 끝까지 좇아 갈 수 있어."라고 덧붙였다.

자난의 환상적인 몸이 겨우 몇 발자국 앞에 있었다. 메흐메트와 나 사이에, 하지만 메흐메트 쪽에 더 가깝게.

"끝까지 좇을 것 따윈 없어." 메흐메트가 말했다. "그건 그냥 책일 뿐이야. 누군가 지어낸. 꿈일 뿐이지. 책을 읽고 또 읽는 것 외에 네가 할 수 있는 일은 없어."

"내게 했던 말을 이 사람한테도 해 봐." 자난이 내게 말했다.

"그 세계는 존재해." 나는 말했다. 자난의 길고 우아한 팔을 잡고 내게로 끌어당기고 싶었다. 조금 후에 이렇게 덧붙였다. "난 그 세계를 찾아낼 거야."

"세계는 무슨 얼어 죽을 세계!" 메흐메트가 말했다. "그런 건 존재하지 않아. 그건 어떤 늙은이가 어린애들한테 떠들어 댄 헛소리 같은 거라고. 그 늙은이는 아이들한테 했던 것처럼, 어른들을 즐겁게 해 주기 위해 책을 쓰기로 결심했지. 자기가 쓴 책의 의미를 제대로 알고 있기나 한지 의문스러워. 한 번 읽고 버리기엔 재밌는 책이지만, 그걸 믿기 시작하면 네 인생을 망치게 될 거야."

"그 안에는 하나의 세계가 있어." 나는 영화에 나오는 강인하지만 멍청한 인물처럼 말했다. "내가 거기로 가는 길을 찾을 수 있을 거라고 생각해."

"네 생각이 정 그렇다면, 잘해 봐……." 메흐메트는 내게서 돌아서며, 자난에게 '내가 뭐랬어.'라고 말하는 듯한 눈길을 보냈다. 막 떠나려던 참에, 그가 갑자기 걸음을 멈추고는 내게 물었다. "뭣 때문에 새로운 인생의 존재를 그렇게 확신하는 거지?"

"책이 내 인생에 대해 말하고 있다고 느꼈거든."

그는 상냥한 미소를 지어 보이고는 떠나가 버렸다.

"잠깐만." 나는 자난을 불러 세웠다. "그가 네 애인이야?"

"그는 너를 마음에 들어 했어." 그녀가 말했다. "그는 자신이 아니라, 나나 너 같은 사람들을 두려워하거든."

"그가 네 애인이냐고. 모든 걸 다 털어놓기 전에는 갈 생각 마."

"그에겐 내가 필요해." 그녀가 말했다.

이 말은 영화 속에서 너무나 많이 들어 본 대사였기 때문에, 나도 모르게 열정적이면서도 확신에 찬 말투로 이렇게 말해 버렸다. "네가 떠나면, 난 죽어 버릴 거야."

그녀는 미소를 지으며 사람들 속에 섞여 201호 안으로 들어가 버렸다. 순간, 그녀를 따라 들어갈까 하는 충동이 일었다. 복도에서 널찍한 창문을 통해 안을 들여다보니, 하나같이 카키색이나 잿빛 윗도리와 청바지를 입고 있는 학생들 속에서 그 두 사람이 함께 같은 책상에 앉아 있는 것이 보였다. 그들은 말없이 수업이 시작하길 기다리고 있었다. 그때 자난이 우아한 손동작으로 밝은 갈색 머리를 귀 뒤로 넘기자, 내 심장의 한 조각이 녹아내렸다. 영화 속에서 그려진 사랑 이야기와는 달리, 나는 너무나도 비참한 기분을 느끼며 발걸음 가는 대로 하염없이 걸었다.

그녀는 나를 어떻게 생각할까? 집의 벽은 무슨 색깔일까? 아버지와는 무슨 얘기를 할까? 욕실은 광이 날 정도로 깨끗할까? 형제는 있을까? 아침에는 뭘 먹을까? 그들은 연인 사이일까? 만일 그렇다면, 왜 내게 키스한 걸까?

그녀가 내게 입 맞추었던 작은 강의실은 비어 있었다. 나는 다음 전투를 기다리는 패잔병처럼 안으로 들어갔다. 텅 빈 강의실에서 울리는 나의 발소리, 담뱃갑을 여는 한심하고 죄 많은 두 손, 분필 냄새, 얼음으로 만들어진 하얀 빛. 유리창에 이마를 갖다 댔다. 이것이 오늘 아침의 문턱에서 내가 보았던 새로운 인생이란 말인가? 머릿속에서 일어나고 있는 수많은 일들 때문에 완전히 녹초가 되어 있었지만, 내 안의 합리적인 공학도는 여전히 머릿속 한구석에서 바쁘게 계산을 하고 있었다. 나는 수업에 들어갈 만한 상태가 못 되니, 그 두 사람의 수업이 끝나는 두 시간 후까지 기다리자. 두 시간!

차가운 유리창에 이마를 기댄 채 한참을 서 있었다. 시간이 얼마나 흘렀는지도 알지 못한 채 자기 연민에 빠져 있었다. 나는 자기 연민에 빠져 허우적대는 것을 즐겼다. 눈물이 막 흘러넘치려 한다고 생각하는 순간, 바람을 타고 눈발이 흩날리기 시작했다. 돌마바흐체 궁전으로 가는 가파른 비탈길 너머로, 플라타너스와 밤나무 들이 보였다. 어찌나 고요하던지! 나는 생각했다. 나무들은 자기가 나무인 줄도 모를 거야. 눈 덮인 나뭇가지에서 까마귀들이 날아올랐다. 그 모습을 감탄하며 쳐다보았다.

나는 눈송이들을 보고 있었다. 커다란 눈송이들이 다른 눈송이를 따라갈까 말까 마음을 정하지 못한 듯 허공에 잠시 멈추었다 다시 움직였다 하며 조용히 내려오고 있었다. 가끔씩 가벼운 바람이 휙 하고 불어와 이 모두를 한꺼번에 다 휩쓸어 가 버리곤 했다. 또 때로는 눈송이 하나가 허공에서 왔다 갔다 하다가 한자리에 가만히 멈추더니, 갑자기 마음이 바뀌기라도 한 듯 천천히 위를 향해 다시 올라가기도 했다. 나는 수많은 눈송이가 진흙탕에, 공원에, 차도에, 혹은 나무 위에 내려앉기 전에 하늘로 되돌아가는 것을 목격했다. 이 사실을 아는 사람이 있을까? 알아차린 사람이 과연 존재하기는 할까?

공원의 일부처럼 보이는 삼각형 모양 교차로의 한 귀퉁이가 바닷속 처녀의 탑[4]을 가리키고 있다는 사실을 아는 사람이 있을까? 오랜 세월 동풍을 맞으며 자라 온 길가의 소나무들이 완벽한 팔각형 모양으로 대칭을 이루며 소형 버스 정거장 위로 구부러져 있다는 사실을 아는 사람이 있을까? 분홍

---

4) 그리스 신화 속 레안드로스와 헤로의 사연이 담긴 탑으로, 보스포루스 해협 가운데 있다.

색 비닐봉지를 들고 인도에 서 있는 남자를 쳐다보면서, 이스 탄불 인구의 절반이 비닐봉지를 들고 돌아다닌다는 사실을 아는 사람이 과연 있을까 생각했다. 천사여, 네 존재조차 알지 못하는 사람들 중에, 이 죽은 도시의 공원을 덮고 있는 눈과 재 위에 굶주린 개들과 넝마주이들이 남긴 흔적 속에서 너의 발자국을 본 사람이 있을까 생각했어. 그런데 이틀 전 노점상 에서 산 책이 비밀처럼 내게 가르쳐 준 새로운 세계를 목격하 도록 정해 놓은 방식이 정말 이것이란 말인가?

회색으로 변해 가는 햇빛과 점점 더 쌓여 가는 인도 위의 눈 속에서 자난의 실루엣을 알아본 것은 내 눈이 아닌 심장이 었다. 그녀는 보라색 코트를 입고 있었다. 내 심장은 나도 모 르는 새에 그 코트를 알아보았다. 그녀 곁에는 회색 재킷을 입 고, 발자국을 남기지 않는 악마처럼 눈 속을 걷고 있는 메흐 메트가 있었다. 그들을 쫓아가고 싶은 충동이 일었다.

그들은 이틀 전 내가 책을 산 노점상이 있던 곳에 멈춰 서 서 이야기를 하기 시작했다. 자난의 상처받은 듯한, 움츠러든 자세와 그들의 격한 몸짓으로 봐서, 그들은 이야기를 하고 있 다기보다는 다투고 있는 듯했다. 싸우는 것이 너무나 익숙한, 오래된 연인들 같았다.

그들은 다시 걷기 시작했지만 곧 또다시 멈춰 섰다. 굉장히 멀리 떨어져 있는데도, 그들의 몸짓이나 사람들이 그들을 쳐 다보는 시선 때문에, 아까보다 더 격하게 다투고 있음을 쉽게 알 수 있었다.

이번에도 싸움은 길지 않았다. 자난이 뒤돌아서더니, 내가 있는 타슈크슐라를 향해 걸어오기 시작했다. 메흐메트는 한동안 그녀의 뒷모습을 눈으로 좇다가, 발길을 돌려 탁심 광장을 향해 걸어갔다. 내 심장 박동은 다시 평정을 잃었다.

사르예르행 소형 버스 정거장에 분홍색 비닐봉지를 들고 서 있던 남자가 길을 건너는 것을 본 것은 바로 그때였다. 내 눈은 보라색 옷을 입은 여인의 우아한 모습을 바라보는 데 한창 몰입해 있었기 때문에 길 건너는 사람한테까지 신경 쓸 경황이 없었는데도, 그 남자의 행동에는 틀린 음이 쓰인 악보처럼 뭔가 주의를 끄는 점이 있었다. 건너편 보도를 몇 발자국 앞둔 곳에서, 남자는 분홍색 비닐봉지에서 무언가——총 한 자루——를 꺼냈다. 그는 메흐메트를 향해 총을 겨누었고, 메흐메트도 총을 보았다.

메흐메트의 몸이 총에 맞아 흔들리는 것을 본 후에야, 나는 총소리를 들었다. 그다음에 두 번째 총소리를 들었고, 곧 세 번째도 들릴 거라고 생각했다. 메흐메트가 비틀거리며 쓰러졌다. 남자는 비닐봉지를 버리고 공원을 향해 도망쳤다.

자난은 가냘프고 상처 입은 작은 새처럼 계속해서 내 쪽으로 걸어오고 있었다. 그녀는 총소리를 듣지 못했다. 눈 덮인 오렌지를 가득 실은 트럭이 시끄럽게 덜커덩거리며 교차로로 들어섰다. 한순간 정지했던 세상이 그 소리와 함께 다시 움직이기 시작했다.

소형 버스 정거장에 사람들이 모여 웅성대고 있었다. 메흐메트가 일어났다. 비닐봉지를 버린 남자는 한참 떨어진 곳에서, 개 두 마리가 신이 난 듯 그의 뒤를 쫓는 가운데, 아이들을 즐겁게 해 주기 위해 고용된 어릿광대처럼 공원 눈밭을 가로질러 깡충깡충 뛰면서 이뇌뉘 경기장으로 가는 언덕길을 달려 내려가고 있었다.

당장에 계단을 뛰어 내려가 자난에게 방금 일어난 일을 말해 주어야 했지만, 나는 메흐메트가 비틀거리며 얼빠진 사람처럼 주위를 두리번거리는 모습을 계속 바라보고 있었다. 얼마 동안이었을까? 어느 정도, 꽤 오랫동안, 자난이 타슈크슐라의 모퉁이를 돌아 내 시야에서 사라질 때까지 기다렸던 것 같다.

나는 계단을 뛰어 내려가, 어슬렁대고 있는 사복 경찰들과 학생들, 학교 수위들 옆을 쏜살같이 지나쳤다. 내가 정문에 도착했을 때, 자난의 모습은 흔적조차 없었다. 재빨리 위층으로 올라갔지만, 거기에도 자난은 없었다. 그러고 나서 교차로에 갔을 때는 방금 전에 내가 목격한 사건과 관련된 어떤 것도, 어떤 인물도 보이지 않았다. 메흐메트도, 총을 쏜 남자가 버리고 간 비닐봉지도 온데간데없었다.

메흐메트가 쓰러졌던 곳은 눈이 녹아 진창이 되어 있었다. 그 옆을 타케[5]를 쓴 두 살짜리 꼬마가 멋쟁이 엄마와 함께 지나갔다.

"엄마, 토끼는 어디 갔어?" 꼬마가 물었다. "어디 갔어, 엄마?"

나는 미친 사람처럼 길을 건너 사르예르행 소형 버스 정거장으로 뛰어갔다. 세상은 이미 눈의 침묵과 나무들의 무관심

---

5) 머리에 꼭 맞게 짠 털모자.

뒤로 숨어 버린 후였다. 쌍둥이처럼 똑같이 생긴 두 명의 버스 기사는 내 질문을 듣고 깜짝 놀란 것 같았다. 내가 무슨 말을 하는 건지 도통 모르겠다는 반응이었다. 그들에게 홍차를 가져다준, 산적같이 생긴 친구도 총소리를 듣지 못했다고 했다. 그는 어떤 일에도 절대 놀라지 않겠다는 강한 의지를 가지고 있는 듯했다. 버스 정거장에서 교통정리를 하는 사람은 호루라기를 꼭 쥔 채, 방아쇠를 당긴 범인을 쳐다보듯 나를 쏘아보았다. 머리 위의 소나무 가지에 까마귀들이 떼 지어 앉아 있었다. 버스가 막 출발하려는 순간, 나는 그 안에 얼굴을 들이밀고 다급한 표정으로 질문을 던졌다.

"웬 젊은 남자랑 여자가 방금 전에 저 앞에서 급하게 택시를 잡아타고 가던데."라고 한 노부인이 말해 주었다.

그녀의 손가락은 탁심 광장 쪽을 가리키고 있었다. 말도 안 되는 짓이라는 걸 알면서도 나는 그쪽을 향해 달리기 시작했다. 이 수많은 상인들, 자동차들, 광장 주위의 상가들에 둘러싸여 있으니, 이 세상에서 나는 완전히 혼자라는 생각이 들었다. 나는 베이올루로 가려다가 스라셀비레르로(路)에 응급 병원이 있다는 사실을 생각해 내고 그곳으로 달려갔다. 그러고는 마치 내가 응급 환자인 것처럼 에테르와 요오드 냄새가 진동하는 응급실로 들어갔다.

나는 바지가 찢어지고 마치 사냥이가 길게 쏠터진 남자들의 피가 흥건한 가운데 누워 있는 것을 보았다. 음독이나 위염 때문에 위세척을 하고 나서, 시클라멘 화분 뒤 눈밭에서 간이 침대 위에 길게 누워 신선한 공기를 쐬고 있는, 시퍼런 얼굴을 한 사람들도 보았다. 출혈 과다로 죽지 않기 위해 지혈대 대신 빨랫줄로 팔을 꽁꽁 동여맨 채 당직 의사를 찾아 이 방 저 방을 돌아다니고 있는, 뚱뚱하고 점잖은 아저씨를 친절하게 안내해 주기도 했다. 또 친구끼리 칼 한 자루를 가지고 서로 번갈아 휘두르며 싸우다가, 지금은 담당 경찰 앞에 얌전히 앉아 진술을 하면서 문제의 칼을 깜박 잊고 가져오지 않은 자신들의 실수를 사과하고 있는 두 중년 남자도 보았다. 나는 차례를 기다렸다. 내 차례가 되자 처음엔 간호사가, 나중에는 경찰이 오늘 환자 중에 갈색 머리 여학생과 함께 온, 총상을 입은 남학생은 없었음을 확인해 주었다.

그다음엔 베이올루 시립 병원에 들렀다. 그런데 아까 저쪽 병원에서 보았던, 서로를 칼로 찌른 친구들과 요오드팅크를 마시고 자살을 기도한 여자들, 팔이 기계에 끼거나 손가락이 바늘에 찍힌 견습생들, 버스와 정거장 사이에, 혹은 배와 부두 사이에 끼여서 실려 온 승객들이 여기에도 있는 것만 같다. 나는 굉장히 조심해 가며 경찰에 진술을 했다. 내가 품고 있는 의혹을 수상하게 여기기 시작한 경찰관을 위해 비공식적인 진술을 했던 것이다. 그 후 산부인과가 있는 위층에 올라가자, 이제 막 행복한 아기 아빠가 된 사내가 친절하게 우리 모두의 손에 라벤더 화장수를 뿌려 주었는데, 그 향기를 맡고 나는 울음을 터트릴 것만 같았다.

내가 사건 현장으로 다시 돌아왔을 때는 이미 날이 어두워지고 있었다. 나는 소형 버스들 사이를 미끄러지듯 지나 작은 공원으로 들어갔다. 까마귀들이 처음에는 내 머리 위를 위협적으로 날아다니더니, 나중에는 가지 위에 앉아 감시하듯 나를 노려보았다. 도시 한복판에 있었음에도, 방금 누군가를 칼로 찌르고 몸을 숨긴 살인자처럼 내 귓속엔 먹먹한 고요함뿐이었다. 지금은 수업 중인지, 저 멀리 자난과 키스했던 강의실에 희미한 노란 불이 켜져 있는 것이 보였다. 오늘 아침 고뇌에 찬 모습으로 날 당황케 했던 나무들이 지금은 그저 투박하고 아무 감정도 없는 통나무로 변해 있었다. 나는 네 시간 전에 천진난만한 광대처럼 이 눈 속을 폴짝폴짝 뛰어 간, 비닐봉지를 버린 사내의 발자국을 따라 눈밭을 걸었다. 그가 어디로 갔는지 확인하기 위해 고속도로까지 그 흔적을 따라 내려갔다가 다시 돌아와 보니, 내 발자국과 비닐봉지를 버린 사내의 발자국이 구분할 수 없을 정도로 뒤섞여 있었다. 그때 덤불 속에서 나와 마찬가지로 죄인이자 목격자처럼 보이는 검은 개 두 마리가 나오더니 지레 겁을 집어먹고는 도망쳐 버렸다. 나는 잠시 걸음을 멈추고 그 개들만큼이나 새까만 밤하늘을 올려다보았다.

어머니와 나는 저녁 식사를 하면서 텔레비전을 보았다. 뉴스 보도, 화면 위를 스쳐 지나가는 얼굴들, 살인 사건, 사고, 화재, 암살 같은 것들은 두 개의 산봉우리 사이로 조그맣게 보이는 바다에 일고 있는 거친 파도처럼 멀게만 느껴졌다. 그렇지만 '그곳'에 있고 싶은 욕망, 저 너머인 빛빛 태양의 일부가 되고 싶은 욕망은 계속 내 가슴속에서 출렁거렸다. 안테나가 시원치 않아 계속 깜빡거리는 흑백텔레비전 화면에, 오늘 총에 맞은 학생에 대한 뉴스는 나오지 않았다.

식사를 마친 후 내 방으로 돌아왔다. 책은 내가 놓아둔 상태 그대로 책상 위에 펼쳐져 있었다. 나는 책이 두려웠다. 책은 나에게 돌아오라고, 내 온 마음을 바쳐 자신에게 복종하라고 강력하게 명령하고 있었다. 버틸 수 없을 것 같다는 생각이 들어서, 나는 다시 거리로 나와 눈과 진창 속을 걸어 또 한 번 바다로 갔다. 바다의 검은 물이 나에게 용기를 주었다.

그렇게 용기를 얻은 나는 다시 책상 앞에 앉았다. 그리고 어떤 성스러운 임무에 나의 몸을 바치는 것처럼 책이 뿜어내는 빛에 정면으로 얼굴을 갖다 댔다. 빛은 처음엔 그리 강하지 않았지만, 책장을 넘길수록 내 안 깊숙한 곳까지 파고 들어와서, 나중에는 내 존재가 완전히 녹아내리는 것처럼 느껴졌다. 살고 싶고, 달리고 싶다는 참을 수 없는 충동과 몸속 어딘가에서 느껴지는, 초조함과 흥분으로 인한 고통으로 괴로워하며, 나는 다음 날 해가 떠오를 때까지 책을 읽었다.

3

그 후 며칠은 자난을 찾으며 보냈다. 다음 날 타슈크슐라에
서는 그녀가 보이지 않았다. 그다음 날도, 그다음 날도. 처음
에는 그녀의 부재를 받아들일 수 있었다. 반드시 다시 나타날
거라고 생각했다. 그러나 내 발밑에서는 과거의 세계가 천천히
사라지고 있었다. 이제 난 지쳐 버렸다. 그녀를 찾는 것도, 여
기저기 기웃거리는 것도, 희망을 갖는 것조차도 힘들었다. 나
는 지독한 사랑에 빠져 있었다. 게다가 매일 밤을 새우며 책에
파묻혀 지낸 탓에 더욱더 내가 혼자라는 생각에 빠져 있었다.
이 세상의 모습들은 일련의 잘못 해석된 표시와 맹목적으로
따르는 습관들로 이루어져 있다는 사실을, 진정한 세상과 인
생은 이것들의 안쪽이나 바깥쪽, 혹은 어떤 곳이건 가까운 곳
에 있다는 슬픈 진실을 알게 되었다. 자난 말고는 그 누구도

나를 인도해 줄 수 없다는 것을 깨달았다.

정치적 암살, 취중에 저지른 평범한 살인, 선혈이 낭자한 사고, 그리고 화재 현장의 세부적인 상황까지 묘사한 모든 신문들, 도시의 다양한 소식지와 주간지 들을 샅샅이 읽었다. 그러나 어떤 흔적도 찾을 수 없었다. 온밤을 지새워 책을 읽은 후, 정오 무렵 타슈크슐라에 갔다. 그녀를 만날 수 있을 거라고, 어쩌면 지금쯤 와 있을지도 모른다고 기대하며 복도를 어슬렁거렸다. 때론 휴게실에 들르거나 계단을 오르내리기도 했고, 운동장 한가운데에 서 있기도 했다. 도서관을 문턱이 닳도록 들락거렸으며, 기둥 사이를 지나 그녀와 입 맞추었던 강의실 문 앞에서 발걸음을 멈추기도 했다. 인내심을 발휘할 수 있는 날이면 수업에 들어가 조금 시간을 때운 후 강의실에서 나와 같은 곳을 한 번 더 찾아갔다. 그녀를 찾고, 기다리고, 밤마다 다시 책을 읽고. 이것 외에는 다른 할 일이 없었다.

일주일 후에는 자난의 친구들 사이에 끼어 보려고 애썼다. 사실 메흐메트나 자난 둘 다 친구가 별로 없을 거라고 예상하긴 했다. 메흐메트가 탁심 광장 근처에 있는 호텔에서 밤교대 접수원으로 근무한다는 것과 그의 집이 그 근처라는 것을 아는 친구가 한두 명 있었다. 그러나 최근에 그가 왜 타슈크슐라에 오지 않는지에 대해서는 아무도 알지 못했다. 자난과 고등학교를 같이 다녔지만 별로 친하지도 않고 적의까지 보이던 한 여학생은 자난이 니샨타시에 산다고 말해 주었다. 자난과 함께 밤을 새워 설계 프로젝트를 준비한 적이 있다는 또 다른 한 명은 자난에게 아버지의 사업장에서 일하는, 잘생기고 점잖은 오빠가 있다고 일러 주었다. 그녀는 자난보다는 자난의 오빠에게 더 관심이 있어 보였다. 나는 과 친구들에게 연하장을 보내려 한다는 핑계를 대고 학생처에서 그녀의 주소를 얻어 냈다.

나는 밤마다 새벽까지 책을 읽었다. 눈이 아파 오고 온몸의 힘이 빠질 때까지. 책을 읽다 보면, 때때로 책이 내 얼굴로 뿜어 내는 빛이 너무나 강렬하고 현란해서, 나의 영혼과 책상 앞에 앉아 있는 몸이 녹아 없어지고, 나를 나로 만들어 주는 모든 것이 책이 뿜어 내는 빛과 함께 없어지는 것 같다는 생각이 들곤 했다. 그럴 때면, 나는 그 빛이 나를 삼키면서 점점 더 팽창해 가는 것을 상상했다. 처음에는 마치 땅의 갈라진 틈에서 새어 나온 것 같던 빛이 점차 강렬해지면서 점점 더 멀리 퍼져 나가, 나 또한 포함되어 있는 이 세상을 통째로 삼켜 버리는 것이다. 한순간, 나는 머릿속으로 그 모습을 그리는 것도 거의 불가능한, 불멸의 나무들과 잃어버린 도시가 있는 놀라운 신세계를 상상해 보았다. 그곳 거리에서 나는 자난을 만나게 될 것이고, 그러면 그녀는 나를 끌어안아 줄 것이다.

12월 말의 어느 날 저녁, 나는 마침내 자난이 살고 있다는 니샨타시에 갔다. 연말연시를 맞아 화려한 조명들로 장식해 놓은 가게에서 옷을 차려입은 여인들이 아이들과 함께 쇼핑을 하고 있는 중심가를 한참 동안 정처 없이 걸어 다녔다. 그리고 새로 문을 연 샌드위치 가게와 신문 가판대, 제과점과 옷 가게 앞에서 서성거렸다.

상점들이 문을 닫고, 붐비던 거리가 한산해질 때쯤, 나는 뒷골목에 있는 한 아파트의 벨을 눌렀다. 파출부가 문을 열었다. 자난의 같은 과 친구라고 나를 소개했다. 파출부가 안으로 들어갔다. 텔레비전에서 정치가가 연설하는 소리가 흘러나왔다. 속삭이는 소리도 들렸다. 키가 크고 하얀 와이셔츠를 입은 자난의 아버지가 손에 하얀 냅킨을 든 채로 걸어 나왔다. 그는 내게 안으로 들어오라고 말했다. 화장을 곱게 한 얼굴에 무슨 일인지 궁금해하는 표정이 역력한 자난의 어머니와 잘생긴 오빠가 저녁 식탁에 앉아 있었는데, 네 번째 자리는 비어 있는 채였다. 텔레비전에서는 뉴스가 흘러나오고 있었다.

나는 자난의 같은 과 친구라고 인사한 다음, 그녀가 학교에 나오지 않아서 친구들이 걱정하고 있으며, 전화를 해 봤지만 만족할 만한 답을 얻지 못했노라고 말했다. 그리고 내가 쓰다만 통계학 리포트를 그녀가 가지고 있는데, 죄송하지만 그걸 찾아가면 안 되겠느냐고 물었다. 내가 돌아가신 아버지의 낡은 외투를 왼팔에 걸치고 있었던 탓에, 틀림없이 창백한 양가죽을 뒤집어쓴 사나운 늑대처럼 보이리라는 생각이 들었다.

자난의 아버지가 "자넨 좋은 친구 같군." 하고 말문을 열었다. 내게 허심탄회하게 이야기하겠다고 했다. 그는 자기 질문에 솔직하게 답해 주기를 원했다. 자네는 좌익이나 우익, 혹은 근본주의나 사회주의 같은 특정한 정치적 성향을 가지고 있는가? 아니요. 그럼 혹시 학교 밖의 어떤 정치 단체와 관련되어 있는가? 아니요, 그렇지 않습니다.

잠시 정적이 흘렀다. 자난 어머니의 눈썹이 인정 혹은 친밀감을 드러내며 치켜져 올라갔다. 자난의 눈 색깔과 같은 그녀

아버지의 벌꿀 색 눈동자가 텔레비전 화면을 훑다가 잠시 머나먼 나라로 떠난 듯하더니 곧 무슨 결정을 내린 것처럼 내게로 향했다.

자난은 집을 떠났고 사라졌다. 어쩌면 사라졌다는 말은 적당한 표현이 아닐지도 모르겠다. 2~3일에 한 번씩, 걱정하지 말라고, 잘 있다고 알리는 전화가 걸려 왔기 때문이다. 수화기 너머로 들리는 잡음으로 보아 어딘가 먼 곳에서 전화하는 것 같았다. 그녀는 아버지의 질문이나 강요, 어머니의 호소는 무시한 채 자세한 얘기는 하지 않고 전화를 끊곤 했다. 가족들은 자난이 어떤 정치 단체의 비밀스러운 일에 이용되고 있다고 의심하고 있었다. 경찰에 신고하려고도 했지만 그만두었다. 총명한 자난이 자신이 처한 위험에 현명하게 대처해서 거기서 벗어날 수 있으리라 믿었기 때문이다. 자난의 어머니는 내 옷차림과 머리, 소파 위에 걸쳐 놓은 아버지의 외투, 신발 등 내 모든 것을 샅샅이 훑어본 후, 울먹이며 부탁했다. 알고 있는 정보나 짚이는 데가 있다면 빨리 말해 달라고.

나는 놀란 얼굴로 아는 바가 전혀 없다고 대답했다. 한동안 우리는 모두 식탁 위의 뵈레크[6]와 당근 샐러드가 담긴 접시를 내려다보고 있었다. 리포트를 찾으러 갔다 온 잘생긴 오빠는 내 리포트를 찾지 못했다며 미안해했다. 내가 자난의 방을 한번 둘러본다면 찾을 수 있을지도 모른다는 암시를 보냈지만, 그들은 행방불명된 딸의 침실에 나를 들여보내는 대신,

---

6) 전병 속에 고기, 치즈, 야채를 넣고 말아 만든 튀르키예 고유의 음식.

마지못해 식탁의 빈자리, 즉 자난이 앉던 자리에 앉으라는 시늉을 했다. 난 자존심이 강한 연인이었으므로, 그들의 권유를 거절했다. 그러나 막 나가려던 순간, 피아노 위에 놓인 사진을 보고 내 결정을 곧 후회했다. 아홉 살 소녀 자난이 아마도 초등학교 학예회 때 찍은 사진인 듯했다. 머리를 땋아 내리고 사랑스러운 천사 옷을 입은 그녀는 작은 날개부터 시작해서 세세한 것들까지 모두 서양에서 건너온 듯한 것들로 치장한 채 우울한 표정으로 아버지와 어머니 곁에서 희미하게 웃고 있었다.

바깥의 밤은 너무나 적의에 차 있었고, 쌀쌀했다. 어두운 골목들은 또 얼마나 비정했는지! 떼 지어 거리를 떠도는 개들이 왜 그렇게 서로에게 파고드는지 한순간에 이해할 수 있었다. 텔레비전 앞에서 잠들어 버린 어머니를 깨웠다. 연민의 정이 몰려왔다. 어머니의 창백한 목을 만졌다. 어머니의 냄새를 느꼈다. 나를 안아 주길 바랐다. 그러나 내 방으로 들어선 순간, 진정한 내 인생이 이제 막 시작되려 함을 다시 한 번 느꼈다.

책을 읽었다. 책이 나를 굴복시키고 이 세계로부터 다른 세계로 데려가 주기를 기원하며, 경외심을 갖고 읽었다. 새로운 나라들, 새로운 사람들, 새로운 모습들이 내 앞에 나타났다. 불꽃 색 구름들, 어두운 바다, 보라색 나무, 진홍색 파도들. 그 다음엔 어느 봄날 아침 소나기가 내린 뒤 갑자기 해가 나오듯, 희망과 자신감으로 가득 찬 나의 발걸음 앞에서 더러운 아파트 건물들과 저주받은 거리들과 닫힌 창문들이 저 멀리 달아

새로운 인생

나더니, 내 마음의 눈 앞에 도사리던 혼돈의 환영들도 천천히 사라지고, 아이를 품에 안은 사랑의 신이 눈부신 후광과 함께 나타났다. 그 아이는 피아노 위의 사진에서 본 소녀였다.

그 소녀가 미소를 지으며 나를 바라보았다. 무엇인가를 얘기하려는 것도 같았다. 어쩌면 얘기했는데 내가 알아듣지 못했는지도 몰랐다. 한순간 나는 속수무책이 되어 버렸다. 내 마음속 목소리는 내가 절대 이 아름다운 사진의 일부가 될 수 없다고 말하고 있었다. 깊은 후회가 내 마음을 감쌌다. 나는 그 둘이 묘한 형태로 떠오르다 공중으로 사라지는 것을 가슴 아프게 지켜보았다.

이 환상들은 한순간 내 마음속에 너무나 큰 공포감을 불러일으켰다. 나는 그 책을 처음 읽던 날 그랬던 것처럼, 책이 뿜어 내는 빛으로부터 나 자신을 보호하기 위해, 두려운 마음으로 얼굴을 책에서 멀리 떼어 냈다. 내 방의 정적을, 책상이 내게 안겨 준 평안을, 손과 팔이 얌전히 놓여 있는 모습을, 내 물건들, 담뱃갑, 가위, 교과서, 커튼 그리고 침대 사이에서 내 몸이 이곳에, 다른 삶 안에 놓여 있는 것을 비통해하며 바라보았다.

따뜻한 체온과 맥박 소리로 그 존재를 느낄 수 있는 내 몸이 이 세상에서 멀어지기를 간절히 원했다. 그러나 동시에 아파트 건물 내의 소음들, 먼 데서 들려오는 보사 상수의 목소리를 의식하고 있었다. 그리고 한밤중에 일어나 앉아 책을 읽는 이 행위가 이 순간 속에 존재하는, 견딜 만한 측면이라고 생각했다. 잠시 동안 멀리서 들려오는 자동차 경적 소리, 개

짖는 소리, 희미한 바람 소리, 거리를 지나가는 두 사람의 말소리(그중 한 명이, 내일 아침에 하자고 말했다.), 그리고 갑자기 이 모든 밤의 소리들을 뒤덮어 버린 기다란 화물 열차 소리를 들었다. 시간이 한참 흐른 후, 모든 것이 한순간에 절대적인 고요 속으로 녹아 버리자, 갑자기 눈앞에 환상이 나타났다. 그러자 책이 내 영혼에 얼마나 큰 영향을 미쳤는지를 알 수 있었다. 펼쳐진 책이 뿜어 내는 빛을 향해 내 얼굴을 고정하자, 내 영혼은 마치 아무것도 쓰여 있지 않은 공책의 표면처럼 새하얗게 변했다. 책에 쓰여 있는 하나하나가 내 영혼에 영향을 미치는 것 같았다.

앉은자리에서 손을 뻗어 서랍에서 공책 하나를 꺼냈다. 가로세로로 줄이 그어진 모눈종이 노트였다. 책을 발견하기 몇 주 전에 공전(空電) 수업을 위해 사 두기만 하고 사용하지는 않았다. 첫 장을 펼쳐, 깨끗하고 하얀 종이의 냄새를 코로 들이마셨다. 그러고 나서 볼펜을 들고 책이 내게 말한 것들을 한 문장 한 문장 공책 위에 쓰기 시작했다. 책이 말한 한 문장을 공책에 적은 후에 다음 문장을 읽었고, 그 문장을 쓴 후에 다음으로 넘어갔다. 이렇게 해서 한 단락을, 연이어 또 하나의 단락을 그대로 옮겨 쓰면서 책이 내게 말해 준 것들에 새로이 생기를 불어넣었다. 한참을 쓰다가 고개를 들고 책을 봤다가, 다시 노트를 들여다보았다. 내가 노트에 쓴 것은 책에 쓰여 있는 것들과 동일했다. 흡족했다. 그래서 매일 밤 새벽까지 같은 일을 반복하기 시작했다.

이제 수업은 안중에도 없었다. 어느 강의실에서 무슨 수업이 있는지조차 전혀 개의치 않았고, 자신의 영혼으로부터 도망친 사람처럼 복도를 어슬렁거렸다. 끊임없이 휴게실을 들락거렸고, 그다음에는 꼭대기 층에, 그다음엔 도서관에, 그다음엔 강의실에, 그러고 나서는 다시 휴게실로 돌아갔다. 이 중 어떤 곳에서도 자난을 볼 수 없다는 사실을 깨달을 때마다 배를 칼로 찌르는 듯한 통증을 느끼며 괴로워했다.

하루하루가 지나면서, 배에서 느껴지는 통증에도 익숙해졌다. 통증을 조금이나마 제어할 수 있게 된 것이다. 어쩌면 빨리 걷는 것이나 담배를 피우는 것이 효과가 있었는지도 모른다. 그러나 가장 중요한 것은 시간을 보낼 만한 사소한 일거리를 찾는 것이었다. 누군가가 들려준 이야기, 새로 나온 보라색 제도용 펜, 창문 너머로 본 나무들의 연약함, 거리에서 우연히 마주친 새로운 얼굴은 아주 짧은 순간이나마 배에서 온몸으로 퍼지는, 그 불안과 고독으로 인한 통증을 잊는 데 도움이 되었다. 자난을 만날지도 모르는 장소, 예를 들면 휴게실 같은 곳에 들어갔을 때 사방을 눈으로 훑으면서, 그 장소가 부여하는 모든 가능성을 한순간에 없애지 않고, 청바지 차림으로 담배를 피우며 구석에서 수다를 떨고 있는 여학생들을 먼저 발견하고서도 내 앞이나 뒤에 어디엔가 자난이 앉아 있을 거라 상상하곤 했다. 잠시나마 이 상상을 완전히 믿었기 때문에, 그녀가 사라질까 봐 두려워서 뒤돌아보지도 못하고, 계산대 앞에 줄을 서서 기다리는 사람들과 2주 전에 자난이 내 앞에 책을 놓았던 탁자에 앉아 있는 사람들 사이를 오랫동안 둘러보곤 했다. 이렇게 나는 자난이 바로 뒤에서 움직이고 있다는 행복한 상상을 몇 초 더 할 수 있었고, 그런 식으로 내 상상을 더 강력하게 믿게 되었다. 달콤한 액체처럼 내 핏줄에 서서히 퍼지는 이 상상은, 내가 고개를 돌려 그곳에 자난, 혹은 그녀를 나타내는 그 어떤 것도 없다는 사실을 확인했을 때, 내 위를 뒤틀리게 하는 독으로 변해 버리곤 했다.

사랑의 아픔이라는 것이 쓸모 있는 것이란 말은 여러 번 들었고 많이 읽기도 했었다. 대부분 점술서나 신문의 '오늘의 운세' 난 바로 옆, 또는 '가정·가족·행복' 면에 샐러드 사진과 크림 만드는 법 사이에 위치해 있는 이런 헛소리들을 그즈음에 자주 읽곤 했다. 배에서 느껴지는 통증 때문에, 그리고 외로움과 질투가 나를 사람들로부터 멀어지게 하고 너무나 절망적으로 만들었기 때문에, 신문이나 잡지의 별자리 점뿐 아니라 다른 것들에서도 맹목적인 도움을 기대하곤 했다. 위층으로 올라가는 계단의 개수가 홀수라면, 자난은 위층에 있을 것이다. 문에서 처음으로 나오는 사람이 여자라면, 오늘 자난을 볼 것이다. 일곱까지 셀 동안 기차가 움직인다면, 자난이 나를 찾아와 얘기할 것이다. 배에서 처음 내리는 사람이 나라면, 자난은 오늘 올 것이다.

배에서 처음 내린 사람은 나였다. 보도블록 사이의 선도 한 번도 밟지 않았다. 커피숍 바닥에 널려 있는 사이다 뚜껑의 수도 홀수였다. 자난의 외투처럼 보라색이 나는 스웨터를 입은 용접공과 같이 차를 마시기도 했다. 내가 본 다섯 대의 택시 번호판에 있는 알파벳으로 그녀의 이름을 만들 수 있을 만큼 행운도 따랐다. 숨을 한 번도 쉬지 않고 카라쾨이 지하도 입구로 들어가 반대편 출구로 나오는 것도 성공했다. 니샨타시에 가서 창문을 9,000개까지 한 번도 틀리지 않고 세었다. '자난'이라는 이름에 '애인'과 '신'이라는 두 가지 뜻이 있다는 것을 모르는 사람과는 친구 관계를 끊었다. 우리 두 사람의 이름이 각운을 이룬다는 사실을 발견하고, 상상 속에서 인쇄한 청첩장을 '새로운 인생' 캐러멜 포장지에 적혀 있는 여러 가지 멋진 민요들로 장식했다. 일주일 내내, 새벽 3시면 창밖을 내다보고 불이 환하게 밝혀진 창의 숫자가 내가 예측한 개수에서 5퍼센트의 오차 확률을 넘지 않는 것을 확인하고 기뻐했다. 서른아홉 명에게 푸줄리의 유명한 시구인 '신(Canan)이 없다면 생명도 없다.'를 거꾸로 읽어 들려주었다. 나는 스물여덟 가지 목소리로 가장하여 이 집 저 집에 전화를 하며 그녀의 소식을 물었다. 광고판, 포스터, 깜박거리는 네온사인, 약국 쇼윈도, 되네르[7] 가게, 복권 판매소에서 본 글자들을 머릿속에서 끼워 맞춰서 매일 서른아홉 번 '자난'을 만들어 내기 전에는 집으로 돌아가지 않았다. 그래도 자난은 돌아오지 않았다.

어느 날 밤 모든 게임들을 곱절로 하고, 확률과 우연의 전쟁에서 승리한 기분으로 집으로 돌아가는 중이었다. 이러한 게임들을 함으로써 꿈속에서나마 자난을 내게로 더 가까이 데려올 수 있었다. 내 방에 불이 켜져 있는 것이 보였다. 어머니가 내 늦은 귀가를 걱정하고 계시거나, 아니면 내 방에서 무언가를 찾고 있는 중이었을 것이다. 그렇지만 내 머릿속에는

---

7) 회전하는 축에 꽂아 구운 고기.

완전히 다른 장면이 떠올랐다.

불이 밝혀진 책상 앞에 앉아 있는 것을 상상했다. 너무나 간절히 소원하며 상상했기 때문에, 커튼 사이로 희미하게 보이는 지저분한 하얀 벽 앞 희미한 오렌지색 전등 바로 옆에 앉아 있는 나 자신을 한순간 본 것만 같았다. 그 순간, 너무나 가슴 벅찬 자유의 느낌이 밀어닥쳐서, 난 너무나 놀랐다. '모든 게 이렇게나 단순한 거였어.'라고 생각했다. 제삼자의 시선으로 본 내 방의 남자는 그곳에 계속 머물러야 했다. 그리고 나는 그 방으로부터, 집으로부터, 모든 것으로부터, 어머니의 냄새로부터, 내 침대로부터, 22년 동안 살아온 내 인생으로부터 달아나야만 했다. 새로운 인생은 그 방을 떠나야만 시작할 수 있는 것이었다. 내가 아침마다 그 방을 나와서 밤마다 그 방으로 돌아가기를 반복하는 한, 자난이나 그 나라, 둘 중 어느 쪽에도 가까워질 수 없었기 때문이다.

나는 방에 들어가서 마치 남의 물건을 보듯 내 침대를 내려다보았다. 책상 한구석에 쌓여 있는 책들, 자난을 만난 후로는 한 번도 자위를 하지 않았기 때문에 뒤적이지 않았던 포르노 잡지들, 라디에이터 위에 올려 둔 젖은 담뱃갑, 접시에 모아 놓은 동전들, 열쇠고리, 문이 완전히 닫히지 않는 옷장, 나를 과거의 세계에 묶어 두고 있는 내 물건들을 바라보았다. 도망쳐야만 한다고 생각했다.

나중에, 책을 읽으면서 베껴 쓰면서, 나는 내가 읽고 쓰고 있는 것이 이 세계 안의 어떤 움직임을 말해 준다는 것을 깨달았다. 나는 한 곳이 아닌 모든 곳에 동시에 존재해야만 했다. 내 방은 하나의 장소였다. 모든 곳이 아니었다. 나는 스스로에게 물었다. '자난도 없을 텐데 타슈크슐라에는 뭐 하러 가?' 한때는 공연히 찾아가곤 하다가 더 이상은 가지 않는, 마찬가지로 자난이 없는 다른 곳들도 있었다. 이제는 책이 나를 인도하는 곳, 자난과 새로운 인생이 있는 곳으로 갈 것이다. 책이 내게 설명한 것들을 더 많이 옮겨 적을수록 내가 가야 할 곳에 대한 지식이 점차 내 마음속으로 흘러 들어왔고, 나는 내가 서서히 다른 사람으로 변하는 것을 느끼며 행복해했다. 오랜 시간이 지난 후, 자신이 지나온 길을 되돌아보며 뿌듯해하는 여행자처럼, 내가 베낀 페이지들을 보고 있을 때, 나는 내가 변해 가고 있는 인물이 누구인지를 명확하게 볼 수 있었다.

책상에 앉아 한 문장 두 문장 노트에 쓰고 또 씀으로써 새로운 인생으로 가는 길을 찾아 나가고 있는 사람은 바로 나였다. 책 한 권을 읽은 후로 인생이 송두리째 변하고, 사랑에 빠지고, 새로운 인생을 향해 나아가고 있다고 생각하는 사람도 나였다. 잠들기 전에 문을 두드리며 "새벽까지 뭘 쓰는 것 같던데, 적어도 담배는 피우지 마라."라고 어머니가 말을 건네는 사람도 나였다. 들리는 거라곤 마을의 개들이 짖어 대는 소리뿐인 시간에 책상에서 일어나 수많은 밤을 새워 읽었던 책을, 그 색이 무는 영김을 빌아 노드에 써 내려긴 글을 미기마스로 한 번 더 보는 사람도 나였다. 옷장 바닥 양말 더미 밑에 숨겨 두었던 비상금을 꺼내고, 자기 방의 불도 끄지 않은 채 어머니 침실 문 앞에 서서 잠든 어머니의 숨소리를 듣고 있는 사람도 나였다. 천사여, 자정이 훨씬 지난 시각에 겁 많은 침입자처럼 자기 집을 슬그머니 빠져나와 거리의 어둠 속으로 사라져 가는 것도 나였다. 마치 다른 사람의, 부서지기 쉽고 모든 것이 고갈되어 버린 삶을 슬퍼하며 눈물을 흘리는 것처럼 인도에 서서 자기 방 창문을 올려다보고 있었던 것도 나였다. 밤의 정적 속에 울려 퍼지는 자신의 발걸음 소리를 들으며 새로운 인생을 향해 열심히 뛰어가던 것도 나였다.

이 동네에서 불이 켜져 있는 집은 철도원 르프크 아저씨네 집뿐이었다. 나는 단숨에 담장 위로 올라갔다. 반쯤 열린 커튼 사이로 희미한 불빛 아래 앉아 담배를 피우고 있는 라티베 아주머니가 보였다. 르프크 아저씨가 쓴 동화 중에도 '황금의 땅'을 찾아서, 어둠의 장소가 부르는 소리와 머나먼 나라에서 들려오는 아우성 소리와 여전히 보이지 않는 나무들이 울부짖는 소리에 귀를 기울이며 자신이 자라난 우울한 거리를 떠나는 용감한 주인공이 나오는 이야기가 있었다. 나는 철도청에서 근무했던 아버지가 남겨 준 외투를 입고 어둠의 심장부로 걸어 들어갔다.

밤은 나를 숨겨 주었다. 나를 지켜 주고, 길을 안내해 주었다. 나는 규칙적으로 움직이고 있는 도시의 내장, 마비 환자의 동맥처럼 딱딱한 콘크리트 고속도로 속으로, 우유와 고기와 통조림을 실은 시끄러운 트럭의 신음 소리가 울려 퍼지는 네온사인 가득한 큰길 속으로 계속 나아갔다. 나는 빛을 반사하고 있는 젖은 인도 위에 놓인, 먹었던 것을 다 게워 놓은 쓰레기통을 축복했다. 그리고 한시도 가만히 서 있지 않는 무시무시하게 생긴 나무들에게 길을 물었다. 이 시간까지 자지 않고 어둡게 조명을 밝힌 가게에 앉아 셈을 맞춰 보고 있는 동료 시민들에게 눈짓을 보냈다. 관할 경찰서 앞에서 당직을 서고 있는 경찰관을 피해서 지나갔다. 새로운 인생의 반짝임에 대해 알지 못하는 주정뱅이들, 노숙자들, 무신론자들, 낙오자들에게 쓸쓸한 미소를 보내 주었다. 소리 없이 빨간 불이 깜박이는 가운데, 잠을 이루지 못하는 죄인처럼 내 뒤를 슬그머니 따라온 택시 운전사들과는 어두운 눈빛을 교환했다. 나는 비누 광고판에서 나를 내려다보며 웃고 있는 아름다운 여자들에게 속지 않았다. 담배 광고 속에 나오는 잘생긴 남자도 믿지 않았고, 케말 아타튀르크[8]의 동상도, 주정뱅이와 불면증 환자들이 앞다투어 사려고 하는 내일 신문 초판도, 24시간 문을 여는 커피숍에서 차를 마시고 있는 복권 판매업자도, 내게 손짓하며 "앉게나, 젊은이."라고 소리치는 그의 친구도 나는 믿지 않았다. 썩어 가는 도시의 냄새는 바다와 햄버거, 화장실과 배기가스, 휘발유와 오물 냄새가 진동하는 버스 터미널로 나를 이끌었다.

나는 새로운 공간, 새로운 심장, 새로운 인생을 약속하는, 버스 회사 사무실 위에 붙어 있는 아크릴 유리 글자들과 수백 개의 다양한 도시와 마을 이름에 현혹되지 않기 위해 작은 식당 안으로 들어갔다. 그 안에서 나는, 마침내 소화기 디될 때까지 누구의 배 속으로 들어가 몇 백 킬로미터를 여행

---

8) 튀르키예 공화국의 초대 대통령.

해야 하나 궁금해하며 커다란 냉장고 안에 진열돼 있는 레바니[9]와 무할레비[10]와 샐러드에 등을 돌리고 앉았다. 이것들은 도시와 버스 회사의 이름을 나타내는 글자들처럼 일렬로 가지런히 놓여 있을 뿐이었다. 그러고는 내가 누구를 기다리고 있었는지를 잊어버렸다. 천사여, 어쩌면 나는 네가 나를 끌어당겨서 부드럽고 우아하게 주의를 주고, 올바른 길로 인도해 주길 기다리고 있었는지도 모르겠다. 그러나 식당 안에는 아이를 안고 있는 엄마와, 졸면서도 꾸역꾸역 음식을 먹고 있는 고집 센 여행객 둘 외에는 아무도 없었다. 새로운 인생에 대한 계시를 찾고 있는 나의 눈에 다음과 같은 경고문이 들어왔다. '스위치에 손대지 마시오.' 또 다른 안내문도 있었다. '화장실은 유료입니다.' '주류 반입 금지.' 세 번째 것은 앞의 둘보다 더 딱딱하고 엄격해 보이는 글씨로 쓰여 있었다. 내 이성의 창문 앞으로 검은 까마귀들이 날갯짓을 하면서 지나가는 것이 보이는 듯했다. 바로 이 순간 나의 죽음이 시작되는 것이 보이는 듯했다. 천사여, 그 식당에서 내게로 천천히 조여 온 그 슬픔을 너에게 설명해 주고 싶었지만 나는 너무 지쳐 있었어. 나는 수 세기 동안 잠들지 않는 숲이 울부짖는 듯한 신음 소리를 내 귓속에서 들었다. 나는 고물 버스가 언덕길을 오를 때마다 그 엔진에서 들리는 난폭한 영혼들의 꿀떡대는 소리를 좋아했다. 나는, 새로운 세계의 입구로 가는 길을 찾고 있던 자

---

9) 달걀과 밀가루로 만든 후식.
10) 우유와 쌀가루를 섞어 만든 후식.

난이 머나먼 나라에서 조용히 나를 부르는 소리를 들었다. 그러나 나는 기술적인 문제 때문에 소리가 안 나오는데도 묵묵히 영화를 보는 관객처럼 조용히 있었다. 고개가 푹 수그러지면서 잠들어 버렸기 때문이다.

내가 얼마 동안 잠들어 있었는지는 모르겠다. 내가 깨어났을 때, 나는 아직 그 식당에 그대로 있었지만 주위 사람들은 모두 바뀌어 있었다. 나를 비유할 데 없는 순간으로 데리고 가 줄 엄청난 여행의 출발지를 천사에게 말해 줄 수 있을 것 같았다. 내 맞은편에 앉은 세 명의 젊은이는 돈과 버스표 값 계산을 가지고 시끄럽게 실랑이를 벌이고 있었다. 외롭디외로워 보이는 한 노인이, 외투와 비닐봉지를 테이블 위 수프 그릇 옆에 놓고 자신의 슬픈 인생의 냄새를 맡으며 손에 쥔 수저로 수프를 휘젓고 있었다. 테이블이 줄을 맞춰 늘어선 어두운 한 구석에서는 종업원 하나가 하품을 하며 신문을 읽고 있었다. 내 옆에는 천장에서 지저분한 타일 바닥까지 내려오는, 성에 낀 유리 벽이 있었고, 그 뒤에는 검고 푸른 밤이, 그리고 어둠 속에는 새로운 세계로 나를 데려다 주겠다며 엔진 소리를 윙윙대고 있는 버스들이 있었다.

나는 알 수 없는 시간에 아무 버스나 골라잡고 올라탔다. 아직 아침은 아니었지만 달려가는 동안 날이 점점 밝아 왔고, 해가 떴다. 나의 눈은 햇살와 삶으로 가득 차 있있다. 그다음엔 아마 곯아떨어졌던 것 같다.

나는 수많은 버스에 올라탔고, 수많은 버스에서 내렸다. 수없이 많은 터미널을 돌아다니며 버스에 올랐고, 버스에서 잠을 잤다. 밤낮으로 버스를 탔다. 작은 마을에서 버스에 타고 내렸다. 며칠 동안 어둠 속을 달리기도 했다. 나는 생각했다. 이 젊은 여행자는 미지의 영역으로 가고자 하는 의지가 너무나 확고해서, 그를 새로운 세계의 입구로 데려다 줄 길에서 쉼 없이 이동하는구나.

4

오 천사여, 어느 추운 겨울밤, 나는 며칠째 여행 중이었다. 매일 갈아 타곤 하던 버스들 중 한 대 속에서, 내가 어디서 출발했는지 어디로 가고 있는지, 얼마나 빨리 달리고 있는지도 모른 채 나는 가고 있었다. 나는 시끄럽고 지친 버스의 오른쪽 뒤 어딘가에서, 반은 잠에 취해, 반은 잠에서 깨어 잠보다는 꿈에, 꿈보다는 바깥의 어둠 속 유령에 가깝게 앉아 있었다. 반쯤 감은 눈꺼풀 밑으로 버스의 상향등 불빛을 받은 끝없는 초원 위의 앙상한 나무 한 그루와 화장수 광고 문구가 쓰여 있는 바위와 선신주와 가끔씩 시나가는 트럭들의 무시무시한 전조등 불빛을 보았다. 동시에 운전사 좌석 위에 있는 텔레비전에서 나오는 영화도 보고 있었다. 여자 주인공이 대사를 할 때마다 화면은 자난의 코트와 같은 보라색으로 변했고, 성미가 급하고 말이 빠른 남자 배우가 그녀의 말에 대꾸를 할 때는 언젠가 내 마음을 흔들어 놓았던 탁한 푸른색으로 변하곤 했다. 그리고 그 보라색과 푸른색이 같은 화면 안에서 하나로 합쳐졌을 때, 나는 언제나 그렇듯이 너를 생각하고, 또 추억하고 있었어. 하지만, 아아, 그들은 키스를 하진 않았지.

바로 그 순간, 버스 여행을 시작한 지 3주째 되던 때, 영화를 보던 도중 나는 놀라우리만큼 강렬한 결핍과 불안감, 기대감에 빠져 드는 것을 느꼈다. 앞 좌석 뒤에 붙은 재떨이에 신경질적으로 담뱃재를 털었다. 그리고 잠시 후 나는 그 뚜껑을 강하고 단호하게 이마로 들이받아 닫을 참이었다. 아직까지도 키스를 하지 않고 있는 연인들의 우유부단함에 나의 분노 섞인 안달감은 더 심각하고 날카로운 초조감으로 바뀌었다. 지금, 지금 그것이 오고 있었다. 심오하면서도 고귀한 그 무엇이 지금 다가오고 있다는 느낌. 왕의 머리에 왕관이 씌워지기 전에 영화의 등장인물을 포함한 모든 관객이 느꼈던 그 초조한 정적 속에서 궁정을 날아다니는 비둘기 한 쌍이 날갯짓하는 소리만이 울렸다. 내 옆에서 졸고 있던 노인이 갑자기 신음 소리를 냈다. 그를 쳐다보았다. 100킬로미터 전, 그러니까 서로를 질투하며 흉내 내는 작고 초라한 두 마을을 지나기 전에, 내게 자신이 겪고 있는 끔찍한 통증에 대해 말했던 대머리 노인은, 얼음 같은 어두운 창에 머리를 기대고 평온하게 흔들리고 있었다. 아침이 되어 마을에 도착하면, 노인이 찾는 병원의 의사가 뇌종양에 걸린 그에게 머리를 차가운 창에 대지 말 것을 권하리라고 나는 생각했다. 어두운 길로 눈을 돌렸을 때 나는 문득 며칠 동안 전혀 느끼지 못했던 조급함에 휩싸였다. 무엇인가, 이 깊고도 저항할 수 없는 기대감은? 내 온몸을 감싸는 이 참을 수 없는 갈망은 왜 지금 일어난 것인가?

내장을 뒤틀리게 하는 어떤 강력한 힘을 가진, 격렬한 소리 때문에 나는 휘청거렸다. 내 자리에서 튕겨져 나와 앞 좌석으로 굴러 떨어지면서 쇠, 양철, 알루미늄, 유리 조각과 부딪혔다. 나는 부딪히고, 다치고, 구겨졌다. 그리고 바로 그 순간, 완전히 다른 인물이 되어 똑같은 버스 좌석 속으로 떨어졌다.

그러나 버스 또한 이제 아까와 같은 버스가 아니었다. 넋을 잃고 앉아 있던 내 눈에, 운전석과 그 바로 뒤에 있는 좌석들이 산산이 부서진 후 사라져 가는 것이 푸른 안개 너머로 보였다.

내가 찾았던 것이 이것이었고, 내가 원했던 것 또한 이것임이 분명했다. 내가 찾은 것을 어떻게 가슴속에서 느꼈던가. 평온, 잠, 죽음, 시간! 나는 그곳에도 존재했고, 이곳에도 존재했다. 나는 평안 속에도 있었고 유혈이 낭자한 전쟁 속에도 있었다. 유령 같은 불면 속에도 있었고 끝없는 잠, 영원히 끝나지 않는 밤과 빠르게 흘러가는 시간 속에도 있었다. 그래서 나는 영화처럼 슬로모션으로 자리에서 일어나 방금 망자들의 세계로 떠난, 물병을 손에 쥔 젊은 차장의 시체 옆을 지나갔다. 나는 뒷문을 통해 어두운 밤의 정원으로 나갔다.

끝없이 황폐한 정원의 한끝은 깨진 유리로 덮인 아스팔트였고, 보이지 않는 다른 한끝은 되돌아갈 수 없는 나라였다. 몇 주 동안 천국과도 같은 따스함으로 흔들거리던 고요한 나라가 바로 이곳이라고 믿으며 밤의 벨벳 같은 어둠 속으로 두려움 없이 걸어갔다. 깨어 있으나 꿈속을 걷는 것처럼, 걷고 있으나 발이 땅에 닿지 않는 것처럼. 어쩌면 내 발이 없었기 때문에, 어쩌면 이제 기억할 수 없기 때문에, 어쩌면 단지 그곳에 내가 있었기 때문이었는지도 모른다. 그곳에는 오직 내가 있을 뿐이었다. 마비된 몸과 의식. 나는 나 자신만으로도 충만함을 느꼈다.

천국의 어둠 속에서 바위 옆에 앉은 다음, 땅 위에 누웠다. 하늘에는 별이 드문드문 있었고, 내 옆에는 진짜 바위가 있었다. 그리움을 느끼며 바위를 만졌다. 믿을 수 없을 만큼 황홀한, 그러나 실제이기도 한 감촉을 느낄 수 있었다. 한때, 모든 감촉이 감촉이고, 향기가 향기고, 소리가 소리였던 진짜 세계가 있었다. 그때를 지금 이 순간 보고 있다고 할 수 있는가? 나는 내 인생을 어둠 속에서 보고 있었다. 나는 책을 읽고 너를 찾았다. 이것이 죽음이라면 나는 다시 태어난 것이다. 이곳에서 나는 추억도 과거도 없는, 완전히 새로운 사람이다. 새로 시작한 텔레비전 연속극에 나오는 매력적인 신인 배우들처럼, 혹은 몇 년 만에 처음으로 별을 보는 탈주범이 그러하듯 어린아이 같이 경이로움을 느끼며. 한 번도 들어 본 적 없는 어둠의 부름을 듣고 나는 물었다. 왜 버스였고, 밤이었으며, 도시들이었는가? 왜 그 모든 길들과 다리들과 얼굴들이었는가? 왜 송골매처럼 밤을 짓누르는 외로움과 표면에 남아 있는 단어들과 돌아올 수 없는 시간인 것인가? 나는 땅이 바스락거리는 소리와 시계가 째깍이는 소리를 들었다. 시간은 3차원적인 고요함이라고 책에 쓰여 있었기 때문이다. 나는 3차원을 전혀 이해하지 못하고, 인생과 세계와 책을 파악하지 못하고, 너를 다시는 보지 못하고 죽어야 하는 것일까 생각했다. 이렇게, 새롭디새로운 별들과 이야기하고 있을 때 나는 처음으로 천진한 어린아이를 머릿속에 떠올렸다. 나는 죽기에는 아직 너무 어렸다. 나는 사물의 감촉을, 향기를, 그리고 빛을 새로이 발견하면서, 내 이마에 흐르는 피의 따스함을 차가운 손으로 느끼며 행복해했다. 나는 행복에 겨워 이 세상을 바라보았다. 자난, 너를 사랑하면서.

멀리 보이는 사고 현장에서는, 불운한 버스가 시멘트를 실은 트럭과 온 힘을 다하여 충돌했던 지점에서 피어오르는 시멘트 구름이 이미 죽은 사람들과 죽어 가는 사람들 위로 기적의 우산처럼 걸려 있었다. 버스에서는 푸르고 고집스러운 빛이 새어 나오고 있었다. 살아남았지만 잠시 후면 사라질 불운한 사람들이 새로운 행성의 표면에 발을 내딛는 사람들처럼 조심스럽게 뒷문을 통해 밖으로 나오고 있었다. 어머니, 어머니, 당신들은 남아 있고 저는 나왔습니다. 어머니, 어머니, 피가 내 주머니를 잔돈처럼 채웠습니다. 나는 그들과 이야기하고 싶었다. 손에 비닐봉지를 든 채 땅바닥을 기고 있는 모자 쓴 사내들과 찢어진 바지를 조심스레 여미는 군인들과, 신과 식섭 이야기할 수 있는 기회를 잡아 행복한 수디에 몰입한 할머니와…… 별을 세고 있는 보험 판매원에게, 죽은 운전사에게 애원하는 어머니의 마법에 걸린 딸에게, 낯선 이들과 손에 손을 잡고 첫눈에 사랑에 빠진 사람들처럼 가볍게 흔들리며 존재의 기쁨을 춤으로 추고 있는 콧수염 달린 남자들에게, 이 비할 데 없고 완벽한 시간의 비밀을 말해 주고 싶었다. 나는 그들에게, 우리 같은 신의 피조물들에게, 가끔이긴 하지만 이런 비할 데 없는 행운의 순간이 은총처럼 찾아온다는 것을 말해 주고 싶었다. 천사여, 네가 나타날 거라고, 인생에 단 한 번 이 기적의 시멘트 구름 우산 아래, 이 멋진 순간에 네가 보이리라고 사람들에게 말해 주고 싶었다. 왜 우리가 지금 이 순간 행복한지 아느냐고 묻고 싶었다. 서로를 거리낌 없이 사랑하는 사람들처럼 온몸으로 껴안고 인생에서 처음으로 마음껏 울고 있는 어머니와 아들, 피가 립스틱보다 더 빨갛고, 죽음이 삶보다 더 인자하다는 사실을 발견한 귀여운 여인, 아버지의 주검 앞에 서서 인형을 들고 별을 바라보는 운 좋은 아이, 너에게 묻는다, 이 충만함과 완벽함을 우리에게 선사한 사람은 누구인가? 내 마음속의 어떤 소리가 한 단어로 답해 주었다. 탈출구, 탈출구…… 그러나 나는 내가 죽지 않으리라는 것을 이미 알고 있었다. 잠시 후 죽을 아주머니는 피보다도 붉은 얼굴로 내게 차장이 어디 있느냐고 물었다. 가방을 빨리 찾아서, 다음 도시에서 출발하는 아침 기차 시간에 맞춰야 한다며. 그녀의 피 묻은 기차표는 내게 남겨졌다.

나는 얼굴이 창에 달라붙은, 앞 좌석에 앉았던 사망자들과 눈을 마주치지 않으려고 뒷문으로 버스에 올라탔다. 그리고 버스 여행 내내 들려왔던 끔찍한 엔진 소리를 떠올렸다. 내가 발견한 것은 죽음의 고요함이 아니었다. 추억, 욕망, 유령 들과 싸우며 이야기하는 사람들이 있었기 때문이다. 차장은 여전히 물병을 손에 쥐고 있었고, 눈에 눈물을 머금은 어머니는 평온한 모습으로 잠든 아이를 안고 있었다. 밖은 혹한이었다. 나는 다리에 통증을 느끼고 자리에 앉았다. 내 옆 좌석에 앉았던 뇌종양 환자는, 앞자리의 성급한 군상들과 함께 이 세상을 떠나 버렸다. 그러나 그의 몸은 여전히 인내하며 앉아 있었다. 잠을 잘 때는 눈이 감겨 있었고, 죽었을 때에는 눈이 뜨여 있었다. 앞자리의 한 곳에서, 어디에서 나타났는지 모를 두 명의 남자가 피투성이가 된 어떤 사람의 손발을 잡고, 너 좀 더 추워 보라는 듯이 밖으로 끄집어냈다.

가장 마법 같은 우연과 가장 완벽한 행운을 나는 그때 알아차렸다. 운전석 위에 달린 텔레비전은 건재했다. 화면 속의 연인들이 마침내 서로를 껴안았다. 나는 손수건을 꺼내 이마와 얼굴 그리고 목에서 피를 닦아 냈다. 조금 전 이마로 들이받아서 닫았던 재떨이를 열었다. 행복해하며 담배에 불을 붙이고 화면에 나오는 영화를 시청했다.

그들은 키스를 했다. 그리고 또 키스를 했다. 서로의 입술에서 립스틱과 인생을 마셨다. 어렸을 때 극장에서 영화를 보다가 입 맞추는 장면이 나오면 나는 왜 숨을 멈추었을까? 왜 발을 흔들며, 입맞춤하는 사람들을 보지 못하고 그들 머리 위의 스크린만 쳐다보고 있었을까? 아, 입맞춤! 성에 낀 창에 비친 하얀 빛 속에서 내 입술에 뭉개진 핏을 나는 기억에 있다. 인생에서 오직 단 한 번. 나는 눈물을 흘리며 자난의 이름을 여러 번 불렀다.

영화가 끝났을 때, 창밖의 추위가 차갑게 식은 주검조차도

떨게 만들 때, 나는 전조등 빛을, 그리고 불행한 광경에 경의를 표하며 서 있는 트럭을 보았다. 여전히 무심하게 끝난 화면을 보고 있는, 옆 좌석에 앉은 사람의 재킷 주머니에는 크고 두둑한 지갑이 들어 있었다. 이름은 마흐무트, 성은 마흘레르였다. 신분증. 군대에 가 있는, 나와 닮은 아들의 사진. 1966년도 《데니즐리》 신문에서 오려 낸 닭싸움 관련 기사. 지갑 속의 돈은 내가 몇 주일 동안 쓰고도 남을 정도였다. 혼인 증명서도 내가 챙겼다. 감사합니다.

우리를 마을로 데려다 준 트럭 짐칸에서, 살아 있는 사람들은 참을성 있는 주검들과 함께 혹한을 피하기 위해 바닥에 누워 별을 바라보았다. 별들이 우리에게 침착하라고 말하는 것 같았다. 마치 우리가 침착하지 않기라도 한 것처럼 말이다. 우리는 기다리고 있었다. 트럭 위에 누워 트럭의 흔들림을 느끼며 떨고 있을 때, 몇 점의 성급한 구름들과 당황한 나무들이 비단 같은 밤과 함께 우리 곁을 찾아왔을 때, 어슴푸레하지만 생기 넘치는 빛과 주검들 사이에서 행복과 흥겨움이 뒤엉킬 때, 그 모습은 마치 명랑하고 농담도 잘할 것 같은 나의 사랑하는 천사가 하늘에서 나타나 내 마음과 인생의 비밀을 열기 위한 완벽한 시네마스코프 같은 장면을 연출하는 것 같았다. 그러나 르프크 아저씨의 만화책에 나왔던 장면은 실현되지 않았다. 나뭇가지들이 머리 위를 흘러가고 어두운 전신주가 연이어 미끄러질 때, 나는 둥근 밤하늘에 떠 있는 북극성과 큰곰자리를 바라보며 p 기호를 떠올렸다. 나중에 생각한 바에 의하면, 사실 그 순간은 완벽하지 않았다. 무엇인가가 부족했다. 내 몸에는 새 영혼, 내 앞에는 새 인생, 내 주머니에는 돌돌 만 돈, 그리고 하늘에는 새 별들이 있는데, 무엇이 부족한가? 나는 그 빠진 부분을 찾아낼 것이다.

인생을 불완전하게 만드는 것은 무엇일까?

내 다리가 불완전하다고, 병원에서 내 무릎을 꿰매던 초록색 눈의 간호사가 말했다. 그녀는 내게 참으라고 했다. 그렇다면 나와 결혼해 주겠소? 내 다리와 발에는 금이 가거나 뼈가 부서진 곳이 없었다. 그렇다면 나와 사랑을 나누겠소? 내 이마에는 끔찍하게 꿰맨 자리가 있었다. 내 두 눈에 고통의 눈물이 고였다, 나는 무엇인가가 불완전하다고 생각했다. 상처를 꿰매는 간호사의 오른손에 반지가 끼워진 것을 보고 눈치를 챘어야 했는데, 그녀가 기다리는 남자는 독일에 있는 것 같았다. 나는 새로운 사람이었지만 아직 완전히 새롭지는 않았다. 그런 상태로 나는 병원과 졸음에 겨워하는 간호사를 뒤로하고 길을 떠났다.

사원의 아침 기도 소리가 들릴 때, '새로운 빛'이라는 호텔에 들어가서 가장 좋은 방을 달라고 했다. 방 안의 먼지 낀 서랍에서 찾아낸 오래된 《휘리예트》 신문을 보면서 자위를 했다. 일요일자 신문이었다. 부록의 컬러 면에서는, 니샨타시에 있는 레스토랑의 여주인이 밀라노에서 주문한 가구들과 거세한 두 마리의 고양이, 그리고 얼핏게 빛긴 자신의 몸 일부를 과시하고 있었다. 나는 잠이 들었다.

내가 예순 시간 정도 머물렀고, 그중 서른세 시간을 '새로운 빛'에서 잠들어 보냈던 슈린에르라는 동네는 매우 정겨운 곳이었다. 1) 이발소. 진열대 위에는 알루미늄 포일로 싼 오파 상표 면도 비누가 있었다. 그 면도 비누의 희미한 박하 향은 내가 그곳에 머무르는 내내 내 볼에 남아 있었다. 2) 겐치에르 레르 찻집. 손에 스페이드와 킹 카드를 들고 넋을 잃고 있는 노인들은 가끔 마을 광장에 있는 아타튀르크 동상을, 트랙터 를, 다리를 약간 저는 나를, 텔레비전에 나오는 여자들과 축구 선수들을, 살인 사건들을, 비누 광고들을, 서로 키스하는 사람 들을 쳐다보곤 했다. 3) 말보로 간판이 있는 가게. 이곳에는 담 배 말고도 오래된 가라테 영화와 중간 수위의 포르노 비디오, 일반 복권과 스포츠 복권, 삼류 범죄 소설, 쥐약, 자난을 연상 케 하는 미녀가 웃고 있는 달력도 있었다. 4) 식당. 콩, 완자. 먹 을 만했다. 5) 우체국. 집에 전화를 했다. 어머니들은 이해하지 못하고 울기만 한다. 6) 슈린에르 찻집. 이틀 동안 가지고 다녀 서 이제는 외워 버린,《휘리예트》에 나온 우리의 행복한 교통 사고에 관한 짧은 기사를(열두 명 사망!) 한 번 더 이곳에서, 탁 자 앞에 앉아 희열을 느끼며 읽고 있을 때, 서른 살 정도, 아 니 서른다섯 살, 아니 마흔 살로 보이는, 살인 청부업자로도 사복 경찰로도 보이는 한 남자가 내 뒤로 그림자처럼 다가왔 다. 그러고는 자기 주머니에서 시계를 꺼내 상표(제니스)를 읽 고, 이런 시를 읊었다.

광기의 시에서 포도주가 사랑의 변명이 된다면
죽음은 왜 그럴 수 없는가?
신문에는 당신이 사고의 포도주로

행복해졌다고 쓰여 있소.

그는 내 대답도 기다리지 않고, 자극적인 오파 향기를 남긴 채 찻집에서 나갔다.

결국엔 항상 버스 터미널로 나를 데려가고 마는 내 두 발을 따라 걸으면서, 나는 왜 모든 정겨운 소도시에는 유쾌한 미치광이가 있는가 하는 생각을 했다. 포도주와 시를 좋아하던 그 미치광이는 이 정겨운 도시에 딱 두 군데뿐인 술집 중 어느 곳에서도 찾을 수 없었다. 그 술집에서 나는, 자난, 너에 대한 사랑을 생각할 때만큼 강렬한, 타는 듯한 목마름을 느끼기 시작했다. 잠이 부족한 운전사들, 지친 버스들, 면도를 하지 않은 차장들이여! 내가 가고자 하는, 그 알려지지 않은 세계로 나를 데려다 주오! 의식을 잃고, 이마에서 피를 흘리고 있는 내가 다른 사람이 될 수 있도록, 죽음의 문턱으로 나를 데려가 주오! 나는 그렇게 상처 두 군데를 꿰매고, 주머니에는 죽은 사람의 불룩한 지갑을 지닌 채, 어느 날 밤 마기루스 버스의 낡은 뒤 좌석에 앉아 슈린에르를 떠났다.

밤! 바람 불던 기나긴 밤. 창의 어두운 거울 사이로 마을들이 지나가고, 어두운 양 우리들, 불멸의 나무들, 슬픔에 잠긴 주유소들, 텅 빈 식당들, 정적에 싸인 산들, 놀라서 허둥대는 토끼들이 시나샀나. 나는 때때로 청녕한 밤에 빌리 쌈박이는 빛을 바라보면서, 빛이 밝히는 상상 속의 삶을 꿈꾸면서, 행복한 삶의 자리에 자난과 나만을 위한 자리를 마련하곤 했다. 버스가 깜박이는 불빛에서 멀어지기 시작할 때, 나는 제어할

수 없이 덜컹거리는 의자에서 벗어나 그 불빛이 있는 지붕 밑
에 서 있고 싶었다. 때로는 주유소에서, 휴게소에서, 나무들이
경외심을 갖고 기다리는 교차로에서, 좁은 다리에서, 우리 곁
을 천천히 지나가는 버스 안의 여행객들을 바라보며 그들 사
이에서 자난을 보았다고 상상하곤 했다. 나는 내 상상을 고집
스럽게 붙들고 자난이 탄 버스를 어떻게 찾아내어 그녀를 껴
안을 것인가를 계획하곤 했다. 때로는 너무나 지치고 절망적
이 되어서, 내가 탄 난폭한 버스가 한밤중에 인적 드문 마을
의 좁은 골목을 돌고 있을 때, 반쯤 열린 커튼 사이로 보이는,
테이블에 앉아 한가하게 담배를 피우는 사람이 되고 싶기도
했다. 그러나 나는 알고 있었다. 사실은 내가 다른 곳, 다른 시
간에 있기를 원한다는 것을.

그 끔찍한 사고로 죽은 사람들의 주검 사이, 영혼이 몸에
서 빠져나가는 것과 빠져나가지 못하는 것 사이에서 주저하
는 그 행복한 가벼움의 순간에…… 일곱 층의 하늘을 올라가
여행을 준비하기 전에, 피바다와 유리 조각들로 시작하는 돌
아올 수 없는 나라의 문턱에서 어두운 광경에 눈이 익숙해지
려고 할 때, 나는 희열을 느끼며 생각할 것이다. 안으로 들어
갈까 말까, 돌아갈까 계속 갈까? 다른 나라의 아침은 어떨까?
여행을 완전히 그만두고 한없는 밤의 어둠 속에서 길을 잃는
것은 어떨까? 나는 나 자신으로부터 빠져나와 다른 사람이
될 것이다. 자난을 품에 안는 황홀한 시간이 지속되는 나라를
생각하자 소름이 끼쳤고, 페맨 이마와 다리에서 기대하지 못
했던 행복한 조바심을 느꼈다.

아, 밤의 버스에 올라탄 사람들이여, 불행한 형제들이여. 나는 당신들도 나처럼 무중력 상태의 시간을 찾아 헤맨다는 것을 알고 있다. 그곳도 아니고 이곳도 아닌, 두 세계 사이에서, 행복한 정원에서 다른 사람이 되어 돌아다니는 것. 가죽 재킷을 입은 축구광이 경기의 시작을 기다리는 것이 아니라, 피투성이가 된 붉은 영웅으로 바뀔 끔찍한 사고의 순간을 기다리고 있다는 것을 나는 알고 있다. 비닐봉지에서 줄기차게 뭔가를 꺼내 먹고 있는 신경질적인 아주머니가 여동생이나 조카를 만나려는 것이 아니라 다른 세상의 문턱에 도달하지 못해 안달하고 있다는 것을 나는 알고 있다. 뜬 눈으로는 길을, 감은 눈으로는 꿈속을 헤매고 있는 토지 측량사는 공공 건물을 측정하고 있는 것이 아니라, 모든 도시를 뒤편에 두었을 때의 교차점을 계산하고 있으며, 맨 앞 좌석에서 자고 있는, 사랑에 빠진 창백한 얼굴의 고등학생은 애인과의 입맞춤이 아니라 앞 유리창에 열정과 분노로 입맞춤을 할 격렬한 만남을 꿈꾸고 있다는 것을 나는 알고 있다. 우리 모두는 이런 흥분 속에서, 운전사가 급정거를 하거나 우리가 탄 버스가 바람을 가르며 잠시 흔들릴 때마다 눈을 크게 뜨고 창밖의 어둠을 노려보면서 그 마법의 시간이 결국 다가오고 있는지 아닌지를 살피곤 했다. 그러나 역시 그 순간은 오지 않았다.

나는 여든아홉 날 밤을 버스 의자에서 보냈다. 아끼던 행복의 순간을 알리는 소리는 들을 수 없었다. 한번은 버스가 급정거를 하면서 닭을 실은 트럭을 뒤에서 받았다. 그러나 졸린 승객들은 물론이거니와 놀란 닭들도 피 한 방울 흘리지 않았다. 또 어느 날 밤에는 버스가 얼음 덮인 미끄러운 아스팔트 위에서 절벽을 향해 달콤하게 미끄러질 때, 갑자기 성에 낀 창을 통해 신과 눈이 마주치는 것 같은 번쩍임을 보기도 했다. 내가 존재, 사랑, 인생, 시간의 유일하게 공통된 비밀을 발견하려는 찰나, 희롱이라도 하듯 버스가 텅 빈 어둠에 걸려 멈추고 말았다.

　어디선가 운은 맹목적인 것이 아니라 무지한 것이라는 말을 읽은 적이 있다. 나는 운이라는 것은 통계와 확률을 모르는 사람들을 위한 위안거리라고 생각한다. 버스 뒷문을 통해 밖으로 나왔다. 뒷문을 통과함으로써 삶 속으로 돌아왔다. 뒷문을 나와 터미널로 들어갔다. 터미널의 떠들썩한 삶 속으로. 땅콩 장수, 카세트테이프 장수, 복권 장수, 손에 가방을 들고 있는 사내들, 비닐봉지를 들고 있는 중년 여자들. 모두들 안녕하십니까? 나는 운에 모든 걸 맡기지 않기 위해 가장 낡은 버스를 찾고, 가장 구불구불한 산길을 택하고, 기사 휴게실에서 가장 졸려 보이는 운전사들을 찾았다. 흐즈르단 흐즐르[11] 고속, 우찬 와란[12] 고속, 하키키 와란[13] 고속, 익스프레스 와란 고속…… 차장들은 화장수를 몇 병씩이나 내 손에 들이부었다. 그러나 어느 라벤더 화장수에서도 내가 찾고 있는 얼굴의 향기를 맡을 수 없었다. 차장들은 가짜 은 쟁반에 어린 시절 먹

---

11) '도사보다 빠른'이라는 의미.
12) '날듯한 와란'이라는 의미. 와란은 '도착하는'이라는 의미의 튀르키에 최고급 버스 회사 이름.
13) '오리지널 와란'이라는 의미.

었던 비스킷을 담아 승객들에게 대접했다. 어머니가 끓여 주던 차의 맛은 생각나지 않았다. 나는 카카오가 들어 있지 않은 튀르키예산 초콜릿을 먹었다. 그러나 어린 시절에 그랬던 것처럼 발이 저려 오지는 않았다. 차장은 사탕과 캐러멜이 가득 든 바구니도 가지고 왔는데, 골든, 메이블, 잠보 같은 여러 가지 상표 중에 르프크 아저씨가 좋아했던 '새로운 인생' 캐러멜은 없었다. 나는 자는 동안에는 우리가 달려가고 있는 거리를 계산했고 깨어 있는 동안에는 꿈을 꾸었다. 나는 자리에 웅크리고 처박혀서, 날이 갈수록 작아지고 꼬깃꼬깃해졌다. 다리를 모으고 앉아 옆 자리 승객과 사랑을 나누는 꿈을 꾸었다. 잠에서 깨어나 보니 그의 대머리는 내 어깨에, 힘없는 손은 내 무릎 위에 얹어져 있었다.

매일 밤 나와 함께 낡은 버스에 타게 된 불행한 승객은 처음에는 경계심 많은 이웃이었다가, 나중에는 대화 상대, 동틀 무렵에는 비밀도 털어놓을 수 있는 허물없는 친구가 된다. 담배 피우시겠습니까? 어디까지 가십니까? 무슨 일을 하십니까? 어떤 버스에서는 이 도시 저 도시를 돌아다니는 보험 외판원 행세를 했다. 얼음장같이 추웠던 또 다른 버스에서는 내 운명의 상대인 사촌과 곧 결혼할 예정이라고 떠들었다. 한번은 UFO를 관측하는 사람처럼 행동하면서 어떤 노인에게 나는 천사를 기다린다고 말했고, 또 한번은 가게 주인과 함께 고장 난 시계를 수리하러 다니는 사람 행세를 하기도 했다. 의치를 한 어느 중년 남자는 "내 시계는 모바도라 절대 틀리지 않아."라고 말했다. 그가 입을 벌리고 자고 있을 때, 나는 그 정확한 시계가 똑딱이는 소리를 들은 것만 같았다. 시간은 무엇인가? 사고다! 인생은 무엇인가? 시간이다! 사고는 무엇인가? 그것은 인생, 새로운 인생이다! 지금껏 이런 것을 생각해 낸 사람이 없었다는 데 놀라워하며, 나는 이 단순한 논리에 굴복하여 버스 터미널로 가는 대신, 오 천사여, 곧장 사고 현장으로 가기로 결심했다.

차량 뒤로 늘어진 긴 철근을 싣고 달리던 트럭을 버스가 실수로 들이받아서, 창에 꿰이듯 잔인하게 좌석에 꽂혀 버린 승객들을 보았다. 얼룩 고양이를 피하려다 고물 버스를 절벽 밑으로 굴려 버린 운전사의, 차체에 껴서 꺼내지 못한 시체를 보았다. 산산조각 난 머리들도 보았다. 찢어진 몸통들, 떨어져 나간 손들, 내장 사이에서 운전대를 부드럽게 감싼 운전사들, 흩어진 양배추 같은 뇌의 파편들, 아직도 귀걸이가 달려 있는 피투성이 귀들, 깨진 안경과 멀쩡한 안경 들, 거울들, 신문 위에 조심스럽게 펼쳐 놓은 색색의 창자들, 머리빗들, 으깨진 과일들, 동전들, 부러진 이들, 아기 우유병들, 신발들. 이 모두가 진실의 순간에 기꺼이 스스로를 희생한 물건과 목숨 들이었다.

어느 쌀쌀한 봄날 아침에, 나는 콘야에서 교통경찰로부터 입수한 정보를 듣고 소금 호수 근처 황량한 사막으로, 서로 맞부딪친 버스 두 대를 보러 갔다. 격렬하게 폭발했던 뜨겁고도 행복한 충돌이 있은 지 30분이나 지난 후였지만, 삶을 의미 있고 견딜 만하게 만들어 주는 마법이 아직도 공기 중을 떠돌고 있었다. 경찰과 헌병 차량들 사이로 뒤집힌 버스의 검은 타이어를 보고 있을 때, 나는 새로운 인생과 죽음의 향긋한 냄새를 맡았다. 다리가 떨려 왔고, 이마의 꿰맨 자국이 아파 왔다. 나는 약속 시간에 맞추기 위해 서두르는 사람처럼, 안개 낀 어둠 속에서 우왕좌왕하는 사람들을 헤치고 단호하게 앞으로 나아갔다.

나는 문 손잡이에 손이 잘 닿지 않는 버스로 기어올랐다. 거꾸로 매달려 있는 의자들을 지나, 중력을 이기지 못해 천장으로 떨어진 안경들, 유리 조각, 쇠사슬, 과일들을 밟으며 즐겁게 걷고 있을 때 뭔가가 생각났다. 나는 한때 다른 사람이었었다. 그 사람은 내가 되고 싶어 했다. 나는 한때 시간이 달콤하게 농축되어 빡빡해질, 색들이 내 머릿속에서 폭포처럼 흐를 어떤 인생을 꿈꾸었다. 그렇지 않았나? 책상 위에 두고 온 책이 떠올랐다. 입을 벌린 채 죽은 사람들이 하늘을 쳐다보는 것처럼, 책도 내 방의 천장을 바라보고 있을 거라고 상상했다. 어머니가, 내 책을 그곳에, 끝내지 못한 나의 옛 인생에 속한 물건들 사이에, 내 책상 위에 그대로 두었을 거라고 생각했다. 어머니, 보세요. 저는 깨진 유리창과 핏방울과 주검 들 사이에서 다른 인생을 볼 수 있는 문턱을 찾고 있습니다. 이렇게 말하려는 순간, 지갑 하나가 보였다. 시체 하나. 죽기 전에, 거꾸로 붙어 있는 의자를 붙들고 깨진 유리창을 밟고 기어 올라가다가 창턱에서 균형을 잃고 뒷주머니에 있던 지갑을 여기 살아 남은 사람들에게 바쳤나.

나는 지갑을 주워 내 주머니에 넣었다. 조금 전에, 기억이 났지만 기억나지 않은 척했던 것은 이것이 아니었다. 지금 내 머릿속에 있는 것은 땅 위에서 가볍게 움직였던 작고 귀여운 커튼들, 그리고 갈갈이 찢긴 커튼들 사이로 보았던 다른 버스였다. 말보로 담뱃갑 같은 빨간색, 죽음의 푸른색, 그리고 와란와란 고속버스.

나는 산산조각이 난 유리창을 뛰어넘었다. 헌병들과 아직 데려가지 못한 주검들 사이를 지나 피 묻은 유리 파편들을 밟으며 뛰었다. 그 버스였다. 내가 예상했던 대로였다. 또 다른 버스는 6주 전에 한 작은 마을에서 다른 어두운 마을로 나를 온전하게 데려다 주었던 와란와란 고속버스였다. 부서진 문으로, 이 옛 친구의 안으로 들어가 6주 전에 내가 앉았던 의자를 찾아 앉았다. 그리고 이 세상을 낙관적으로 바라보는 인내심 많은 승객처럼 기다리기 시작했다. 나는 무엇을 기다리고 있었던가? 어쩌면 바람을, 어쩌면 시간을, 어쩌면 어떤 승객을 기다리고 있었는지 모른다. 어둠이 밀려가고 있었다. 나처럼 버스 좌석에 앉아 있는, 죽어 있거나 살아 있는 한두 명의 승객이 더 있는 것을 느꼈다. 그들은 악몽 속의 미인들과 천국의 꿈 속에 있는 죽음과 으르렁거리며 실랑이를 하고 있었다. 나는 그들이 미지의 영혼과 대화하듯 중얼거리는 것을 들었다. 그 후 나의 주의 깊은 영혼은 보다 더 심오한 무언가를 들었다. 라디오를 제외하고는 모든 것이 녹아 없어져 버린 운전석을 보았다. 나는 들었다. 고함 소리, 으르렁거리는 소리, 밖의 울부짖는 소리, 한숨 소리와 함께 달콤하고 신선한 바람 속에서 음악이 흘러나오는 소리를.

한순간 정적이 흘렀다. 빛이 더욱더 밝아지는 것을 보았다. 먼지 구름들 속에서 행복한 영혼들을 보았다. 죽은 사람들과 주검들. 여행자여, 너는 갈 수 있는 데까지 갔다. 하지만 분명 더 나아갈 수도 있다. 자신이 바로 그 순간의 문턱에 있는지, 아니면 그 문 뒤에 있는 정원, 아니면 그 뒤에 있는 다른 문에 서 있는지, 그리고 더 뒤에 올 죽음과 삶, 의미와 행동, 시간과 우연, 빛과 행복이 서로 뒤섞인 또 다른 비밀의 정원에 있는지 모르고 너는 어떤 기다림 속에서 달콤하게 흔들리고 있구나. 갑자기 타는 듯한 욕망이 내 몸 전체를 더욱 깊이 파고들었다. 이곳과 저곳에 동시에 존재하고 싶은 욕망. 몇 마디 말을 들은 것 같았다. 추웠다. 그리고 바로 그때 문으로 나의 자난, 학교 복도에서 보았을 때 입었던 그 하얀 옷을 입고, 피투성이 얼굴을 한 채 네가 내게로 천천히 다가왔지.

나는 "이곳엔 어쩐 일이야?"라고 묻지 않았어. 그리고 너도 내게 이곳엔 웬일이냐고 묻지 않았고. 왜냐하면 우리 둘 다 알고 있었으니까.

나는 네 손을 잡고 내 바로 옆 38번 좌석에 널 앉혔지. 그리고 시리니에르에서 산 체크무늬 손수건으로 네 이마와 얼굴에 묻은 피를 정성스럽게 닦아 주었어. 내 사랑, 난 네 손을 잡았지. 우리는 한참 동안 그렇게 소리 없이 앉아 있었어. 날이 밝아 왔고, 구조대가 도착했고, 운전사의 라디오에서는 우리의 노래가 흘러나오고 있었지.

5

사회보험 병원으로 가서 자난의 이마를 네 바늘 꿰맨 후, 우리는 낮은 담장과 어두운 건물과 가로수도 없는 길을 따라 걸었다. 그리고 우리의 다리가 기계적으로 위아래로 움직이는 것을 의식하고는 첫차를 타고 쇠락한 루미[14]의 도시 콘야를 떠났다. 그 후에 처음으로 방문한 세 도시를 기억한다. 굴뚝의 도시, 콩 수프의 도시, 무미건조한 도시. 우리는 버스에서 자고 버스에서 일어났으며, 도시에서 도시로 떠돌아다녔다. 모든 것이 아스라한 꿈결 같았다. 회칠이 벗겨진 벽들, 지금은 노년의 문턱에 들어선 한 가수의 젊은 시절 포스터, 홍수에 떠내려간 다리, 내 엄지손가락만 한 크기의 코란을 파는 아프가니

---

14) 페르시아의 유명한 신비주의 시인.

스탄 이민자들. 자난의 밝은 갈색 머리가 내 어깨 위로 흘러내릴 때 터미널의 시끌벅적함, 보라색 산들, 번쩍이는 아크릴 유리 광고판들, 마을 입구에서 우리를 쫓아오던 행복하고 즐거운 개들, 버스의 한쪽 문으로 탔다가 다른 쪽 문으로 내리는 희망 없는 상인들도 보았다. '조사'라고 부르는 것에 대한 새로운 단서를 찾는 일에 걸었던 희망을 버린 후, 자난은 상인들에게서 산 삶은 계란, 빵, 껍질 벗긴 오이 그리고 생전 처음 보는 이상한 시골 사이다 등으로 우리 무릎 위에 상을 차렸다. 아침이 되고, 밤이 되었으며, 다시 구름 낀 아침이 되었고, 버스가 기어를 바꾸었다. 가장 어두운 검은색보다 더 어두운 밤이 오고 운전석 위의 텔레비전에서 싸구려 립스틱 색깔 같은 주황색 빛이 얼굴에 반사되고 있을 때 자난은 내게 설명하기 시작했다.

자난과 메흐메트의 '관계'——그녀는 처음으로 이 단어를 사용했다.——는 1년 반 전에 시작되었다. 그녀는 전에 타슈크 슐라의 건축학과 학생들 사이에서 그를 보았던 것을 희미하게 기억하고 있었다. 그러나 관심을 갖기 시작한 것은 독일에서 온 그녀의 친척을 만나러 탁심 광장 근처의 호텔에 갔다가 그곳 프런트에서 그를 보았을 때부터였다. 그녀는 한밤중에 부모님과 함께 호텔 로비로 들어섰고 프런트 뒤편에 서 있던, 창백한 얼굴에 호리호리하고 연약한 몸매를 가진 남자가 그녀의 뇌리에 남게 되었다. '어쩌면 그를 전에 어디서 보았는지 기억해 내지 못했기 때문일 거'라며 그녀는 따스한 미소를 내게 던졌다. 그러나 그렇지 않다는 것을 나는 알고 있었다.

가을에 개강을 하자마자 그녀는 그를 타슈크슐라의 복도에서 다시 보게 되었고, 짧은 시일 안에 그들은 사랑에 빠지게 되었다. 그들은 함께 이스탄불 거리를 오래도록 거닐었고, 극장, 학생 휴게실, 카페에 앉아 있곤 했다. 자난은 심각한 말을 할 때 주로 내는 목소리로 "처음에 우리는 많은 이야기를 하진 않았어."라고 말했다. 메흐메트가 부끄러움을 타거나 말하기를 싫어하는 사람이었기 때문은 아니라고 했다. 그를 더 알게 될수록, 그와 인생을 더 나눌수록, 사실은 그가 얼마나 긴장해 있고, 결단력 있으며, 말을 잘하고, 공격적인 사람이 될 수 있는지를 알게 되었다. 어느 날 밤 자난은 나를 보지 않고, 텔레비전 화면에 나오는 자동차 추격 장면을 보면서 "우울하기 때문에 그는 침묵하곤 했어."라고 말했다. 그러고는 "슬픔 때문에."라고 덧붙였다. 그녀는 희미한 미소를 띠며 말했다. 화면 속의 자동차는 계속 달렸고, 다리에서 강으로 떨어졌으며, 앞서거니 뒤서거니 하던 경찰차들도 서로 부딪치며 뒤엉켰다.

　자난은 그의 이 우울함, 이 슬픔의 원인을 풀기 위해, 그의 뒤에 숨겨진 인생으로 들어가 메흐메트의 마음을 열기 위해 굉장한 노력을 했고 서서히 성공하기 시작했다. 메흐메트는 처음엔 다른 인생에 대해 언급했다. 그가 한때는 다른 사람이었으며, 시골 어느 저택에 살았었다고 말했고, 나중에 용기가 나자 자신이 그 인생을 뒤로하고 새로운 인생을 시작하길 원한다는 것을, 과거에는 아무런 의미도 없다는 것을 깨달았다고 말했다. 그는 한때 다른 사람이었지만, 자신이 원했기 때문에 새로운 사람이 되었다. 자난이 만난 것은 새로운 사람이므로 그 새로운 사람만을 바라보고 자신의 과거는 건드리지 말라고 했다. 왜냐하면 그가 여행을 하며 보고 겪었던 공포는 과거의 인생 속에 있는 것이 아니라, 한때 열망하며 좋았던 새로운 인생 속에 있었기 때문이다. 한번은 자난이 나에게 "메흐메트는⋯⋯." 하고 말한 적이 있었다. 허름한 마을의 시장에 있는, 쥐가 나오는 구멍가게, 중고 시계점, 스포츠 복권 판매점의 먼지 쌓인 선반에서 찾아 꺼냈던 10년 된 와탄[15] 통조림, 시곗바늘, 아동용 잡지 들이 어두운 터미널의 탁자 위에 놓여 있을 때, 그리고 우리가 어떤 버스에 탈지를 즐겁게 논의하고 있을 때였다. "메흐메트는 그 인생을 책 속에서 만났었대."

사고가 난 버스 안에서 만난 지 정확히 19일이 지났을 때, 우리는 처음으로 책에 대해 언급했다. 자난은 내게 메흐메트로 하여금 책에 대해 언급하게 만드는 것은, 그가 과거에 두고 온 인생이나 우울의 원인에 대해 언급하게 하는 것만큼 어려웠다고 말했다. 그녀는 그와 함께 이스탄불의 거리를 슬픔에 잠겨 걸으면서, 보스포루스 해협에 있는 찻집에서 차를 마시면서, 함께 공부를 하면서, 가끔씩 그에게 그 책을, 그 마법의 물건을 요구했다. 그러나 메흐메트는 단호하게 그녀의 요구를 거절했다. 그곳, 그 책 속의 나라에서는 죽음, 사랑, 공포가 허리에 권총을 차고, 얼굴이 얼어붙고 가슴은 상처 입고 절망에 빠진 사람들의 사연을 쓰고 귀신처럼 황망히 돌아다니고 있다고 했다. 그리고 자난 같은 여자가 가슴에 상처 입은 사람

---

15) 상표명.

들과 실종된 사람들, 살인자들의 나라를 상상하는 것조차도 옳지 않은 일이라고 했다.

그러나 자난은 그러한 말들이 그녀를 언짢게 하고, 그녀를 그로부터 멀어지게 만든다는 것을 메흐메트에게 느끼게 해서, 그를 조금이나마 설득하는 데 성공했다. 자난은 "어쩌면 그는 내가 그 책을 읽고 자신을 그 책의 마법과 독으로부터 구해 주기를 바랐는지도 몰라. 그 당시에는."라고 말했다. "왜냐하면 이제 자신이 나를 사랑하고 있다는 것을 알게 되었기 때문이 지." 우리가 탄 버스가 철도 교차로에서, 아무리 기다려도 오 지 않는 기차를 참을성 있게 기다리고 있을 때, 자난은 "어쩌 면 그는 이성의 한구석에서 동요하고 있는 그 인생 속으로 우 리가 함께 갈 수 있을지도 모른다는 것을 무의식적으로 상상 하고 있었는지도 모르지."라고 덧붙였다. 자정이 훨씬 지나, 고 함을 지르며 마을을 지나가는 증기기관차처럼 소음 많은 화 물열차의, 보리, 기계, 유리를 실은 화물칸들이, 다른 세계에 서 불법으로 건너온 죄수들과 얌전한 유령들처럼 하나씩 하 나씩 우리가 탄 버스 유리창 앞을 지나갔다.

책이 우리에게 준 영향에 대해서는 자난과 많은 이야기를 나누지 않았다. 그 영향이 너무나 강하고 거론할 여지가 없을 정도로 확실했기 때문에, 그에 대해 언급하는 것은 책에 대한 쓸데없는 수다, 즉 필요 없는 말이 될 것 같았다. 책은 우리 둘 의 인생에서, 버스 여행 중의 태양이나 물처럼 그 필요성과 당 위성에 대해 논쟁할 필요조차 없는 근본적인 것이었고, 늘 우 리와 함께 있었다. 우리는 우리 얼굴에 비친 책의 빛 때문에 길을 나섰고, 직감을 따라 그 길을 나아가려고 했을 뿐, 우리가 어디로 가는지를 완전히 이해하고 싶어 하지 않았다.

하지만 어떤 버스를 타야 하는지에 대해서는 때로 길게 논쟁하기도 했다. 한번은 마을에 비해 너무 크게 만들어진 격납고 같은 대기실이, 버스들의 행선지와 출발 시간을 알리는 확성기의 기계 음이, 자난에게 그 버스의 도착지로 가고 싶은 열망을 불러일으켰다. 나는 저항했지만 결국에는 그 열망을 따랐다. 또 한번은 눈물 젖은 어머니, 담배를 피우고 있는 아버지와 작은 비닐봉지를 손에 들고 버스를 향해 걸어오는 한 젊은이를 보고 그의 키와 약간 등을 구부리고 있는 모습이 메흐메트를 닮았다는 이유로, 그를 따라 '유일한 경쟁 회사는 튀르키예 항공'이라고 쓰여 있는 버스에 타기도 했다. 그러고는 결국 그 청년이 마을 세 군데와 더러운 강 두 개를 지나 철조망과 감시 초소로 둘러싸인, '튀르키예인인 것이 얼마나 행복한가!'라고 외치고 있는 군부대로 들어가는 것을 보았을 뿐이다. 자난이 초록색과 벽돌 색을 좋아한다고 해서, 또는 버스 옆에 '번개 같은 속력'이라고 쓰여 있는 글씨의 꼬리가 그 속도를 보여 주듯 번개처럼 Z를 그리며 길게 늘어진다고 해서, 멀리 초원 변방까지 가는 여러 종류의 버스에 올라타기도 했다. 우리가 도착한 먼지 덮인 마을에서, 활기 없는 시장에서, 지저분한 터비닐에서 사난이 조사한 것이 아무런 결론을 내지 못하지, 나는 우리가 왜, 어디로 가는지를 물었다. 그리고 한편으로 버스 사고로 죽은 사람들의 호주머니에서 훔친 지갑 속 돈이 줄어들고 있다는 것을 그녀에게 상기시키면서 우리 조사의 비논리적인 논리를 이해하려고 노력하는 척했다.

내가 타슈크슐라의 강의실 창문으로 메흐메트가 총에 맞는 것을 보았다고 말했을 때 자난은 전혀 놀라지 않았다. 그녀의 말에 의하면, 인생은 둔해 빠진 바보들이 '우연'이라고 부르는 일련의 명백하고 의도된 만남으로 가득 찬 것이었다. 메흐메트가 총에 맞고 한참이 지난 후, 자난은 맞은편 햄버거 전문점에서 동요가 이는 것을 보곤 예기치 않은 일이 있었음을 느꼈다. 그러고는 자신이 총소리를 들었던 것을 기억해 내고 부상당한 메흐메트 곁으로 뛰어갔다. 다른 사람들은 메흐메트가 총에 맞은 장소에서 곧바로 택시를 타고 카슴파샤 해군 병원으로 간 것이 우연이라고 생각하겠지만, 그 택시 기사는 얼마 전 그곳에서 군 복무를 마친 사람이었다. 어깨에 입은 상처가 심각하지 않아 메흐메트는 사나흘 안에 퇴원할 수 있었다. 그러나 두 번째 날 아침 병원에 갔을 때 자난은 그가 도망쳐 사라졌다는 것을 알게 되었다.

"나는 호텔로 갔어. 타슈크슐라에도 들렀어. 그가 잘 가던 찻집들을 돌아다녔고, 소용없는 줄 알면서도 한동안 집에서 그의 전화를 기다리기도 했어." 자난은 나를 감탄케 하는 그 냉정하면서도 명확한 어조로 말했다. "그렇지만 나는 그가 벌써 그곳으로, 그 나라로, 그 책 속으로 다시 돌아갔다는 것을 알게 되었지."

나는 그 나라로 가는 여행에서 그녀의 '길동무'였다. 우리는 그 나라를 새로이 발견할 수 있도록 서로에게 '도움'을 주려고 했다. 그 새로운 인생을 찾기 위해서는 둘이 힘을 합치는 것이 더 '나을' 수 있다고 생각한 것은 틀리지 않았다. 우리는 서로에게 영혼의 동반자이자 길동무가 되어 주었을 뿐 아니라 무조건적으로 서로를 지지했다. 우리는 안경만 가지고도 불을 붙이는 마리와 알리처럼 창조적이었다. 우리는 몇 주 동안 야간 버스에서 서로에게 몸을 기대고 나란히 앉아 있었다.

어떤 밤에는, 우리가 탄 버스의 비디오에서 나왔던 두 번째 영화도 무기 소리, 문 닫히는 소리, 헬리콥터가 폭발하는 굉음과 함께 끝이 나고, 죽음을 숨 쉬고 있는 피곤하고 초라한 우리 여행객들이 꿈의 세계를 향해 바퀴들과 함께 흔들거리며 불안한 여행을 떠난 후, 구덩이와 브레이크가 잠에서 나를 깨울 때면, 곁에서 새근새근 잠을 자고 있는 자난을 한동안 바라보곤 했다. 그녀는 커튼을 돌돌 말아 만든 베개에 머리를 기대고 있었고, 귀엽게 틀어 올린 갈색 머리는 어깨 위로 흘러내리고 있었다. 때로는 그녀의 아름다운 긴 팔이 부서질 듯한 두 개의 나뭇가지처럼 나의 초조한 무릎 위에 올려져 있을 때도 있었다. 한쪽 팔은 커튼으로 된 베개를 지탱하기 위해 기대고, 다른 한쪽 팔은 중심을 잡는 팔꿈치를 우아하게 받치고 있을 때도 있었다. 그녀의 얼굴에서는 눈썹을 찡그리게 만드는 고통이 보였다. 때때로 그녀는 눈썹을 치켜세우며 나를 궁금하게 만드는 물음표를 이마에 그려 보이기도 했다. 나는 창백한 그녀의 뺨에서 빛을 보곤 했다. 턱뼈와 긴 목이 빛나는 멋진 나라에서, 머리를 앞으로 숙일 때 목덜미로 흘러내린 머리칼 밑의 피부에서, 장미가 피고, 해가 지고, 즐겁게 뛰노는 다람쥐들이 이 만질 수 없는 벨벳의 천국으로 나를 부르며 공중제비를 돌고 있다고 상상하곤 했다. 도톰하고 창백한 입술을 신경질적으로 깨물 때면 가끔씩 입술 위에 나타나는 섬세하고 얇은 막에서, 잠을 자다가 미소를 지을 때면 그녀의 모든 표정에서 황금의 나라를 보곤 했다. 그러고는 나 자신에게 말했다. 나는 그 어떤 수업에서도 배우지 못했다. 그 어떤 책에서도 읽지 못했다. 그 어느 영화에서도 보지 못했다. 사랑하는 이의 잠든 모습을 마음껏 바라보는 것이 얼마나 아름다운 일이란 말인가, 천사여.

우리는 천사에 관해, 그리고 그의 성숙하고 진지한 의붓오빠처럼 보이는 죽음에 관해서도 이야기를 나누었다. 그러나 우리는 이러한 이야기를, 자난이 노점에서, 모퉁이 철물상에서, 한가한 잡화상에서 흥정 끝에 산 후 잠시 좋아하며 만지작거리다가 터미널 찻집이나 버스 좌석에 놓고 내린 허름한 물건처럼, 연약하고 허약한 말들로 이어 나갔다. 죽음은 모든 곳에 있었다. 그곳에 가장 많았다. 바로 그곳에서 죽음이 모든 장소로 퍼져 나갔기 때문이다. 우리는 그곳을 찾고 메흐메트를 만나기 위해 실마리를 수집하고 있었다. 그러고는 흔적을 남기듯 실마리를 남겼다. 우리는 이러한 것들을 책에서 배웠다. 마치 황홀한 사고의 순간, 저 세계가 보이는 문턱, 극장 문들, '새로운 인생' 캐러멜들, 메흐메트와 우리를 죽일 수도 있는 살인자들, 그 입구를 천천히 걸어 지나갔던 호텔들, 긴 침묵, 밤, 어두운 식당 불빛들. 어쩌면 이렇게 말해야 할지도 모른다. 이 모든 것들이 일어난 후에 우리는 버스에 탔다. 이 모든 것들이 존재한 후에 우리는 길을 떠났다. 그리고 아직 어둘이 내리기도 전에, 그러니까 차장이 버스표를 검사하고, 승객들이 서로를 알게 되고, 아이들과 호기심 많은 사람들이 쭉 뻗은 아스팔트 또는 먼지가 많은 산길을 비디오를 보듯 바라볼 때, 갑자기 그녀는 눈을 반짝이며 얘기하곤 했다.

"어렸을 때 한밤중에." 한번은 이렇게 말했다. "식구들이 모두 잠들었을 때 나는 침대에서 일어나 커튼을 살짝 열고 거리를 보곤 했어. 항상 어떤 남자가 길을 걸어가곤 했지. 술 취한 사람, 꼽추, 뚱뚱한 사람, 경비원, 그들은 항상 남자들이었어. 겁이 났고, 내 침대를 좋아하긴 했지만 나도 밖에 있고 싶었어."

"다른 남자들을, 오빠의 친구들을, 여름 별장에서 숨바꼭질을 하면서 알게 되었어. 혹은 중학교 때 같은 반에서, 그들이 책상 서랍에서 무엇인가를 꺼내 들여다보는 걸 보면서. 더 어렸을 땐 함께 놀던 중간에, 그들이 오줌이 마려워서 다리를 떨고 있을 때 알게 되었지."

"내가 아홉 살 때였어. 바닷가에서 넘어져 무릎이 까졌었지. 엄마는 비명을 질렀어. 호텔에 상주하는 의사한테 갔어. 그 의사는 내게 '넌 아주 귀여운 아이구나.'라고 했어. 내 상처에 소독약을 바르면서 내가 똑똑한 아이라고 했지. 그가 내 머리카락을 쳐다보는 것을 보고 그가 나를 좋아한다는 것을 알게 되었어. 그에게는 세상의 나는 곳에서 나를 바라볼 수 있는 마법 같은 눈이 있었어. 눈꺼풀은 약간 처져 있었어, 졸린 것처럼. 하지만 나의 모든 것과 내 주위의 모든 것을 보는 사람 같았지……."

"천사의 눈은 모든 곳에, 모든 것에 있어. 항상 그곳에 있지…… 그렇지만 가련한 우리 인간들은 그 눈이 없음을 괴로워해. 우리가 잊었기 때문일까? 의지가 약해져서일까? 인생을 사랑하지 못하기 때문일까? 길을 가다가, 도시에서 도시로 이동하다가, 어떤 날, 어떤 밤에 버스 창문으로 천사와 눈이 마주치게 되리라는 것을 나는 알아. 그것을 보려면 어떻게 보아야 하는지를 알아야 해. 천사들은 이 버스를 결국 우리가 원하는 곳으로 데려다 주지. 나는 버스를 믿어. 때론 천사도 믿지. 아니야, 항상 믿어. 그래 항상, 아니야, 때때로."

"나는 내가 찾는 천사를 책에서 발견했어. 그 책은 다른 사람의 생각 같았어. 일종의 손님이라고 할까. 그러나 나는 그를 맞아들였어. 내가 그를 보았을 때, 인생의 모든 비밀이 내게 한순간에 보이리라는 것을 난 알고 있었어. 버스에서, 사고 현장에서 그의 존재를 느꼈어. 메흐메트가 말했던 것처럼 모든 것이 하나하나 드러나고 있어. 메흐메트가 어디로 가건 그의 주위에서는 죽음이 반짝거려. 어쩌면 그가 마음속에 책을 간직하고 있기 때문인지도 몰라. 그렇지만 책에 관해서도, 새로운 인생에 관해서도 알지 못하는 사람들이 사고 현장에서, 버스에서, 천사에 대해 말하는 것들을 들었어. 나는 그를 따라가고 있어. 그가 남겨 놓은 표시들을 모으고 있어."

"비가 오던 어느 날 밤, 메흐메트는 자기를 죽이고 싶어 하는 사람들이 행동 개시를 했다고 내게 말했어. 그들은 어느 곳에든 있을 수 있어. 지금 이 순간 우리 대화를 듣고 있을 수도 있어. 오해하지 마. 너도 그들 중 한 명일 수 있어. 사람들은 대부분 자신이 생각하는 것과는 정반대의 일을 하거든. 그 나라에 갈 때 진정한 자신에게로 돌아가고, 책을 읽고 있다고 생각할 때 다시 쓰고 있는 자신을 발견하게 될 거야. 누군가에게 도움을 주고 있다고 생각할 때 너 자신이 상처 입을 수도 있어. 사람들은 대부분 사실 새로운 인생을, 새로운 세계를 원하지 않아. 그렇기 때문에 책의 저자를 죽였던 거야."

자난은 이렇게 책의 저자에 대해, 또는 '저자'라고 말했던 그 노인에 대해 명료하지 못한 말로, 말 자체가 아니라 그것들을 말하는 비밀스러운 분위기 때문에 나를 흥분하게 하는 어조로 말했다. 그녀는 깨끗한 버스의 앞 좌석에 앉아 있었고, 시선은 아스팔트에서 빛나고 있는 하얀 차선을 응시하고 있었다. 보랏빛 밤 속에서 다른 버스들, 트럭들, 자동차들의 불빛은 웬일인지 전혀 보이지 않았다.

"메흐메트와 나이 든 저자가 만났을 때 그들이 서로의 눈을 보고 모든 것을 이해했다는 것을 나는 알고 있어. 메흐메트는 그를 찾아다녔고 그에 대해 조사했어. 만났을 때에는 많은 얘기를 하지 않고 입을 다물었대. 조금 논쟁을 하고는 침묵을 지켰대. 노인은 그 책을 청년 시절에 썼다고 했어. 그것을 썼을 당시를 청년 시절이라고 칭했다더군. 노인은 책에 대해 '내 청년 시절의 유산일 뿐이야.'라고 슬프게 말했대. 그들은 노인을 시치게 만들고, 그가 그 책을 썼다는 것을, 그의 영혼에서 책이 나왔다는 사실을 부인하게 만들었어. 놀랄 일이 못 돼. 결국 그를 죽인 것도…… 노인이 죽은 후 메흐메트 차례가 온 것도…… 우리는 살인자들보다 먼저 메흐메트를 찾아야 해. 중요한 건 이거야. 책을 읽고, 그 내용을 믿는 사람들이 있어. 도시에서, 터미널에서, 상점에서 그리고 거리에서 나는 그들을 만나곤 해. 그들의 눈을 보면 알 수 있어. 책을 읽고 그것을 믿는 사람들의 눈은 달라. 눈 속에 있는 슬픔과 갈망이 서로 비슷해. 이런 것들을 너도 언젠가는 알게 될 거야. 어쩌면 이미 알고 있는지도 모르지. 비밀을 알고 있다면, 그것을 향해 가고 있다면, 인생은 아름다운 거야."

자난이 이런 것들을 내게 설명할 때는, 우리가 한적한 호텔의 암울하고 한적한 식당에 있거나, 한밤중에 졸린 아이가 날라다 주는 공짜 차를 마시며 담배를 피우거나, 플라스틱 맛이 나는 설탕에 절인 딸기를 숟가락으로 떠먹고 있을 때이곤 했다. 우리가 소음이 심한 데다 흔들리기까지 하는 낡은 버스의 앞 좌석에 앉아 있을 때, 나의 눈은 자난의 아름답고 도톰한 입술과 입에 머물러 있었고, 그녀의 눈은 가끔씩 지나가는 트럭의 전조등 불빛을 향해 있곤 했다. 우리가 사람들로 붐비는 터미널 한구석에서 비닐봉지와 종이 쇼핑백과 보따리를 들고 기다리는 사람들 사이에 앉아 있을 때, 자난은 얘기하는 도중에 테이블에서 벌떡 일어나, 나를 얼음같이 싸늘한 외로움과 군중 속에 남겨 놓고 사라지곤 했다.

그럴 때 한참을 기다리다가 그녀를 찾아 나서면, 나는 때때로 우리가 버스를 기다리던 도시 뒷골목의 고물상에서 커피 뽑는 기계나 망가진 다리미, 이제는 생산하지 않는 갈탄 난로 같은 것을 의심스럽게 바라보고 있는 그녀를 발견하곤 했다. 그녀는 손에 이상한 시골 신문을 들고, 얼굴에는 신비스러운 웃음을 머금은 채 돌아오기도 했다. 그리고 내게 매일 밤 외양간으로 돌아오는 동물들이 마을의 큰길로 지나지 못하도록 한 시 당국의 조치나 이스탄불에서 방금 들여온 신상품에 관한 아이가스[16] 대리점의 광고를 읽어 주곤 했다. 나는 그녀가 군중 속의 누군가와 격의 없이 친구처럼 이야기를 나누는 모습을 보곤 했다. 차도르를 쓴 아주머니들과 이야기하고, 오리처럼 못생긴 어린 여자애를 껴안고 오랫동안 입을 맞추고, 버스와 터미널에 관한 굉장한 지식으로 오파 비누 향기를 풍기는 음흉한 사람들에게 길을 가르쳐 주곤 했다. 내가 그녀 곁으로 주저하며 숨 가쁘게 다가가면 마치 우리가 이 모든 여행객들의 고통을 없애는 치료 약이 되기 위해 여행에 나서기라도 한 것처럼 "이 아주머니는 군에서 제대한 아들을 마중 나왔대. 그런데 아들은 완 고속버스를 타지 않았대."라고 말하곤 했다. 우리는 다른 사람들을 위해 버스 시간을 알아봐 주었고, 버스표를 교환해 주었고, 우는 아이를 달래 주었고, 화장실에 가는 사람들의 가방을 맡아 주곤 했다. 한번은 금니를 한 통통한 아주머니가 "신의 가호가 있기를." 하고 말하더니 나를 향해 돌아서서는 눈썹을 치켜세우며 이렇게 말했다. "알고 있겠지만, 자네 부인은 정말 미인이야."

한밤중에, 버스 안의 불빛, 그리고 그 불빛보다 더 반짝이는 텔레비전 화면이 꺼졌을 때, 그리고 가장 생각할 것이 많고 가장 잠이 없는 승객들이 피우는 담배 연기가 흔들리듯 천장

---

16) 전자 회사 이름.

으로 올라가는 것만 빼곤 버스 안의 모든 움직임이 멈추었을 때, 우리의 몸은 천천히 흔들리는 의자 속에서 서로 부딪혔다. 나는 그녀의 머리칼을 내 얼굴에서 느끼곤 했다. 손목이 가느다란 그녀의 긴 팔을 내 무릎에서, 잠 냄새가 나는 그녀의 숨결을 떨리는 내 목덜미에서 느끼곤 했다. 바퀴들이 돌아갈 때, 디젤 엔진이 똑같은 신음 소리를 연발하고 있을 때, 시간은 무겁고 어둡고 더운 액체처럼 우리 사이로 퍼져 나갔다. 우리의 마비되고 무뎌진 다리들과 뼈들 사이로 이 새로운 시간의 새로운 감성이 욕망에 의해 움직이곤 했다.

이 시간 속에서 때때로 내 팔이 그녀의 팔에 닿아서 활활 타고 있을 때, 그녀의 머리가 내 어깨로 떨어지길 몇 시간째 기다리고 있을 때, 내 목에 스치는 그녀의 머리칼이 그곳에 머무르도록 꼼짝도 않고 앉아 있을 때, 나는 그녀가 숨을 들이쉬고 내쉬는 것을 조심스럽게 경외에 차서 세곤 했다. 그녀의 이마에 나타난 슬픔에 찬 주름들의 의미를 나 자신에게 물었고, 갑자기 내 시선 밑에 있던 그녀의 창백한 얼굴이 생생한 빛으로 밝아 오며 깨어났을 때, 그녀가 어리둥절하여 자신이 어디쯤 와 있는지를 알기 위해, 창밖을 보지 않고, 믿음직스러운 내 눈을 바라보며 미소를 지을 때면 나는 얼마나 행복했던가! 그녀의 머리가 성에 낀 창 쪽으로 떨어져 추워하게 될까 봐 나는 밤을 새워 그녀를 바라보곤 했다. 에르진잔에서 산 나의 감색 재킷을 꺼내 그녀를 덮어 주기도 했고, 산길에서 운전사가 내리막을 신나게 달리고 있을 때 반쪽밖에 안 되는 그녀의 몸이 뒹굴다가 어딘가에 부딪히지 않도록 보초를 서

기도 했다. 때로는, 이렇게 보초를 서는 사이에, 나의 눈이 그녀의 목덜미와 부드러운 귀의 굴곡 사이의 한 곳에 초점을 맞추고 있을 때, 엔진 소리, 한숨 소리 그리고 죽음에 대한 열망 사이에서, 어린 시절 꿈속에 남아 있던 뱃놀이, 눈싸움에 관한 추억들이 언젠가 자난과 함께할 행복한 결혼 생활에 대한 상상들과 뒤섞여, 그러한 곳들 중 어느 한 곳에서 자신을 잃어버리곤 했다.

몇 시간이 흐른 후 창을 통해 비쳐 들어오는 햇빛의 크리스털처럼 차갑고도 기하학적인 경고로 내가 깨어났을 때, 먼저 내가 머리를 묻고 있는 라벤더 향기의 따스한 정원이 그녀의 목덜미라는 것을 깨닫고는 잠과 꿈 사이를 왔다 갔다 하며 그곳에 조금 더 머물렀다. 눈을 깜박이며 창밖의 햇빛 좋은 아침, 보랏빛 산, 새로운 인생의 첫 흔적들에게 인사를 던질 때, 나는 자난의 눈이 내게서 얼마나 멀리 있는지를 보고 슬퍼하며 그녀를 바라보곤 했다.

"사랑은" 하고 어느 저녁 자난이 말을 시작했다. 내 마음속에서 활활 타오르고 있지만 억제되어 있는 단어를 노련한 성우처럼 갑자기 타오르게 하면서. "사람으로 하여금 어떤 목표를 향하게 만들고, 물건들 속에서 인생을 꺼내지. 지금 깨달은 건 결국 사랑은 우리를 세상의 비밀로 이끌어 준다는 거야. 지금 우리는 그곳으로 가고 있어."

"메흐메트를 처음 보았을 때." 자난은 말하곤 했다. 대합실의 테이블들 중 하나에 놓인 오래된 잡지 표지 속에서 자신을 바라보고 있는 클린트 이스트우드에게는 눈길도 주지 않고.

"내 인생이 바뀌리라는 것을 즉시 알았어. 그를 보기 전에도 나의 인생이 있었어. 하지만 그를 안 후에는 다른 인생이 되고 말았지. 내 주위에 있는 모든 것, 모든 물건, 침대, 사람, 전등, 재떨이, 거리, 구름, 굴뚝 들이 한순간에 색깔과 형태를 바꾸었는데, 나는 감탄하며 이 새로운 세계를 알려고 노력했지. 그 책을 샀을 때 나는 '이제 그 어떤 책도 그 어떤 이야기도 필요치 않아.'라고 생각했어. 내 앞에 펼쳐진 새로운 세계를 잘 이해하기 위해, 내 눈으로 모든 것을 하나하나 보면서 확인해야만 했어. 그러나 일단 책을 읽은 후에는, 내가 보아야 할 것들의 배후가 한순간에 보였지. 나는 떠나갔던 나라에서 슬픔에 가득 차 돌아온 메흐메트를 깨웠어. 그 인생에 함께 갈 수 있다고 그를 설득했어. 그때 우리는 함께 그 책을 다시 읽었어. 어떤 때는 한 장에 몇 주를 할애하기도 했어. 어떤 때는 읽자마자 모든 것이 매우 적나라하고 명백하다는 것을 깨닫곤 했어. 그런 후 우리는 극장에도 갔고, 다른 책이나 신문 들도 읽었어. 거리를 함께 걸어다니기도 했지. 우리의 머릿속에 책이 있고, 그것을 외우게 되자, 이스탄불 거리는 아주 다른 빛으로 빛났고 우리의 것이 되었어. 거리에서 지팡이를 든 노인을 보기만 해도, 그가 우선은 찻집에 가서 시간을 죽인 다음, 초등학교 교문 앞으로 손자를 데리러 갈 거라는 것을 우리는 알았어. 길에서 보았던 세 대의 마차 중 세 번째 마차를 끄는 암말은 앞서 가는 두 마차를 끄는 앙상한 말들의 어미라는 것을 알아챘어. 왜 푸른색 양말을 신은 사람이 늘어나는지, 열차 시간표를 거꾸로 읽으면 어떤 의미가 되는지 알았고, 시내

버스를 타는 뚱뚱한 남자의 땀에 젖은 손에 들려 있는 가방은 조금 전에 털었던 집에서 나온 물건들과 속옷들로 꽉 차 있다는 것을 금세 알았어. 그러고는 책을 다시 읽기 위해 찻집에 가서 쉬지 않고, 한순간도 쉬지 않고 몇 시간 동안 책에 대해 이야기하곤 했지. 그건 사랑이었어. 때로는 영화에서처럼 먼 곳의 세계를 이 세계로 가져오는 유일한 길은 사랑이라고 나는 생각하곤 했어."

"그러나 내가 전혀 몰랐던 것들, 앞으로도 전혀 모를 것들도 있었어."라고 자난은 비 오는 밤에 말했다. 그녀는 화면에 나오는 키스 장면에서 눈을 떼지 않았다. 몇 번의 미끄러운 길과 서너 대의 지친 트럭을 지나친 후, 화면의 키스 장면 대신 우리 것과 닮은 버스, 우리 것과 전혀 닮지 않은 정겨운 풍경을 배경으로 달리는 장면이 나올 때 그녀는 덧붙였다. "우리는 지금 전혀 알지 못하는 그곳으로 가고 있어."

우리가 입은 옷들이 땀과 먼지, 그리고 더러움 때문에 입을 수 없는 상황이 되면, 그리고 살갗 위로 십자군 원정 이후 지금까지 이 땅을 뒤덮은 모든 역사의 앙금이 겹겹이 쌓이게 되면, 한 버스에서 내려 다른 버스에 타기 전에 겔리슈규젤[17] 시(市)에서 되는대로 쇼핑을 하곤 했다. 자난은 착한 시골 학교 선생이 입을 것 같은 긴 포플린 치마를 샀고, 나는 이전의 창백한 나를 닮은 셔츠를 샀다. 그런 나음 시정, 아타뒤르크 동상, 아르첼리크[18] 대리점, 약국, 사원 사이에서 머리를 쳐들었

---

17) '되는대로'라는 의미.

다가, 코란 강좌와 곧 있을 공동 할례식 현수막 사이로 보이는 푸른 수정 같은 하늘에 제트기가 남겨 놓은 하얗고 흐릿한 선을 발견하곤, 종이 쇼핑백과 비닐봉지를 든 손을 한순간 멈추고 찬미하듯 하늘을 바라보았다. 그다음엔 빛바랜 넥타이를 맨 창백한 공무원에게 공중목욕탕이 어디 있는지 물었다.

오전에는 여자들만 목욕탕을 사용할 수 있었기 때문에, 나는 거리에서 시간을 보내거나 찻집에 앉아 꾸벅꾸벅 졸곤 했다. 호텔 앞을 지나갈 때 자난에게 적어도 하룻밤은 바퀴나 버스 좌석 위에서가 아니라 다른 사람들처럼 땅 위에서, 예를 들면 호텔에서 지낼 필요도 있다고 말하는 것을 상상하기도 했다. 내가 상상했던 것을 말한 적도 있지만, 그때마다 자난은 내가 목욕탕에 들어간 사이 자기가 조사한 결과를 보여 주곤 했다. 오래된 포토로망[19] 잡지의 낱권들, 더 오래된 아동용 잡지들, 한때 씹었던 것조차 잊었던 껌들, 그리고 의미를 알 수 없는 머리핀. 자난은 "버스에서 설명할게."라고, 같은 영화를 한 번 더 볼 때 나타나는 그 특별한 미소를 얼굴에 띠며 말하곤 했다.

우리가 탄 우울한 버스의 텔레비전 화면에, 고색창연한 영화가 아니라 심각한 표정의 여자 아나운서가 나와 불행한 사망 소식을 전하던 어느 날 밤, 자난은 "나는 메흐메트의 다른 인생으로 가고 있어."라고 말했다. "그렇지만 그는 그 다른 인

---

18) 튀르키예 전자 회사 이름.
19) 사진을 곁들인 소설.

생에서 메흐메트가 아니라 다른 사람이었어." 주유소 앞을 쏜살같이 지나칠 때 붉은 네온 빛이 그녀의 얼굴에 반사되었다.

"메흐메트는 다른 인생에서의 자신에 대해, 여자 형제들에 대해, 저택에 대해, 뽕나무에 대해 그리고 자신의 다른 이름들과 성격에 대해 별로 말해 주지 않았어. 한번은 자신이 어린 시절에 《주간 어린이》라는 잡지를 아주 좋아했다고 말한 적이 있어. 혹시 《주간 어린이》 읽은 적 있어?" 그녀의 긴 손가락은, 재떨이와 우리 다리 사이의 빈 공간, 그리고 빛바랜 잡지의 책장들 사이를 더듬었다. 그리고 잡지가 아니라, 그것을 보는 나를 보면서 말했다. "모든 것은 이곳으로, 어떤 곳으로 돌아올 거라고 메흐메트는 말하곤 했어. 그래서 나는 이것들을 모으고 있어. 그의 어린 시절을 이루는 이 물건들을…… 이것들은 우리가 책에서 보았던 것들이야. 이해할 수 있니?" 나는 완전히 이해하지는 못했다. 가끔은 전혀 이해하지 못할 때도 있었다. 그러나 자난이 하는 이야기를 듣다 보면 내가 이해하고 있다는 생각이 들었다. 자난은 "너처럼 메흐메트도 책을 읽자마자 그의 인생이 바뀌리라는 것을 알았대. 그리고 자신이 이해했던 것의 끝까지 가고 싶어서 간 거야. 끝까지…… 의대를 다니고 있었지만, 모든 시간을 그 책에, 책에 나오는 인생에 바치기 위해 그만두었어. 새로운 사람이 되기 위해 모든 과거들을 버려야 할 필요가 있다는 것을 깨달았지. 그래서 아버지의 가족들과의 관계도 끊었어. 그렇지만 그들로부터 쉽게 벗어나지는 못했대. 진정한 해방은, 새로운 인생으로 가는 첫 출구는 교통사고를 통해 실현될 수 있다고 내게 말한 적이 있어. 맞

아, 사고들은 출구야, 출구는 사고들이고…… 천사는 그 출구
가 시작되는 순간의 마법 속에 있지. 그리고 그때 인생이라는
소용돌이의 진정한 의미가 우리 눈앞에 나타나. 그때 우리는
집으로 돌아가야 하는 거야……."

　나는 이러한 유의 말들을 들은 후에, 두고 온 어머니를, 내
방을, 내 물건을, 내 침대를, 내 집을 상상했다. 그리고 어느 정
도 합리주의적이고 적당한 죄책감을 느끼며, 내 곁에서 새로
운 인생을 꿈꾸는 자난을 하나의 장면 속에서 함께 그려 보곤
했다.

6

우리가 탔던 모든 버스의 운전석 위에는 텔레비전이 있어서, 때로는 아무 말 없이 그곳만 바라보며 보내는 밤도 있었다. 상자들, 레이스가 달린 덮개들, 벨벳 커튼들, 니스 칠한 나무 공예품들, 부적들, 구슬들, 판박이 스티커들과 장식들로 인해 현대적인 제단(祭壇)처럼 변해 버린 그 텔레비전은, 몇 달째 신문을 읽지 않은 우리에겐 버스 창문들이 보여 주는 것을 제외하곤 세계로 열린 유일한 창이었다. 팔딱팔딱 뛰는 날랜 주인공들이 한 번에 수백만 명의 불쌍한 사람들의 얼굴을 발로 차는 무술 영화, 그리고 이런 영화들을 흉내 내어 만든, 둔한 주인공들이 슬로모션으로 연기하는 국산 영화들을 보았다. 영리하고, 사랑스럽고 가무잡잡한 주인공이 꼴사나운 부자들과 경찰들과 갱단들을 속이는 미국 영화들을 보았다. 젊고 잘생긴 남자들이 비행기와 헬리콥터로 공중 묘기를 보여주는 파일럿 영화, 그리고 유령들과 흡혈귀들이 젊고 아름다운 여자들의 간담을 서늘하게 만드는 공포 영화도 보았다. 부유한 집의 요조숙녀가 성실하고 다정다감한 남편감을 찾지 못하는 내용이 대부분인 국산 영화의 모든 남녀 주인공들은 계속 오해에 오해를 거듭하지만, 결국에 가서는 그 오해가 이해로 변하게 된다. 인내심 많은 우체부나 무자비한 폭력배, 마음은 착하지만 못생긴 여동생, 목소리가 굵은 판사, 이해심 많고 경험 많은 아주머니나 바보 역할을 모두 같은 사람이 하는 것에 너무나 익숙해진 나머지, 어느 날 사원, 아타튀르크, 배우 그리고 레슬링 선수들의 사진이 벽에 걸려 있는 어느 레스토랑에서 마음 착한 여동생과 폭력배로 나오는 사람이 졸린 여행객들과 함께 얌전히 수프를 먹고 있는 것을 보고 속았다고 생각하기도 했다. 자난이 벽에 걸린 사진 속에 있는 유명한 배우들 중에, 우리가 보았던 영화에서 폭력을 행사한 사람이 누구였는지 하나하나 말하고 있을 때, 나는 화려하게 꾸며진 레스토랑 안의 손님들을 멍하니 바라보면서, 우리 모두가 미지의 배에 승선해 환하고 으스스한 식당에서 수프를 마시며 죽음을 향해 가고 있는 여행객이라고 상상했던 것을 기억한다.

텔레비전 화면에서 헤아릴 수 없이 많은 결투 장면을 보았다. 깨진 유리 조각, 컵, 문 들을 보았다. 비행기와 차 들이 한순간 눈앞에서 사라지는 것을, 그런 후엔 불길이 하늘로 치솟는 것을 보았다. 그 불길이 삼킨 집들, 군대들, 행복한 가족들,

악당들, 연애편지들, 고층 빌딩들, 보물들을 우리는 보았다. 상처 난 얼굴, 잘린 목에서 뿜어 나오는 피, 끝나지 않는 추격 장면들, 수백, 수천의 차들이 수없이 많은 영화에서 서로 추격하는 장면들, 커브 길을 급하게 돈 후 행복하게 충돌하는 장면들도 보았다. 서로를 향해 줄기차게 총을 쏴 대는 남녀, 외국인들과 튀르키예인들, 콧수염이 있고 없는 수만 명의 불행한 사람들도 보았다. 한 편의 영화가 끝나고 두 번째 영화가 시작하기 전에 자난은 "그 남자가 이렇게나 쉽게 속을 줄은 정말 몰랐어."라고 말하곤 했다. 두 번째 영화가 끝나고 화면이 검은 얼룩들로 뒤덮여 있을 때는 "그래도 어떤 곳을 향해 가고 있다면 인생은 아름다운 거야."라고도 말했다. 또 "믿지 않아, 속지도 않아. 하지만 좋아해."라고 말하기도 했다. 자난은 영화를 보고 난 행복감에 잠겨, 꿈과 현실 사이에서 "나는 꿈에서 행복한 부부들을 볼 거야."라고 말하곤 했다.

자난과 함께 여행을 시작하고 세 번째 달이 끝날 때쯤에는 천 번이 넘는 키스 신을 본 것 같았다. 키스 장면이 나올 때마다, 버스가 어떤 마을 혹은 어떤 벽촌으로 향하든, 계란이 들어 있는 바구니를 든 여행객이건, 손에 가방을 든 사무원들이건 혹은 누가 되건 간에 좌중은 침묵하게 된다. 자난이 손을 자기 무릎 위에 놓거나 팔짱을 낀 것을 보면, 나는 갑자기 복잡하면서도 심오하고 격렬하고 의미 있는 뭔가를 하고 싶어졌다. 정확히 무엇인지 모를 어떤 것, 혹은 그와 비슷한 것을, 나는 비가 오던 어느 여름밤에 하게 되었다.

어두운 버스는 반쯤 좌석이 차 있었고, 우리는 중간쯤에 앉아 있었다. 화면에서는 우리와는 거리가 먼, 우리에게는 매우 생소한 열대 지방의 비 내리는 모습이 나오고 있었다. 나는 본능적으로 창 쪽으로 고개를 돌렸고, 그렇게 내 머리를 자난에게 가까이했을 때 밖에 비가 내리고 있는 것을 보았다. 동시에 내게 미소 짓는 자난의 입술에, 나는 영화에서 보았던 것처럼, 텔레비전에서 하던 것처럼 키스를 했다. 온 힘을 다해 키스를 했다. 열정과 갈망으로 키스를 했다. 천사는 발버둥을 쳤다. 나는 그녀의 입술에서 피가 날 정도로 키스를 퍼부었다. "아니야, 아니야." 그녀가 말했다. "그와 많이 닮았어, 너는. 하지만 너는 그가 아니야. 그는 다른 곳에 있어……."

분홍색 네온 불빛이 가장 한적하고, 가장 파리가 많고, 가장 저주받은 '튀르크 정유' 간판에서 반사된 것인지, 아니면 화면에 나오는 또 다른 세계의 가공할 새벽빛에서 그녀의 얼굴로 반사된 것인지 알 수 없었다. 이러한 상황을 책에서는 '그녀의 입술에서 피가 스며 나오고 있었다.'라고 쓰곤 한다. 우리가 보았던 영화의 주인공들은 이런 상황에서 테이블을 뒤엎고 유리창을 깨고 차를 벽 쪽으로 몰곤 한다. 그렇지만 나는 빌어먹게도 내 입술에서 키스의 맛을 음미했다. 어쩌면 내 머릿속을 스쳐 간 창조적 발상의 위안을 받으며. 나 자신에게 나는 존재하지 않는다고 말했다. 내가 존재하지 않는다면 무슨 상관이 있어! 그러나 버스가 새로운 욕망으로 흔들릴 때, 어느 때보다 많이 내가 존재한다는 사실을 느꼈다. 내 다리 사이에서 커져 가는 무게 때문이었다. 팽팽해졌기 때문에, 폭발해 버리고 긴장을 풀고 싶었다. 하지만 이 욕망은 더욱더

새로운 인생

깊어만 갔다. 그것은 온 세상, 새로운 세상이 되고 있었다. 나는 무슨 일이 일어날지도 모른 채 기다렸다. 내 눈은 젖어 왔고, 온몸에 땀이 흘렀다. 나는 갈망하며 기다리고 있었다. 그렇게 무엇을 기다리는 줄도 모르고 기다리고 있을 때, 모든 것이 빠르지도 않고 느리지도 않게, 행복하게 폭발했고 녹아 사라져 버렸다.

우리는 먼저 그 황홀한 굉음을 들었다. 그리고 사고 후에는 한순간 평온한 정적을 느꼈다. 이번에는 텔레비전도 운전사와 함께 산산조각이 나는 것을 보았다. 고함 소리와 비명 소리가 시작되자 나는 자난의 손을 잡고, 노련하고 안전하게 그녀를 땅 위로 데리고 나왔다.

후드득후드득 내리는 빗방울 아래, 우리도, 우리가 탄 버스도 그렇게 큰 피해를 입지는 않은 것을 곧 알 수 있었다. 승객 서너 명과 운전사가 사망한 정도였다. 그러나 상대편 버스, 죽은 운전사의 옆구리를 들이받고 반으로 접혀 아래로, 진흙 밭으로 굴러 떨어진 헤멘 와란[20] 고속버스는 죽은 자와 죽기 직전의 사람들로 들끓고 있었다. 우리는 인생의 어두운 핵심부로 들어가듯, 버스가 굴러 떨어진 곳으로, 옥수수 밭을 향해 조심스럽게 호기심을 가지고 내려갔다. 그리고 마법에 걸린 듯 버스로 걸어갔다.

우리가 버스 가까이 다가갔을 때, 부서져 내린 창틀 사이에서 머리끝부터 발끝까지 피투성이가 된 어떤 여자가 밖으로

---

20) '즉시 도착하는 와란'이라는 의미.

나오려고 발버둥치고 있는 모습이 보였다. 그 여자는 한 손을 버스 안으로 뻗어—우리는 허리를 굽히고 보았다.—축 늘어진 젊은 남자의 손을 잡고 있었다. 청바지를 입은 여자는 우리의 도움을 받아 버스 밖으로 나왔지만, 손을 절대 놓지 않으려 했다. 그녀는 잡고 있던 손을 향해 허리를 굽히고, 그를 밖으로 끌어내리려고 안간힘을 썼다. 그러나 우리는 보았다. 뒤집힌 버스 안에 있는 젊은이는, 니켈로 도금한 막대기와 판지처럼 접힌 깡통 사이에 끼어 있었다. 그는 잠시 후 우리와 그리고 어둡고 비가 오는 세계를 거꾸로 바라보며 죽었다.

긴 머리를 한 여자의 얼굴과 눈에서는 핏물이 섞인 빗물이 흘러내렸다. 그녀는 우리 나이쯤 되어 보였다. 비로 인해 분홍빛으로 변한 얼굴에는 죽음과 직면하고 있는 사람보다는, 놀란 아이의 표정이 깃들어 있었다. 비에 젖은 젊은 여인이여, 당신 때문에 우리도 상심하고 있다오. 그녀는 우리가 타고 온 버스에서 나오는 불빛 속에서, 좌석에 앉은 채로 죽은 남자를 바라보았다.

그러고는 "우리 아버지. 아버지가 화낼 거야."라고 말했다. 그녀는 죽은 남자의 손을 놓고 뒤로 돌더니 자난의 얼굴을 손으로 감쌌다. 그리고 오래전부터 알아 온 어리고 순진한 여동생을 어루만지듯 쓰다듬었다. 그녀가 말했다. "천사."라고. "결국 너를 찾았어. 결국, 빗속에서, 그렇게 긴 여행 끝에."

피투성이의 아름다운 얼굴은 자난을 감탄과 그리움, 행복에 가득 차 바라보았다.

"내가 항상 좋아 왔고, 전혀 예상치 못했던 곳에서 내 앞에 나타났다간 사라지는, 사라졌기 때문에 찾게 만드는 시선은 너의 시선이었어."라고 그녀는 말했다. "너의 시선과 만나기 위해 우리는 길을 나섰어. 너의 이 부드러운 시선과 마주치기 위해 수많은 버스에서 밤을 지새웠어. 모든 도시를 돌아다녔어. 책을 반복해서 읽었어. 천사, 네가 알고 있는 것처럼."

자난은 그녀의 오해 속에 숨겨진 균형 때문에 조금은 놀란 듯, 조금은 불안한 듯, 하지만 기쁘면서도 슬픈 듯, 살며시 미소 지었다.

청바지 입은 여자는 죽음의 문턱에서 "내게 웃어 줘."라고 말했다. 그녀가 죽으리라는 것을 천사는 알고 있었다. "내게 웃어 줘. 그래서 내가 그 세계의 빛을 한 번이라도 네 얼굴에서 볼 수 있게끔. 눈 내리는 어느 겨울날, 손에 책가방을 들고 과자를 사기 위해 들어갔던 빵집의 따뜻함을 기억하게 해 줘. 더운 여름날 부두에서 바다로 얼마나 신나게 뛰어들었는지를 기억하게 해 줘. 기억하게 해 줘. 첫 입맞춤을, 첫 포옹을, 혼자 꼭대기까지 올라갔던 호두나무들을, 내가 황홀해했던 여름밤을, 즐거움에 취했던 밤을, 내 이불 속을, 나를 좋아하며 바라보았던 예쁜 아이를 기억하게 해 줘. 그들은 모두 그 나라에 있어. 그곳에 나도 가고 싶어. 도와줘. 도와줘. 숨을 쉴 때마다 내가 조금씩 소멸해 가는 것을 행복하게 맞이할 수 있도록."

자난은 그녀에게 사랑스럽게 미소 지었다.

그 여자는 옥수수 밭에서 들려오는 죽음과 기억의 비명 소리 사이에서 "당신들 천사들은"이라고 말했다. "얼마나 끔찍하고 얼마나 비정한 사람들인지! 그러나 아름다워! 우리가 모든 단어와 모든 물건과 모든 기억 들로 인해 서서히 말라 가고, 먼지가 되어 사라질 때, 당신들과 없어지지 않는 당신들의 빛이 닿는 모든 곳은 어떻게 해서 시간을 초월해 평온 속에 남아 있을 수 있는 거지? 그래서 책을 읽은 후로, 불행한 내 애인과 나는 버스 창 너머에서 당신의 시선을 찾았지. 천사, 당신의 시선을. 책이 약속한 유일한 순간은, 지금 생각하건대, 당신의 시선인 것 같아. 두 세계 사이의 경계. 그곳도 아니고 이곳도 아닌. 나는 지금, 그곳과 이곳에 동시에 서 있는 이때에 출구라는 것이 무엇을 의미하는지를 알게 되었어. 평온, 죽음 그리고 시간이 무엇인지를 행복하리만큼 잘 알게 되었어. 내게 좀 더 웃어 줘, 천사."

나는 한동안 그 후에 무슨 일이 일어났는지 기억할 수 없을 것 같았다. 마치 달콤하게 취한 순간들이 지난 끝에, 머릿속이 몽롱해지고, 아침이 되어 "거기서 필름이 끊겼어."라고 하는 것처럼. 이와 같은 일이 내게 일어난 것이었다. 먼저 소리가 사라지고, 여자와 자난이 서로를 어떤 시선으로 바라보았는지 기억난다. 소리에 이어 모습도 사라졌는지, 한동안 내가 보았던 것들이 나의 기억 속에서 전혀 떠오르지 않고 그 어느 기억 장치에도 걸리지 않더니 수증기가 되어 사라져 버렸다.

나는 청바지를 입은 여자가 물에 대해 말했던 것을 어렴풋하게 기억했지만, 우리가 어떻게 옥수수 밭을 지나 물가로 왔는지, 그곳이 강물이었는지, 흙탕물이 된 시냇물이었는지, 그 잔잔한 물 위로 뚝뚝 떨어지던 빗방울들이 물 위에 남겨 놓은 동그란 파장을 비추던 푸른색 빛, 그 빛은 어디서 온 것이었는지 기억할 수 없었다.

나는 잠시 후 청바지를 입은 여자가 자난의 얼굴을 다시 두 손으로 감싸는 것을 보았다. 그녀가 자난에게 무엇인가를 속 삭였지만 나는 들을 수가 없었다. 꿈처럼 속삭였던 말들이 내 게 닿지 않았을지도 모른다. 나는 막연한 죄책감에 그 두 사 람이 단 둘이 있도록 남겨 두어야 한다고 생각했다. 냇가를 따라 한두 걸음을 옮겼다. 그러나 내 발은 질퍽한 진흙 속에 묻혀 버렸다. 나의 비틀거리는 발걸음에 겁을 먹은 개구리들 이 제각기 다른 몸짓으로 펄쩍거리며 물속으로 뛰어들었다. 물 위에 뜬 구겨진 담뱃갑이 서서히 내게 다가왔다. 말테페 담 배였다. 좌우로 부딪히는 빗방울들 때문에 가끔 이쪽저쪽으 로 흔들렸다. 그러고는 자신감과 자만감, 그리고 모호함의 나 라를 향해 뽐내며 전진했다. 나의 시야는 어둠 속에서 가볍게 움직이는 자난과 여자의 그림자, 그리고 이 담뱃갑 이외의 다 른 무엇도 식별할 수 없었다. 어머니, 어머니, 나는 그녀와 입 을 맞추었어요, 그리고 죽음을 보았어요. 나 자신에게 이렇게 말하고 있을 때, 자난의 목소리를 들었다.

그녀가 나에게 "도와줘, 그녀의 아버지가 피를 못 보도록 얼굴을 씻기자." 하고 말했다.

나는 여자 뒤에 서서 그녀를 부축했다. 어깨는 연약했지만 겨드랑이는 따스했다. 나는 담뱃갑이 떠다니는 웅덩이에서 한 줌 한 줌 물을 떠서 여자의 얼굴을 씻기는 자난의 모습을, 이 마에 난 상처를 자비롭게 씻는 모습을, 그녀의 행동에서 보이 는 어머니 같은 조심스러움과 우아함을 마음껏 바라보았다.

그러나 여자의 출혈은 멈추지 않았다. 여자는 우리에게, 어렸을 때 그녀의 할머니가 자기를 꼭 이렇게 씻겨 주었다고 말했다. 한때 그녀는 어렸고, 물을 무서워했다. 그러나 지금은 이렇게 성장했고 물을 좋아한다. 그리고 죽어 가고 있다.

"죽기 전에 당신들에게 할 말이 있어. 나를 버스로 데려다 줘." 그녀가 말했다.

반으로 접히고 뒤집힌 버스 주위에, 정신없고 피곤했던 축제의 밤이 끝난 뒤 볼 수 있는 망설이는 군중들이 있었다. 두세 명이 별다른 목적도 없이 천천히 움직이고 있었다. 어쩌면 가방을 운반하듯 시체를 운반하고 있으리라. 한 여인이 우산을 편 채 손에 비닐봉지를 들고는 갈아탈 새로운 버스라도 기다리는 양 서 있었다. 우리가 타고 온 살인 버스의 승객들과 희생당한 버스의 몇몇 승객들은 조각 난 버스 안에서 가방들, 시체들, 그리고 아이들 사이에 남아 있는 사람들을 밖으로, 빗속으로 끌어내리려 애쓰고 있었다. 곧 죽을 여자가 조금 전까지 잡고 있던 손은 그대로 있었다.

여자는 슬픔보다는 일종의 의무감이나 필요성 때문에 버스로 다가가 그의 손을 인자하게 잡았다.

"그는 내 애인이었어. 책을 처음 읽은 건 나야. 나는 마법에 빠져 버렸어. 두렵기도 했지. 나는 실수를 하고 말았어. 그도 나처럼 마법에 걸릴 거라 생각하고 그에게 책을 줬던 거야. 그도 마법에 걸렸지. 하지만 그는 그것으로 그치지 않았어. 그 나라에 가고 싶어 했어. 내가 그것은 그저 책일 뿐이라고 말했지만 그는 믿지 않았어. 우리는 길을 나섰지. 도시마다 여행을 했어. 삶의 표면을 만지며 그 색깔들이 숨기고 있는 것들 속으로 들어갔어. 찾으려 했지. 진실을 찾으려 했지만 발견하지 못했어. 말다툼을 한 후 나는 그를 홀로 남겨 두고 집으로, 부모님에게로 돌아갔어. 그를 기다렸지. 결국 그는 내게 돌아왔어. 그렇지만 완전히 다른 사람으로 변해 있었지. 그는 내게 책이 많은 사람들을 탈선시키고, 많은 사람들의 인생을 망쳐 놓고, 모든 악의 원천이 된다고 말했어. 그는 책이 모든 실망과 상처받은 인생들을 만드는 원인이기 때문에 복수해야 한다고 했어. 나는 책은 죄가 없다고 말했어. 이와 비슷한 책은 수도 없이 많이 있다고도 했어. 중요한 것은 책을 읽는 사람이 그 속에서 보았던 것들이라고 말했지만 그는 듣지 않았어. 그는 이미 배반당한 불행한 사람들을 휩싼 복수의 불길 속으로 들어가 있었거든. 그는 내게 나린 박사에 관해 말했어. 그 나린 박사가 책에 대항해 벌이는 전쟁에 대해, 우리를 파멸시키려는 외국 문명과 서구에서 유입된 새로운 문물에 대항하여 일으킨 전쟁에 대해, 글에 대항한 투쟁에 대해 말했어…… 여러 종류의 시계에 대해, 오래된 물건에 대해, 카나리아 새장에 대해, 수동 물레방아에 대해, 우물 두레박에 대해 말했어. 나는 그를 이해할 수 없었지만, 그래도 사랑했어. 그의 가슴속은 적의로 가득 차 있었지만 그는 여전히 내가 사랑하는 남자였어. 그래서 그가 귀릴 마을에서 이러한 목적을 위해 비밀리에 대리점주 정기총회가 개최된다고 말했을 때 나는 그를 따라나섰어. 나린 박사의 사람들이 우리를 찾아 박사에게 데려갈 거라고 했어. 이제는 우리 대신 당신들이 그곳으로 갔으면

118

해. 책과 인생에 대한 배반을 저지해 줘. 나린 박사는, 우리가 자신의 주장을 따르는 난로 대리점의 젊은 주인이라고 믿으며 기다리고 있어. 우리의 신분증은 내 애인의 재킷 안주머니에…… 우리를 데리러 올 사람에게선 오파 면도 비누 냄새가 날 거야."

얼굴이 피범벅이 된 채 여자는 자기 손에 쥐고 있던 시신의 손에 입을 맞추고 쓰다듬으며 울기 시작했다. 자난은 그녀의 어깨를 잡았다.

여자는 "나도 죄인이야, 천사. 너의 사랑을 받을 권리가 없어. 애인에게 속아서 그의 뒤를 따라갔어. 책을 배반했어. 그는 나보다 더 죄가 많았기 때문에 너를 보지 못하고 죽었어. 우리 아버지는 화를 내겠지만, 난 너의 품 안에서 죽을 수 있어서 행복해."라고 말했다.

자난은 그녀에게 죽지 않을 거라고 말했다. 그러나 우리가 보았던 그 어떤 영화에서도 죽음의 순간 직전까지는 절대로 누군가가 죽으리라는 사실을 알려 주지 않았기에, 우리는 그녀가 곧 죽으리라는 사실을 알 수 있었다. 천사 역을 맡은 자난은 여자의 손을 그 영화들에서처럼 남자의 손안에 꼭 쥐여 주었다. 여자는 애인의 손을 쥔 채 죽었다.

자난은 세상을 거꾸로 보고 있는 남자의 시체 쪽으로 다가갔다. 깨진 버스 창문으로 머리를 들이밀었다. 한동안 그곳에서 무엇인가를 찾더니, 행복한 미소를 띤 채 우리의 새로운 신분증을 손에 쥐고 비 내리는 세계로 돌아왔다.

그녀의 얼굴에 행복한 미소가 번지는 것을 보았을 때 내가 얼마나 행복했던가. 나는 그녀의 도톰한 입술 주위에서, 아름다운 치아가 끝나는 곳과 입술이 부드럽게 갈라지는 부분이 합쳐지는 곳에서 두 개의 어두운 점을 보았다. 그녀가 웃을 때 입가에 나타나는 두 개의 사랑스러운 삼각형!

그녀가 내게 한 번 입을 맞추었고, 나도 그녀에게 한 번 입을 맞추었다. 나는 빗속에 서서 한 번 더 입을 맞추자고 했지만, 그녀는 살며시 내게서 물러섰다.

"새로운 인생에서 너의 이름은 알리 카라고, 내 이름은 에프순 카라야." 그녀가 손에 든 신분증을 읽으며 말했다. "결혼 증명서도 있어." 그녀는 우리가 영어 수업을 받을 때 들었던 다정하며, 사려 깊은 선생님의 가르치는 듯한 목소리로 말하면서 미소를 지었다. 그러고는 덧붙였다. "카라 부부가 대리점주 정기총회에 참석하기 위해 귀뒬 마을로 가고 있는 거야."

7

우리는 하염없이 내리는 여름 비 속에서 버스를 세 차례나 갈아타고 도시 두 곳을 지나 귀될 마을에 도착했다. 진흙투성이 터미널에서 시장으로 가는 좁은 거리로 나갈 때 나는 하늘을 올려다보고 뭔가 이상함을 느꼈다. 한가운데에 팽팽하게 걸려 있는 현수막은 어린이들을 여름 코란 강좌로 부르고 있었다. 전매청과 스포츠 복권 판매소 앞에는 박제된 쥐 세 마리가 형형색색의 리큐어 병들 사이에서 이빨을 드러내고 웃고 있었다. 약국 문 앞에는 처형당한 정치범들의 장례식에 온 사람들의 옷깃에서나 볼 수 있을 것 같은 사진들이 붙어 있었다. 사진 하단에 생몰 연도가 적혀 있는 사람들의 모습에서 자난은 옛날 영화에 나오는 마음씨 좋은 부자들을 떠올렸다. 우리는 상점을 찾아가서, 가짜 가죽 가방과 나일론 셔츠를 사

새로운 인생

서 교양 있는 젊은 대리점주처럼 차려입었다. 호텔로 가는 좁은 인도에는 밤나무들이 놀랄 만큼 똑바로 줄을 맞춰 늘어서 있었다. 자난은 나무 그림자 속에서 '할례는 레이저가 아니라 손으로.'라는 표어를 읽고는 "그들이 우리를 기다리고 있어."라고 말했다. 나는 죽은 알리 카라와 에프순 카라의 결혼 증명서를 언제든 주머니에서 꺼낼 준비를 하고 있었지만, 익발 호텔의, 히틀러처럼 수염을 기른 왜소한 접수원은 결혼 증명서에는 별 관심이 없었다.

"대리점주 정기총회 때문에 오셨습니까?" 접수원이 물었다. "모두들 개회식 때문에 이 동네 고등학교에 갔습니다. 이 가방 외에 다른 짐은 없으신가요?"

나는 "우리 짐은 버스에 난 불 때문에 승객들과 함께 타 버렸습니다. 그 학교는 어디 있지요?"라고 대답했다.

"버스가 불에 잘 타긴 하지요, 손님. 이 아이가 길을 안내해 드릴 겁니다." 접수원이 말했다.

자난은 안내하는 아이에게 나는 한 번도 들어 보지 못한 달콤한 목소리로 말했다.

"선글라스를 꼈구나. 그런 걸 쓰면 세상이 검게 보이지 않니?"

"전혀요! 저는 마이클 잭슨이거든요." 아이가 대답했다.

"엄마가 뭐라 그러시지 않디? 너에게 그렇게 예쁜 조끼도 짜 수셨는데 말이야." 사난이 다시 물었다.

"엄마는 이런 데 간섭하지 않아요."라고 아이가 대답했다.

네온사인으로 번쩍이는 간판이 달린 케난 에브렌 고등학교까지 가는 동안 우리는 마이클 잭슨에게서 다음과 같은 사실들을 알게 되었다. 중학교 1학년인 아이의 아버지는 원래 호텔 주인이 경영하는 극장에서 일하지만 지금은 이 정기총회 때문에 바쁘다. 마을 전체가 정기총회 때문에 분주하다고 했다. 어떤 사람들은 이 일을 반대했는데, 왜냐하면 군수가 "내가 군수로 있는 한, 우리 군 내에서 어떠한 불명예스러운 일도 있어선 안 된다!"라고 말했기 때문이다.

케난 에브렌 고등학교의 구내식당에서 열린 전시회에서 우리는 시간을 은폐하는 기계, 흑백텔레비전을 컬러로 보게 해 주는 마법의 유리, 튀르키예 최초의 돼지고기 탐지 장치, 냄새 없는 면도용 로션, 신문에서 쉽고 빠르게 쿠폰을 오려 낼 때 쓰는 가위, 주인이 집에 들어가면 저절로 켜지는 난로, 그리고 첨탑, 확성기, 기도 시간을 알리는 문제에 대한 답을 줄 태엽 감는 시계를 보았다. 이 시계는 서양화와 이슬람화의 대립 문제를 현대적이며 경제적인 방법으로 단방에 해결해 주었다. 종래의 뻐꾸기 대신 전통적인 장치에 두 개의 사람 인형이, 즉 기도 시간이 되면 먼저 사원의 발코니 모양 1층에서 작은 이맘[21] 인형이 나와 "신은 위대하다!"라고 세 번 외치고, 매시간마다는 위층 발코니에서 넥타이를 맸지만 콧수염은 없는 작은 신사 인형이 나와 "튀르키예인이라서 행복하다, 행복하다, 행복하다!"라고 외치는 것이다.

카메라 옵스큐라를 발견했을 때, 우리는, 이 모든 발명품들을 이 지역 고등학생들의 손으로 만들었다는 것은 의심스럽

---

21) 이슬람교의 성직자.

다고 생각했다. 지금 군중 속에서 거닐고 있는 아버지, 아저씨 그리고 선생님 들의 두뇌와 조력이 있었던 게 분명했다. 그 카메라 옵스큐라는 서로 얽힌 자동차 바퀴 테두리와 타이어 사이에 수백 개의 손거울을 넣어서 미로처럼 복잡한 줄을 만든 기계였다. 한 점에서 빛과 영상이 거울의 미로로 들어간 후에 뚜껑을 닫으면 그 안에 사로잡힌 빛은 끝없이 거울들 사이를 왔다 갔다 해야만 했다. 그리고 언제든 닫힌 구멍의 뚜껑을 열면, 어떤 모습이 갇혀 있었건 간에 안에 있는 영상들——플라타너스 나무, 전시회를 구경하는 신경질적인 선생님, 뚱뚱한 전자 제품 대리점 주인, 여드름 난 학생, 레모네이드를 마시는 부동산 등기 담당 공무원, 아이란[22]이 가득 담긴 주전자, 에브렌 파샤의 초상화, 기계를 보며 웃고 있는 이 빠진 관리인, 음침한 남자, 그 오랜 여행에도 불구하고 피부가 반질반질 빛나는 아름답고 호기심 많은 자난 또는 그녀의 눈——을 다시 볼 수 있었다.

우리는 전시회에서 여러 고안물들 외에 다른 것들도 보았다. 예를 들면, 하얀 와이셔츠에 넥타이를 매고 체크무늬 재킷을 입은 남자가 연설을 하고 있었다. 참석자들 대부분은 끼리끼리 모여서 서로서로를, 혹은 우리를 훑어보고 있었다. 빨간 리본으로 머리를 묶은 여자아이는 머리에 스카프를 쓴 뚱뚱한 엄마의 치마 밑에서 잠시 후에 닝독힐 시를 김도하고 있었다. 자난이 내게 다가왔다. 그녀는 우리가 카스타모누에서

---

22) 요구르트를 희석해서 만든 음료.

산 초록색 치마를 입고 있었다. 나는 그녀를 사랑했다. 오 천사여, 너도 이미 알고 있겠지만, 나는 그녀를 정말로 사랑했어. 우리는 아이란을 마셨다. 그러고는 구내식당에 비치는, 먼지로 희뿌예진 오후의 햇빛을 멍하고 피곤하고 졸린 상태에서 바라보았다. 우리가 보고 있는 것은 일종의 존재의 음악, 인생에 대한 학문이었다. 그 후엔 텔레비전 같은 장치가 있기에 다가가서 그것이 무엇인지 살펴보려고 했다.

"이 새로운 텔레비전은 나린 박사의 발명품이지요." 나비넥타이를 맨 남자가 말했다. 프리메이슨 단원인가? 프리메이슨 단원들이 나비넥타이를 맨다는 것을 신문에서 읽은 적이 있었다. 그는 "당신은 누구신지?" 하고 내게 물었다. 그러고는 내 이마를 주의 깊게 바라보았다. 어쩌면 나보다 자난을 더 많이 쳐다보지 않도록 조심하기 위해서였는지도 모른다.

나는 "알리와 에프순 카라 부부입니다."라고 대답했다.

"정말 젊은 분들이군요! 비탄에 빠진 대리점주들 가운데 이렇게 젊은 분들이 있다는 것은 우리에게 희망입니다."

"우리는 젊음이 아니라 새로운 인생을 대표하는 사람들입니다."라고 내가 대답하는데 "우리는 비탄에 빠진 사람들이 아니라 신실한 믿음을 가진 사람들입니다."라고 한 체격 좋은 사내가 말했다. 그는 다정해 보이고, 거리에서 여고생들도 주저 없이 시간을 물어볼 수 있을 만큼 좋은 사람 같아 보였다.

우리는 군중 속으로 섞여 들었다. 머리를 리본으로 묶은 소녀가 가벼운 산들바람처럼 중얼거리며 시를 낭독했다. 국산 영화에서 멋진 가수 역을 맡아도 될 만큼 잘생긴 한 젊은이는 군인처럼 또박또박 그 지역에 대해 설명했다. 셀주크 시대의 첨탑에 대해, 학에 대해, 건설 중인 발전소에 대해, 그리고 그 지역의 많은 우유 생산량에 대해. 학생들이 구내식당 식탁 위에 놓인 각자의 발명품을 설명하는 동안, 그들의 아버지나 선생님 들은 그 곁에 서서 자랑스럽게 청중을 바라보고 있었다. 우리 모두는 손에 아이란이나 레모네이드 잔을 들고 구석으로 모였다. 서로 몸을 부딪치며 악수를 했다. 나는 희미한 알코올 냄새도 맡았고 오파 비누 냄새도 맡았다. 어디서 나는 냄새인지, 누구에게서 나는 냄새인지는 알 수 없었다. 그러고 나서는 나린 박사의 텔레비전도 보았다. 사람들의 이야기에 가장 많이 등장한 건 나린 박사였지만, 정작 박사는 그곳에 없었다.

날이 어두워지자, 남자들이 앞장서서 학교를 나와 식당으로 향했다. 마을의 어두운 골목에는 고요한 적의가 어려 있었다. 우리는 이 시간까지 닫지 않은 이발소, 구멍가게 입구, 텔레비전이 켜져 있는 찻집의 창문, 그리고 불이 밝혀진 군청 창문 뒤의 누군가에 의해 감시를 당하고 있었다. 잘생긴 학생이 말했던 학들 중 한 마리가 광장의 탑 위에 앉아 식당으로 들어가는 우리를 지켜보고 있었다. 호기심 때문이었을까? 아니면 적의 때문이었을까?

벽이 흔통 뮈트키에 뮈인들 사진과 찡렬하게 침플린 역사적인 튀르키예 잠수함 사진, 머리를 비스듬히 한 축구 선수들 사진, 보라색 무화과 사진, 황금빛 배 사진, 행복한 양들의 사진으로 도배되어 있고, 수족관과 화분도 있는 그럭저럭 괜찮은 식당이었다. 순식간에 식당이 대리점주들과 그들의 부인들, 학생들과 교사들, 우리를 사랑하고 믿는 사람들로 가득 차자, 나는 마치 이러한 북적거림을 몇 달 동안 기다려 온 것 같은, 이러한 밤을 준비해 오기라도 한 것 같은 기분을 느꼈다. 나는 사람들과 어울려서 어느 누구보다도 술을 많이 마셨다. 남자들끼리만 앉은 자리에서 내 옆에 앉는 사람, 또 일어나는 사람들과 술잔을 마주치며 영광과 인생의 사라진 의미, 그리고 사라진 무엇인가에 대해 열띤 토론을 했다. 그들이 먼저 이 주제를 꺼냈기 때문이다.

어떤 사람은 호주머니에서 카드 한 벌을 꺼내 킹 대신 교주, 잭 대신 종을 그려 넣은 카드를 자랑스럽게 보여 주면서 전국을 통틀어 총 17만 개의 찻집에 있는 250만여 개의 테이블에 이 카드를 배급해야 하는 이유를 장황하게 설명했다. 그리고 나는 거기에 전적으로 동의했다.

희망은, 어떤 형상을 띠고 그날 밤 그곳에서 우리와 함께 있었다. 그 희망은 천사였을까? 그들은 그것이 빛이라고 했다. 또 그들은 숨을 쉴 때마다 우리가 조금씩 소멸해 간다고 했다. 또한 그들은 우리가 묻었던 물건들을 우리가 다시 파내고 있다고 했다. 한 명이 난로 사진을 보여 주었다. 또 다른 낯익은 사람은 우리의 키와 몸에 딱 맞는 크기의 자전거 사진을 보여 주었다. 나비넥타이를 맨 남자는 주머니에서 치약 대용으로 쓸 수 있는 어떤 액체가 든 병을 꺼냈다. 애석하게도 술을 마시지 못하는 이 빠진 노인은 자신이 꾼 꿈 얘기를 해 주면서 우리에게 두려워하지 말라고, 그래야 다치지 않는다고 했다. 그는 누구인가? 사물의 본질에 대한 비밀을 아는 나린 박사는 아직도 나타나지 않고 있었다. 그는 왜 이곳에 없는가? 누군가가 "나린 박사가 이 믿음직한 청년을 본다면 자기 아들처럼 사랑할 거야."라고 말했다. 이 목소리의 주인공은 누구지? 내가 황급히 뒤돌아봤을 때 그는 이미 사라지고 없었다. 그들은 "쉬!" 하면서, 나린 박사의 이름을 그렇게 함부로 입에 올리면 안 된다고 했다. 조만간에 천사가 텔레비전에 나타나면 큰 문제가 생길 거라고 했다. 모든 것, 이 모든 두려움은 군수 때문이라고 했다. 그러나 사실 그도 우리를 완전히 반대하는 것은 아니었다. 튀르키예의 대부호인 베흐비 코치도 초대받은 손님으로 여기 올 것이다. 누군가가 코치야말로 우리 대리점주들의 왕이라고 했다.

여러 사람과 인사를 나누었던 것이 기억난다. 내가 젊다고 칭찬한 사람들과 솔직하다며 나를 껴안은 사람들에게 버스에 달린 텔레비전 화면과 색깔들과 시간에 대해 설명했다. 전매품 대리점을 운영하는 후덕해 보이는 한 사내는 "화면은" 하며 말을 시작했다. 그는, 우리의 화면은 우리를 쫓는 자들에게 죽음을 가져다 줄 것이며, 새로운 화면은 새로운 인생을 의미한다고 말했다. 누군가가 내 옆에 앉았다가 다시 일어났다. 나도 다른 사람 옆에 앉았다가 일어났다. 그리고 사고들, 죽음, 평론, 책, 그리고 그 순간에 내해 설명했다. 그리고는 '사랑'에 대해 말했다. 나는 일어나서 자난이 앉아 있는 곳을 쳐다보았다. 그녀는 교사와 부인 들과 이야기를 나누고 있었다. 앉아서 듣고 있던 나는 시간은 사고이며, 우리는 사고 끝에 이곳에 있게 되었다고 말했다. 이 세상에 태어난 것도 이와 같다고 덧붙였다. 그들은 내가 시간에 관심이 있다는 것을 알고는 가죽 잠바를 입은 농부를 불러 나에게 그의 말을 들어 보라고 했다. 그 농부는 그리 늙지는 않았으나 거동이 힘들어 보였는데, 호주머니에서 자신의 "보잘것없는" 발명품을 겸손하게 꺼냈다. 회중시계였다. 그 시계는 사람들이 행복해하는 순간이 오면 그것을 알아채고 자동으로 멈춘다고 했다. 그렇게 행복은 영원히 지속될 수 있다는 것이었다. 반대로 불행한 순간에는 시계의 초침과 분침이 빠르게 돌아가는데, 그러면 사람들은 '세상에, 시간이 너무나 빨리 지나가는군.' 하고 생각할 것이다. 그러면 고민도 눈 깜짝할 사이에 지나가겠지. 노인이 내게 보여 준 이 똑딱거리는 작은 시계는, 사람들이 편안하게 잠든 밤 시간 동안 자동으로 시간을 계산해서 아침에는 아무 일도 없었던 것처럼 다른 이들과 함께 일어나게 해 준다고 했다.

나는 "시간은……."이라고 말하고는 잠시 수족관 속을 유유히 돌아다니는 물고기를 유심히 바라보고 있었다. 내 곁으로 어떤 남자, 어떤 그림자가 다가왔다. "그들은 우리가 서양 문명을 무시한다고 비난하지만 사실은 그 정반대일세…… 카파도키아에 있는 동굴들 속에서 몇 백 년 동안 살았던 십자군의 유적들에 대해 들어 본 적이 있는가?" 내가 물고기들에게 말을 걸고 있을 때, 나에게 말을 거는 이 물고기는 누구지? 내가 뒤돌아보았을 때 그는 이미 사라져 버리고 없었다. 처음에는 그림자였겠거니 생각했다. 그러나 잠시 후 어떤 냄새를 맡고는 공포에 휩싸였다. 그것은 오파 면도 비누 냄새였다.

내가 의자에 앉자마자 긴 콧수염을 한 사내가 한 손가락으로 열쇠고리를 신경질적으로 돌리면서 나는 누구 편이고, 누구에게 표를 행사할 것이며, 어떤 발명품이 마음에 들고, 내일 아침에 어떤 결정을 내릴 거냐고 물었다. 나는 아직도 머릿속으로 물고기를 생각하고 있었다. 그에게 라크[23] 한 잔 더 마실 거냐고 물으려던 차에 목소리들, 목소리들, 목소리들이 들렸다. 나는 입을 다물었다. 나중에 나는 사람 좋아 보이는 전매품 대리점 주인과 나란히 앉게 되었다. 그는 이제 자신은 그 누구도 두려워하지 않는다고 말했다. 진열장 안에 놓여 있는 박제된 쥐 세 마리에 대해 계속해서 언급하는 군수조차 두렵지 않다고 말했다. 왜 이 나라에서는 전매청이 리큐어를 독점하는가? 나는 무엇인가를 생각해 내고 두려움에 빠졌다. 그 두려움 때문에 내 머릿속에 가장 먼저 떠오른 것을 말하게 되었다. "인생이 만약 여행이라면, 나는 여섯 달째 여행을 하고 있는데, 이 여행에서 배운 것 몇 가지를 당신과 나누고 싶군요." 나는 책을 읽었고, 내가 속한 세계 전체를 잃었다. 그래서 새로운 세계를 찾기 위해 길을 나섰다. 내가 무엇을 찾았냐고? 천사여, 내가 무엇을 찾았는지를 네가 말해 버릴 것 같았다. 나는 순간 입을 다문 후 잠시 생각에 잠겼다. 하지만 내가 "천사여."라고 내뱉었을 때, 나는 내가 뭐라고 말했는지도 알지 못했다. 그러다 갑자기 꿈에서 깨어난 깃처럼 사랑을 기억해 냈고, 군중 속에서 너를 찾기 시작했지. 자난은 그곳에

---

23) 튀르키예 고유의 술. 무색이나 물을 타면 우유색으로 변한다.

서 냉장고, 난로 대리점주들, 부인들, 나비넥타이를 맨 남자들과 그들의 딸들 사이에서, 선생들과 지친 늙은이들의 그윽한 시선을 한 몸에 받으며 어딘가에 있는 라디오에서 흘러나오는 음악에 맞춰 키 크고 건방진 고등학교 남학생과 춤을 추고 있었다.

나는 의자에 앉아 담배를 피웠다. 내가 춤추는 법을 알았더라면…… 영화 속에서 신랑 신부가 추는 춤을 출 줄 알았더라면. 커피를 마셨다. 모든 시계들, 행복의 회중시계조차도 빠르게 가고 있었을 것이다…… 담배…… 군중들은 춤을 추었던 커플들에게 박수를 보냈다. 커피…… 자난은 여자들 속으로 돌아갔다. 나는 커피를 한 잔 더 마셨다…….

호텔로 돌아갈 때, 부인들의 팔짱을 끼고 걷는 마을 사람들처럼, 지역 대리점주들처럼, 나도 자난의 팔짱을 끼었다. 그 고등학생은 누구야? 어떻게 너를 알지? 마을의 어둠 속에 있는 탑 위에서 학이 우리를 내려다보고 있었다. 우리가 진짜 부부처럼 호텔 종업원에게서 19호실 열쇠를 받았을 때, 누구보다도 영리해 보이고 결단력 있어 보이는 체격 좋은 남자가 계단과 나 사이에 우뚝 서더니 길을 가로막았다.

"카라 씨, 시간 있으시면……."

순간 나는 '경찰이구나.' 생각했다. 내가 교통사고로 죽은 사람들에게서 결혼 증명서를 슬쩍한 것을 알아차렸는지도 모른다.

"실례지만, 잠시 이야기를 나눌 수 있을까요?"

남자끼리 이야기하고 싶다는 투였다. 자난은 손에 19호실 열쇠를 들고 치마를 밟지 않도록 조심하면서 가냘프고 우아한 걸음으로 계단을 올라가 사라졌다.

그는 귀될 마을 사람이 아니었다. 그의 이름을 들었지만 곧 잊어버렸다. 밤 늦은 시각에 내게 말을 걸었으니 일단 올빼미 씨라고 부르도록 하자. 아니면 올빼미 씨가 내게 말을 걸었을 때, 내가 마음속으로 로비에 있는 새장 속의 카나리아가 횃대 위로 올라갔다 내려갔다 하는 모습을 생각하고 있었기 때문에 이런 이름을 붙이게 되었는지도 모르겠다.

"지금은 그들이 우리가 마음대로 먹고 마시도록 내버려 두고 있지만, 내일이 되면 우리에게 투표를 하라고 할 겁니다. 생각해 봤습니까? 나는 이 지역뿐 아니라, 전국 방방곡곡에서 온 모든 대리점주들과 밤새도록 일일이 이야기를 나누었습니다. 내일 대혼란이 일어날 수도 있어요. 당신 생각을 듣고 싶습니다. 생각해 봤습니까? 당신은 가장 젊은 대리점주입니다…… 누구를 뽑을 겁니까?"

"당신 생각엔 내가 누구에게 표를 줘야 할 것 같습니까?"

"나린 박사는 아닙니다. 나를 믿어요, 형제. 내가 당신을 형제라고 부르고 있군요. 이 모든 것의 결과는 모험이입니다. 천사들이 죄를 짓는 걸 봤나요? 우리 앞에 있는 그 모든 힘에 대항할 수 있을 것 같습니까? 이제 우리는 우리 자신이 될 수 없습니다. 유능한 칼럼니스트 젤릴 실리그도 이 사실을 알고 자살했어요. 그가 죽은 뒤로는 다른 사람이 대신 그의 이름으로 글을 쓰고 있습니다. 무슨 글을 쓰건 그들, 미국인들이 나타나지요. 우리 자신이 될 수 없다는 것을 아는 것, 그래요, 이것은 운명입니다. 그러나 노련하게 행동하면 재앙을 면할 수 있을 겁니다. 어쩌겠습니까, 우리 아들들과 손자들이 우리를 이해하지 못한다 해도 할 수 없는 일이지요⋯⋯ 문명이 세워지는 것을 볼 때는 무조건 동조하며 따라가면서도 무너지는 것을 보면 또 무분별하게 지껄이기만 하고 도움은 안 되는 철없는 아이처럼 무기에 의지할밖에. 모든 국민의 정체성이 한순간에 다른 것으로 탈바꿈할 때 당신은 그들 중 몇 명이나 죽일 수 있습니까? 어떻게 천사를 공범자로 만들 수 있습니까? 그리고 말이 나온 김에 하는 말인데, 천사가 대체 누굽니까? 오래된 난로, 나침반, 아동용 잡지를 모으고 있다더군요. 책과 글을 혐오한다는 얘기도 들었고. 우리 모두는 의미 있는 삶을 살려고 노력하고 있습니다. 그러나 어느 곳에서 멈추고 말지요. 자기 자신이 될 수 있는 사람은 누굽니까? 천사들이 속삭이는 말을 들을 수 있는 운 좋은 자는 누구입니까? 이런 것들은 죄다 억측이고, 이해하지 못하는 자들을 속이기 위한 헛소리들입니다. 미친 짓이 될 거요. 들었습니까, 코치 씨가 온다고들 하더군요, 베흐비 코치 씨 말입니다⋯⋯ 정부도, 군수도 허락하지 않을 겁니다. 죄 없는 자들이 죄 지은 자들과 함께 고통받게 될 겁니다. 나린 박사의 텔레비전 시연회는 내일로 미뤄졌습니다. 왜 그만 특별 대접을 받는 겁니까? 그는 우리 모두를 재난 속으로 끌어들이고 있어요. 콜라 사건의 전모를 밝힐 거라고 하더군요. 이건 미친 짓이에요. 우리는 이런 것 때문에 이 모임에 온 것이 아닙니다."

그는 더 설명하려고 했지만, 로비라고 할 수도 없는 그 좁은 곳으로 빨간 넥타이를 맨 남자가 들어왔다. 올빼미 씨는 "밤새 저 사람이 방해를 하고 다닐 거요."라고 말하며 사라졌다. 나는 그가 또 다른 대리점주의 뒤를 쫓아 거리로, 마을의 어둠 속으로 사라지는 것을 보았다.

자난이 올라간 계단은 내 맞은편에 있었다. 열이 났다. 다리가 떨렸다. 어쩌면 라크 때문에, 혹은 커피 때문인지도 몰랐다. 심장이 뛰고, 이마에는 땀이 맺혔다. 계단 대신 구석에 설치되어 있는 전화기를 향해 뛰었다. 번호를 돌렸다. 혼선이었다. 다시 돌렸다. 전화번호를 잘못 돌렸다. 어머니, 어머니에게 전화하고 있어요. 어머니, 제 말 듣고 계세요? 저 결혼해요. 오늘 밤, 잠시 후, 지금, 아니 이미 결혼했어요. 위층 방에, 계단을 올라가면 천사가 있어요. 울지 마세요, 어머니. 맹세할게요. 어머니, 울지 마세요, 어느 날 내 품에 천사를 안고 집으로 돌아갈게요.

카나리아 새장 뒤에 거울이 있는 것을 왜 미처 알아보지 못했을까? 계단을 올라가면서 보니 뭔가가 이상해 보였다.

19호실. 자난이 문을 열어 주었던, 손에 담배를 들고 나를 맞아 주었던, 그러고는 열린 창문 쪽으로 가서 마을 광장을 내려다보던 방. 누군가 우리에게 열어 준 특별한 금고 같았다. 고요했다. 더웠다. 반쯤 어둠에 잠겨 있었다. 어두웠다. 침대가 나란히 놓여 있었다.

열린 창으로 들어오는 마을의 우울한 불빛이 자난의 긴 목과 머리카락을 옆에서 비추고 있었다. 내게는 보이지 않았던 자난의 입에서 신경질적이고 불안정한(내게는 그렇게 보였다.)

담배 연기가 불면증에 시달리는 귀될 마을 사람들, 죽은 사람들, 그리고 불안하게 잠을 자는 사람들이 수십 년 동안 내쉰 숨이 하늘에 모여 만들어 낸 불행의 어둠을 향해 올라가고 있었다. 밑에서 술 취한 사람의 웃음소리가 들려왔다. 아마도 대리점주였을 것이다. 문 하나가 닫혔다. 자난이 아직 불이 꺼지지 않은 담배를 갱들처럼 밑으로 던지는 것을, 그리고 공중제비를 돌며 떨어지는 그 담배의 주황색 빛을 어린아이처럼 구경하는 것을 보았다. 나는 창 쪽으로 갔다. 나도 밑을, 거리를, 광장을 내려다보았지만 아무것도 보이지 않았다. 우리는 새로운 책의 표지를 꼼꼼히 살펴보듯 오랫동안 창밖을 내다보았다.

나는 "너도 술 마셨지?"라고 물었다.

"마셨어." 자난이 평온하게 대답했다.

"이게 얼마나 계속될 것 같아?"

자난은 "저 길 말이야?"라고 태연히 물으면서, 광장에서 묘지를 지나 버스 터미널로 이어지는 길을 가리켰다.

"어디서 끝날 것 같아?"

자난은 "모르겠어. 그렇지만 갈 수 있는 데까지 가고 싶어. 가만히 앉아서 기다리는 것보단 낫잖아, 그렇지?"라고 말했다.

나는 "지갑에 있는 돈이 바닥났어."라고 말했다.

조금 전 자난이 가리켰던 길의 어두운 모퉁이가 자동차의 강한 불빛으로 밝아졌다. 광장으로 들어온 차는 빈 곳에 주차를 했다.

"우리는 그곳에 절대로 도달하지 못할 거야." 내가 말했다.

"네가 나보다 더 많이 마셨구나." 자난이 말했다.

차에서 내린 남자는 차 문을 잠근 후, 우리의 존재를 의식하지 못한 채 호텔을 향해 걸어왔다. 자난이 아래로 던졌던 담배꽁초를, 마치 타인의 인생을 무자비하게 짓밟는 사람처럼 생각 없이 발로 짓이긴 후 그는 호텔로 들어왔다.

기나긴 정적이 흘렀다. 작고 사랑스러운 이 귀뒬 마을에 아무도 없는 것 같았다. 먼 마을에서 개들이 짖어 댔다. 그러고는 다시 고요가 흘렀다. 때때로 어두운 광장에 서 있는 플라타너스와 밤나무의 잎들이, 사각거리는 소리도 없이 바람에 흔들리고 있었다. 우리는 오랫동안 창가에서, 즐거운 놀이를 기다리는 아이들처럼 조용히 창밖을 바라보며 서 있었다. 마치 기억의 착각처럼. 나는 매초를 한순간 한순간 느끼고 있었지만, 시간이 얼마나 흘렀냐고 묻는다면 대답할 수 없을 것 같았다. 자난이 "제발! 날 만지지 마! 그 어떤 남자도 날 만진 적 없어."라고 말한 것은 시간이 꽤 흐른 후였다.

과거를 회상할 때뿐만 아니라 인생의 깊은 심연을 체험하고 있을 때에도, 창밖으로 보이는 작은 귀뒬 마을이 현실이 아니라 내가 상상 속에서 그려 낸 것처럼 느껴지곤 했다. 내 앞에 있는 것이 진짜 마을이 아니고, 체신부에서 발행하는 '지역 시리즈' 우표에서 볼 수 있는 마을인 것 같았다. 그 우표 속의 작은 마을들처럼, 마을 광장은 내가 들어다닐 수도 없고, 담배를 살 수도 없고, 먼지 앉은 진열장을 바라볼 수도 없는 환상처럼 보였다.

상상의 도시, 라고 나는 생각했다. 추억의 도시. 나의 눈이 아주 깊은 곳에서 나오는, 절대 잊을 수 없는 슬픈 추억, 절대 잊을 수 없는 시각적 대상을 찾는다는 것을 알고 있었다. 광장의 어둠 속에 서 있는 나무 밑을, 희미한 불빛에 반짝이는 트랙터 흙받이를, 하나도 읽을 수 없는 약국과 은행의 간판들을, 거리를 걷고 있는 한 노인의 등을, 창문 몇 개를 훑어보았다. 그러고는 사진 속의 광장이 아니라 사진사가 사진을 찍었던 자리를 추측하려고 애쓰는 사람처럼, 호텔의 2층 창문에서 바깥을 바라보는 나 자신을, 상상 속에서 타인처럼 먼 곳에서 바라보기 시작했다. 버스에서 본 외국 영화들처럼 말이다. 먼저 도시의 개괄적인 모습이 보였고, 어떤 마을, 어떤 정원, 어떤 집, 어떤 창문이 보였다. 내가 이 한적하고 멀리 떨어진 호텔의 창문에서 밖을 내다보고 있을 때, 네가 먼지 묻은 옷을 입은 채 창문 뒤에 놓인 침대에서 피곤에 지쳐 잠을 자고 있을 때, 나는 우리 둘을, 창문을, 호텔을, 광장을, 마을을, 우리가 지나온 수많은 길들과 장소들을 타인의 눈으로, 그리고 내 마음속의 눈으로 보고 있었다. 내가 상상했던, 조각조각 기억해 냈던 모든 도시들, 마을들, 영화들, 주유소들, 그리고 여행객들이 내 마음 깊은 곳에서 느꼈던 고통과 불완전함을 통해 일치된 것 같았다. 그렇지만 그 도시들에서, 허름한 부서진 건물들에서, 여행객들에게서 그 슬픔이 내게 전이된 것인지 아니면 내 가슴속에 있는 고통으로 인해 내가 나라 전체와 지도에 슬픔을 전파했는지는 알 수가 없었다.

창가에 발린 보라색 벽지가 지도를 연상시켰다. 구석에 있는 전기난로에 '외주브'라는 상표가 붙어 있었다. 나는 그 난로를 파는 대리점주를 오늘 밤 알게 되었다. 맞은편 벽에 붙어 있는 세면대의 수도꼭지에서 한 방울 두 방울 물이 떨어지고 있었다. 벽장 문이 완전히 닫히지 않았기 때문에, 문에 달린 거울이 두 개의 침대 사이에 있는 탁자와 그 위의 작은 스탠드를 비추었다. 스탠드의 불빛은 침대의 보라색 시트와 그 시트 위에서 옷을 입은 채 잠들어 버린 자난을 부드럽게 비추었다.

갈색 머리가 약간 붉은빛으로 변해 있었다. 왜 지금까지 나는 이 붉은빛을 알아보지 못했을까?

그러자 이외에도 내가 많은 것을 알아보지 못했다는 걸 발견했다. 내 머릿속은 야간 버스에서 내려 수프를 먹었던 식당들처럼 환하기도 했고 동시에 복잡하기도 했다. 교차로 식당 앞을 졸음을 못 이겨 꿈틀대며 지나가는 트럭들처럼 흐릿하고 피곤한 생각들이 이리저리 헉헉대며 나의 복잡한 머릿속을 계속 지나가고 있었다. 그리고 내 등 뒤에서, 나의 이상적인 여인이 다른 사람을 꿈꾸며 자고 있을 때, 그녀의 숨소리를 듣고 있었다.

그녀 곁으로 가서 누워. 그리고 그녀를 안아! 이렇게 오랜 시간을 함께 지내 왔으면 서로의 몸을 원하게 되는 것은 당연한 거야! 그런데 나린 박사는 도대체 누구지? 더 이상 참지 못하고 돌아서서 그 아름다운 다리를 보고 있을 때, 기억이 났다. 형제들, 형제들, 형제들은 이 늦은 밤의 정적 속에서 음모를 꾸미며, 나를 기다리고 있었다. 그 고요 속에서 빠져나온 반딧불 한 마리가 스탠드의 전구 주위에서 슬픔과 먼지를 떨어내며 돌고 있었다. 불 속에서 우리 몸이 둘 다 타오를 때까지, 오래도록 그녀에게 입을 맞추어라. 내가 음악을 듣고 있는 것일까, 아니면 내 머릿속에서 청취자들의 신청곡이었던 「밤의 초대」가 흘러나오고 있는 것일까? 사실 「밤의 초대」는, 통제되지 않는 성적 욕망에 시달리는 내 또래의 젊은 친구들이 잘 알고 있듯, 별다른 심오한 내용을 담고 있는 게 아니라, 칠흑같이 어둡고 음울한 거리에서 비슷한 처지의 다른 이들과 함께 슬프게 울부짖고, 서로에게 욕설을 퍼붓고, 서로를 날려버릴 폭탄을 준비하고, 우리를 이렇게 미천한 존재로 만드는 국제적인 음모를 꾸미는 자들에 대해 뒷공론을 한다는 내용이다. 오 천사여, 너는 이해할 것이다. 나는 이런 종류의 뒷공론이 '역사'라고 불린다고 믿는다.

30분, 어쩌면 45분, 그래그래, 기껏해야 한 시간 동안 나는 자고 있는 자난을 바라보았다. 그런 후 문을 열고 밖으로 나갔다. 밖에서 문을 잠그고 열쇠를 주머니에 넣었다. 나의 자난은 그곳에 남아 있었고, 거절당한 나는 밤 속에 나와 있었다. 거리를 조금 돌아다니다가 돌아가서 그녀를 안을 것이다. 문이 열린 술집을 찾아, 술을 마시고 취한 후 용기를 얻고 돌아가서 그녀를 안을 것이다.

계단을 내려갈 때 밤의 음모자들이 나타나 나를 얼싸안았다. 그들 중 한 명이 "당신이 카라 씨지요. 대단하십니다, 여기까지 오시다니. 게다가 굉장히 젊으시군요."라고 말했다.

비슷한 키에, 비슷한 모양의 얇은 넥타이를 매고, 비슷한 검은 재킷을 걸친, 또래의 다른 음모자는 "우리와 동석하시지요."라고 말했다. "내일 일어날 싸움 중 몇몇 장면을 당신에게 보여 주겠소."

그들의 손에 쥐어진 담배의 끝은 내 이마를 겨냥이라도 하듯 나를 가리키고 있었고, 그들의 미소는 무언가를 선동하려는 듯했다.

"당신에게 겁을 주려는 것이 아니라 경고를 하기 위해섭니다." 첫 번째 남자가 덧붙였다. 그들이 자정이 넘은 시각까지 그곳에서 일종의 '협잡'을 위한 물밑 작업을 하고 있다는 것을 나는 알아차렸다.

이제는 학들의 감시가 풀린 거리로 우리는 나갔다. 리큐어 병과 박제된 쥐들 앞을 지났다. 샛길로 들어갔다. 한두 걸음을 걸었을까 말까 했을 때 문이 열렸다. 지독한 라크 향과 술집 냄새가 우리를 맞았다. 비닐 식탁보로 덮인 테이블에 앉아 라크 두 잔을——약처럼——급하게 마신 후 나는 그들에 대해, 행복에 대해, 인생에 대해 새로운 것들을 배웠다.

처음 내게 말을 걸었던 스트크 씨는 세이디셰히르의 맥주 대리점주였다. 그는 내게 자신이 하는 일과 신념 사이에 어떤 갈등도 없다고 말했다. 조금만 생각해 보면 알 수 있듯, 맥주는 사실 라크 같은 알코올 음료는 아니다. 그는 에페소스 맥주를 주문해서 맥주 속의 거품이 탄산에 지나지 않다는 것을 증명해 보였다. 두 번째 친구는 재봉 틀 대리점주였기 때문에, 이러한 종류의 딜레마와 민감한 차이에는 별로 신경 쓰지 않았으며, 취한 상태에서 야밤에 졸음운전까지 하다가 어두운 전신주를 받아 버린 트럭 운전사들처럼 인생의 저 깊은 심장부로 급속하게 침몰하고 있었다.

여기 평화가 있었다. 평화가 여기 있었다. 이 평화로운 마을에, 이 작은 술집에, 지금 이 안에, 세 명의 동지가 함께하는 술자리와 인생의 심장부에. 과거에 일어난 일, 그리고 내일 일어날 일들을 생각할수록 이 순간, 즉 승리의 과거와 끔찍하고 초라한 미래 사이에 있는, 이 비교할 수 없는 순간의 소중함을 절실히 깨닫게 되었다. 우리는 서로에게 항상 진실을 말하자고 맹세했다. 서로의 볼에 입을 맞추었다. 눈물을 흘리며 함께 웃었다. 세계와 인생의 숭고함을 축복했다. 술집에 있는 열정적인 대리점주들, 그리고 약삭빠른 단원들의 무리를 향해 우리는 잔을 들었다. 이런 게 인생이었다. 그 어떤 다른 것이 아니라, 천당이나 지옥에 있는 것이 아니라, 정확히 이곳에, 눈부신 인생은 지금 이 순간 속에 있었다. 어떤 미친놈이 우리가 틀렸다고 주장할 수 있을까? 어떤 나사 풀린 놈이 우리에게 반박할 수 있을까! 누가 우리를 두고 가련하고, 하찮고, 초라하다고 말할 수 있을까! 우리는 이스탄불의 생활도, 파리의 생활도, 뉴욕의 생활도 원하지 않았다. 살롱, 달러, 아파트, 비행기 뭐든 마음대로 가져가라. 라디오, 텔레비전(우리에게도 우리의 화면이 있다.)도 가져가라. 컬러 신문도 가져가라! 우리에게는 그들에겐 없는 것이 있다. 보아라, 내 심장을. 진정한 인생의 빛이 그 속으로 어떻게 스며들고 있는지를.

천사여, 한순간 나는 정신을 차리고, 이렇게 술을 퍼마시는 것이 불행에 대한 특효약이라면 왜 모두들 이렇게 하지 않는 것일까 생각했다. 술집에서 나와 형제들과 여름밤을 걷고 있는, 알리 카라라는 가명을 가진 사람은 묻는다. 왜 이렇게 고통스럽고, 슬프고, 비참한가? 호텔 2층에는 자난의 머리카락을 붉은빛으로 비추는 전등이 켜져 있었다.

그 후에 우리가 공화국, 아타튀르크에 대해 얘기하기 시작했던 것을 기억한다. 그곳은 관청 건물 안, 은밀한 장소였다. 군수의 방으로 들어갔다. 군수가 내 이마에 입을 맞추었다. 그도 우리 편이었다. 앙카라[24]에서 명령이 왔으며, 우리 중 그누구도 내일 다치지 않을 거라고 했다. 그는 나를 선택했고, 신임하고 있었다. 그리고 내가 원한다면 신제품 복사기로 이제 막 복사한 성명서를 읽을 수도 있었다.

"존경하는 귀뮐 마을 주민들, 형제들, 어머니들, 아버지들 그리고 이슬람 신학 고등학교 젊은이들이여! 어제 우리 마을을 방문한 몇몇 사람들은 자신들이 방문자라는 사실을 잊어버린 것 같았습니다! 그들은 무엇을 원하고 있습니까? 수백 년 동안 사원과 종교 축일, 그리고 예언자들, 셰이크[25]들 그리고 아타튀르크 동상을 숭배하던 우리 마을이 신성하다고 여기는 모든 것에 욕설을 퍼붓기 위해 여기에 온 것입니까? 아닙니다. 우리는 와인을 마시지 않을 겁니다, 절대로 우리에게 코카 콜라를 억지로 마시게 할 수는 없습니다. 우리는 우상이 아니라, 미국이 아니라, 악마가 아니라, 신을 숭배합니다! 페브지 차크마크 원수를 부참하게 만들려는 유내인 스빠이 믹스

---

24) 튀르키예의 수도.
25) 이슬람 사회, 조직의 지도자 혹은 종파의 수장.

룰로, 마리와 알리의 모방자들 그리고 정신 나간 사람들이 왜 우리의 이 평화로운 마을에 모이고 있습니까? 천사는 누구이며, 그를 텔레비전에 출연시켜 비난하는 무모한 자는 누구입니까? 20년 동안 이 마을을 지켜 준 하지 레일레크[26] 님과 최선의 노력을 하고 있는 소방수들에게 무례한 짓을 한 이 사람들을 보고만 있을 겁니까? 아타튀르크가 이러려고 그리스 군대를 몰아냈습니까? 자신이 방문자라는 사실을 잊은 이 뻔뻔스러운 사람들에게 본때를 보여 주지 않는다면, 또 이들을 우리 마을에 초대한 사람들에게 책임을 추궁하지 않는다면, 장차 우리는 서로의 얼굴을 어떻게 보고 살겠습니까? 내일 오전 11시에 소방서 광장에서 모입시다. 비굴하게 살 바에야 명예롭게 죽는 것이 낫습니다."

이 전단을 나는 다시 한 번 읽었다. 거꾸로 읽는다면, 또는 대문자들만 골라서 읽는다면 완전히 새로운 또 하나의 성명이 될 수 있을지 생각했다. 아니다. 군수는 소방차들이 아침부터 귀될 하천에서 물을 끌어들인다고 말했다. 내일, 가능성이 적긴 하지만 사건이 커져서 제어하지 못할 수도 있고, 불길이 확산될 수도 있으며, 군중들이 더위 속에서 소방차가 뿜어 대는 물에 대해 불평하지 않을 수도 있을 것이다. 군수는 우리 일행을 진정시켰다. 당국이 전적으로 지원하고 있으며 사건이 터지면 즉시 본부에 있는 헌병들이 진압할 것이라고 했다. 군수가 말했다. "우선 사건을 수습한 후, 선동자들, 또 공화국과

---

26) 레일레크는 튀르키예어로 '학'을 뜻한다.

국민의 적들의 가면이 벗겨지면, 그때 벽에 붙어 있는 비누 광고들과 여자들이 나오는 포스터들을 누가 떼는지 지켜봅시다. 누가 감히 양복점에서 술에 취해 거드럭거리며 나와 군청과 학을 향해 욕설을 퍼붓는지 지켜봅시다."

그들은 그사이에 나 같은 똑똑한 젊은이가 양복점을 볼 필요가 있다는 결정을 내렸다. 군수는 '현대 문명 진흥 단체'의 비밀 단원인 교사 두 명이 작성한 '반대 성명서'를 내게 보여 준 후, 수위 한 명을 내게 붙여 주었다. 그러고는 그에게 나를 양복점으로 데리고 가라고 말했다.

"군수님은, 근무 시간이 아닌데도 우리에게 너무 많은 일을 시키고 있죠." 수위 하산 씨가 거리에서 내게 말했다. 사복 경찰 두 명이 짙은 밤을 틈타 코란 강좌를 홍보하는 현수막을 소리 소문 없이 걷어 내고 있었다. "우리는 국가와 민족을 위해 일하고 있습니다."

양복점에는 옷감과 재봉틀과 거울, 그리고 탁자 위에 텔레비전과 비디오 한 대가 있었다. 나보다 조금 나이 들어 보이는 젊은이 둘이 텔레비전 뒤에서 드라이버와 전선 등을 가지고 일하고 있었다. 구석진 곳에 있는 보라색 소파 위에는 한 남자가 앉아서 그 젊은이들 맞은편에 위치한 커다란 거울로 자신의 모습을 바라보고 있었다. 그가 나를 보더니 무언가를 묻는 눈빛으로 하산 씨를 쳐다보았다. 하산 씨는 "군수님이 보내셨습니다. 당신에게 이 사람을 일임했습니다."라고 말했다

보라색 소파에 앉은 남자는, 조금 전 차를 주차하고 나서 자난이 버린 담배를 밟고 호텔로 들어갔던 사람이었다. 그는

내게 다정한 미소를 지어 보인 후 앉기를 권했다. 30분 정도 지나자 그는 리모컨을 눌러서 비디오를 작동시켰다.

텔레비전 화면 안에 또 다른 텔레비전의 모습이 보였다. 그 화면 안에 또 다른 화면 하나가 나타났다. 나는 푸른빛을 보았다. 죽음을 연상시키는 그 무엇. 그렇지만 죽음은 아주 멀리 있었다. 빛은 우리가 탄 버스들이 돌아다녔던 광활한 벌판에서 하릴없이 맴돌았다. 그리고 아침, 달력에서 많이 보았던, 동트는 장면이 보였다. 이것은 천지가 창조되던 그 여명의 순간처럼 보였다. 낯선 마을에서 술에 취해, 애인은 호텔 방에서 자고 있고, 인생이 무엇인지에 관해 전혀 생각하지 않고, 알지 못하는 친구들과 양복점에 앉아, 갑자기 인생이 무엇인가를 화면으로 보는 것은 얼마나 멋진 일인가!

왜 사람들은 언어로 생각을 하면서, 이미지 때문에 고통을 당하는가? "난 원해, 난 원해!" 나는 외쳤다. 무엇을 원하는지도 정확히 알지 못한 채. 화면에 하얀 빛이 나타났다. 텔레비전에 몸을 숙이고 작업하던 두 젊은이도 내 얼굴에 비친 그 빛을 보고는 돌아서서 화면을 보고 볼륨을 높였다. 순간 빛은 천사로 변했다.

"나는 너무나 멀리 있소. 너무나 멀리 있기 때문에 언제나 당신들 사이에 있을 수 있소."라고 말하는 소리가 들렸다. "당신들의 마음의 소리로 내 말을 들으시오. 당신들의 입술이 내 입술이라 여기고 중얼거리시오."

나는 다른 사람의 말을 형편없는 번역본을 보면서 연기하는 불행한 성우처럼 중얼거렸다.

나는 그 목소리로 "시간은 견딜 수 없는 존재요."라고 말했다. "재난이 자고 있거나 아침이 다가올 때. 하지만 이를 악물면 견딜 수 있을지도 모르지."

그리고 정적이 흘렀다. 내 머릿속에 있는 것들을 텔레비전에서 보고 있는 것 같았다. 그래서 눈을 뜨건 감건 상관없다고 생각했다. 내 머릿속과 바깥세상이 모두 같은 장면이었다. 그리고 또 말했다.

"신은 자신의 무한한 능력을 보고 싶었을 때, 거울에 비친 자신의 이미지를 재창조하면서 천지를 만들어 냈소. 숲속을 으스스하게 비추며 공포스러운 분위기를 자아내는 달빛은 텔레비전 화면과 영화에서 자주 보았던 벌판의 아침, 청명한 하늘, 바위 해안에 부딪히는 깨끗한 물의 이미지로 자신의 이미지를 구체화했소. 식구들이 다 깊은 잠에 빠져 있는 한밤중, 전기가 나갔다가 갑자기 들어왔을 때 홀로 거실을 비추는 텔레비전처럼, 어두운 밤하늘의 달은 혼자였소. 달과 함께 다른 것들도 존재했지만 그것들을 보는 이는 아무도 없었지. 사물을 비추지 못하는 거울처럼 모든 것들에겐 영혼이 없었소. 그런 것들을 많이 보았을 테니, 당신들도 그게 어떤 것인지 알 거요. 지금 한 번 더 이 영혼 없는 세상을 보시오. 분명 깨닫는 바가 있을 것이오."

무엇 중 손에 송곳을 든 젊은이가 "형님, 정확히 이 장면에서 폭탄이 터질 겁니다."라고 말했다.

그 후의 대화를 듣고 나는 그들이 텔레비전에 폭탄을 설치했다는 것을 알게 되었다. 내가 잘못 이해한 것은 아니었을까? 아니었다. 정확히 알아들었다. 그것은 천사의 빛이 화면에 나타나면 폭발하는 일종의 영상 폭탄이었다. 나는 내가 정확히 이해했다는 것을 알았다. 폭탄 얘기를 들었을 때, 기술적인 세부 사항에 대해 궁금해졌지만 동시에 죄의식 때문에 머릿속이 복잡해졌다. 한편으로는 '이래야만 돼.'라고 생각하고 있었다. 어쩌면 이렇게 될 수도 있을 것이다. 내일 아침 있을 정기총회에서 대리점주들이 화면에 나오는 신비스러운 장면에 푹 빠져서 천사와 사물들, 빛과 시간에 대해 논쟁하기 시작할 때, 폭탄은 바로 그 교통사고 때처럼 부드럽고 따스하게 터질 것이고, 삶과 투쟁과 음모에 목마른 군중 속에서 수년 동안 쌓여 있었던 시간은 갑자기 격하게 주위로 퍼져 나갈 것이며 모든 것을 얼어붙게 만들 것이다. 나는 그때 폭탄이나 심장마비 때문이 아니라, 진짜 교통사고로 죽고 싶다고 생각했다. 그때 천사가 나타날 수도 있고, 그러면 천사가 내 귀에 대고 인생의 비밀을 속삭일 수도 있으리라. 천사여, 언제인가? 과연 언제?

여전히 화면 위로는 장면들이 흐르고 있었다. 어쩌면 빛, 혹은 색이 빠진 빛, 혹은 천사였는지도 모른다. 그러나 나는 확실하게 말할 수 없었다. 폭탄이 터진 후의 모습들을 보는 것은, 죽음 이후의 생을 바라보는 것과 같다. 어느새 나는 그러한 진귀한 경험을 할 수 있다는 데 완전히 흥분에 사로잡혀서 화면에 나오고 있는 장면을 소리 내어 설명하고 있었다. 다른 사람한테 들은 얘기를 내가 반복하고 있는 것일까? 아니면 두 개의 영혼이 '다른 세계'에서 만나는 우애의 순간을 경험하고 있는 것일까? 우리가 얘기한 내용은 다음과 같다.

"태초에 신이 세상에 생기를 불어넣자, 아담의 눈도 영혼과 함께 새롭게 세상을 인식하게 되었소. 그때 우리는 뿌연 거울을 통해 보는 것이 아니라, 세상을 있는 그대로, 그렇소, 아이들이 보는 것처럼 모든 것을 있는 그대로 보게 되었소. 보았던 것들에 이름을 짓는, 그 이름과 보았던 것들을 일치시키는 우리 아이들은 그때 얼마나 즐거워했었는지! 그때 시간은 시간이었고, 사고는 사고였으며, 인생은 인생이었소. 이것은 행복이었고, 이것이 악마를 불행하게 만들었소. 그것은 악마였소. 그는 '거대 음모'를 실행에 옮겼소. '거대 음모'의 앞잡이인 구텐베르크(그와 그의 모방자들을 인쇄업자라고 부른다.)는 부지런한 손, 참을성 있는 손가락, 그리고 섬세한 필기 도구가 쫓아갈 수 없을 만큼 단어들을 증가시켰소. 그리고 단어들, 단어들, 그 단어들은 구슬처럼 사방으로 흩어졌소. 거리로 나 있는 문 아래, 비누틀, 계란 판 위를 단어와 글 들이 굶주리고 미친 바퀴벌레처럼 휘감아 버리고 말았소. 한때 떨어지려야 떨어질 수 없는 관계였던 말과 물건 들이 서로 등을 지고 말았소. 결국 달빛 아래서, 시간은 무엇이냐고 우리에게 물었을 때, 혹은 인생은 무엇인가, 슬픔은 무엇인가, 운명은 무엇인가, 고통은 무엇이냐고 물었을 때, 한때 명백했던 답들이, 시험 전날 밤을 세운 학생이 답을 헷갈리는 것처럼 서로 섞여 버리고 말았소. 어떤 바보는 시간이 소음이라고 말했소. 어떤 불운한 사람은 사고가 운명이라고 했소. 또 다른 사람은 인생이 책이라고 했소. 우리는 혼란에 빠졌고, 맞는 답을 우리 귀에 속삭여 줄 천사를 기다리곤 했소."

"알리 씨, 신을 믿으시오?" 보라색 소파에 앉은 남자가 내 말을 끊었다.

나는 한동안 생각했다.

"나의 자난이 호텔 방에서 나를 기다리고 있습니다."라고 대답했다.

"신은 우리 모두의 신(자난)이오. 그녀에게 가시오. 그리고 아침에 비너스 이발소에 가서 수염을 깎으시오." 그가 말했다.

나는 더운 여름밤 속으로 걸어 나갔다. '사고처럼, 폭탄은 신기루다.'라고 나 자신에게 속삭였다. 언제 나타날지 아무도 모른다. 역사라고 하는 도박에서 진 우리 불쌍한 패배자들은, 승리감을 맛보기 위해 수백 년 동안 서로에게 폭탄을 던질 것이고, 신, 책, 역사, 그리고 세계를 사랑한다는 명목으로 설탕 꾸러미, 코란 그리고 기어 박스에 설치한 폭탄들로 우리의 영혼과 몸을 폭파할 것이다. 자난의 방에서 새어 나오는 불빛을 보면서, 그리 비참한 시나리오는 아닐 거라고 생각했다.

호텔로 들어가 방으로 올라갔다. 어머니, 오늘 전 많이 취했어요. 자난의 옆에 누워 잠이 들었다. 그녀를 안고 있다고 생각하면서.

아침에 일어나자마자 내 곁에 누워 있는 자난을 보았다. 그녀의 얼굴에서 버스에 앉아서 비디오를 볼 때 종종 나타났던 근심과 걱정이 보였다. 꿈에서 보았던 충격적이고 놀랄 만한 장면에 대비하는 것처럼 갈색 눈썹을 치켜세우고 있었다. 똑 똑. 세면대의 수도꼭지에서는 여전히 물방울이 떨어지고

새로운 인생

있었다. 먼지 때문에 뿌예진 햇살이 커튼 사이로 들어와 그녀의 다리를 벌꿀 색으로 비추자 자난이 무엇인가를 물으며 중얼거렸다. 그녀가 침대에서 뒤척일 때, 나는 소리 없이 방에서 나왔다.

아침의 신선한 공기를 느끼며 나는 비너스 이발소를 찾았고 거기서 어젯밤에 만났던 남자를 보았다. 자난의 담배를 밟고 지나갔던 남자. 그가 면도를 하고 있었다. 얼굴이 거품투성이였다. 기다리려고 자리에 앉자마자, 나는 면도 비누 향기를 알아차리고 두려움에 휩싸였다. 거울 속에서 우리의 눈이 마주쳤다. 우리는 서로에게 미소를 지었다. 자난과 나를 나린 박사에게 데리고 갈 사람은 분명 이 남자였다.

8

나린 박사에게 가는 동안, 자난은 뒷부분이 지느러미 모양으로 튀어나온 61년식 쉐보레의 뒷좌석에 앉아 《귀될》 신문을 손에 들고 도도한 스페인 공주처럼 신경질적으로 부채질을 하고 있었다. 나는 앞좌석에 앉아 유령이라도 나올 법한 마을들, 금방 무너질 것처럼 보이는 다리들 그리고 오래된 마을들을 바라봤다. 오파 면도 비누 향기가 나는 운전사는 말이 없는 사람이었다. 그는 라디오의 채널을 이리저리 돌려 가며 앵무새 같이 똑같은 말만 반복하는 뉴스들과 제각기 다른 예측을 내놓는 일기예보 듣기를 좋아했다. 아나톨리아 내륙에 비가 올 거라고도 했고 오지 않을 거라고도 했다. 에게 해 연안 지방에는 간간이 폭우가 쏟아진다고 했고, 구름이 낀다고 했고, 화창하다고 했다. 우리는 해적 영화와 동화 속 나라에서 나온 어두운 소나기를 뚫고 구름 낀 하늘 아래를 지나 여섯 시간을 달렸다. 쉐보레의 지붕을 거세게 때리는 마지막 소나기를 지나자 우리는 갑자기 마치 동화 속처럼 아주 다른 나라에 들어와 있었다.

앞 유리창을 오가는 와이퍼의 슬픈 리듬은 그쳤다. 기하학적인 모양의 세상에서 해가 반짝거리며 차의 왼쪽 삼각창으로 막 지려는 찰나였다. 크리스털처럼 맑고 화창하고 고요한 왕국이여, 우리에게 너의 비밀을 열어 다오! 잎사귀 위에 앉은 빗방울들로 나무들은 생기를 띠었다. 새들과 나비들은, 차의 앞 유리창을 향해 날아들 생각은 전혀 없는 듯 무리를 지어 평온하게 우리 앞을 오갔다. 나는 시간을 초월한 이 나라 어디에 동화 속 거인이 있는지, 분홍빛 난쟁이들과 보라색 마녀들은 어느 나무 뒤에 숨어 있는지 물으려 했다. 그러고는 이 풍경 속 어디에도 글이나 표지는 보이지 않는다고 말하려 할 때, 반짝이는 아스팔트 위로 트럭 한 대가 지나갔다. 트럭 범퍼에는 스티커가 붙어 있었는데, 이렇게 쓰여 있었다. '추월시 주의!' 마을을 가로질러 우리는 좌회전을 했다. 비포장도로였다. 언덕을 오르고 어스름 속에서 지워져 가는 마을 한둘을 지나쳤으며, 어두운 숲들을 보았다. 그리고 마침내 나린 박사의 집 앞에서 멈췄다.

그 록소 선툴은 식구 중 누군가가 세상을 뜨거나 불행한 일을 당해서 혹은 가족 전체가 이주를 한 후, 셴 팔레스, 세파 팔레스, 지한 팔레스 그리고 콘포르 팔레스 같은 이름의 호텔로 바뀐 시골 저택처럼 보였다. 그러나 그 주위에는 소방서도,

소방차도, 먼지 앉은 트랙터도 식당도 보이지 않았다. 오직 적막뿐이었다. 이러한 유의 저택에는 대개 위층에 창이 여섯 개 있기 마련인데 이 집에는 네 개뿐이었다. 세 개의 창에서 빛이 흘러나와 집 앞에 있는 플라타너스 세 그루의 낮은 가지들에 오렌지색 빛을 비추고 있었다. 뽕나무의 윤곽만이 어렴풋이 어둠 속에 보였다. 커튼이 움직이더니 창문 닫히는 소리가 들렸다. 발소리, 방울 소리. 그림자들이 움직였고, 문이 열렸다. 우리를 맞이한 사람은 다름 아닌 나린 박사였다.

그는 키 크고, 잘생긴 남자로, 60대 후반에서 70대 초반 정도로 보였으며, 안경을 끼고 있었다. 나중에 방에서 혼자 생각해 본다면, 안경을 썼는지 안 썼는지 잘 기억이 안 날 법한, 그런 종류의 얼굴을 그는 가지고 있었다. 잘 알고 있는 사람의 얼굴을 떠올릴 때면 그 얼굴에 콧수염이 있었는지 없었는지를 잘 기억하지 못하는 것처럼 말이다. 우리 앞에는 매우 압도적인 존재가 서 있었다. 나중에 방에서 자난이 "난 무섭더라." 하고 말했지만, 내가 보기에 그녀는 두려움보다는 호기심을 더 강하게 느끼는 것 같았다.

긴 그림자를 드리우는 가스램프 빛 아래 아주 기다란 식탁에 앉아 우리는 나린 박사의 가족들과 함께 저녁 식사를 했다. 그에게는 딸이 세 명 있었다. 막내는 행복하고 꿈이 많은 귈리자르로, 혼기가 지난 나이인데도 미혼이었다. 둘째 귈렌담은 내 맞은편에 앉아 있었는데, 자기 아버지보다는 숨 쉴 때마다 콧소리를 내는 의사 남편과 더 비슷해 보였다. 맏딸인 아름다운 귈지한은 이혼녀였다. 그녀의 여섯 살과 일곱 살 먹

은 얌전한 두 딸들의 얘기를 듣고 그 사실을 알았다. 이혼한
지 꽤 오래된 것 같았다. 이 아름다운 세 딸들의 어머니는 작
고 위협적인 여자였다. 눈빛뿐만이 아니라 모든 태도가, 이봐
내 기분을 상하게 하기만 해 봐. 그러면 난 바로 울음을 터뜨
릴 거야, 라고 말하는 듯했다. 식탁의 다른 편 끝에는, 마을에
서—어떤 마을인지는 모르겠다.—온 변호사가 앉아 있었
다. 그는 한동안 토지 분쟁을 둘러싼 정당, 정치, 뇌물 그리고
죽음에 대해 이야기했다. 그가 기대했던 것처럼, 나린 박사가
그러한 일련의 사건들에 개탄하면서도 동의하는 듯한 눈빛으
로 자신의 이야기를 귀 기울여 듣고 있자, 변호사는 매우 만
족해했다. 내 옆에는 영향력 있고 존경받는 대가족의 일상을
생생히 목격하는 데서 인생 말년의 낙을 찾는 한 노인이 앉아
있었다. 그 노인이 이 가족과 무슨 관계인지는 확실치 않았다.
그의 행복은 접시 옆에 놓인 작은 트랜지스터 라디오 덕에 더
충만해지고 있었다. 몇 번인가 그가 라디오에 귀를 딱 갖다 붙
이고—귀가 잘 들리지 않는 것 같았다.—무엇인가를 듣는
모습을 보았다. 그러고 나서 그는 나린 박사와 나에게 "귀둴에
관한 소식은 없구먼!" 하고 말하면서 의치를 드러내 보이며 웃
었다. 그리고 자기 얘기의 자연스러운 결론이라도 맺는 것처럼
덧붙였다. "박사는 철학적인 논쟁을 좋아하지. 자네 같은 젊
은이들을 무척 좋아한다네. 자네는 박사의 아들과 정말 닮
았군!"

긴 정적이 이어졌다. 어머니는 울음을 터뜨릴 것처럼 보였
다. 나린 박사의 눈에서는 노기가 활활 타올랐다. 식당 밖 어

디에선가 괘종시계가 시간과 인생이란 무상한 것임을 상기시키며 아홉 번 댕댕 울렸다.

식탁 위와 방 안 그리고 물건들, 사람들, 음식들을 관찰하면 할수록 그곳에 모인 우리 사이에, 그 저택에 꿈의 흔적 또는 한때 깊이 느껴졌던 삶과 기억들이 남긴 어떤 흔적과 표시 들이 있다는 것이 분명하게 느껴졌다. 자난과 함께 버스에서 지냈던 기나긴 밤들 중에, 승객들의 요구로 차장이 두 번째 테이프를 비디오에 넣으면, 우리는 몇 분간 마치 마법에 걸린 듯 몸이 나른해지면서 행동이 둔해지는 상태, 강렬하지만 목표도 의지도 없는 감정에 휩싸이곤 했다. 이리하여 우리 자신을 우연인지 필연인지 의미를 알 수 없는 놀이에 내맡기고, 다른 좌석과 다른 관점에서 전에도 이미 경험했던 순간을 다시 경험하는 경이감에 휩싸여 인생이라는, 비밀스럽고 예측할 수 없는 기하학적인 비밀을 발견하는 찰나를 목격한다. 화면에 나타나는 나무의 그늘, 권총을 든 사람의 흐릿한 모습, 빨간 사과 그리고 기계음의 뒤편에 있는 깊은 의미를 헤아리며 흥분하고 있을 때, 아, 우리는 이미 이 영화를 본 적이 있다는 것을 갑자기 알아차린다!

이 느낌은 식사가 끝난 후에도 계속되었다. 한동안 우리는 노인의 라디오에서, 어린 시절 내가 꼬박꼬박 챙겨 가며 들었던 라디오 극을 들었다. 귈리자르는 르프크 아저씨네서 보았던 것과 같은 은접시에 이제는 잊힌 코코넛 맛 '사자' 사탕과 '새로운 인생' 캐러멜을 가지고 왔다. 귈렌담은 커피를 가져왔고, 그녀들의 어머니는 우리에게 또 필요한 게 없는지 물었다.

협탁과 뒷면에 거울이 달린 찬장 선반 위에는 전국 어느 곳에서나 살 수 있는 만화책들이 놓여 있었다. 커피를 마실 때나 벽시계의 태엽을 감을 때나 나린 박사는 주택 복권에 그려진 행복한 가정의 아버지처럼 다정다감했다. 방 안의 모든 물건들에는 이 가장의 섬세함 그리고 뭐라 쉽게 이름 붙일 수 없는 논리적 질서의 흔적들이 있었다. 우리는 가장자리에 튤립과 카네이션이 수놓여 있는 커튼들, 구식 가스난로와 꺼질 것 같은 빛과 함께 죽어 가는 가스램프 사이에 앉아 있었다. 나린 박사는 내 손을 잡더니 벽에 걸려 있는 기압계 쪽으로 걸어갔다. 그러고는 내게 얇은 유리를 세 번 탁탁탁 쳐 보라고 말했다. 그의 말대로 했더니 기압계의 바늘이 움직였고, 그러자 그가 아버지 같은 목소리로 "내일도 날씨가 흐리겠군." 하고 말했다.

기압계 바로 옆에 걸린, 유리로 씌운 커다란 액자 속에는 오래된 사진이 들어 있었다. 젊은 누군가의 사진이었는데, 방으로 돌아와 자난이 말해 주기 전까지 나는 그게 누구인지 알아채지 못했다. 영화를 보면서 졸거나 무심하게 책을 읽는 사람들처럼, 삶을 흘러가는 대로 내버려두는 열정 없는 사람들처럼, 나는 사진의 주인공이 누구인지를 물었다.

"메흐메트야." 자난이 말했다. 우리는 방으로 올라올 때 건네받은 가스램프의 창백한 불빛 아래 앉아 있었다.

"아직도 모르겠어? 나린 박사가 메흐메트의 아버지야."

나는 머릿속에서 절대 동전이 아래로 떨어지지 않는 고장난 전화기가 내는 듯한, 뗑그렁 하는 소리를 들었던 것 같다.

그러자 모든 것이 맞아떨어졌다. 새벽에 폭풍이 지나간 자리처럼 분명한 그 사실에 나는 놀람보다는 분노를 느꼈다. 우리 모두는 이런 경험을 한 적이 있을 것이다. 내내 제대로 이해하고 있다고 생각하면서 영화를 보았는데 알고 보니 극장 안에서 유일하게 자신만 영화를 제대로 이해하지 못했다는 사실을 알고 분노를 느꼈던 경험 말이다.

"그 전 이름은 뭐였대?"

"나히트." 점성학을 믿는 사람들처럼 자난은 머리를 끄덕이며 대답했다.

"금성이라는 의미래."

내게 그런 이름이, 그런 아버지가 있었다면, 나 역시 다른 사람이 되고 싶었을 거라고 말하려 했을 때, 자난의 눈에서 눈물이 흐르는 것을 보았다.

그 이후의 밤 시간은 기억하기조차 싫다. 내게는, 나히트라 불리던 메흐메트를 위해 눈물 흘리는 자난을 위로하는 역할만이 남아 있었다. 어쩌면 이것은 별것 아닐 수도 있었다. 그러나 나는 자난에게 우리가 이미 알고 있듯 메흐메트-나히트가 죽지 않았다는 것을, 단지 교통사고로 죽은 것처럼 가장하고 있다는 것을 상기시킬 수밖에 없었다. 우리는, 대초원 한복판 어느 거리를 걷고 있는 메흐메트를 꼭 찾으리라 확신했다. 그는 새로운 인생이 있는 멋진 신세계에서 책에서 얻은 예지를 실현시켰을 것이었다.

이러한 믿음은 사실 나보다 자난에게 더 강했으나, 그에 대한 의심 또한 내 슬픈 여인의 영혼에서 소용돌이치고 있었기 때문에, 나는 우리가 제대로 가고 있다는 것을 그녀에게 설명해야 했다. 봐, 우리는 대리점주 정기총회에서도 무사히 도망 왔잖아. 그리고 우연인 것 같지만, 우리가 찾고 있는 사람이 어린 시절을 보냈던 저택에, 그의 흔적들로 가득한 이 방에 도착했잖아. 내 혀에 묻어 나오는 분노 섞인 비아냥을 눈치챈 독자들은, 내 눈에 장막을 드리우고, 내 영혼을 빛으로 가득 채우고 내 온몸을 감싸고 있는 그 마력이—어떻게 설명해야 하나—방향을 바꾸었다는 것을 감지했을 것이다. 메흐메트-나히트를 죽은 사람 취급하는 것이 자난을 슬프게 하고 있을 때, 나는 이제 우리의 버스 여행이 예전의 여행과 같을 수 없다는 데 우울해하고 있었다.

세 자매와 함께 빵과 꿀, 치즈, 홍차를 들며 아침 식사를 마친 후, 우리는 2층으로 올라갔다. 그곳에는 젊은 나이에 버스 사고로 타 죽은 네 번째 자식이자 유일한 아들인 나히트를 위해 나린 박사가 꾸며 놓은 일종의 박물관이 있었다. 귈지한은 손에 들고 있던 커다란 열쇠를 작은 구멍에 놀랄 만큼 손쉽게 꽂으면서 "아버지는 당신이 이곳을 보길 원했어요."라고 했다.

문은 마술적인 어둠을 향해 열렸다. 오래된 잡지와 신문 냄새. 커튼을 뚫고 들어오는 희미한 빛. 나히트가 잠을 자던 침대 그리고 꽃이 수놓인 침대보. 벽에 걸린 액자 속 메흐메트의 어린 시절, 소년 시절 그리고 나히드 시절의 사진들.

내 심장은 이상한 자극으로 빨라지며 쿵쾅거렸다. 귈지한은 나히트의 초등학교와 고등학교 성적표, 우등 상장을 가리켰다. 그리고 나직한 목소리로 이렇게 말했다. 모두가 최고 점

수예요. 어린 나히트가 축구할 때 신었던 진흙투성이 신발들, 멜빵이 달린 반바지, 앙카라에 있는 상점에서 주문한 일본제 만화경. 그 어두운 방 안에서 나는 나 자신의 어린 시절을 발견했다. 소름이 끼쳤다. 자난이 공포를 느꼈다고 말했던 것처럼 나 역시 두려움에 떨고 있을 때, 귈지한이 커튼을 약간 젖혔다. 그리고 그녀의 사랑하는 동생이 의학을 공부하던 시절 여름방학을 집에서 보낼 때면 그가 밤을 새워 가며 책을 읽고 담배를 피우다가 아침이 오면 이 커튼을 열고 뽕나무를 바라봤다고, 속삭이며 말해 주었다.

정적이 흘렀다. 자난은, 그 당시 메흐메트-나히트가 읽었던 책들은 어디에 있느냐고 물었다. 메흐메트의 큰누나는 비밀스러운 침묵과 망설임을 내비쳤다. "아버지는 그 책들을 이곳에 두는 것이 옳지 않다고 생각하셨어요." 그녀가 말했다. 그러고는 스스로를 위로하듯 미소를 지었다. "볼 수 있는 것들은 이게 다예요. 어렸을 때 읽었던 것들."

그녀는 침대 옆의 작은 책장을 채운 어린이 잡지들과 만화책들을 가리켰다. 한때 이 잡지들을 읽던 아이와 나 자신을 더 이상 동일시하고 싶지 않았고, 또 신경을 예민하게 만드는 이 박물관에서 자난이 또다시 감정에 북받쳐 울까 봐 두려웠기 때문에 나는 그 책장에 다가가고 싶지 않았다. 하지만 내 의지와는 달리, 선반에 가지런히 꽂힌 책들로 손을 뻗어 빛은 바랬지만 너무나도 잘 알고 있는 색깔들을 쓰다듬어 본 순간 나의 저항은 꺾이고 말았다.

그 표지에는, 험한 바위들로 깎아지른 듯 날카로운 절벽 끝에서 열두 살 정도의 소년이 한 손으로 나무의 두꺼운 몸통을 붙잡고 매달려 있는 그림이 있었다. 나뭇잎 하나하나가 공들여 그려져 있었지만 인쇄가 잘못된 탓에 초록색이 선 밖으로 삐져나와 있었다. 그 소년은 다른 한 손으로 금방이라도 골짜기로 떨어지려는 자기 또래의 금발 아이를 구하고 있었다. 두 어린 주인공들의 얼굴에는 공포가 역력했다. 그들 뒤에는, 회색과 푸른색으로 색칠된 거친 미국의 자연 풍경 속에 독수리 한 마리가 불운한 일이 벌어지기를, 피가 흐르기를 기다리며 맴돌고 있었다.

어린 시절 자주 그랬듯, 나는 마치 처음 보는 것처럼 표지에 쓰인 제목을 한 음절 한 음절 소리 내어 읽었다. 『네비의 네브래스카 모험』. 책장들을 넘기는 동안 나는 르프크 아저씨의 초기 작품이었던 이 만화책 속의 모험들을 기억해 냈다.

어린 네비는 파드샤[27)의 추천을 받아 시카고에서 열리는 세계 박람회에 회교국 어린이를 대표해 참석한다. 시카고에서 알게 된 인디언 소년 톰은 네비에게 자신이 처한 곤경을 얘기해 주고, 그 둘은 함께 네브래스카로 향한다. 그곳에서는 톰의 조상들이 몇 백 년 동안 여우 사냥을 하던 땅을 탐낸 백인들이, 인디언들을 알코올에 중독되게 만들고, 자기 부족에 반항하는 기미가 보이는 인디언 젊은이들의 손에 꼬냑 병과 함께 무기를 뒤어 주고 있었다. 네비와 톰이 일아낸 음모는 악랄했다. 평화를 사랑하는 인디언들을 알코올 중독자로 만들어 반

___

27) 지배자, 통치자, 회교국 군주.

란을 일으키게 하고는, 나중에 연방군을 동원해 그 반란자들을 짓밟아 그 땅에서 몰아내는 것이 그 음모의 전모였다. 호텔과 바를 소유한 부자가 톰을 절벽으로 밀려다가 되레 자기가 밑으로 떨어져 죽자, 이 어린이들은 부족을 함정에서 구하게 된다.

제목이 귀에 익다며 자난이 뺏어 뒤적이기 시작한 『마리와 알리』도 미국에 간 이스탄불 출신 소년의 모험 이야기였다. 모험을 꿈꾸던 알리는 갈라타[28)에서 증기선을 타고 보스턴 항에 도착한다. 그곳에서 알리는, 계모에게 쫓겨나 눈물을 흘리며 대서양을 보고 서 있던 마리를 만나게 된다. 그들은 소녀의 아버지를 찾아 함께 서쪽으로 길을 떠난다. 만화 잡지 《톰 믹스》에 나오는 그림을 연상케 하는 세인트루이스 거리를 지나고, 르프크 아저씨가 어두운 한구석에 늑대 그림자를 그려 넣었던 하얀 잎사귀들이 있는 아이오와 숲을 가로지른다. 그러고도 한참을 더 간 후 총잡이 카우보이, 열차 강도, 마차 행렬을 포위한 인디언들이 더 이상 존재하지 않는 햇빛 찬란한 천국에 도착한다. 이 푸르디푸르고 밝은 계곡에서 마리는 진정한 행복은 아버지를 찾는 것이 아니라, 알리에게서 배운 전통적인 동양의 가치, 심적 평안, 복종 그리고 인내의 의미를 파악하는 것임을 깨닫고, 이를 자신의 의무로 여겨 보스턴의 형제들 곁으로 돌아간다. 알리는 "불의와 악은 사실상 세상 어느 곳에나 있다!"라고 생각한다. 그리고 범선을 타고 그리운

---

28) 이스탄불에 있는 항구 이름.

이스탄불을 향해 돌아오는 길에, 멀어지는 미국 땅을 바라보면서 "중요한 것은 인간이 자신 속에 있는 선(善)을 유지하면서 인생을 살아가는 것이다."라고 생각한다.

자난은 내가 생각했던 것처럼 슬퍼하지는 않았다. 그녀는 내 어린 시절의 춥고 어두웠던 겨울밤들을 생각나게 하는, 잉크 냄새가 나는 책장을 넘기면서 즐거워했다. 나는 그녀에게 나도 어렸을 때 이 잡지들을 읽었노라고 말해 주었다. 그녀가 내 말 속에 들어 있는 암시를 알아차리지 못한 것 같았기에 이게 메흐메트와 내가 가진 또 다른 공통점이라고 덧붙였다. 나는 어쩌면 자신의 사랑이 보답을 얻지 못하자 상대가 이해심이 없다고 생각하고 집착하고 있었던 것 같다. 나는 이 만화책들의 작가가 내가 르프크 아저씨라고 부르던 사람이라는 것을 말하고 싶지 않았다. 단지 르프크 아저씨가 자신이 왜 이 책과 이 주인공들을 쓸 필요성을 느꼈는지를 밝혔다는 이야기만 했을 뿐이다.

르프크 아저씨는 첫 만화의 서문에 이렇게 썼다.

"사랑하는 어린이 여러분, 하굣길에서, 기차간에서, 내가 살던 마을의 초라한 골목에서 여러분이 항상 그 카우보이 잡지에 나온 톰 믹스와 빌리 키드의 모험을 읽는 것을 보았습니다. 나도 여러분처럼 그 정직하고 용감한 카우보이들과 텍사스 기나 순찰대원들의 모험들을 좋아합니다. 비코 그 때문에 튀르키예 어린이가 미국의 카우보이들 사이에서 겪는 모험 이야기를 쓴다면 여러분이 좋아할 것이라고 생각했습니다. 게다가 이렇게 하면 여러분이 단지 기독교도 주인공들과만 만날 필요 없이, 용감한 튀르키예 형제들의 모험을 보면서 우리 조상들이 유산으로 남겨 준 도덕 그리고 고유의 가치들을 더욱더 소중히 할 것이라고 생각했습니다. 이스탄불의 가난한 마을의 어린이도 빌리 키드만큼 빠르게 권총을 뺄 수 있고, 톰 믹스만큼 정직하다는 것을 보는 것이 여러분을 흥분시킨다면 다음에 나올 모험을 기대해도 좋을 것입니다."

한동안 자난과 나는 르프크 아저씨가 그린 흑백 세계의 주인공을, 그늘진 산들을, 무서운 숲들을, 이상한 발명품들과 악습들로 들끓는 도시들을, 마치 미국의 거친 서부에서 경이로움을 목격한 마리와 알리처럼, 인내심을 갖고 주의 깊게 조용히 살펴보았다. 변호사 사무실에서, 범선들로 꽉찬 항구에서, 머나먼 기차역에서, 황금광(狂)들 사이에서 파드샤와 튀르키예인들에게 인사를 보내는 총잡이들, 노예의 굴레에서 벗어나 이슬람에 귀화한 흑인들, 튀르키예인 샤먼들에게 천막 만드는 방법을 묻는 인디언 추장들, 천사처럼 순수하고 착한 농부들 그리고 그들의 아이들을 보았다. 바람처럼 총을 빼는 총잡이들이 서로를 파리 죽이듯 사냥하는 피비린내 나는 모험에서, 선과 악이 시시때때로 뒤죽박죽 섞여서 주인공들을 혼란케 하는, 그리고 동양의 도덕과 서양의 합리주의가 비교되는 장면들을 보았다. 비겁하게 등 뒤에서 쏜 총에 맞아 죽는 착하고 용감한 주인공들 중 한 명이 새벽 어스름 죽음의 순간을 맞았을 때, 바야흐로 천사와 만나리라는 암시가 느껴졌지만 르프크 아저씨는 천사를 그려 넣지 않았다.

나는 이스탄불 출신의 페르테브와 보스턴 출신의 피터가

친구가 되어 전 미국을 헤집고 돌아다니는 모험 시리즈가 들어 있는 책들을 쌓아 놓고, 내가 가장 좋아하는 장면들을 자난에게 보여 주었다. 어린 페르테브는 피터의 도움을 받아, 거울로 속임수를 써서 마을을 약탈한 도박사의 사기 행위를 밝히고, 포커과 노름에 빠졌던 것을 후회하는 피해자들과 함께 그를 마을에서 쫓아낸다. 텍사스에 있는 마을 교회의 한가운데서 석유가 솟아 나오는 바람에 마을 사람들이 석유 갑부들과 신앙을 가진 사람들 두 편으로 갈라져 격렬히 싸우면서 올가미에 걸릴 위기에 놓이자, 피터는 페르테브에게서 배운 서구주의적이며 개화주의자적인 아타튀르크주의 연설로 그들을 평정한다. 그뿐 아니라, 페르테브는 천사들이 빛으로 만들어졌으며, 천사도 일종의 신비한 전기를 갖고 있다는 얘기를 들려줌으로써 그 당시 기차에서 신문을 팔면서 근근이 생계를 이어 나가던 어린 에디슨에게 전구를 발명하기 위한 첫 영감을 주었다.

『철도의 영웅들』은 르프크 아저씨가 자신의 열정과 흥분을 가장 많이 반영한 작품이다. 이 모험에서 우리는 페르테브와 피터가 미국의 동서를 연결하는 철도가 건설되는 데 도움을 주는 장면을 볼 수 있다. 1930년대의 튀르키예에서와 마찬가지로, 국토의 끝과 끝을 연결하는 철도를 놓는 것은 미국의 사활이 틸린 문제였다. 그러나 웰스 파르고 자동차 회사의 모빌 석유 회사 사람들을 비롯해 자기들 땅으로 철도가 지나가기를 원하지 않는 목사들과 러시아 같은 국제적 적국까지 나서서, 인디언들을 선동하여 공사를 방해하고, 노동자 파업을 부추기거나, 이스탄불 교외선 기차에서와 똑같이, 젊은이들을 꼬드겨 객차의 의자들을 면도칼과 식칼로 찢게 했다.

말풍선 안에 피터의 당황한 목소리가 이어진다. "철도 사업이 성공하지 못하면 우리 나라의 부흥이 실패로 돌아갈 테고 사고는 피할 수 없는 운명이 될 거야. 페르테브, 우리는 끝까지 투쟁해야 해!"

말풍선을 채운 큰 글자 끝에 오는 그 커다란 감탄 부호를 나는 얼마나 좋아했던가! "조심해!" 페르테브는 비열한 놈이 등 뒤에서 던진 칼이 피터의 등에 꽂히기 전에 외치곤 했다. 피터가 페르테브에게 "뒤를 조심해!" 하고 소리 지를 때면, 페르테브는 그쪽을 전혀 보지 않고도 뒤를 향해 주먹을 날려 철도 건설을 반대하는 적의 턱을 적중시키곤 했다. 때로 르프크 아저씨가 직접 끼어들어, 그림들 사이에 넣은 작은 네모 안에 꼭 자기 다리처럼 가냘픈 글씨로 "갑자기"라고 쓰곤 했다. "그런데 이것은 또 무엇인가."라고 쓰기도 했고, "그런데 갑자기"라고도 썼다. 내가 그랬듯, 나히트라 불리던 메흐메트 역시 커다란 감탄 부호를 보면서 이야기 속으로 빨려 들어가곤 했을 것이다.

감탄 부호가 있는 문장들을 주의해서 보다가, 자난과 나는 다음과 같은 문장을 읽었다.

읽고 쓰는 일에 헌신했지만 결국 실패한 인생에 좌절한 주인공이 자신의 움막에 찾아온 페르테브와 피터에게 말한다. "책에 쓰여 있는 것들은 내게 과거일 뿐이야!"

좋은 미국인들은 모두 금발에 주근깨가 있고, 나쁜 사람들

의 입은 모두 탐욕스럽게 생겼으며, 모두가 아무리 작은 일에
도 서로에게 감사하고, 독수리들이 언제나 시체란 시체는 모
조리 파헤쳐 먹고, 선인장 즙을 마시면 갈증으로 죽어 가던
사람들도 살아난다는 내용들을 읽던 중, 자난이 딴 생각을 하
고 있는 것을 보고 나는 정신을 차렸다.

나는 나히트로서 새로 인생을 시작하려는 환상을 버리고,
나히트의 중학교 성적표와 학생증 사진을 보며 상념에 잠긴
자난을 잘못된 환상에서 구해야 한다고 속으로 생각했다. 불
운에 빠지거나 또는 적들에게 포위당한 선량한 주인공을 돕
기 위해 르프크 아저씨가 "갑자기!"라고 외치며 그림 속으로
끼어들었듯 퀼리자르가 갑자기 방으로 들어왔다. 그녀의 아버
지가 우리를 기다린다는 것이었다.

그 후에 우리에게 무슨 일이 일어날지 나는 전혀 알 수 없
었다. 자난에게 어떻게 다가갈 수 있는지에 대한 생각도 내 머
릿속에는 없었다. 그날 아침 메흐메트가 나히트였던 시절을
기념한 박물관에서 나올 때 한순간 내게 본능적으로 두 가지
생각이 떠올랐다. 그곳에서 도망치고 싶었다. 그리고 나히트
가 되고 싶었다.

9

후에 나린 박사와 내가 그의 땅을 둘러보러 긴 산책을 나갔을 때, 그는 내게 이 두 개의 희망을 인생의 두 가지 가능성으로 관대하게 제시했다. 아버지들이——무한한 기억력과 기록 노트를 가진 신들처럼——아들들의 머릿속에 스쳐 가는 모든 것을 아는 것처럼 보이는 것은 우연이다. 사실 그들은 단지 자기 아들들 또는 아들과 닮았다고 여기는 이방인들에게 자신의 실현하지 못한 열정들을 반영할 뿐이다. 그것이 이에 대한 진실의 전부이다.

박물관을 본 후에, 나는 나린 박사가 나와 단둘이 걸으며 이야기하기를 원한다는 것을 알았다. 우리는 희미한 바람에 흔들리는 보리밭 가와, 작고 덜 익은 과일이 달린 사과나무 밑에서 졸음에 겨운 양과 소 들이 모여 몇 포기 안 되는 풀을

뜯고 있는 미개간지를 지났다. 나린 박사는 두더지들이 판 구덩이들을 내게 보여 주었고, 멧돼지의 발자국들로 내 시선을 이끌었다. 그는 마을의 남쪽 외곽에서 과수원을 향해 작고 불규칙한 날갯짓으로 날아오는 새들이 개똥지빠귀라는 사실을 어떻게 알아내는지 설명했다. 그 외에도 그는 교훈적이고, 참을성 있고 다정한 목소리로 많은 것들을 내게 말해 주었다.

그는 사실 박사가 아니었다. 박사는, 여덟 줄짜리 나사나 자석식 전화가 돌아가는 속도 등 자잘한 수리를 할 때 유용한 세세한 것들에 대해 잘 알고 있었기 때문에 군대 동기들이 그에게 붙인 별명이었다. 물건들을 좋아하고 그것들을 다루길 좋아했으며, 각각의 사물들이 가진 고유한 특징들을 발견하는 것을 삶의 가장 큰 은총으로 여겼기 때문에, 그 역시 이 별명이 자신과 어울린다는 것을 인정했다. 국회의원이었던 아버지의 희망에 따라 그는 의학이 아니라 법학을 공부했다. 마을에 변호사 사무실을 열었지만, 아버지가 돌아가신 후 이 땅들, 이 나무들—내게 집게손가락으로 가리켰던—을 유산으로 물려받자 그는 자신이 원하는 대로 살고 싶었다. 원하는 대로. 자신이 고른, 자신이 익숙한, 자신이 이해하는 물건들 사이에서. 이러한 목적으로 그는 마을에 상점을 열었다.

미적미적거리는 해가 채 다 내리쬐지 못한 언덕을 오를 때, 나린 박사는 내게 물건들도 기억력을 가지고 있다고 했다. 우리와 마찬가지로 사물들도 그들이 경험한 것들을 기록하고, 기억들을 저장해 두는 부분을 갖고 있지만, 우리 대부분은 이것을 알지 못한다는 것이었다. "사물들은 서로의 안부를 묻고 서로 이해하고 속삭이며 서로 간에 비밀스러운 하모니를 만든다네. 그 음악이 바로 우리가 세계라 부르는 것을 형성하고 있지." 하고 나린 박사는 말했다. "주의 깊은 사람이라면 그것을 듣고 보고 이해할 수 있어." 땅에서 주운 마른 나뭇가지에 석회질이 묻은 것을 보고 그는 이곳에 개똥지빠귀들이 둥지를 틀었다는 것을, 진흙의 흔적을 보곤 2주 전에 내렸던 비에 나뭇가지가 어떻게 부러졌을지를 내게 설명했다.

그는 앙카라와 이스탄불만이 아니라 아나톨리아 전역의 공장에서 가져온 물건들을 마을 상점에서 팔고 있었다. 절대 닳지 않는 칼 가는 돌, 손으로 짠 양탄자, 쇠를 두드려 만든 자물쇠, 가스난로에 쓰는 향기 나는 심지, 단순한 기능의 냉장고, 고급 펠트 중절모, 론손 부싯돌, 문손잡이, 헌 휘발유 통을 재활용해 만든 난로, 작은 수족관 등 머릿속에 떠오르는 모든 것 그리고 만질 수 있는 모든 것. 인간을 위한 모든 종류의 생필품을 인간적인 방식으로 팔며 그 상점에서 지낸 시간들이 그에게는 가장 행복한 세월이었다. 딸 셋을 낳은 후에 아들이 하나 더 생기자 그의 행복은 완벽해졌다. 그가 내 나이를 물었고, 나는 대답해 주었다. 내 나이에 그의 아들이 죽었다고 했다.

언덕 아래 어느 곳에선가, 우리에게는 보이지 않았지만 아이들의 고함 소리가 들려왔다. 빠르게 다가오는 짙고 어두운 구름 뒤로 해가 사라졌을 때, 멀리 공터에서 축구하는 아이들이 보였다. 공 차는 모습을 보고 나서 그 소리가 우리에게 들리기까지는 1, 2초의 간격이 있었다. 나린 박사가 말하길, 그중 몇몇 아이들은 좀도둑질도 한다고 했다. 거대한 문명이 붕괴하고 기억력이 상실되는 징후는 아이들의 도덕적 타락에서 맨 처음 나타난다고 했다. 그들은 과거를 고통 없이 빨리 잊으며, 새로운 것을 더 쉽게 꿈꿀 수 있다.

그가 아들에 대해 언급할 때 내 마음은 분노로 가득 찼다. 아버지들은 왜 이렇게 자부심이 넘칠까? 왜 이렇게 맹목적으로 잔인한가? 그의 눈이, 안경 너머로, 굉장히 작아 보인다는 것을 알았다. 그와 똑같은 눈을 그 아들에게서도 보았다는 것을 나는 기억했다.

그의 아들은 매우 영리하고 총명했다. 네 살 반 때 글 읽기를 시작했으며, 심지어 신문을 거꾸로 돌려서 보여 주어도 글자들을 판별해 읽을 수 있었다. 자신이 규칙을 정해 게임을 만들어 내기도 했고, 체스 게임에서 아버지를 이겼으며, 두어 번만 읽으면 삼행시도 금세 외웠다. 이는 아들을 잃은, 체스를 잘하지는 못하는 아버지의 이야기일 뿐임을 알고 있었지만, 그래도 나는 미끼를 물었다. 그가 나히트와 함께 어떻게 말을 탔는지를 설명할 때, 나도 상상 속에서 그들과 함께 말을 탔다. 중학교 시절에 나히트가 얼마나 종교에 심취했는지를 들으면서, 나 또한 상상 속에서 그처럼 할머니와 함께 추운 겨울 밤 사후르[29]를 먹으려고 잠에서 깨어났다. 그 아버지의 이야기에서 그가 그랬던 것처럼, 내 주위의 빈곤, 무지 그리고 어리석음에 나도 슬픔에 뒤섞인 분노를 느꼈다. 그렇다. 나는 느

---

29) 라마단 금식 기간에 해 뜨기 전 먹는 식사.

껐다! 나린 박사의 이야기를 들을 때, 나도 나히트처럼 넘치는 재기에도 불구하고, 또한 심오한 내면 세계가 있는 젊은이임을 기억했다. 그렇다. 때로 군중 속에서, 사람들이 손에 술잔과 담배를 들고 무리를 지어 농담하며 시선을 자기에게 집중시키려고 온갖 힘을 기울이고 있을 때, 나히트는 한구석으로 물러나, 날카로운 눈빛을 부드럽게 만드는 서글픈 생각에 잠겼다. 그렇다. 그는 전혀 눈에 띄지 않던 사람의 내면에서 예상치 못했던 보석을 감지하곤, 그들과——고등학교 관리인의 아들이나 영화관에서 영사기에 항상 잘못된 필름을 꽂곤 했던 얼치기 시인 영사기사와——친구가 되었다. 그렇지만 이러한 친구들과 사귄다고 해서 그가 자신만의 세계를 포기한 것은 아니었다. 사실 모든 사람들은 그와 친구 또는 가까운 사이가 되길 원했다. 그는 정직했으며 잘생겼고, 어른은 물론 자기보다 어린 사람들에게까지 존경을 표했다.

나는 오랫동안 자난을 생각해 왔다. 계속해서 같은 채널을 보여 주는 텔레비전처럼 나의 채널은 항상 그녀에게 맞춰져 있었다. 그러나 이번에는 다른 의자에 앉아 그녀를 생각했다. 아마 나 자신을 다르게 보기 시작했기 때문일 것이다.

"그런데 갑자기 그애가 내게 반항하기 시작했지." 언덕에 도착했을 때 나린 박사가 말했다. "어떤 책 한 권을 읽었기 때문이었어."

언덕 위의 삼나무들이 부드럽고 청량하지만 향기는 없는 바람에 흔들리고 있었다. 삼나무에서 조금 떨어진 높은 지대에 바위와 돌이 드러나 있었다. 처음에는 그것이 묘지라고 생각했다. 그러나 그곳에 다다라, 반듯하게 잘린 커다란 돌들 사이를 걸을 때, 나린 박사는 그곳에 한때 셀주크 시대의 성이 있었고 그 돌들이 바로 그 폐허라고 했다. 그는 맞은편 산기슭을, 삼나무로 우거진 어두운 언덕을, 금빛으로 반짝이는 보리밭을, 바람이 거세게 불고 비구름으로 뒤덮여 꽤나 어두워진 산등성이들을 그리고 한 마을 전체를 가리켰다. 성채까지 포함해 모든 것이 지금은 그의 소유였다.

어떤 젊은이가, 이 모든 살아 있는 땅과, 삼나무들, 미루나무들, 사과나무들, 소나무들, 이 성채, 아버지가 그를 위해 준비한 생각들을 포기하겠는가? 게다가 이 모든 것들과 잘 어울리는 물건들이 가게를 가득 채우고 있는데 말이다. 왜 자기 아버지에게 다시는 보고 싶지 않다고, 미행당하고 싶지 않으니 뒤에 사람을 붙이지 말라는 편지를 남기겠는가? 왜 사라지고 싶어 하겠는가? 나린 박사의 얼굴에 때때로 알 수 없는 표정이 나타나곤 했다. 나는 그가 왜 나나, 나 같은 사람들을 그리고 세상 전체를 비난하는지 알 수 없었다. 그가 어떻게 이 저주받은 세상을 진작에 포기한 불만스럽고 귀 먹은 사람처럼 되었는지 알 수가 없었다. "모두가 음모 때문이야." 그가 말했다. 거대한 음모가 있다고 했다. 자신과 자신의 생각 그리고 전 인생을 할애했던 물건들, 이 나라를 위해 전적으로 필요한 모든 것에 반대하는 음모가.

그는 내게 자기가 지금부터 하려고 하는 얘기를 주의 깊게 들어 보라고 말했다. 자신의 이야기가 한적한 시골 마을에 살고 있는 늙은이의 헛소리나 아들을 잃은 아버지가 슬픔에 못

이겨 빠져든 환상이 아니라는 것을 명심해야 한다고 했다. 나는 그러겠다고 대답했다. 그리고 주의 깊게 들었다. 때로 내 생각이 그의 아들이나 자난으로 넘어갈 때가 있었고, 또, 이러한 상황에서 누구나 그렇듯 그의 이야기를 가끔 놓치는 적도 있었지만 말이다.

그는 한동안 사물들이 가진 기억력에 대해 언급했다. 눈으로 보고 손으로 만질 수 있는 어떤 것에 대해 말하는 것처럼 열정적인 믿음에 가득 차, 사물들 속에 꽉 끼인 시간에 대해 설명했다. 숟가락이나 가위 같은 단순한 물건들을 만지고 사용할 때, 그것들로부터 우리에게 전이되는 신비롭고 없어서는 안 되며 시(詩)적인 시간의 존재를 인식한 순간, 그와 동시에 그는 '거대 음모'를 알게 되었다. 더 정확히 말하자면 그것은, 천편일률로 찍어 낸 몰개성한 물건들을 진열해 놓고 판매하는 향기도 색깔도 없는 상점들이 그들의 평온한 거리를 점거하기 시작하면서부터였다. 처음에 그는 원터치 가스레인지용 액체 가스를 파는 대리점이나, 합성 물질로 만든 눈처럼 새하얀 냉장고들을 파는 아에게[30] 대리점에 그다지 관심을 두지 않았다. 하지만 우리가 즐겨 먹는 유지방 요구르트 대신 대리점에서 미스 상표 요구르트를 팔기 시작하고, 체리 시럽이나 전통적인 아이란 대신 넥타이를 매지 않은 운전사가 말끔한 트럭에 실어 나르던 미스터 투르크 콜라가, 나중에는 넥타이를 맨 신사가 파는 진짜 코카 콜라가 등장하자, 그는 잠시 바보 같

---

30) 독일 전자 제품 회사.

은 충동으로 대리점을 열어 볼까도 생각했다. 예를 들면 송진으로 만든 튀르키예 접착제 대신 모든 것을 붙이고 싶은 마음이 들게 하는 귀여운 올빼미 트레이드마크의 독일산 우하우 접착제를 팔거나, 진흙 비누 대신 포장만큼이나 향기도 매혹적이었던 럭스 비누를 팔거나. 그러나 평온하게 과거 속에서 살고 있던 자신의 가게에 이 물건들을 들여놓자마자 그는 자신이 이제 단지 시대뿐만 아니라 시간까지도 혼동하게 되었다는 것을 알았다. 옆 새장의 건방진 피리새 때문에 불편해하는 휘파람새처럼, 단지 그뿐만 아니라 그의 물건들까지 이 활기 없고 단조로운 물건들 옆에서 평안을 잃었다. 그런 까닭에 그는 대리점에 대한 생각을 포기했다. 그의 가게에는 파리들과 노인들만 드나들었지만, 그는 신경 쓰지 않았다. 자신의 인생과 시간을 살고 싶었기 때문에 조상들이 몇 백 년 동안 사용해 왔던 익숙한 물건들을 다시 팔기 시작했다.

그 역시, 자신이 거래를 하고 또 몇몇과는 친구 사이로 지내던 대리점주들 그리고 그들의 협공인 '거대 음모'를 무시하거나 어쩌면 받아들일 수도 있었다. 마치 코카 콜라를 마시고 미쳤지만 다른 사람들도 모두 마찬가지였기 때문에 자기가 미친 것을 알아채지 못하는 사람들처럼. 하지만 그의 상점에 놓인 물건들——다리미, 라이터, 냄새가 없는 난로, 새장, 나무로 된 재떨이, 빨래집세, 부채……——이, 그들끼리 만들이 낸 미법적인 하모니 때문인지 몰라도, '대리점들의 음모'에 대항해 건재하고 있었다. 그와 같은 생각을 가진 사람들, 콘야 출신의 말쑥한 흑인 남자, 시바스 출신의 퇴역 장군, 트라브존과 테헤란, 다마스쿠스와 에디르네 그리고 발칸 지역에서 온 비탄에 빠졌으나 아직 신앙을 잃지 않은 사람들이 음모에 대항해 그에게 합세했다. 그러고는 '상처받은 가슴들 대리점'이라는 조직을 설립했다. 바로 그 무렵에, 그는 이스탄불에서 의학을 공부하던 아들로부터 편지를 받았다. "나를 찾지 마세요. 내게 미행을 붙이지 마세요. 저는 사라집니다." 나린 박사는 자신이 느꼈던 분노를 조롱하듯 죽은 아들이 남긴 반항적인 말을 반복했다.

그는, 자신의 상점, 사상 그리고 취향에 맞설 수 없다는 것을 안 '거대 음모자들'이 자기 아들을 포섭해 자신을 무너뜨리려 하고 있다는 것을 즉시 알아챘다. "이 나를, 나린 박사를 말일세." 그는 자랑스럽게 말했다. 바로 그런 까닭에 그는 아들이 편지에 쓴 부탁을 거절함으로써 상황을 바꾸려고 했다. 아들에게 사람을 붙여, 모든 행동을 감시하고 관찰하여 보고서를 쓰게 했다. 그리고 한 명으로는 충분치 않다고 생각하고 두 번째, 세 번째 사람을 붙였다. 그들도 보고서를 쓰기 시작했다. 그리고, 나중에 보낸 다른 사람들도 보고서를 보내왔다. 그 보고서들을 읽고 그는, 이 나라를, 우리의 영혼을 무너뜨리고 우리의 기억을 없애길 원하는 '거대 음모'의 존재에 대해 한 번 더 확신하게 되었다.

"자네가 직접 보고서를 읽어 보면 내가 한 말이 무슨 뜻인지 알게 될 걸세." 그가 말했다. "그들과 관련된 모든 사람들과 모든 것을 추적해야 한다네. 정부가 해야 할 큰일을 내가 대신 하고 있지. 나는 할 수 있어. 왜냐하면 이제 나를 좋아하고,

나를 믿는, 비탄에 빠진 많은 사람들이 있기 때문이지."

언덕에서 보았던 나린 박사의 작은 엽서 같은 영토는 지금 비둘기색 구름 밑에 있었다. 묘지가 있던 언덕 위에서부터 시작해 선명하고 깨끗한 모습이 희미한 사프란 색[31]의 떨림 속에서 사라지고 있었다. 나린 박사가 말했다. "저쪽에는 비가 오고 있군. 그렇지만 이곳까지 오지는 않을 걸세." 그는 마치 높은 언덕에서, 자신의 의지에 따라 움직이는 피조물들을 내려다보는 신처럼 말했다. 그러나 그 목소리에는 그가 자신의 말투를 의식하고 있음을 나타내는 일종의 아이러니, 그리고 자기 변명이 내포되어 있었다. 그의 아들에게는 이러한 섬세한 풍자가 전혀 없었다고 나는 확신했다. 나는 나린 박사를 좋아하기 시작했다.

구름들 사이로 번개가 희미하게 번쩍이며 나타났다 사라질 때, 나린 박사는 아들이 자신에게 반항했던 것이 한 권의 책 때문이었음을 다시 한 번 말했다. 그의 아들은 어느 날 책 한 권을 읽었고 세계가 송두리째 변했다고 생각했다.

"알리, 자네도 대리점을 하고, 내 아들처럼 스무 살을 갓 넘겼네. 그러니 내게 말해 주게나. 인간의 세계 전체를 변화시킨다는 책, 그런 게 오늘날 자네 같은 청년들에게는 가능한가?" 나는 나린 박사를 곁눈질로 살피면서 잠자코 있었다. "그렇게 강력한 마력이 오늘날에도 발휘될 수 있는 건가?" 그는 자신의 생각을 확인하기 위해서가 아니라, 처음으로 진실로 내게

---

31) 구근식물인 사프란의 꽃을 말린 염료 및 향미료의 색. 샛노랑색.

서 대답을 듣기 위해 묻고 있었다. 나는 두려움으로 말없이 있었다. 한순간 그가 우리 뒤에 있는 성곽의 돌이 아니라, 나를 향해 걸어오고 있다는 생각이 들었다. 하지만 그가 갑자기 멈춰 섰다. 그러고는 땅에서 무엇인가를 뜯어 냈다.

"내가 무엇을 발견했는지 보게나."

그가 손바닥 위에 놓인 것을 내게 보여 주었다. 그리고 미소를 지으며 말했다. "클로버야."

책과 글의 공격에 대항하기 위해 나린 박사는 콘야 출신의 말쑥한 남자와, 시바스 출신의 퇴역 장교, 트라브존에 사는 할리스 씨와 다마스쿠스, 에디르네 그리고 발칸 지역에서 활동하고 있는 다른 '상처받은 가슴들' 친구들과의 관계를 강화했다. 그들은 '거대 음모'에 대항해 그들끼리 물건을 사고팔고, 다른 '상처받은 가슴들' 형제들에게 소개했으며, '거대 음모'의 협공에 대응할 주의 깊고 인간적이며 겸손한 조직을 구성하기 시작했다. 그 조직은 우리가 "우리의 가장 위대한 보물"인 "기억"을 잃고 속수무책의 얼간이가 되지 않게 할 것이고, 그리하여 이 비참한 망각의 시간이 아무리 우리에게 고통을 준다 해도, 마침내 영광스럽게 "절멸의 위기에 놓인 우리 자신의 순수한 시간, 그 역사를 통치할 주권"을 새로이 쟁취할 수 있게 할 것이었다. 이리하여 그는 모든 친구들에게, 물건들을, 그들의 손과 팔이나 다름 없으며 시처럼 영혼을 완성시키는 그 진실한 것들을, 허리가 들어간 찻잔을, 기름병들을, 필통들을, 이불들을, 당신을 진실되게 만드는 "그 어떠한 물건이든지 보존하라."고 요청했다. 이렇게 해서 그를 따르는 사람들은 모두들 최선을 다해 오래된 계산기, 난로, 색소가 들어가지 않은 비누, 모기장, 괘종시계 들을 소중히 보관했다. 국가가 법을 내세워 그 물건들을 상점에 보관하는 것을 금지한 경우에는 집과 지하실, 심지어 정원에 구덩이를 파서라도 그 속에 묻어 두었다.

나린 박사가 내게서 떨어져 혼자 이리저리 걸어다니다가 성곽 뒤의 삼나무들 속으로 사라지자 나는 그를 기다려야 했다. 그가 키 큰 잡목들과 삼나무들에 가려 잘 보이지 않는 언덕을 향해 걸어가는 것을 보고 나는 뛰어가 그를 따라잡았다. 우리는 고사리와 엉겅퀴로 덮인 약간 경사진 곳으로 내려갔다. 그다음에는 가파른 오르막길을 오르기 시작했다. 앞서 가던 나린 박사는 내가 자기 얘기를 놓치지 않도록 중간중간 멈춰서 나를 기다리곤 했다.

당시 그는 동지들에게 '거대 음모'가 의식적, 무의식적인 협공을 가해 오고 있으며 스파이들이 글과 책으로 우리를 공격하고 있다고 말했으며, 따라서 우리도 이에 대항해 경계 조치를 취해야 한다고 주장했다. 그는 한 바위에서 다른 바위로 민첩한 보이스카웃처럼 건너뛰며 "어떤 글, 어떤 책인가?" 하고 나에게 물었다. 그리고 곰곰이 생각했다. 자신이 얼마나 세심하게 생각하는지, 이 생각이 얼마나 많은 시간을 필요로 하는지를 보여 주고 싶기라도 한지 그는 한동안 말이 없었다. 그러다 내가 가시 관목에 바지가 걸려 움직이지 못하자 손을 뻗어 나를 끌어당기며 설명했다. "단지 그 책, 내 아들을 찍은 그 책에만 문제가 있는 건 아니야. 인쇄소에서 나오는 모든 책이 우리 시간과 우리 인생의 적이지."

연필로 쓴 글, 즉 연필을 쥔 손의 일부를 이루며, 손을 움직이게 하고 머리를 행복하게 하는, 그리고 그 머리를 반짝이게 하며 영혼의 슬픔과 호기심, 다정함을 표현하는 글까지 그가 반대하는 것은 아니었다. 쥐 때문에 고심하는 무지한 농부에게 해결책을 주는, 방심하여 길을 잃어버린 사람을 갈 길로 인도하는, 영혼을 잃어버려 혼란에 빠진 사람에게 조상을, 순진하기만 한 아이에게 그림이 있는 동화로 세상과 모험을 보여 주며 가르치는 책에도 그는 반대하지 않았다. 더욱이 이러한 유의 책들은 아주 옛날에도 그랬듯이 지금도 필요하며, 많이 쓰일수록 더 좋다고 했다. 나린 박사가 반대하는 것은 빛, 진실, 사실을 잃어버린 책인데, 더욱이 그런 책들은 빛, 진실 그리고 사실인 것처럼 위장하고 있다는 것이다. 이 유한한 세계 속에서도 우리에게 천국의 마법과 평온을 약속하는 이 책들은, '거대 음모'의 앞잡이들이 찍어 내는 것이었다.──바로 그때 들쥐 한 마리가 눈 깜짝할 사이에 우리를 지나쳐 갔다.──그들은 우리로 하여금 인생의 시와 섬세함을 잊게 하기 위해 인쇄소에서 계속해서 책을 발행해 퍼뜨리고 있었다. "증거는 어디 있겠는가?" 그는 마치 질문을 던진 사람이 나인 것처럼 의심스레 나를 쳐다보며 계속 물었다. "증거는 어디 있어?" 그는 새똥으로 뒤덮인 바위와 앙상한 떡갈나무 사이를 재빨리 기어올라 갔다.

증거를 찾기 위해, 나는 그가 조사를 하도록 이스탄불에 심어 놓은 조사원들이 전국에서 수집한 자료들을 읽어야만 했다. 책을 읽고 난 후, 그의 아들은 완전히 나아갈 바를 잃어버렸다. 그는 가족에게 등을 돌렸을 뿐 아니라—이걸 젊은 시절의 반항 탓으로 돌리는 이도 있을 것이다.—삶의 풍요로움, 즉 '숨겨진 시간의 균형'으로부터 고개를 돌려 버렸다. 그는 '모든 사물에 담겨 있는 사소한 사실들의 총체'를 '외면'하는 데 정신이 팔린 나머지, 심지어 '죽음'까지 바라게 되었다.

나린 박사는 말했다. "모든 것이 단지 하나의 책이 만들어 낸 것일까? 그 책은 거대한 음모의 아주 작은 도구일 뿐이야."

그렇지만 그래도 그는 책과 저자를 절대 과소평가하지 않았다. 그의 동지들, 그의 스파이들이 쓴 보고서와 기록을 내가 읽는다면 책이 저자의 의도와 다르게 이용되고 있다는 것을 알게 될 거라고 했다. 그 저자는 불쌍한 퇴직 공무원이며, 자신이 썼던 책을 변호할 용기조차도 없는 심약한 사람이었다. 나린 박사는 "서양에서 온 바람이, 기억을 없애는 망각의 흑사병을 우리에게 전염시킨 사람들이 우리에게서 원하는 것은 심약함일세…… 심약한 사람, 분명치 않은 사람, 아무것도 아닌 사람! 그는 사라졌어. 파괴되었어. 이 세상에서 지워졌지."라고 말하며, 책의 저자가 살해된 것에 대해 전혀 유감스럽지 않다는 것을 분명히 밝혔다.

우리는 긴 시간 동안 한마디도 하지 않고 오솔길을 따라 올라갔다. 계속해서 위치를 바꾸지만 가까워지지도 멀어지지도 않는 비구름 사이로 비단같이 윤이 나는 번개가 치곤 했다. 그러나 우리는 마치 볼륨을 낮춘 텔레비전을 시청할 때처럼, 번개 치는 소리를 전혀 듣지 못했다. 언덕 꼭대기에 올라가자,

나린 박사의 영토뿐만 아니라, 부지런한 주부가 차린 밥상처럼 정돈되어 있는 마을과 빨간 기와지붕들, 가느다란 첨탑이 있는 사원, 자유로이 뻗어 나간 길 그리고 마을 밖에 있는, 반듯하게 구획이 표시된 보리밭과 과수원이 아래로 보였다.

"매일 아침 하루가 나를 깨워 맞이하기 전에 내가 먼저 일어나 하루를 맞이하지." 풍경을 바라보며 나린 박사가 말했다. "해는 저 산 너머에서 떠오른다네. 하지만 제비를 보면 다른 곳에선 벌써 몇 시간도 전에 해가 떴다는 것을 알 수 있지. 나는 아침에 때로 멀리 이곳까지 걸어와 내게 인사하는 태양을 반기곤 해. 온 세상이 고요하고 벌과 뱀 들은 아직 주위에 보이지 않지. 나와 세상은 서로에게, 왜 우리가 존재하는지를, 왜 이 시간에 이곳에 있는지를, 목적, 가장 큰 목적이 무엇인지를 묻지. 자연과의 관계 속에서 이를 생각하는 사람은 극히 드물다네. 그들의 머릿속에는 다른 사람들에게서 들은, 하지만 자신들의 생각이라고 여기는 몇 가지 가련한 생각들이 있지. 그건 그들이 자연을 보고 발견한 것들이 아니야. 그들 모두는 심약한 사람들, 분명치 않은 사람들. 그리고 하찮고, 깨지기 쉬운 사람들이지."

"살아남기 위해서는 강하고 단호해져야 한다는 것을, 서양에서 온 거대한 음모의 존재를 발견하기 전에 나는 이미 알고 있었지." 나린 박사가 말했다.

"슬픈 거리들, 긴 세월을 묵묵히 살아 온 나무들, 희미한 전등들은 나에게 무심했다네. 나는 내가 가진 것들을 모아 나의 시간을 정리했지. 역사와 역사를 정복하려고 하는 사람들

새로운 인생

의 놀이에 굴복하지 않았어. 왜 내가 굴복해야 하지. 나는 나 자신을 믿었어. 내가 나 자신을 믿었기 때문에 다른 사람들도 나의 의지와 내 인생의 시를 믿었다네. 그들을 내게 결속시켰지. 이렇게 해서 그들도 자신들의 시간을 발견했다네. 우린 서로 합치가 되었어. 우린 서로 암호로 소식을 전했고 애인 사이처럼 편지를 썼으며, 비밀리에 모임을 가졌다네. 귀릴 마을에서 열린 우리의 첫 정기총회는 몇 년 동안 계속된 투쟁의, 바늘로 우물을 파는 것 같은 인내로 만들어지고 계획된 어떤 운동의, 거미줄처럼 주의 깊고 세심하게 짜인 한 조직의 승리라네. 알리! 무슨 수로도 서양은 우리를 저지하지 못할 걸세."

잠시 정적이 흐른 후, 그는 다음과 같은 소식을 알려 주었다. 내가 젊고 아름다운 나의 부인과 귀릴에서 안전하게 빠져나온 뒤 세 시간이 지나, 마을에 불이 나기 시작했다. 정부가 그렇게 적극적으로 지원했음에도 소방서가 불길을 잡지 못한 것은 우연이 아니었다. 반란자들의 눈에서 분노로 타오르는 눈물이 흘렀고, 신문들이 선동한 폭도들은 바로, 영혼과 자신들의 시, 기억이 도난당했음을 직관적으로 알고 있는 '상처받은' 친구들이었다. 자동차들이 부숴지고, 총알이 왔다 갔다 했으며 동지 한 명이 죽었다고 했다. 물론 이 모든 일들을 앙카라 그리고 지방 정당들과 함께 부추겼던 군수는, 법과 질서를 위협한다는 이유로 '상처받은 가슴들'로 구성된 내리짐구 모임을 금지했다.

나린 박사는 "이미 화살은 시위를 벗어났어. 굴복하지 않겠어. 모임에서 천사들에 대해 논쟁하길 요청한 것도 나였지. 우리의 영혼 그리고 우리의 어린 시절을 반영하는 텔레비전을 만들라고 했다네. 내가 그 장치를 만들게 했지. 내 아들을 내 손에서 앗아 간 책을 비롯한 모든 사악한 것들, 그것들이 나왔던 구멍, 그것들이 만연한 악의 구렁텅이까지 추적하여 없애라고 내가 명령했다네. 매년 수백 명의 우리 젊은이들이 이러한 유의 속임수에 넘어가 '자기 인생이 송두리째 바뀌'었다고 생각하고, 한두 권의 책을 가지고 '모든 세상을 혼란케 한다는 것'을, 우리는 알게 되었지. 심사숙고해서 모든 것을 하나하나 준비했다네. 내가 모임에 참가하지 않은 것은 우연이 아닐세. 그 모임에서 자네 같은 젊은이를 얻게 된 것도 단지 행운이었다고 말할 수는 없네. 내가 생각했던 대로 모든 것이 잘되어 가고 있어…… 내 아들이 교통사고로 내게서 사라질 때 그 애는 자네 나이였지…… 오늘은 14일일세. 내가 아들을 잃은 게 14일이지."

나린 박사가 커다란 손바닥을 펴자 클로버가 보였다. 그는 클로버 줄기를 잡고, 한순간 주의 깊게 관찰한 후, 가볍게 부는 바람에 날려 보냈다. 비구름이 오는 방향에서 희미한 바람이 불어왔다. 너무나 약한 바람이었기 때문에, 단지 그 선선함으로만 공기의 움직임을 느낄 수 있었다. 마을에서 아주 먼 곳에 희미한 노란색의 창백한 어떤 빛이 끓어오르고 있었다. 나린 박사는 그곳에 '지금' 비가 오고 있다고 말했다. 언덕의 반대 쪽에 있는 바위투성이 절벽 가에 도착했을 때, 우리는 묘지 위에 있던 구름이 걷혀 있는 것을 보았다. 중간중간 끔찍해 보이는 날카로운 바위 사이에 둥지를 튼 솔개 한 마리가 우리를 보고는 놀라서 급히 날아 올라갔다. 그리고 나린 박사의 영토 위로 넓은 원을 그리기 시작했다. 허공을 미끄러지고 있는 새를 우리는 조용히, 경외심을 갖고 감탄하며 바라보았다.

나린 박사는 말했다. "이 모든 토지에는, 몇 년 동안 줄곧 생각해 왔던 것에서 영감을 얻어 성숙시킨 위대한 나의 사고의 풍성함과 위대한 행동을 유지시키는 힘이 있지. 만약 영특했던 내 아들이 거대 음모에 놀아나지 않고 책 한 권에 속지 않을 정도로 의지가 강했다면, 오늘 이 언덕에서 바라보며 내가 느끼는 힘과 창조력을 그 애도 느꼈을 걸세. 오늘 자네도 내가 받은 것과 같은 영감으로 끝없는 지평선을 보고 있다는 것을 나는 알고 있네. 대리점주 모임에서 자네가 보여 준 결단력에 대해 사람들이 내게 과장해서 말하지 않았다는 것을 처음부터 알았지. 자네 나이를 알았을 때 주저하지도 않았지. 자네 과거를 알 필요조차 없었어. 그 나이에, 내 아들이 내 손에서 속임수와 잔인함의 덫에 걸려 사라졌던 나이에, 모임에 원해서 참가할 정도로 자네는 모든 것을 이해했지. 하루 동안의 이 만남은 내게, 역사가 한 사람이 도중에 중단했던 의지의 행동을, 다른 사람이 다시금 시작했다는 것을 알게 해 주었다네. 내 아들을 위해 만들었던 그 작은 박물관을 자네에게 쓸데없이 보여 준 게 아닐세. 그 애의 어머니와 누나들 외에 그 방을 본 사람은 자네가 처음이야. 자네가 이후에 시작할 일도 나, 바로 나 나린 박사를 보면서 알게 될 걸세. 내 아들이 돼 주게나! 내 아들의 자리에 대신 앉아 주게나. 내가 했던 모

184

든 일을 이제 자네가 계속해 주게나. 나는 비록 늙었지만, 나의 열정은 전혀 시들지 않았어. 이 운동이 계속될 거라 믿고 싶네. 나는 정부와도 관계를 맺고 있다네. 내게 보고서를 쓴 사람들도 여전히 건재하며 활동하고 있지. 거짓에 현혹된 수백 명의 젊은이들을 추적하고 있다네. 그들에 관한 자료들, 모든 자료들을 자네에게 보여 주겠네. 내 아들의 행적도 모두 그 안에 있어. 읽기만 하면 돼. 길을 벗어난 젊은이들이 얼마나 많은지! 자네가 부모와 가족으로부터 떨어져 나올 필요도 없네. 나의 무기 컬렉션도 자네가 봐 줬으면 해. '알겠습니다.'라고 말하게나! '저의 책임을 알고 있습니다.'라고 말하게. 나는 무지한 사람이 아니야. 모든 것을 보고 있어. 나는 몇 년 동안 아들이 없었다네. 고통스러웠지. 그리고 그들이 내 아들을 내게서 앗아 갔을 땐, 더욱더 큰 고통을 겪었지. 그렇지만 그 어느 것도 내 유산을 상속받을 아들 하나 없다는 사실보다 더 고통스럽진 않아."

멀리서, 비구름이 하나둘 걷히고 있을 때, 나린 박사의 나라에, 무대 구석에 세트 조명이 빛을 떨어뜨리는 것처럼, 햇살이 비쳤다. 한순간 환해진 토지의 일부분, 사과와 야생 올리브 나무로 덮인 평지, 그의 아들이 잠들어 있는 묘지, 가축 우리 주변에 있는 황무지의 색이 순식간에 변하기 시작했다. 원뿔 모양의 광선이, 급하게 앞으로 나가는 유령처럼 경계를 무시하고 농지 위로 재빠르게 움직이다 사라지는 것도 보았다. 언덕에 오르기 위해 우리가 거쳐 온 길들이 지금 서 있는 곳에서 거의 한눈에 보인다는 것을 알고, 나는 바위로 덮인 비탈길, 오솔길, 뽕나무, 처음 올랐던 언덕, 나무숲 그리고 보리밭을 뒤돌아보았다. 날고 있는 비행기 안에서 자신의 집을 처음 내려다보는 사람처럼 경이에 가득 차서, 박사의 저택을 보았다. 저택은 주위가 나무로 덮인 꽤 넓은 평지의 중앙에 있었다. 그리고 그 평지에서 소나무 숲을 향해 걸어가는 다섯 명의 사람들과 마을로 난 길이 보였다. 나는 그중 한 명이 자난인 것을, 그녀가 최근에 산 체리 빛 나염 옷, 아니, 그뿐만 아니라, 걸음걸이, 태도, 섬세함, 우아함으로, 아니, 내 심장 박동 소리로 알았다. 문득 아주 멀리, 나린 박사의 작고 멋진 나라의 경계선이 시작되는 산 너머에 멋진 무지개가 떠 있는 것이 보였다.

나린 박사는 말했다. "다른 사람들은 자연을 보며, 거기서 자신의 한계, 부족함, 두려움을 보곤 하지. 그러고는 자신의 나약함을 두려워하며 이건 자연의 무한함, 자연의 위대함 때문이라고 둘러대곤 한다네. 하지만 나의 경우는, 자연이 내게 건네는, 반드시 유지해야 할 나의 의지를 상기시키는 강한 성명서, 내용이 꽉 찬 글을 보곤 한다네. 나는 그것을 단호하게, 무자비하게, 두려움 없이 읽지. 위대한 사람들이란, 위대한 시대, 위대한 나라와 마찬가지로, 곧 터질 것 같이 충전된 힘을 자기 안에 축적한 사람들을 말한다네. 때가 오면, 기회가 되면, 새로운 역사가 쓰일 시기가 되면, 이 거대한 힘은, 행동을 개시할 위대한 사람들과 함께 무자비하게 폭발하지. 그 역사적인 날에 여론, 신문, 당시의 사상, 아이가스, 럭스 비누, 코카콜라와 말보로 담배, 서양에서 불어온 바람에 현혹된 가련한 우리 형제들의 사소한 물건들과 보잘것없는 도덕들은 무시되고 말 걸세."

"어르신, 그 보고서들을 언제쯤 제가 읽을 수 있을까요?"

긴 침묵이 흘렀다. 나린 박사의 먼지 앉고 얼룩진 안경알 위에서 똑같이 생긴 두 개의 무지개가 영롱하게 빛나고 있었다.

"나는 천재야." 나린 박사가 말했다.

10

우리는 저택으로 돌아왔다. 모두 함께 평온하게 점심을 먹은 다음, 나린 박사는 아침에 메흐메트의 어린 시절 방을 우리에게 보여 줄 때 썼던 열쇠와 비슷한 것으로 집무실 문을 열고 나를 그 안으로 데려갔다. 그는 서랍에서 꺼낸 공책들과 책장에서 빼낸 서류들을 보여 주면서, 언젠가는 정부가 이러한 증명서와 보고서를 의뢰할 수 있다는 점도 감안하라고 말했다. 스파이 조직까지 만든 것으로 보아, 나린 박사는 '거대음모'를 몰아내는 데 성공하고 나면 새로운 정부를 세우려 하는 것 같았다.

사실, 모든 서류들이 세세하게 날짜별로 정리되어 있었기 때문에 내가 사건의 심장부로 들어가는 것은 어렵지 않았다. 나린 박사는 아들을 추적하기 위해 풀어놓은 조사원들의 정체를 그들끼리도 알지 못하게 비밀에 부쳤고, 그들 모두에게 시계 상표를 암호명으로 붙여 주었다. 대부분 서양제 시계였지만 100년이 넘는 세월 동안 우리에게 시간을 알려 주었다는 이유로 나린 박사는 그 시계들을 '우리 것'으로 여겼다.

첫 번째 조사원이었던 제니스는 첫 보고서를 4년 전 3월에 썼다. 그때까지 아직 나히트란 이름을 쓰고 있었던 메흐메트는 이스탄불 대학교의 차파 캠퍼스에서 의대를 다니고 있었다. 제니스는 이 3학년 학생의 성적이 가을부터 급격히 떨어지고 있다는 것을 알게 되었고, 자신의 조사 결과를 다음과 같이 요약했다. '위 사람의 최근 성적이 부진한 이유는, 카드르가(街)에 위치한 기숙사 밖으로 거의 나오지 않는 데다 수업과 병원 실습에도 전혀 참석하고 있지 않기 때문이다.' 보고서는 나히트가 기숙사에서 몇 시에 나와서 어떤 패스트푸드점과 케밥 가게, 푸딩 가게, 이발소, 은행에 갔었는지를 상세하게 적은 기록들로 빼곡히 차 있었다. 메흐메트는 매번 볼일을 다 본 후에는 전혀 지체하지 않고 빠른 걸음으로 기숙사로 되돌아갔다. 제니스는 자신이 쓴 모든 보고서에, 나린 박사에게 '조사'에 필요한 더 많은 경비를 요청하는 글을 쓰는 것도 잊지 않았다.

나린 박사가 제니스 다음으로 임무를 맡긴 모바도는 카드르가 기숙사의 관리인인 듯했는데, 기숙사 관리인들 대부분이 그렇듯 경찰에 연줄이 있는 사람이었다. 메흐메트를 거의 매시간 감시할 수 있었던 이 노련한 사내는 시골에 사는 다른 걱정 많은 아버지들에게, 또는 정보부에, 전에도 학생들에 대한 보고서를 쓴 적이 있는 사람이구나 하는 생각이 드는 사람이었다. 기숙사 내의 정치적 세력 균형에 대해 전문가 수준으로 노련하고 간단하게 요약, 묘사하고 있었기 때문이다. '결론: 기숙사에서 더 큰 영향력을 행사하기 위해 서로 경쟁하는 두 개의 극단적인 근본주의자 집단이 있는데, 하나는 낙시[32] 숭배 수피파와 관련이 있는 집단이고, 다른 하나는 온건 좌파 학생 그룹이다. 나히트는 이들 중 어느 그룹과도 관련이 없었다. 그는 어떤 그룹과도 전혀 부딪히지 않고, 세 명의 친구들과 함께 쓰는 방에 혼자 있곤 했다. 내 비유가 틀리지 않다면, 젊은이는 마치 아침부터 저녁까지 코란을 외우는 사람처럼 머리를 전혀 들지 않고 지금 읽고 있는 책 외에는 그 어느 것도 보지 않는다.' 모바도가 정치 및 사상 문제에 있어 신뢰하는 기숙사 관리들, 경찰들 그리고 젊은이의 방 친구들은 그 책이 정치적, 종교적 성향이 있는 또래 청년들이 빠져 있는 위험한 책은 아니라고 증언했다. 모바도는 또한, 몇 시간 동안 책상에 앉아 책을 읽은 후 젊은이가 창밖을 무심히 바라보았다든지, 또는 식당에서 마주친 친구들의 조롱이나 비난에 미소 지었다든지, 또는 무관심하게 대답했다든지, 또는 이제 매일 수염을 깎지 않는다든지 따위 등의 몇 가지 관찰도 첨가했다. 그만큼 그는 이 문제를 그다지 심각하게 여기지 않았던 것 같다. 그리고 똑같은 포르노 영화를 반복해서 보는 것처럼, 똑같은 카세트테이프를 수천 번 듣는 것처럼, 항상 똑같은 고

---

32) 고대 페르시아 아케메네스 왕조의 무덤으로 이루어진 유적.

기 요리를 주문하는 것처럼, 젊은 날의 열정은 '일시적인 것'에 불과하다는 희소식을 자신의 경험을 빌려 고용주에게 전하고 있었다.

5월에 일을 시작한 오메가가 메흐메트의 행적보다는 그가 읽었던 책을 추적하는 것으로 보아, 나린 박사에게서 따로 지시를 받은 것이 틀림없었다. 이것은 아버지가 처음부터 메흐메트, 즉 나히트의 인생을 잘못되게 한 것이 책이라는 옳은 판단을 내렸음을 나타내고 있었다.

오메가는 그사이, 3년 후에 내게도 책을 팔았던 헌책 노점상을 포함한, 책을 파는 이스탄불의 수많은 곳을 조사했다. 인내심을 갖고 조사한 끝에 그는 두 곳의 헌책 노점상에서 그 책을 발견했다. 그곳의 판매원에게서 얻어 낸 정보를 가지고 고서점가에 있는 한 서점을 찾아갔고, 그곳에서 알아본 바에 따라 다음과 같은 결과를 도출해 냈다. 책의 일부—150권에서 200권가량—는 이미 폐점한, 또는 곰팡이 앉은 책 창고로부터 무게를 달아 물건을 사는 고물 장수에게로 넘어간 후에, 그곳에서 다시 고서점가에 있는 한 서점과 몇 군데의 노점상으로 갔다. 고물 장수는 중간 상인과 싸움을 해서 서점을 닫고 이미 이스탄불을 떠난 후였다. 그를 찾아내서 첫 판매자를 알아내기란 불가능했다. 오메가는 고서점가의 한 서점 주인으로부터 그 책이 경찰에서 유출되었다는 정보를 얻었다. 처음엔 합법적으로 출판되었던 책은 검찰 명령에 의해 회수되어 경찰 소속의 서적 창고로 옮겨졌다. 그다음엔 종종 그러하듯, 가난한 소수의 경찰들이 책을 훔쳐 내어 고물 장수에게 팔아넘기는 바람에 다시 책이 돌아다니게 되었던 것이다.

부지런한 오메가는 도서관들을 돌아다니며 저자의 다른 책들을 찾아보았지만 헛수고였고, 옛날 전화번호부에서도 흔적을 찾지 못하자 다음과 같은 추측을 했다.

'이 나라에서는 전화를 설치할 돈도 없는 사람들조차 감히 책 쓰기를 시도한다는 것은 익히 알려진 사실이지만, 이 특별한 책에 쓰여 있는 저자 이름은 가명이라고 생각한다.'

여름 내내 텅 빈 기숙사에서 책을 읽고 또 읽으면서 지낸 메흐메트는 가을 무렵 자신을 책의 근원으로 데려다 줄 조사를 감행했다. 아들의 뒤를 추적하라고 아버지가 붙여 준 새로운 남자의 암호명은 공화국 초기에 이스탄불에서 광범위하게 사용되었던 소련제 회중시계와 탁상시계의 이름인 세르키소프였다.

세르키소프는 메흐메트가 베야즈트 국립 도서관에서 쉴 새 없이 책을 읽고 있다는 것을 알아낸 후, 처음에는 나린 박사에게 젊은이가 평범한 학생의 생활로 돌아가기 위해 그만두었던 공부를 다시 시작했다는 희소식을 전했다. 그러나 나중에 젊은이가 도서관에서 며칠 동안 『페르테브와 피터』나 『마리와 알리』 같은 아동용 책을 읽고 있다는 것을 알아내고는, 젊은이가 절망에 빠져 자신을 위로하고 있는 거라고 추측했다. 어린 시절의 추억으로 되돌아가서 자신이 빠진 위기에서 벗어나려 한다는 것이었다.

보고서에 따르면, 10월에 메흐메트는 바브알리[33]에 가서 한때 아동용 잡지를 발행했거나 지금도 발행하고 있는 출판

192

사와, 이런 잡지들에 글을 썼던 네샤티 같은 한물간 작가들을 방문했다. 나린 박사가 젊은이의 정치적 성향을 알고자 자신에게 추적을 시켰다고 생각한 세르키소프는 그 사람들에 대해 '그들이 정치에 관심이 있는 것처럼 보이고 오늘날의 정치와 이데올로기적 문제에 대한 글을 쓰고 있다고 해도, 사실 이자들이 진정으로 믿는 사상은 없다. 대부분 돈 때문에, 혹은 자신들이 싫어하는 사람들에게 상처를 주기 위해 글을 쓴다.'라고 썼다.

어느 가을날 아침 메흐메트가 하이다르파샤에 있는 철도청 본부에 갔었다는 것을, 나는 세르키소프와 오메가의 보고서를 통해 알게 되었다. 서로를 알지 못했던 두 명의 조사원들 중 올바른 정보를 입수한 사람은 오메가였다. '젊은이는 어떤 은퇴한 철도원에 대해 알고 싶어 했다.'

나는 바인더로 묶여 있는 서류들을 빨리빨리 넘겼다. 나의 눈은 급하게 나의 마을, 나의 거리, 나의 어린 시절 이름을 찾고 있었다. 메흐메트가 내가 살던 거리를 걸었고, 어느 날 저녁 어떤 집의 2층 창문을 올려다보았다는 부분을 읽자, 내 심장은 빨리 뛰기 시작했다. 마치 미래에, 나를 그 속으로 불러들일 멋진 세계를 준비한 이들이, 나를 편하게 하기 위해, 자신들의 재능을 내 앞에 보여 주기로 결심한 것 같았다. 그러나 당시 고등학생이었던 나는 이러한 것에 대해 전혀 알지 못했다.

메흐메트와 르프크 아저씨의 만남은 그다음 날 이루어졌

---

33) 출판사와 신문사가 집중되어 있는 이스탄불의 지역.

다. 그러나 이것은 내가 추측한 결론이다. 메흐메트를 추적한
두 조사원 모두, 젊은이가 에렌쾨이 텔리카바크가(街) 28번지
의 아파트로 들어갔고 안에서 6분, 아니 5분간 머물렀다는 것
을 알아냈지만, 어느 집의 문을 두드렸는지, 누구와 만났는지
는 확인하지 못했다. 부지런한 오메가는 모퉁이 구멍가게에서
일하는 심부름꾼에게 접근했고, 그 아파트에 살고 있는 세 가
족에 대한 정보를 얻었다. 내 생각에, 이것이 나린 박사가 르
프크 아저씨에 대해 얻은 최초의 정보였을 것이다.

르프크 아저씨와의 만남 후 메흐메트는, 제니스까지도 눈
치 챌 만큼 혼란에 빠졌다. 기숙사에 처박혀 전혀 나오지 않
았고, 식당에도 내려오지 않았지만, 모바도는 그가 책을 읽는
것을 한 번도 보지 못했다고 쓰고 있었다. 기숙사에서 나오는
것도 일정치 않았고 나온다 하더라도 그는, 세르키소프의 기
록에 의하면, 목적지도 없이 돌아다녔다. 어느 날 밤은 아침까
지 술탄아흐메트 지역의 뒷골목을 헤맸고, 공원에 앉아 몇 시
간 동안 담배를 피우기도 했다. 그러던 어느 날 밤, 종이 봉투
가득 담긴 포도 알 하나하나를 보석을 감정하듯 오랫동안 들
여다본 후 천천히 씹어서 네 시간에 걸쳐 다 먹고 기숙사로
돌아가는 메흐메트를 오메가가 목격했다. 수염도 덥수룩했고
행색이 말이 아니었다. 조사원들은 보고서에 젊은이가 기숙사
에서 나오는 시간이 불규칙하다는 점을 불평하며 비용을 올
려 달라고 요구했다.

11월 중순경의 어느 날 오후, 메흐메트는 배를 타고 하이
다르파샤로 건너가서 다시 기차를 타고 에렌쾨이에서 내렸

다. 그리고 그 거리를 한참 동안 걸었다. 뒤를 미행했던 오메가의 기록에 의하면, 젊은이는 그 마을의 모든 골목을 돌아다녔고, 나의 창문 앞을—내가 안에 앉아 있을 때면 더욱 자주—왔다 갔다 하다가, 어둠이 깔릴 때쯤 텔리카바크가 28번지의 아파트 맞은편에 서서 창문들을 바라보기 시작했다. 어둠 속에서, 부슬부슬 내리는 빗속에서 결정을 내리지 못하고—혹은 오메가의 말에 의하면 불 켜진 창문에서 원하는 신호를 받지 못하고—두 시간여를 기다린 메흐메트는, 저녁에 카드쾨이의 술집 한 곳에 들렀다가 만취한 채로 기숙사로 돌아갔다. 오메가와 세르키소프는 젊은이가 같은 여행을 여섯 번이나 반복했다고 밝히고 있었다. 항상 더 노련했던 세르키소프는 젊은이가 계속해서 올려다보았던 밝은 창 안에 있었던 인물도 곧 확인했다.

르프크 아저씨와 메흐메트의 두 번째 만남은 세르키소프가 지켜보는 가운데 이루어졌다. 처음엔 맞은편 인도에서, 다음에는 낮은 정원 담 위에서 2층의 밝은 창을 주시했던 세르키소프는 그 만남의—때로는 랑데부라고도 했다—의미를 그다음 편지에서 여러 번에 걸쳐 해석했다. 그러나 그의 첫인상이야말로 자신이 직접 본 것에 의거한 것이었기 때문에 가장 정확했다.

처음에 노인과 젊은이는(이들 사이에는 카우보이 영화가 나오는 텔레비전이 있었다.) 안락의자에 마주 앉은 채 7~8분 동안 아무 말도 하지 않았다. 그사이 노인의 부인이 그들에게 커피를 내왔다. 잠시 후 메흐메트가 자리에서 일어나 손짓 발짓을 해 가며 너무나 열정적으로, 그리고 너무나 격하게 무엇인가를 설명했기 때문에, 세르키소프는 젊은이가 조금 있으면 노인을 때릴 거라고 생각했다. 젊은이의 말이 지나쳤다고 생각했는지, 그 전까지 슬픈 미소만 짓고 있던 르프크 씨도 자리에서 일어나 젊은이와 비슷한 흥분 상태에서 그에게 대꾸를 했다. 그다음엔 둘 다 벽에 비친, 자신들을 흉내 내는 충실한 그림자들과 함께 의자에 다시 앉았다. 그리고 인내심을 갖고 서로의 이야기를 듣고, 슬픈 표정으로 텔레비전을 잠시 바라보다가, 다시 이야기를 했다. 얼마 동안은 노인이 말하고 젊은이는 들었다. 그러다 두 사람 다 다시 입을 다물고 슬픔에 차서 창밖을 내다보았으나 세르키소프를 보지는 못했다.

그런데 잔소리 심한 아주머니가 옆방 창문에서 몰래 엿보고 있는 세르키소프를 발견하고는 목이 터져라 "모두들 여기 좀 와 보세요. 세상에. 변태 같은 놈!" 하고 소리쳤다. 그 때문에 조사원은 불행하게도, 그가 아주 중요하다고 생각한 다음 3분간의 이야기, 즉, 그가 추측하기에, 다양한 비밀 단체, 국제 정치 그룹 그리고 음모에 관한 것이었을 마지막 대화를 듣지 못하고 관찰하기에 적합했던 그 장소를 허둥지둥 떠나야만 했다. 세르키소프가 보고한 것은 일종의 음모 이론 같은 것이었다.

그다음 보고서에 의하면, 나린 박사는 아들을 너 십요하게 추적하기를 원했다. 그 결과 그는 보고서 더미 속에 파묻히게 되었다. 르프크 씨와의 만남 이후——오메가의 말에 따르면——젊은이는 거의 미쳐 버렸고, 세르키소프의 말에 따르면

극도로 슬프고 단호해 보였다. 메흐메트는 찾을 수 있는 모든 책 전시장에서 자기가 읽던 책의 판본을 사서 '이 작품'을 카드르가 기숙사(모바도), 학생 휴게실(제니스와 세르키소프), 그리고 버스 정거장, 극장 앞, 선착장(오메가) 같은, 머리에 떠오르는 도시의 모든 곳에서 배포하려고 노력했다. 그러나 그는 부분적인 성과밖엔 거두지 못했다. 모바도는 젊은이가 기숙사 내에서까지 다른 학생들에게 영향력을 미치고자 무모한 노력을 하고 있다는 사실도 아주 잘 알고 있었다. 학생들이 자주 가는 또 다른 장소에서 젊은이들을 모으려 했던 것도 적혀 있었다. 그러나 그때까지 자신의 세계 속에 파묻혀 사는 외톨이였던 그가 충분한 효과를 거둘 수는 없었다. 기숙사 식당에서, 이러한 목적을 가지고 나가기 시작했던 강의실에서, 그가 학생 한두 명의 생각을 바꾸어 놓았다는 것을, 그들에게 책을 읽힐 수 있었다는 것을 막 알았을 때 나는 신문 스크랩 하나를 발견했다.

에렌쾨이에서 발생한 살인 사건(앙카라 뉴스 에이전시): 은퇴한 철도청 감독관장 르프크 하트 씨가 어젯밤 9시경 신원 미상의 인물이 쏜 총에 맞아 살해되었다. 어젯밤 집에서 나와 찻집으로 향하던 중, 르프크 하트 씨는 텔리카바크가에서 범인으로부터 세 방의 총알을 맞았다. 신원 미상의 저격범은 현장에서 즉시 달아났다. 총상을 입은 후 현장에서 즉사한 하트 씨(67세)는 철도청에서 여러 직책을 담당했으며 마지막엔 감독관장으로 재직하다 은퇴했다. 많은 사랑을 받았던 하트 씨의 죽음으로 주위 사람들이 슬픔에 잠겼다.

나는 서류에서 눈을 떼고 당시를 상기했다. 아버지는 멍한 상태로 늦은 시간에 집으로 돌아왔다. 장례식에 참석한 모든 사람들이 울었다고 했다. 질투로 인한 살인이라는 소문이 퍼졌다. 그 질투 많은 사람은 누구였을까? 나는 나린 박사가 정리해 둔 서류들을 급하게 뒤적이며 살인자의 정체를 추측하려고 노력했다. 부지런한 세르키소프? 삐삐 마른 제니스? 꼼꼼한 오메가?

다른 서류에서, 나린 박사가 얼마나 많은 비용을 들여 진전시켰을지 모를 조사가 또 다른 결론에 도달했다는 것을 알았다. 정보부에서도 일했을 법한, 해밀턴 시계에서 별명을 따온 조사원은 나린 박사에게 다음과 같은 정보가 담긴 짧은 편지를 보냈다.

르프크 하트는 그 책의 저자였다. 그는 12년 전에 이 책을 썼지만, 소심한 아마추어였기 때문에 그는 자신의 이름으로 책을 출판할 용기를 내지 못했다. 당시 아들들과 학생들의 미래를 걱정하던 학부모들과 교사들의 고발과 불만을 귀담아들은 정보부 언론 관계자들은 그 책이 젊은이들의 마음을 혼란스럽게 하고 있다는 것을 알아냈다. 그들은 인쇄소에서 아마추어 작가의 신원을 일아낸 다음, 문제의 해결을 그리힌 일의 전문가인 언론과 검찰에 맡겼다. 검찰은 책을 소리 없이 회수하여 창고에 처박아 버렸다. 그러나 풋내기 작가가 소송을 걸어 이를 문제화할지도 모른다는 걱정은 할 필요가 없었다. 왜냐하면 저자, 즉 은퇴한 철도청 감독관 르프크 하트는 처음 검찰에 출두했을 때 책의 회수에 반대하지도 않았고, 회수 결정에 이의를 제기하지도 않을 것임을 공공연하게 밝혔던 까닭이다. 그는 자진해서 진술서에 서명을 했고, 이후에 다른 새 책을 쓰지도 않았다. 해밀턴의 보고서는 르프크 아저씨가 살해되기 11일 전에 작성되었다.

메흐메트의 반응을 보면, 사건이 있은 지 얼마 안 되어서 르프크 아저씨의 죽음을 알게 된 것이 분명했다. 모바도의 표현에 의하면 '강박관념에 사로잡힌 젊은이'는 환자처럼 방에 틀어박혀서, 마치 종교적 도취 상태에 빠진 것처럼 아침부터 저녁까지 계속해서 책을 읽기 시작했다. 젊은이가 한참 후에야 기숙사에서 나왔다고 밝힌 세르키소프도, 그리고 오메가도 젊은이의 행동에는 어떤 목표도 목적도 없는 것이 틀림없다는 결론을 내렸다. 메흐메트는 어떤 날에는 정처 없는 방랑자처럼 몇 시간 동안이나 제이레크 뒷골목을 돌아다녔고, 또 그다음 날에는 베이올루에 있는 어느 극장에서 오후 내내 포르노 영화를 보며 지냈다. 세르키소프는 젊은이가 때로는 자정이 지난 후에도 기숙사에서 나왔다고 적고 있으나 어디로 갔는지는 알아내지 못했다. 한번은 상태가 무척이나 엉망인 그를 제니스가 대낮에 보았다. 머리와 수염이 텁수룩했고, 옷차림은 흐트러져 있었다. 그는 거리와 인도에서 '햇빛을 질색하는 올빼미'처럼 사람들을 바라보곤 했고, 책의 존재를 알리고자 열심히 돌아다녔던 강의실 복도와 학생 휴게실 그리고 알고 지내던 사람들로부터 멀어져 갔다. 그 어떤 여자와도 관계를 맺거나 관계를 맺기 위한 노력을 하지 않았다. 기숙사 관리인인 모바도는 메흐메트가 없을 때 방에 들어가 조사를 했는데, 그곳에서 여자의 나체 사진이 담긴 잡지 몇 권을 찾아냈다. 모바도는 평범한 학생들은 대부분 이런 것들을 갖고 있다고 덧붙였다. 서로를 알지 못하는 제니스와 오메가의 노력에서 알 수 있는 바에 의하면, 메흐메트는 한동안 술에 자신을 내맡겼다. 학생들이 자주 가는 '즐거운 까마귀 형제들' 맥줏집에서 남을 비꼬는 말을 했다가 한바탕 싸움을 벌인 후로는, 뒷골목의 더 구석지고 더 초라한 술집을 선호하게 되었다. 한동안은 다른 학생들이나 술집에서 만났던 정신 나간 사람들과 다시 관계를 맺으려고도 했지만 성공하지 못했다. 그 후로는 책 노점상 앞에서 몇 시간 동안 죽치고 기다리며 자신처럼 책을 사 읽게 될 영혼의 형제를 모색하며 시간을 보냈다. 친구 관계를 발전시켜서 책을 읽혔던 몇몇 젊은이를 다시 찾았지만, 제니스의 말에 의하면 그의 변덕 때문에 그들과도 곧 싸우게 되었다. 오메가는 악사라이 뒷골목의 술집에서 벌어졌던 이러한 다툼 중 하나를 먼 곳에서나마 엿듣는 데 성공했다. 이제는 젊은이로도 보이지 않는 '우리의 젊은이'가 책 속에 있는 세계에 대해, 그곳에 도달하는 것에 대해, 입구에 대해, 평온에 대해, 비유할 수 없는 순간과 사고에 대해, 흥분을 해 가며 이야기하는 것을 들었다. 그러나 이러한 흥분은 일시적인 것 같았다. 왜냐하면 모바도가 확인한 것처럼, 지저분한 머리와 수염, 더러움과 단정치 못함이 친구들을—그들을 친구라고 부를 수 있다면—불편하게 만드는 상태에까지 이른 메흐메트는 이제 책도 전혀 읽지 않았기 때문이다. 젊은이의 목적 없는 배회, 그 어느 곳에도 도달하지 못하는 산책에 지쳐 버린 오메가는 이렇게 적었다. '내 생각에 이 젊은이는 운명의 짐을 덜 무언가를 찾고 있다. 그가 무엇을 찾고 있는지는 잘 모르겠다. 그렇지만 그 스스로도 알고 있다고 생각되지는 않는다.'

이스탄불 거리를 목적지도 없이 걷고 있던 어느 날, 세르키소프가 미행하던 젊은이는 자신의 운명의 짐을 덜, 그의 영혼에 조금이나마 평온을 줄 '그것'을 버스 터미널에서, 아니 버스에서 찾고 있었다. 여행을 떠날 준비가 되었다는 표시인 가방도 손에 들지 않고, 목적지가 있다는 것을 보여 주는 버스표도 사지 않고, 메흐메트는 터미널에서 막 출발하려 하는 버스를 되는대로 골라잡아 탔다. 한순간 주춤했던 세르키소프도 그의 뒤를 따라 마기루스 고속버스에 몸을 던졌다.

그들은 자신들이 어디로 가는지도 알지 못한 채, 마을에서 마을로, 터미널에서 터미널로, 버스에서 버스로, 뭔가의 뒤를 쫓아 몇 주 동안을 달렸다. 세르키소프가 덜덜 떨리는 버스 좌석에 앉아 삐뚤삐뚤한 글씨로 쓴 보고서는, 이 불분명한 여행의 매력과 목적지 없는 여행의 색채를 자세히 증언하고 있었다. 그들은 길을, 가방을 잃어버린 여행객들을, 세기를 혼동하는 광인들을 보았다. 그들은 달력을 파는 퇴직자들, 군인이 되고자 하는 의욕적인 젊은이들, 그리고 심판의 날이 왔다고 알리는 젊은이들을 만났다. 터미널 식당에 앉아 있는 약혼한 커플들, 견습 수리공들, 축구 선수들, 불법 담배를 파는 장사

꾼들, 살인 청부업자들, 이제 막 교사직을 시작하려는 사람들, 그리고 극장 지배인들과 밥을 먹었다. 그들은 수백 명의 사람들과 엉킨 상태로 대기실에서, 버스 좌석에서 잠을 자기도 했다. 그들은 한 번도 호텔에서 잠을 자지 않았다. 그들은 한 번도 지속될 관계나 친구를 만들지 않았다. 그들은 한 번도 목적지를 알고 여행을 하지 못했다.

'우리가 한 일은 버스에서 내려서 다른 버스에 올라탄 것뿐이었다. 그는 무엇인가를 기다리고 있었다. 그것이 기적인지, 빛인지, 천사인지, 사고인지는 모르겠다. 내 연필 끝은 이러한 것들만 나열하고 있다. 우리는 마치 미지의 나라로 우리를 데려다 줄 신호를 찾고 있는 것 같았지만 지금까지는 운이 없었다. 지금까지 우리가 작은 교통사고 한 번 당하지 않은 것을 보면, 어쩌면 천사가 우리를 보호하고 있는지도 모른다. 젊은 이가 여전히 나의 존재를 인식하지 못하고 있는지는 나도 모르겠다. 내가 끝까지 견딜 수 있을지도 잘 모르겠다.'라고 세르키소프는 쓰고 있었다.

그는 견디지 못했다. 삐뚤빼뚤한 글씨로 이 편지를 쓴 지 일주일이 되던 날, 메흐메트는 한밤중에 휴게실에 들러 수프를 반쯤 먹다가 말고, 곧 출발하려는 마비 와란 고속버스로 뛰어올랐다. 구석 테이블에서 같은 수프를 떠먹고 있던 세르키소프는 메흐메트가 달아나 버리는 모습을 멍하니 바라보았다. 그는 침착하게 수프를 마저 다 먹었으며, 이러한 상황이 벌어진 것이 전혀 당혹스럽지 않았다고 나린 박사에게 솔직하게 보고했다. 그가 다음에 취해야 할 조치는 무엇이었을까?

그 후로 메흐메트가 무엇을 했는지는 나린 박사도, 조사를 계속하라는 지시를 받았던 세르키소프도 알아내지 못했다.

메흐메트라고 착각했던 다른 젊은이의 주검과 대면할 때까지, 세르키소프는 6주간 버스 터미널에서, 교통 안내소에서, 그리고 운전사들이 만나는 찻집에서 시간을 죽였다. 그리고 교통사고가 일어난 곳마다 쫓아가서 시체들 사이에 우리의 젊은이가 있나 찾아보았다. 나는, 같은 기간 동안 나린 박사가 다른 조사원들도 풀어놓았었다는 것을 버스에서 작성된 다른 편지들을 보고 알게 되었다. 버스가 마차의 뒤를 들이받는 바람에 편지를 쓰던 제니스의 심장이 출혈 과다로 멈추었다. 그가 끝맺지 못한 편지를 에르켄 와란[34] 고속버스 회사의 책임자들이 나린 박사에게 부쳤다. 메흐메트가 나히트로서 살았던 첫 번째 인생을 승리로 마치게 한 교통사고 현장에, 세르키소프는 사고가 난 지 네 시간 후에야 도착할 수 있었다. 셀라메트 익스프레스[35] 고속버스는 인쇄용 잉크를 싣고 가던 트럭을 뒤에서 들이받았고, 고함 소리들 사이에서 시꺼먼 액체가 반짝인 후에 불길과 함께 활활 타 버렸다. 세르키소프는 '전혀 알아볼 수 없을 정도로 타 버린, 강박관념에 사로잡힌 불행한 나히트'의 신원을 사실상 확인할 수 없었고, 그가 유일하게 수집한 증거는 운 좋게 타지 않은 신분증이었다고 썼다. 사고에서 살아남은 사람들은 젊은이가 처음부터 37

34) '빨리 도착하는 와란'이라는 의미.
35) '안전 고속'이라는 의미.

번 좌석에 앉아 있었다고 증언했다. 나히트가 38번 좌석에 앉 았더라면 피 한 방울 흘리지 않고 살아남았을 것이다. 살아남 은 다른 승객들에게서 38번 좌석에 앉았던 사람의 이름이 메 흐메트라는 것을 알아낸 세르키소프는 나히트 또래의 이 젊 은이에게 나히트의 마지막 행적을 묻기 위해, 멀리 카이세리 시에 있는 그의 집까지 찾아갔지만 만나지 못했다. 이 끔찍한 사고에서 살아남은 젊은이가 자신을 눈물로 기다리는 부모님 곁으로 돌아가지 않았던 것으로 보아, 그 사고에서 깊은 영향 을 받은 모양이었다. 그러나 세르키소프의 고민은 그런 게 아 니었다. 몇 달 동안 미행했던 젊은이가 죽었으니, 그는 다른 사 람을 추적하라는 나린 박사의 지시와 돈을 기다려야 했다. 조 사 결과 아나톨리아, 어쩌면 모든 중동 국가와 발칸 반도의 국가들이 이러한 유의 책을 읽고 현혹된 젊은이들로 들끓고 있다는 사실을 나린 박사에게 알렸기 때문이었다.

아들의 사망 소식과 함께 숯덩이가 된 시체가 집에 도착한 후, 나린 박사는 극심한 분노에 빠졌다. 르프크 아저씨의 죽 음도 이 분노를 격감시키지는 못했다. 단지 분노의 초점을 흐 리게 해서 온 사회를 향해 확산시켰을 뿐이다. 장례식을 치른 후 나린 박사는 이스탄불에서 그의 사무 처리를 대신 맡아 해 주던 발 넓은 퇴직 경찰의 도움을 받아 조사원 일곱 명을 더 고용했다. 그들에게도 여러 가지 시계 상표를 암호명으로 붙여 주었다. 또한 공동의 적인 '거대 음모'에 대항하는 '상처 받은' 대리점주들과의 관계를 더욱 돈독히 했다. 그들로부터 가끔씩 조언을 받기도 했다. 난로, 아이스크림, 냉장고, 소다

수, 고리대금업, 햄버거를 판매하는 국제적 대기업들과의 경쟁에 의해 사업에 실패한 이 사람들은 르프크 아저씨의 책뿐 아니라 괴상하고 특이하고 생소한 책들을 읽는 젊은이들을 전부 다 블랙리스트에 올렸다. 나린 박사도 이들을 격려해 줬기 때문에 이들은 이 젊은이들을 미행하고, 감시하고, 분노로 가득 차 편집광적인 보고서를 쓰는 것을 기꺼이 자신들의 의무로 삼았다.

나는 퀼리자르가 "아버지는 당신이 일을 중단하고 싶어 하지 않을 거라고 생각하세요."라고 말하며 쟁반에 담아 가져온 저녁밥을 먹으면서, 보고서들을 계속해서 훑어보았다. 어떤 소도시에서, 또는 답답한 기숙사에서, 또는 이스탄불의 변두리 마을에서 나와 같은 사람이 나처럼 책을 읽었을 것이고, 나린 박사의 스파이들 중 한 명이 그를 감시했을 수도 있다고 생각하면서…… 나는 영혼의 동반자를 만날 수도 있다는 기대로 빠르게 넘겼던 책장들 사이에서, 소름을 돋게 하는 한두 개의 흥미로운 사건을 발견하게 되었다. 그러나 이들을 어느 정도까지 영혼의 동반자라 부를 수 있을지는 알 수가 없었다.

아버지가 종굴다크[36]에서 광부 일을 하는 어느 수의학과 학생은 책을 읽기 시작한 즉시 다른 일은 아무것도 하지 않는 지경에 이르렀다. 배를 채우고 잠을 자는 것 같은 기본적인 일을 제외하곤, 모든 시간을 책을 반복해서 읽는 데에 썼다. 이 젊은이는 며칠 동안 같은 페이지만 수천 번을 반복해서 읽기

---

36) 튀르키예 흑해 연안에 위치한 도시.

도 했고, 책 읽는 일 이외에는 아무것도 하지 않았다. 자살 충동이 있음을 숨기지 않았던 어느 알코올중독자 고등학교 수학 교사는 학생들이 들고 일어날 때까지, 매 수업의 마지막 10분을 책에서 몇몇 문장을 읽고 나서 큰 소리로 웃는 것으로 보냈다. 경제학을 공부하는 에르주룸 출신의 젊은이는 기숙사 방의 벽들을 책장으로 도배했다. 이 때문에 그는 룸메이트들과 자주 다투게 되었다. 이 친구들 중 한 명은 책이 예언자 마호메트를 모독하고 있다고 주장했고, 이 얘기를 들은 기숙사 사감은 의자에 올라가 난로관과 천장 사이의 벽 구석에 돋보기를 대고 읽기 시작했다. '상처받은' 설비공은 이렇게 해서 책에 대해 알게 되었고, 나린 박사에게 이 사건을 보고했다. 그러나 나는 '검찰에 고발할지 말지'에 관한 논쟁의 원인이 되었고, 에르주룸 출신 젊은이의 인생을 망친 이 책이 르프크 아저씨가 쓴 책이라고 확신할 수가 없었다.

그러니까, 100권 혹은 150권 정도의 책이 우연한 만남을 통해, 호기심 많은 독자들의 입소문을 통해, 혹은 가판대에서 눈길을 끎으로써 사람들 사이를 떠돌아다니고 있었다. 혹은 똑같은 마법적 효과를 가진 비슷한 종류의 책이 독자들의 가슴에 흥분과 영감의 격류를 일으키는 경우도 있었다. 어떤 이들은 책과 함께 고립된 생활을 하다가 심각한 위기의 문턱에 다다른 순간 거우 세계를 향해 마음의 문을 열고 병으로부터 구제되곤 했다. 책을 읽자마자 충격을 받거나 분노에 휩쓸린 사람들도 있었다. 이들은 책 속의 세계를 알지 못하고, 찾지 않는다는 이유로 친구들과 가까운 사람들, 사랑하는 사람들

을 비난했다. 또 책 속의 사람들과 닮지 않았다는 이유로 그
들을 무자비하게 비판했다. 또 다른 부류로는 책을 읽자마자
원문 자체가 아니라 사람들에게로 관심을 돌리는 행동가들이
있었다. 이 열정적인 사람들은 자신들처럼 책을 읽은 다른 사
람들을 찾기 시작했고, 그러다 실패하면—이런 경우가 대부
분이었다.—책을 다른 사람들에게 읽히고, 자신들이 포섭한
이 사람들과 단체 행동을 하려고 시도했다. 이 단체 행동이
무엇인지에 대해서는 그들도, 이 행동가들을 추적하는 고발
자들도 알지 못했다.

  그 후 두 시간이 채 지나기 전에 나는 보고서들 사이에 정
성스레 정리해서 끼워 놓은 신문 스크랩을 통해, 책에서 영감
을 얻은 독자들 중 다섯 명이 나린 박사의 조사원들에 의해
살해되었다는 것을 알게 되었다. 어떤 조사원이 언제, 어떤 이
유로 누구를 살해했는지는 확실치 않았다. 신문에서 오려 낸
짧은 살인 기사들이 날짜순으로 보고서들 사이에 끼여 있을
뿐이었다. 두 건의 살인 사건에 대해서는 자세한 정보가 남아
있었다. 《귀네시》 신문의 외신 기사를 번역하는 일을 하던 신
문방송학과 학생이 살해됐을 때, '애국 신문기자 협회'가 튀르
키예 언론은 테러 행위에 절대 굴복하지 않는다며 이 사건에
흥미를 가지는 척했다. 또 한 사건에서는 되네르 식당의 한 웨
이터가 손에 빈 아이란 병을 잔뜩 들고 있다가 총알 세례를
받았는데, '이슬람 청년 유격대'가 나서서 희생자가 자신들의
회원이라며, CIA와 코카 콜라의 하수인들이 그를 살해했다는
기자회견을 열었다.

11

성숙한 멋쟁이 신사들이 우리 문화에 결여되어 있다고 불만을 토로하는 독서의 즐거움이란, 나린 박사가 광적으로 완벽하게 정리해 놓은 문서 보관실의 자료들과 살인 사건 기사들 사이에서 내가 들었던 음악이었음이 틀림없다. 나의 팔 위로는 시원한 밤공기가 느껴졌고, 내 귀에는 실제론 연주되고 있지 않은 밤의 음악 소리가 들렸다. 그러나 나의 마음속에서는, 아직 미숙한 시기에 경험한 이 경이로운 일들을 담대하게 받아들이기로 한 젊은이는 어떻게 행동해야 하는가에 대한 고민이 계속되고 있었다. 이제부터는 스스로의 미래를 비리비리 준비하는 책임감 있는 젊은이가 되기로 했기 때문에, 나는 나린 박사의 서류 더미에서 종이 한 장을 꺼내 여러모로 유용할 것 같은 작은 단서들을 적어 내려가기 시작했다.

편향된 사고방식을 가진 이 집의 수장과 이 세상이 얼마나 현실적이고 계산적인지를 마음속 깊이 느끼며 문서 보관실을 나올 때, 내 귓속에서는 여전히 음악 소리가 들리고 있었다. 마치 어떤 장난스러운 영혼이 자꾸만 나를 부추기는 것만 같았다. 나 같은 사람들이 아주 유쾌하고 희망적인 영화를 보고 나서 극장을 나설 때 느끼는 즐거운 기분, 계속해서 우리의 귓가를 맴도는 경음악처럼 가벼운 기분이 마음속에서 일렁이는 걸 느꼈다. 독자 여러분도 알 것이다. 그런 영화를 보고 나면, 우리는 마치 자신이 그렇게 재치 있고, 자연스러운 연기에 재능이 있고, 기가 막힌 유머 감각을 가지고 있기라도 한 것처럼 주인공과 자신을 동일시하곤 한다.

　그때, 나는 걱정스러운 눈빛으로 나를 쳐다보고 있는 자난에게 "나랑 춤출래?"라고 물으려던 참이었다.

　그녀는 세 자매와 함께 탁자에 앉아서, 골풀 바구니 밖으로 굴러 떨어져 탁자 위에 놓여 있는, 풍성함과 행복의 계절에 나온 잘 익은 사과와 오렌지 같은 색색 가지 털실 뭉치들을 바라보고 있었다. 바구니 옆에는 나의 어머니도 종종 사곤 했던 《가정과 여성》이라는 잡지에 나오는 뜨개질 패턴들, 정사각형 모양으로 뜬 꽃들, 꽥꽥거리는 오리들, 고양이들, 개들, 그리고 이 모든 것들을 독일 잡지에서 훔쳐 와서 튀르키예 여성들에게 제공하는 발행인이 추가한 이슬람 사원 모티프들이 있었다. 나는 한순간 가스램프의 불빛 아래서 이 모든 색깔들을 유심히 살펴보고는, 조금 전에 읽었던 진짜 인생의 극적인 장면들이 이와 똑같은 생생한 색깔들로 이루어져 있음을 상기했다. 그다음엔 하품을 하고 눈을 깜박이며 자기 어머니에게로 다가와 한 장의 행복한 가족사진을 만들어 내는, 궐지한의 어린 두 딸을 보며 "엄마가 아직 재워 주시지 않던?" 하고 물었다.

그들은 무서워서 뒷걸음치며 자기들의 어머니에게로 가 안겼다. 나는 더 신이 났다. 나를 의심스러운 눈으로 쳐다보는 궐렌담과 궐리자르를 "당신들은 아직 시들지 않은 꽃이군요."라는 말로 즐겁게 해 줄 수도 있었다.

하지만 그러는 대신 응접실로 가서 나린 박사에게 "어르신, 아드님의 이야기를 가슴 아프게 읽었습니다."라고 말했다.

"모든 것이 기록되어 있지." 나린 박사가 말했다.

그는 어두컴컴한 방에서 반쯤은 어둠에 가려 모습이 잘 보이지 않는 두 사내에게 나를 소개했다. 시계처럼 똑딱거리지 않는 것으로 보아, 이들은 조사원은 아니었다. 한 명은 공증인이었는데, 방이 너무나 어두웠기 때문에 다른 한 명이 뭐 하는 사람이었는지는 기억하지 못했다. 나는 나린 박사가 나를 그들에게 어떻게 소개하는지에 더 주의를 기울이고 있었다. 나는 큰일을 할, 신중하면서도 열정적인 젊은이였다. 그리고 이미 그와 가까운 사이였다. 내게는 미국 영화에서 튀어나온 듯한, 미국을 숭배하는 긴 머리 젊은이들에게서 보이는 분위기가 전혀 없었다. 그는 나를 무척이나 신뢰하고 있었다. 무척이나.

그의 이러한 칭찬에 나는 얼마나 빨리 동조했던가! 나는 몸 둘 바를 몰랐다. 박사가 생각하는 그런 젊은이에게 걸맞게 칭찬 앞에서 겸손함을 잃지 않기 위해 고상하고 얌전하게 고개를 숙이며 주제를 바꾸려 애썼다. 내가 주제를 바꾸고 싶어 한다는 것을 그들도 알 거라고 생각하면서 말이다. 나는 "이곳의 밤은 매우 고요하군요."라고 말했다. 나린 박사는 "바람이 없고 고요한 밤에도 뽕나무 잎사귀만은 사각거리지. 들어 보게나."라고 말했다.

우리는 함께 귀를 기울였다. 방의 오싹한 어두움 때문에 나는 알 수 없는 먼 곳에서 들려오는 나무의 바삭거리는 소리에도 더욱더 긴장했다. 정적이 계속되는 동안, 나는 하루 종일 이 집에서는 모두가 속삭이며 말하고 있음을 깨달았다.

나린 박사가 나를 구석으로 끌고 갔다.

"우리는 지금 베지크[37]를 하려고 하네. 이제 대답을 해 보게. 자네는 내 시계들을 더 보고 싶은가, 아니면 내 무기들을 더 보고 싶은가?"

"시계들을 보고 싶습니다." 나는 본능적으로 말했다.

우리는 한층 더 어두운 옆방으로 가서, 총소리 같은 차임벨 소리를 내는 시계 외에도 두 개의 오래된 제니스 탁상시계를 보았다. 또 다른 시계 하나는 고급스러운 나무 케이스에, 종소리 대신 음악이 흘러나왔고, 일주일에 한 번씩 태엽을 감아 줘야 하는, 갈라타사(社) 제품이었다. 나린 박사는 이것과 똑같은 모델이 톱카프 궁의 하렘에도 있다고 했다. 우리는 화려하게 조각된 호두나무 괘종시계를 만든 레반트인[38] 시몽 S. 시

---

37) 둘 또는 네 사람이 64장의 패를 가지고 하는 카드놀이.

모니앵이 어느 항구 도시에서 살았었는지를 알아내려고 하다
가, 에나멜로 코팅된 문자판에서 '시미르네'[39]라는 글귀를 발
견했다. 달 그림과 달력이 나오는 유니버설 시계는 보름달이
뜨는 날이 언제인지를 가르쳐 준다는 사실도 알게 되었다. 나
린 박사가 커다란 열쇠를 꺼내서, 술탄 셀림 3세의 부추김에
의해 앞면이 메블레비[40] 신자의 터번처럼 만들어진, 해골 시
계의 태엽을 감을 때, 나는 바짝 긴장하며 내장이 팽팽해지는
것을 느꼈다. 우리가 어린 시절부터 새장 속에 갇힌 카나리아
처럼 슬프게 똑딱거리는 융한스[41] 벽시계를 얼마나 많이 보았
는지를 기억해 냈다. 그리고 조잡하게 생긴 세르키소프 시계
의 문자판에서 기차 그림과 그 밑에 쓰여 있는 '생산지: 소련'
이라는 글자를 보았을 때는 소름이 끼쳤다.

"우리에게 시계 소리는 바깥 세상을 인식하게 하는 수단이
아니라, 사원 뜰의 분수에서 솟아나는 물 소리처럼 우리를 내
면의 세계로 이끌어 주는 하나의 울림이라네." 나린 박사가 말
했다.

"우리는 하루에 다섯 번 기도 시간을 갖는다네. 라마단 기
간 동안에는, 일몰 무렵 금식을 종료하고 저녁을 먹는 '이프타
르'와 일출 직전에 아침을 먹는 '사후르'가 있지. 우리의 기도
시간을 알리는 시간표와 시계는 서양에서처럼 세계와 보조를

---

38) 근동 지역에 정착하거나 결혼하여 혈통이 섞인 유럽인.
39) 에게 해에 위치한 도시 이즈미르의 옛 이름.
40) 이슬람교 수피파의 종단 중 하나.
41) 독일의 시계 제조 회사.

맞추기 위한 도구가 아니라, 신에게로 향하기 위한 도구라네. 유럽 시계 회사의 가장 큰 고객은 항상 우리였지. 시계는 유럽 인들로부터 사서 우리 영혼에 받아들일 수 있었던 유일한 것 이었지. 이 때문에 무기처럼 시계도 국내산과 외국산이 따로 없다네. 우리에게 신과 가까워지는 길은 두 가지가 있네. 성전 (聖戰)의 도구인 무기와, 예배 시간의 도구인 시계를 이용하는 것이 그것일세. 그들은 우리의 무기 사업을 망쳐 놓더니, 이제 는 우리의 시계까지 망쳐 놓으려고 기차를 내놓았다네. 예배 시간의 가장 큰 적이 기차 시간이라는 건 모두 알고 있지. 저 세상으로 간 내 아들도 이 사실을 알았기 때문에, 우리가 잃 어버린 시간을 몇 달 동안 버스에서 찾으려고 했던 걸세. 아들 이 내게서 멀어지길 원했던 이들이 내 자식의 목숨을 버스로 앗아 갔지. 그러나 나, 나린 박사는 그들의 장난에 넘어갈 만 큼 순진하지 않아. 난 이 한 가지 사실은 절대 잊지 않는다네. 몇 백 년 동안, 돈이 생겼을 때 우리가 가장 먼저 사는 것은 시계라는 사실을 말이야."

나린 박사는 조금 더 이야기하려고 했던 것 같다. 그러나 에메랄드 문자판과 루비 장미로 장식되어 있고 나이팅게일 소 리가 나는 영국산 프라이어 금시계가 튀르키예 노래인 「위스 퀴다르」를 연주하기 시작하며 그의 말을 잘랐다.

베지크를 하던 사람들이 위스퀴다르로 여행을 떠난 서기 (書記)에 관한 흥겨운 노래에 귀 기울이고 있을 때 나린 박사 가 내 귀에 대고 속삭였다. "결정을 내렸나?"

그 순간, 나는 열린 문틈으로 옆방의 장식장 거울에 비친,

가스램프 빛에 떨리고 있는 영롱한 자난의 환영을 보았다. 머릿속이 혼란스러워졌다.

나는 "문서 보관실에 할 일이 아직 남아 있는 것 같습니다, 어르신."이라고 말했다.

나는 결정을 내리기 위해서가 아니라 결정에서 도망치기 위해 이렇게 말했다. 옆방 앞을 지나갈 때, 아이들을 재워 놓고 다시 돌아온 귈지한과 세심한 귈리자르, 그리고 신경질적인 귈렌담의 시선을 느꼈다. 자난의 벌꿀 색 눈동자는 얼마나 호기심으로 가득 차고 단호해 보였던가? 아름답고 생기발랄한 여자를 옆에 둔 남자들이 그렇듯, 나는 내가 중요한 일을 성취한 사람인 것처럼 느껴졌다.

그렇지만 그 남자처럼 되는 것이 내게는 얼마나 머나먼 일인가? 나는 나린 박사의 문서 보관실에 앉아, 보고서들을 앞에 펴 놓고, 옆방 장식장 거울에 비친 아름다운 자난의 환상을 마음속에 그렸다. 그 마음이 커지면 커질수록 질투로 인해 결정을 내리기가 쉬워질 거라고 생각하며 페이지들을 빠르게 넘겼다.

더 많이 연구할 필요는 없었다. 아들이라고 믿으며 묻었던 불운한 카이세리 출신 젊은이의 장례식 이후, 책을 읽은 모든 사람들을 추적하기 위해 나린 박사가 고용한 새 조사원들 중 가장 부지런하고 의욕적이었던 세이코는 그 책을 읽은 누군가와 만날 희망으로 이스탄불에 있는 학생 기숙사, 찻집, 협회 그리고 강의실 복도 등지를 조사했고, 어느 날 이스탄불 대학교 건축학과에서 메흐메트와 자난을 찾아냈다. 이것이 열여섯 달 전, 봄의 일이었다. 자난과 메흐메트는 서로 사랑하는 사이였고, 그들의 손에는 책 한 권이, 구석에 처박혀 서로에게 읽어 주었던 책이 있었다. 그들은 여덟 달 동안 자신들을 주시하고 있는 세이코의 존재를 꿈에도 모르고 있었다.

세이코가 그들을 발견하고, 내가 책을 읽게 되고, 메흐메트가 소형 버스 정거장 앞에서 총에 맞을 때까지의 이 여덟 달 동안, 세이코는 나린 박사에게 불규칙한 간격으로 스물두 개의 보고서를 보냈다. 나는 자정이 훨씬 지날 때까지 이 보고서들을 반복해서, 인내심을 가지고, 솟아오르는 질투심을 느끼며 읽었다. 그리고 내가 일하고 있는 이 문서 보관실이 내게 가르쳐 준 논리를 이용해 내가 이끌어 낸 해로운 결론을 받아들이려 애썼다.

1) 귀될 마을의 호텔 19호실에서 어느 날 밤 마을 광장을 바라보며 자난이 내게 했던, 그 어떤 남자도 자신을 만지지 않았다는 말은 사실이 아니었다. 그들을 봄부터 여름까지 감시했던 세이코는, 두 사람이 메흐메트가 일하는 호텔에 같이 들어간 것과 안에서 오랫동안 머무른 것을 확인했다. 의심하지 않았던 바는 아니었지만, 우리가 의심하고 있었던 것들을 다른 사람이 이미 목격하고 기록한 것을 보게 되면 자신이 더욱 바보처럼 느껴지는 것이 사실이다.

2) 나히트로서의 인생을 끝낸 후 그가 얻게 된 새 신분과 새 인생이 바로 메흐메트란 사실에 대해 그의 아버지, 그가 일했던 호텔의 지배인, 건축학과 학적부, 그리고 세이코조차도 전혀 의심하지 않았다.

3) 사랑에 빠진 연인이라는 점 외에 그들에게 사회적으로 눈길을 끌 만한 점은 없었다. 마지막 열흘을 제외하면, 그들은 자신들의 손에 있던 책을 다른 사람들에게 주려는 시도조차 하지 않았다. 책을 항상 읽은 것도 아니어서, 세이코는 그들이 책으로 무엇을 하는지 고민하지 않았다. 그들은 결혼을 준비하는 지극히 평범한 두 명의 대학생처럼 보였다. 과 친구들과의 관계도 원만했고, 수업 태도도 좋았으며, 모든 것이 안정된 편이었다. 그 어떤 정치 단체와도 관련이 없었고, 기억할 만한 긴장 상태도 없었다. 심지어 세이코는 메흐메트가 책을 읽은 사람들 중에서 가장 침착하고, 가장 고정관념이 없으며, 가장 열정이 없는 사람이라고 썼다. 이 점 때문에 나중에 세이코가 너무나 놀라고, 어쩌면 심지어 즐거워했는지도 모른다.

4) 세이코는 그들을 선망하고 있었다. 다른 보고서들과 비교해 보았을 때 그는 자난에 대해 지나치게 주의 깊고 시적인 언어로 묘사하고 있었다. 먼저 '책을 읽을 때 여자의 눈썹은 가볍게 올라가고 얼굴에는 뚜렷한 우아함과 엄숙함이 나타난다.' '그러고는 자신만의 독특하고 작은 몸짓을 하며 머리카락을 귀 뒤로 넘긴다.' '학생 식당에서 줄을 서서 기다리며 책을 볼 때면, 윗입술이 가볍게 앞으로 나온다. 그리고 갑자기 눈이 얼마나 반짝이기 시작하는지, 그 아름다운 눈에 커다란 눈물 방울이 곧 맺힐 듯 보인다.' 다음과 같은 구절들은 더욱 놀랍다. '책을 들여다볼 때 그 여자의 얼굴선은 30분만 지나도 얼마나 부드러워지던지, 또 표정은 얼마나 특이하고 색다르게 변하던지, 한순간 마법의 빛이 창문에서가 아니라 그녀가 읽

고 있는 책장으로부터 이 천사의 얼굴을 한 사람에게로 뿜어져 나오고 있다고 생각했다.' 자난을 천사에 비유한 데 비해 옆에 있는 젊은이는 지나치게 세속적으로 묘사하고 있었다. '이것은 좋은 가정 출신의 여자와, 정체도 과거도 불확실한 가정 출신의 가난한 청년의 사랑이다.' '이 젊은이는 언제나 신중하면서도 매사에 걱정뿐이며, 계산적인 인물이다.' '여자는 친구들과 더 허심탄회하게 친해지고 싶어 하며 그들과 책을 공유하고 싶어 하는 경향이 있지만, 젊은이, 즉 호텔 접수원이 그녀를 억제하고 있다.' '어쩌면 젊은이가 가난한 가정 출신이기 때문에 여자의 친구들 주변에 가까이 가기를 주저하고 있는 것 같다.' '이 여자가 이렇게 차갑고 평범한 남자를 뭣 때문에 좋아하는지 이해하기가 어렵다.' '그는 호텔 접수원치고는 너무나 거만하다.' '그는 조용함과 과묵함을 미덕처럼 과시할 수 있는 능수능란한 부류에 속하는 것 같다.' '계산적이고 겉멋 들린 사람이다.' '특별한 특징이 없는 사람이다.' 나는 세이코를 좋아하기 시작했다. 내가 그를 믿을 수 있다면 얼마나 좋을까? 그러나 그는 다른 것을 통해 나를 설득했다.

5) 아! 그들은 얼마나 행복했던가! 그들은 강의가 끝나면 베이올루에 있는 극장에 가서 손을 꼭 잡고 「끝없는 밤」이라는 영화를 보곤 했다. 학교 휴게실 구석에 있는 테이블에 앉아서 지나가는 사람들을 구경하며 달콤한 이야기를 나누기도 했다. 함께 베이올루의 쇼윈도를 바라보고, 함께 버스에 탔으며, 수업 시간에도 나란히 앉았다. 그들은 도시를 산책하기도 하고, 간이 식당의 등받이 없는 의자에 나란히 앉아 샌드위치를 먹

는 자기들의 모습을 거울로 바라보다가 여자가 가방에서 책을 꺼내면 함께 그것을 읽곤 했다. 그러던 어느 여름날! 세이코는 메흐메트를 호텔 입구에서부터 추적하기 시작했고, 손에 비닐봉지를 든 자난과 만나는 모습이 뭔가 심상치 않아 보여서 그들을 미행하기 시작했다. 그들은 배를 타고 뷔윅아다 섬으로 갔다. 나룻배를 빌리고 수영을 했다. 마차를 탔으며, 옥수수와 아이스크림을 먹었다. 그러고는 돌아오는 길에 젊은이가 일하는 호텔에 가서 방으로 올라갔다. 이 모든 이야기를 읽기란 힘겨운 일이었다. 세이코는 그들의 사소한 말다툼을 나쁜 징조로 해석하기도 했지만, 가을까지 그들 사이에 심각한 긴장감은 없었다.

6) 눈 내리던 12월의 그날, 비닐봉지에서 권총을 꺼내 소형 버스 정거장에 서 있던 메흐메트를 쏜 사람은 세이코였음이 틀림없다. 물론 내가 전적으로 확신했던 것은 아니지만 세이코의 분노와 질투가 이를 증명하고 있었다. 창을 통해 보았던 그림자, 눈 덮인 공원에서 도망치던 모습을 눈앞에 떠올렸을 때, 세이코는 서른 살 정도일 것 같았다. 서른 살 정도의 나이에, 쥐꼬리만 한 수입을 보충하기 위해 부업을 하고, 건축학을 공부하는 젊은이를 '겉멋 들린 사람'으로 여기는, 경찰대학을 졸업한 탐욕스러운 공무원. 그렇다면 그는 나에 대해 어떻게 생각했을까?

7) 나는 덫에 걸린 가여운 사냥감이었다. 이 결론에 아주 쉽게 도달한 세이코조차도 나를 위해 슬퍼하고 있었다. 그렇지만 그는 가을 이후에 시작된 여자와 남자 사이의 긴장감이,

책으로 무엇인가를 하려 하는 여자의 희망 때문이었다고 생각하지 못했다. 나중에 그들은 자난의 주장으로 책을 다른 사람에게 주기로 했다. 메흐메트는 하는 수 없이 자난의 의견에 동의했을 것이다. 그들은 한동안, 마치 직원 한 명을 뽑기 위해 수많은 이력서를 검토하는 사장처럼, 대학 복도에서 만난 모든 학생들을 조사했다. 왜 내가 선택되었는지는 전혀 알 수 없었다. 그러나 세이코는 후에, 그들이 나를 추적하고, 나를 관찰했던 것, 또 나에 대해 이야기했던 사실을 모두 다 정확하게 밝혀냈다. 그 후에 내가 그들이 놓은 덫에 걸리는 장면이 나오는데, 이는 많은 후보들 중 나를 선택하는 일보다 훨씬 더 쉽게 성사되었다. 자난은 몇 차례 손에 책을 들고, 나와 가까운 거리에서 복도를 걸었다. 한번은 내게 달콤하게 웃기도 했다. 그 뒤에는 그 연극을 즐기게 되었다. 휴게실에서 줄을 서서 기다릴 때 그녀는 내가 자신을 보고 있다는 것을 알아챘다. 손에 들고 있는 것을 내려놓아야 할 것처럼 가방에서 지갑을 찾는 척하며, 내가 앉아 있는 테이블 위에 책을 놓았다. 그러고 나서 8~10초 후에 우아한 손으로 그 책을 다시 집어 들었다. 그 후 자난과 메흐메트는 불쌍한 물고기가 미끼를 물었음을 확신하고, 내가 집으로 돌아가는 길에 책 노점상이 있다는 것을 미리 알아낸 후 그곳에 책을 맡겨 놓았다. 그렇게 해서 나는 집에 가는 길에 그 책을 보고 넋을 잃은 채 "아! 그책!" 하며 그 자리에서 그것을 사게 되었던 것이다. 모든 게 그들의 의도대로 되었다. 세이코는 이 상황을 보고하면서 나에 대해 당연하게도 '별다른 특색 없는, 꿈꾸는 듯한 모습의 젊은

이'라고 썼다.

메흐메트에 대해서 언급할 때도 똑같은 표현을 사용했다는 데 신경을 쓰지는 않았다. 반대로 나 자신을 위로했으며 다음과 같은 것을 묻는 용기까지 보였다. 나는 그 아름다운 여자와 가까워지기 위해 그 책을 사서 읽었다는 것을 왜 지금껏 스스로에게 고백하지 않았던가?

내가 가장 견딜 수 없었던 것은, 내가 자난을 황홀하게 바라보고 있을 때, 내가 그녀를 보고 있다는 사실조차 깨닫지 못한 채 바라보고 있을 때, 책이 마법과 같이 겁 많은 새처럼 내 테이블 위에 한 번 앉았다가 다시 날아갔을 때, 그러니까 내가 내 인생의 가장 마법적인 순간을 경험하고 있을 때, 메흐메트는 자난과 나를, 세이코는 우리 셋 모두를 먼 곳에서 주시하고 있었다는 점이다.

농락당한 주인공은 "이것이 바로 인생이라며 내가 기쁘게 받아들였던 우연의 일치는 다른 사람이 짜 놓은 허구에 불과했구나."라고 말했다. 그러고는 나린 박사의 무기고를 구경하기 위해 방에서 나가기로 결심했다. 하지만 다른 일을 좀 더 규명하고 조사를 좀 더 해야 했기 때문에 시간이 필요했다.

나는 서둘러 일을 했다. 나린 박사의 부지런한 조사원들과 '상처받은' 대리점주들이 아나톨리아의 모든 곳에서 목격한, 책을 읽고 있는 모든 메흐메트들의 기록을 정리했다. 세르키소프가 메흐메트들의 성을 써 놓지 않아서, 어떻게 조사해야 할지조차 알 수 없는 긴 리스트가 완성되었다.

시간이 꽤 늦었지만 나는 나린 박사가 나를 기다리고 있다고 확신했다. 째깍거리는 시계 소리에 맞추어 베지크를 하던 방으로 걸어갔다. 자난도, 나린 박사의 딸들도 각자 자기 방으로 돌아가고 없었다. 함께 베지크를 하던 친구들도 가고 없었다. 나린 박사는 방의 가장 어두운 구석에서, 마치 가스램프 불빛을 피하고 있는 것처럼 커다란 안락의자에 푹 파묻혀 앉아 있었다.

그는 나를 알아보곤 읽던 책장 사이에 자개로 만든 책갈피를 끼워 넣은 다음 책을 가장자리에 놓았다. 그리고 자리에서 일어났다. 그는 나를 기다리고 있었다고, 그곳에 갈 준비가 되어 있다고 말했다. 너무 오랫동안 보고서들을 읽어서 눈이 피로하다면 잠시 휴식을 취해도 좋다고 했다. 그러나 그는 내가 보고서들을 읽고 알아낸 것에 만족했으리라고 확신하고 있었다. 인생이란 얼마나 놀라운 사건들과 교활한 인간들로 가득 차 있는가! 하지만 그는 이 혼돈 상태에 질서를 가져오는 것이 자신의 의무라 생각하고 있었다.

그가 말했다. "퀼렌담이 자수를 놓듯 세심하게 서류들과 색인들을 정리했지." "퀼리자르는 나의 모든 글들을 관리하고, 내가 쓸 답장의 내용과 희망 사항을 들은 후에 나 대신 충실한 조사원들에게 편지를 써 보내는 것을 매우 좋아한다네. 매일 오후, 퀼지한이 아름다운 목소리로 편지들을 하나하나 빠짐없이 읽어 줄 때 우리는 차를 마시곤 하지. 때로는 이 방에서 일을 하고, 때로는 자네가 조금 전까지 있었던 문서 보관실에서 지내기도 한다네. 여름이나 초가을에 춥지 않을 때는 뽕나무 밑에 있는 테이블에 몇 시간 동안 앉아 있기도 하지. 나처럼 조용한 걸 좋아하는 사람에게는 그 시간이 진정으로 행복한 시간들이라네."

나는 머릿속으로 이 모든 희생과 사랑, 이 모든 사려 깊음과 섬세함, 이 모든 질서와 평안을 찬양할 말을 찾고 있었다. 나를 보고 나린 박사가 옆으로 치워 둔 책의 표지를 보니, 그것은 『자고르』였다. 그는 자신이 살해하도록 지시한 르프크 아저씨가 한때 이 이탈리아 만화책의 튀르키예 판을 내려고 했다는 걸 알고나 있을까? 하지만 이때의 나에겐 이런 사소한 우연의 일치에까지 신경 쓸 마음의 여유가 없었다.

"어르신, 이제 무기들을 봐도 될까요?"

그는, 내게 자신감을 주는 다정한 목소리로 대답했다. 또 자신을 '박사님'이나 '아버지'라고 불러도 된다고 말했다.

나린 박사는 내게, 정보부가 1956년에 경매를 통해 벨기에에서 들여온 브라우닝 반자동 권총을 보여 주면서, 그것이 최근까지만 해도 경찰 고위 간부들에게만 지급되었던 총이라고 설명했다. 개머리판으로도 쓸 수 있는 나무 케이스 덕분에 소총으로도 전환이 가능한 독일제 파라벨룸 권총은 실수로 한 번 발사된 적이 있었는데, 9밀리 총탄이 헝가리 말 두 마리를 뚫고, 주택의 한쪽 창으로 들어가서 다른 쪽 창을 뚫고 나온 다음 뽕나무에 가서 박혔다는 얘기도 해 주었다. 하지만 이 총은 휴대하기가 힘들다고 그는 말했다. 소지하기 편하고 확실한 것을 찾는다면, 손잡이가 안정감 있는 스미스 앤드 웨슨을 권한다고 했다. 체포될 가능성이 있을 경우 권할 만한 또 하나의 권총으로는, 총에 관심 있는 사람이라면 누구나 탐낼 만한 번쩍번쩍한 콜트 연발총이 있었다. 이 총에는 안전장치가 없기 때문에, 아무리 당황한 순간에라도 방아쇠 당기는 법만 잊어버리지 않으면 된다. 하지만 이것을 소지하면 자기가 마치 미국 카우보이라도 된 것처럼 느낄 수가 있다. 이렇게 해서 우리의 입맛과 영혼에 가장 적합한 독일제 발터 권총과 이 총의 국산 모조품인 크르칼레 권총에 관심이 쏠리게 되었다. 40년 동안 군인에서 경비원, 경찰에서 빵집 주인에 이르는 수많은 총기 애호가들이 반란자, 도둑, 바람둥이, 정치인, 배고픈 시민 들의 몸을 향해 수십만 번쯤 쐈던 총들이기 때문에, 나라도 이 총들을 선택할 것 같았다.

나린 박사가 발터와 크르칼레 사이에는 전혀 차이가 없고, 그것들이 우리의 영혼과 마찬가지로 우리 몸의 일부라고 몇 번이나 거듭 말했기 때문에, 나는 주머니에 쉽게 소지할 수 있고 확실한 결과를 얻기 위해 가까이에서 쏠 필요도 없는 9밀리짜리 발터 쪽으로 마음이 기울었다. 그리고 당연히 내가 따로 말할 필요도 없이, 나린 박사는 내게 총과 탄창 두 개를 주었다. 총을 주면서 그는 내 이마에 입을 맞추었다. 그는 아직 할 일이 더 남았지만, 나는 잠자리에 들어 휴식을 취해야 한다고 했다.

그러나 나는 바로 잘 생각이 전혀 없었다. 총이 들어 있는 장식장으로부터 우리 방까지 열일곱 걸음을 걷는 동안, 열일곱 개의 다양한 시나리오가 내 머릿속을 스쳐 지나갔다. 나는 보고서를 읽으면서 모든 것을 머릿속 한구석에 저장해 놓았고, 지금 마지막 순간이 되어서야 마지막 장면에 어울리는 줄거리를 결정한 것이다. 그렇게 많은 보고서를 읽느라 멍해진 머릿속에 들어 있는 궁금증들을, 자난이 안에서 잠가 놓은 문을 세 번 두드리는 동안 한 번 더 생각한 것은 기억이 나지만, 내가 생각한 것이 무엇이었는지는 기억할 수 없었다. 문을 두드리자마자 내 마음속의 어떤 목소리가 암호를 대라고 말했기 때문이다. 나는 자난이라면 아마 이렇게 대답했으리라는 생각에 "파드샤 만세!"라고 외쳤다.

자난이 반쯤 즐거운, 아니 반쯤 슬픈, 아니 도통 알 수 없는 표정으로 자물쇠를 돌려 문을 열어 줬을 때, 나는 마치 무대 조명 밑으로 나가자마자 몇 주 동안 외웠던 대사를 잊어버리고 마는 아마추어 배우가 된 것처럼 느껴졌다. 이러한 상황에서 정신이 똑바른 사람이라면, 군데군데 그나마 기억나는 몇 가지 쓸데없는 단어들을 믿기보다는 자신의 본능을 따르는 편을 택할 것이다. 나도 그렇게 했다. 적어도 내가 덫에 걸린 사냥감이라는 사실은 잊으려고 노력했다.

긴 여행 끝에 집에 돌아온 젊은 남편처럼 나는 자난의 입술에 키스했다. 예상치 못했던 수많은 위험을 겪고 난 후, 우리 둘은 결국 우리 집, 우리 방에 함께 있게 되었다. 나는 그녀를 너무나 사랑했다. 다른 그 어떤 것도 중요치 않았다. 인생에서 해결해야 할 한두 가지 장애가 있다 해도, 지금까지 용기를 잃지 않고 걸어 온 나라면 그것들도 쉽게 해결될 수 있을 것이다. 그녀의 입술에서 오디 향기가 났다. 이 방에서 서로를 껴안고 있는 우리 둘은 먼 곳, 불확실한 곳에 있는 거대한 사상들, 이 사상들에 속아 인생을 망쳐 버린 사람들에게, 자신의 고정관념을 세상에 반영시키려 하는 열정적인 바보들에게, 자신을 희생하며 우리를 괴롭히려는 사람들에게, 도달할 수 없는 독단적인 인생의 부름에 등을 돌려야만 했다. 커다란 꿈을 공유하고, 몇 달 동안 아침저녁으로 함께 여행하고, 그렇게 많은 일들을 함께 겪은 우리 둘이 세상을 잊어버리고 서로를 껴안는 것에, 아 천사여, 무엇보다도 현실적인, 그 비유할 수 없는 현실의 시간을 찾는 것에 무엇이 장애물이 될 수 있단 말인가?

제삼자의 유령.

제발, 너의 입술에 입 맞추게 해 줘. 보고서 속에서만 존재하는 그 유령은 현실이 되는 것을 두려워하고 있어. 봐, 나는 이곳에 있어. 시간이 천천히 소모된다는 것을 알고 있어. 함께 탔던 버스가 지나온 모든 길이, 우리가 지나간 후에, 우리를 전혀 신경 쓰지 않고, 여름밤에 별들 아래서 아스팔트, 돌, 그리고 따스한 감촉으로 자신들을 꽉 채우며 평온하게 펼쳐져 있는 것처럼, 우리도 여기서 더 시간을 낭비하지 말고 함께 눕자…… 제발, 더 이상 시간 낭비 하지 말고, 내 손이 너의 아름다운 어깨와 부서질 것 같은 가는 팔을 잡을 때, 내가 너에게 다가갈 때, 모든 버스와 모든 여행객 들이 찾고 있는 그 비유할 수 없는 시간으로, 봐, 우리가 얼마나 행복하게 다가가고 있는지를. 내 입술로 너의 귀와 머리카락 사이에 있는 비칠 듯 투명한 피부에 입을 맞출 때, 머리카락의 정전기에 놀란 새들이 한순간 내 얼굴과 내 이마 위에서 가을의 향기와 섞일 때, 그리고 날갯짓하는 고집 센 새처럼 네 가슴이 내 손바닥 안에

새로운 인생

서 딱딱해질 때. 봐, 지금 그 도달할 수 없는 시간이 우리 사이에 얼마나 충만하고 정연하게 부활하고 있는지. 난 지금 네 눈에서 보고 있어. 그곳도 아니고, 다른 곳도 아니야. 우리는 네가 상상하는 나라에도 없고, 버스와 컴컴한 호텔 방에도 없고, 오직 책장들 속에만 존재하는 사실 속에도 없어. 지금, 여기 우리 둘이, 이 방에, 나의 성급한 키스와 너의 한숨 소리로 열려 있는 시간 속에 있는 것처럼, 우리 둘을 꼼짝 않게 하는 기적을 보고자, 우리는 기다리고 있어. 충만의 순간! 나를 안아 줘. 시간이 흐르지 않도록. 자, 나를 안아 줘. 기적이 끝나지 않도록! 제발 거절하지 마. 기억해 봐, 우리의 몸이 버스 좌석에서 서서히 서로를 향해 미끄러져 가고, 우리의 꿈이 머리카락처럼 서로 엉켰던 밤들을. 입술을 거둬들이기 전에, 기억해 봐. 우리가 차갑고 어두운 유리창에 머리를 기댔을 때, 작은 마을의 골목길에서 보았던 집 안을. 기억해 봐, 손을 잡고 보았던 수많은 영화들을, 빗발치듯 쏟아지던 총알들을, 계단에서 내려오던 금발 미녀들을, 네가 좋아했던 침착한 미남들을 기억해 봐. 기억해 봐, 죄를 짓고 잊었던 것을, 다른 세상을 꿈꾸듯 조용히 바라보았던 키스 신들을. 입술들이 서로 가까워지고, 눈동자들이 카메라에서 멀어지던 모습을 기억해 봐. 기억해 봐, 우리가 탄 버스의 바퀴들이 1초에 일곱 번 반을 돌 때, 우리가 한순간노 움식이시 않고 있있딘 것을. 그러나 그녀는 기억하지 못했다. 나는 마지막으로 한 번 더 그녀에게 절망적으로 키스했다. 침대는 흐트러져 있었다. 그녀가 내 딱딱한 발터 권총을 알아차린 걸까? 자난은 내 곁에 누워 별을 바라보듯 생각에 잠겨 천장을 바라보고 있었지만, 나는 "자난, 우리 버스에 있었을 땐 행복하지 않았어? 다시 버스로 돌아가자."라고 말하지 않을 수 없었다.

물론 말도 안 되는 말이었다.

그녀는 내게 "오늘은 뭘 읽고 뭘 알아냈어?"라고 물었다.

나는 마치 드라마 속의 더빙된 목소리로 말하는 것처럼 말했다. "인생에 관한 많은 것을 알았어. 사실 무척 유용한 것들이야. 책을 읽은 많은 사람들이 있어. 모두 어디론가를 향해 달려가고 있었어. 모든 것이 뒤섞여 있었고, 책이 사람들에게 비추는 빛은 죽음처럼 눈부셨지. 인생은 정말로 경이로운 것 같아."

이 분위기를 계속 이어 갈 수 있을 것 같았다. 사랑으로 안 된다면, 최소한 아이들의 주의를 끌 만한 단어들로 기적을 창조할 수 있을 거라고 생각했다. 나의 순진함을, 이 무력한 상태에서 내가 거짓을 보이는 것을 용서해 줘, 천사여. 70일 만에, 그녀 곁에 누워 있는 지금, 처음으로 자난과 가까워졌다고 느끼고 있으니까. 어린아이의 호기심을 흉내내는 것은, 책을 좀 읽어 본 사람이라면 누구나 아는 것처럼, 진정한 사랑의 문이 눈앞에서 닫혀 버리는 것을 경험한, 나와 같은 사람들이 시도하는 방법이다. 홍수를 연상케 하는 소나기가 내리던 어느 날 밤, 아프욘 시에서 퀴타히아 시로 가는 도중에, 천장에서부터 창문으로 물이 억수같이 흘러내리는 버스 안에서 함께 보았던 「가짜 천국」이라는 영화를, 1년 전에 자난이 더 행복하고 평온한 분위기에서 애인 메흐메트의 손을 잡고 보았었다고,

세이코가 내게 조금 전 가르쳐 주지 않았던가?

그녀는 "그래서, 천사가 누구야?"라고 물었다.

"내 생각에는 책과 관련이 있는 것 같아. 이 사실을 아는 사람은 우리뿐만이 아니야. 다른 사람들도 천사를 쫓고 있어."

"천사는 누구에게 나타나는데?"

"책을 믿는 사람과 책을 주의 깊게 읽는 사람에게."

"그다음엔?"

"그래서 책을 읽고 또 읽으면 천사가 되는 거야. 어느 날 아침 일어나 책을 읽고 있는 너를 본 사람들은, 책에서 나온 빛에 의해 그녀는 천사가 되었습니다! 천사는 바로 그 여자입니다, 라고 말할 거야. 하지만 나중에는, 이러한 천사가 어떻게 다른 사람들을 덫에 걸리게 하는지 궁금해하지! 천사들이 나쁜 역할을 할 수도 있을까?"

"모르겠는걸."

"나도 모르겠어. 나도 생각하고 있고, 찾고 있어." 나는 말했다, 천사여. 어쩌면 이 모든 여행이 나를 데려가고 있는 유일한 천국은 자난과 함께 누워 있는 이 침대라고 생각하면서, 나는 위험하고 안전하지 않은 지역으로 발걸음을 옮기기를 주저했다.

이 비할 데 없는 순간이 계속되길 바랐다. 방에서 희미한 나무 냄새, 어린 시절에는 사용했지만 지금은 포장이 좋지 않다는 이유로 잘 사지 않는 옛날 비누 냄새, 그리고 껌 냄새를 연상시키는 상쾌한 향기가 풍겼다.

책의 심연 속으로도 내려가지 못하고 자난의 진지함에도

다다르지 못한 나는 이 밤늦은 시간에 무엇인가 말할 수 있을 거라고 생각했다. 그래서 나는 자난에게 가장 끔찍한 것은 시간 그 자체라고 말했다. 우리는 이 사실을 알지 못한 채 시간으로부터 벗어나기 위해 이 여행을 떠났다. 이 때문에 우리는 출발했고, 이 때문에 시간이 전혀 움직이지 않는 순간, 충만함의 비할 데 없는 순간을 찾아 헤맸다. 우리가 그것에 접근했을 때 어떤 출구가 있을 거라고 느꼈고, 이 믿을 수 없는 지역에서 일어나는 기적을 죽은 자와 죽어 가는 자 들과 함께 우리 눈으로 충분히 목격했다. 지혜의 씨앗은 우리가 아침 내내 뒤적였던 만화책 속에 가장 어린이다운 형태로 존재하고 있었고, 우리는 이제 머리를 사용하여 그것을 파악해야 했다. 저편, 저 먼 곳에는 아무것도 없었다. 여행의 처음과 끝은 우리가 어디에 있건 그곳에 있었다. 그의 말이 옳았다. 길과 어두운 방은 손에 무기를 든 살인자들로 꽉 차 있었다. 책에서, 책들로부터 죽음이 삶으로 스며들고 있었다.

나는 그녀를 껴안았다. 내 사랑, 이곳에 함께 머무르자, 이 아름다운 방, 이 방을 음미하자. 탁자를, 시계를, 램프를, 창문을 봐. 매일 아침 일어나 감탄하며 뽕나무를 바라보자. 그것이 그곳에 있다면, 우리도 이곳에 있어. 창턱, 탁자의 다리, 램프의 심지. 빛과 냄새가 있지. 세상은 너무도 단순해! 이제 그만 책을 잊어. 그도 우리가 책을 잊기를 원해. 존재한다는 건 너를 받아들이는 거야. 그러나 자난은 다른 생각을 하고 있었다.

"메흐메트는 어디 있어?"

그러고는 자신의 질문에 대한 대답이 그곳에 새겨져 있기라도 한 것처럼 천장을 뚫어지게 바라보았다. 눈썹을 치켜세 웠다. 이마가 넓어졌다. 입술은 무슨 비밀을 말할 것처럼 떨렸 다. 양피지 빛깔의 불빛 아래서 그녀의 피부는 전에 보지 못했 던 핑크빛으로 변해 있었다. 여행 이후, 버스 안에서 보낸 밤 이후로, 평온한 분위기 속에서 집에서 만든 음식을 먹고 하루 를 푹 쉬었기 때문에 자닌의 얼굴에 혈색이 돈 것이었다. 나는 행복하고 안정된 생활을 하고 싶어서 어떤 여자들이 갑자기 결혼을 결정하듯, 그녀도 나와 결혼하겠다고 말하기를 바라며 그녀에게 혈색 이야기를 꺼냈다.

그녀는 "아파서 그래. 비를 맞았거든. 몸에 열도 있고 말이 야."라고 말했다.

기지개를 켜면서 천장을 바라볼 때, 그녀는 얼마나 아름다 웠던가. 내가 그녀 곁에 누워 그녀의 혈색에 감탄할 때, 의사 처럼 자신감 있게 내 손으로 그녀의 이마를 짚을 때 얼마나 행복했던가. 내 손은 마치 그녀가 내게서 도망치지 않으리라 확신하는 것처럼 그곳에 머물러 있었다. 나는 어린 시절의 추 억을 회상했다. 그녀를 만지는 것이 장소를, 침대를, 방을, 냄 새를, 평범한 것들을 어떻게 완전히 변화시켰는지를 깨달았다. 내 머릿속에는 다른 계산과 생각 들도 있었다. 그녀가 얼굴을 조금 돌려 묻는 듯한 눈길로 나를 보았을 때, 나는 손을 그녀 의 이마에서 떼고 사실을 얘기했다.

"열이 있구나."

갑자기 전혀 계산하지도 않았던 많은 가능성들이 내 앞에 나타났다. 새벽 2시에 부엌으로 내려갔다. 보기 흉한 냄비들과 유령들 사이로, 희미한 어둠 속에서 발견한 커피 끓이는 기구에, 단지에서 찾아낸 보리수차를 끓이면서, 자난에게 같은 담요 속에서 두 사람이 껴안고 있는 것이 몸살에 가장 좋은 처방이라고 말할 계획을 세웠다. 그리고 자난이 내게 설명해 준 장식장 위의 약 상자에서 아스피린을 찾으며, 만약 나도 아프다면 같이 며칠 동안 방에서 머물 수 있을 텐데 하고 생각했다. 커튼이 흔들리면서 슬리퍼 끄는 소리가 났다. 나린 부인의 그림자가 나타나더니, 나중에는 걱정 많은 나린 부인 본인이 나타났다. 나는 그녀에게 "아닙니다. 걱정하실 만한 상태는 아니에요. 감기 기운이 약간 있는 것뿐입니다."라고 말했다.

나는 부인과 함께 위층으로 올라갔다. 부인은 짐 위에 있는 두터운 담요를 꺼내게 해서 그 위에 커버를 씌운 다음 이렇게 말했다. "아, 그 애는 천사라네. 그 애를 힘들게 하지 말게. 조심하라고." 그리고 영원히 내 머릿속에서 지워지지 않을 말을 했다. 내 아내의 목이 너무나 아름답다고.

방으로 돌아와 나는 그녀의 목을 한참이나 쳐다보았다. 전에도 관심 있게 보았던가? 그랬다. 좋아했다. 그렇지만 목의 길이가 너무나 눈에 띄어서, 다른 점에 대해서는 전혀 생각하지 못하고 있었다. 나는 그녀가 천천히 보리수차를 마시는 모습을, 아스피린을 삼키자마자 즉시 '나을' 거라고 믿는 착한 아이처럼 담요를 몸에 두르고 기다리는 모습을 지켜보았다.

긴 정적이 흘렀다. 나는 두 손으로 눈 위에 차양을 만들어 창밖을 내다보았다. 뽕나무가 희미하게 흔들리고 있었다. 사랑하는 자난, 우리의 뽕나무가 가벼운 바람에 흔들리고 있어.

정적. 자난은 떨고 있었다. 시간이란 얼마나 빨리 흐르는지.

이렇게 해서 방, 우리의 방은 잠시 동안 '병실' 특유의 분위기와 특징을 가진 공간으로 변했다. 방에서 서성거릴 때, 테이블과 컵과 탁자가 서서히 너무나 붙임성 있고 친근하게 변하는 것을 느꼈다. 시계가 3시를 쳤다. 여기에 와 앉을래? 침대 귀퉁이에 앉을래? 아니면 내 옆에 앉을래? 그녀가 물었다. 나는 담요 밑으로 삐져나온 그녀의 발을 잡았다. 그녀가 내게 미소 지었다. 내게 귀엽다고 했다. 그녀는 눈을 감고 자는 척을 했다. 아니, 실제로 졸음에 겨워하기도 했다. 그리고 잤다. 잠들었나? 잠들었다.

걷고 있는 나 자신을 발견했다. 시간을 보고 있는, 주전자에서 물을 따르고 있는, 자난을 바라보는, 허둥대는 나 자신을 발견했다. 건성으로 나도 아스피린을 삼키며, 그녀가 자신의 이마에 손을 얹고 열을 재는 것을 보고 있는 나 자신을 발견했다.

시계의 압박을 못 이기듯 흐르던 시간이 한순간 멈추었다. 내가 그 안으로 떨어지려는 순간, 반투명의 막이 찢어졌고 자난이 침대에서 일어났다. 우리는 갑자기 열을 내며 버스 차장들에 대해 이야기했다. 그중 한 명은 자신이 언젠가는 버스를 탈취해서 미지의 나라로 달려갈 것이라고 말했다. 다른 한 명은 그만 참지 못하고 이렇게 말했다. 존경하는 승객 여러분에게 우리 회사에서 드리는 선물입니다. 자, 껌입니다. 너무 오래 씹지는 마세요. 아편이 들어 있거든요. 승객들이 쿨쿨 잠들게끔 하는 거지요. 승객들이 버스의 안락함과 급회전을 않는 운전사의 뛰어난 운전 실력 때문에 자신들이 잠이 든 거라고 믿게 하기 위해서랍니다. 그리고 자난이 말했다. 또 한 명 있었잖아. 서로 다른 버스에서 두 번이나 만났던 사람이 했던 말 기억해? 우리는 깔깔대며 웃었다. 그가 내게 이렇게 말했었지. 형님, 처음엔 형님이 이 여자를 납치했다고 생각했어요. 그런데 지금 보니, 축하합니다. 형수님, 결혼하셨군요.

나와 결혼해 주겠어? 이 한 문장의 광휘와 함께 갑자기 살아나는 많은 장면들을 우리는 보아 왔다. 부둥켜안은 연인들이 나무 밑을 걸을 때, 밤에 전신주 밑에서, 자동차 안에서, 보스포루스 해협이 바라다보이는 다리 위에 외국 영화 같은 분위기 속에서 비가 내릴 때, 사람 좋은 아저씨와 착한 친구들이 갑자기 여자와 남자를 홀로 남겨 둘 때, 부잣집 아들이 매혹적인 여자에게 '나와 결혼해 주겠어?' 하고 묻곤 풍덩 하고 풀장으로 떨어질 때. 나는 병실에서 목이 아름다운 여자에게 이렇게 묻는 장면은 아직까지 보지 못했기 때문에, 내 말이 자난에게 영화에서처럼 마법적인 무엇인가를 불러일으키리라고는 생각하지 않았다. 게다가 모기 한 마리가 겁도 없이 방 안을 날아다니고 있어 계속 신경이 쓰이던 참이었다.

나는 시간을 보곤 근심에 싸였다. 열을 재 보았다. 걱정이 되었다. 혀를 좀 보여 달라고 했다. 그녀는 혀를 내밀었다. 끝이 뾰족했고 색깔은 분홍빛이었다. 나는 머리를 숙이고 그 혀를 내 입 안으로 넣었다. 우리는 잠시 그렇게 있었지, 천사여.

나중에 그녀는 이렇게 말했다.

"하지 마. 넌 사랑스러운 애야. 그렇지만 우리 이러지 말자."

그녀가 잠들었다. 나는 침대에, 그녀의 곁에 누워 그녀가 숨을 내쉬고 들이마시는 것을 세었다. 시간이 흐른 후, 주위가 밝아 오기 시작할 때 많은 것들을 생각하고 또 생각했다. 그리고 그녀에게 말했다. 마지막으로 한 번 더 생각해 봐, 자난. 널 위해서라면 뭐든 할 거야. 자난, 내가 널 얼마나 사랑하는지 모르겠니…… 항상 같은 논리로 반복하는 것들…… 한때는 거짓말을 꾸며 내어서라도 함께 다시 버스를 타고 돌아다녀야지 하고 생각하기도 했다. 그러나 이제는 내가 어디로 가야 하는지를 대충 알고 있었고, 나린 박사의 무자비한 조사원들을 알고 난 후, 그리고 자난과 이 방에서 하룻밤을 보낸 후, 죽음을 두려워하기 시작한 나 자신을 발견하게 되었다.

천사여, 너는 알고 있지. 가련한 남자가 사랑하는 여인 곁에 누워 해가 뜰 때까지 숨 쉬는 것을 듣고, 자난의 반듯하고 독특한 모양의 턱을, 퀼리자르가 준 잠옷 밖으로 드러난 팔을, 머리카락이 베개 위에 흐트러져 있는 모습을, 아침 햇살에 뽕나무가 서서히 환해지는 것을 바라보고 있었다는 걸.

그러고는 모든 것이 빨라졌다. 집 안에서 달그락거리는 소리가 들렸다. 문 앞을 지나다니는 발소리, 다시 불기 시작하는 바람에 창문이 부딪히는 소리, 소가 음메 하고 우는 소리, 자동차가 투덜거리는 소리, 기침 소리, 그리고 방문을 두드리는 소리가 났다. 손에 커다란 왕진 가방을 든, 누가 봐도 의사처럼 보이게 면도를 한 중년 남자가, 밖의 빵 굽는 냄새와 함께 안으로 들어왔다. 입술은 방금 피를 들이켠 것처럼 새빨갰고, 입술 옆에는 종기가 하나 돋아 있었다. 나는 그가 열로 펄펄

끓는 자난의 옷을 부끄러움 없이 벗길 것이고, 떨리는 목과 등에 입을 맞출 거라고 생각했다. 그 역겨운 가방에서 청진기를 꺼내고 있을 때, 나는 재빨리 권총을 감춰 놓았던 곳에서 그것을 꺼내 들고, 문 옆에 붙어 걱정하며 서 있는 나린 부인을 무시한 채 집 밖으로 나왔다.

나린 박사가 내게 보여 주었던 영지로 아무에게도 들키지 않고 급히 들어갔다. 누구도 나를 보지 못할 것이고 바람도 소문을 퍼뜨리지 않으리라는 것이 확실한, 버드나무로 둘러싸인 한적한 곳에서, 나는 총을 꺼내어 연달아 쏘았다. 나린 박사의 선물인 총알들로 인색하게, 짧고 우울할 정도로 서툰 사격 훈련을 한 셈이었다. 과녁으로 택한 버드나무에 세 방을 쐈지만 한 방도 맞지 않았다. 내가 약간 망설였던 것, 북쪽에서 몰려오는 성급한 구름을 보며 하릴없이 생각을 정리하려고 했던 것을 기억한다. 젊은 베르테르의 슬픔…….

저 앞쪽에, 나린 박사의 영지가 내려다보이는, 바위가 꽤 험준한 곳이 있었다. 나는 그곳에 올라가 앉았다. 자연의 광대함과 무성함을 보며 고귀한 생각에 빠지는 대신, 내 인생이 얼마나 불행한 곳에 다다를 것인가를 생각했다. 시간이 많이 지났지만, 이렇게 힘겨운 때에 예언자들, 영화배우들, 성자들, 정치가들을 도우러 뛰어다니는 천사들, 책들, 수호신들, 현자들이 내 눈에는 전혀 보이지 않았다.

나는 하는 수 없이 저택으로 돌아갔다. 빨간 입술을 한 미친 의사는 나의 자난의 피를 맛있게 빨아 먹고, 나린 부인과 앉아서 그 딸들이 준비한 차를 마시고 있었다. 그는 나를 보자 충고하려는 기쁨으로 눈이 반짝거렸다.

그는 내게 "젊은이!"라고 말했다. 내 아내는 감기에 걸렸고, 게다가 독감이라고 했다. 더 중요한 것은 피곤과 무기력, 그리고 수면 부족으로 인해 몸이 심각하게 허약해졌다는 사실이라고 했다. 그녀가 이렇게 지친 것은 내 탓이라고, 왜 그녀를 이토록 학대했느냐고 했다. 딸들과 부인은 새신랑을 의심스레 쳐다봤다.

의사는 "그녀에게 독한 약을 처방했습니다. 일주일 동안 거의 꼼짝 않고 잠을 잘 것입니다."라고 말했다.

일주일이라고! 돌팔이 의사가 차와 함께 아몬드 쿠키를 먹고 나서 꺼져 버렸을 때, 나는 7일은 내게 충분하고도 남는다고 생각하고 있었다. 자난은 침대에서 자고 있었다. 방으로 돌아가 필요하다고 생각되는 한두 가지 물건들, 문서, 돈을 집어 들었다. 자난의 목덜미에 입을 맞추었다. 그러고는 국가를 수호하려고 달려가는 민병대원처럼 서둘러 방에서 나왔다. 퀼리자르와 부인에게는 급한 일이, 포기할 수 없는 책임질 일이 생겼다고 말하고, 아내를 그들에게 맡겼다. 그들은 자난을 자신들의 며느리처럼 돌봐 주겠다고 말했다. 나는 닷새 후에 돌아올 거라고 거듭 강조했다. 내 뒤에 남겨 둔 마녀들, 유령들, 그리고 도둑들의 나라를, 나린 박사의 아들 대신 카이세리 출신이 젊은이가 누워 있는 무덤을 한 번도 뒤돌아보지 않은 채, 마을을, 터미널을 향해 나는 멀어져 갔다.

12

나는 또다시 길 위에 섰다! 오래된 터미널들아, 낡은 버스들아, 슬픔에 잠긴 여행객들아, 안녕! 우리가 알지 못하는 사이에 익숙해지고, 익숙해졌다는 사실조차 깨닫지 못했던 일상의 진부한 습관들로부터 벗어났을 때, 삶이 예전 같지 않음에서 느끼는 슬픔이 마음을 사로잡곤 한다. 낡은 마기루스 고속버스가, 나린 박사가 은밀하게 지배하는 차트크 마을에서 다른 문명 지역으로 나를 데려가고 있을 때, 나는 이 슬픔에서 벗어날 수 있으리라고 생각했다. 어쨌든 콧물을 훌쩍이고 기침을 콜록거리면서도 나는 버스 안에 있었기 때문이다. 그러나 내가 두고 온 동화 속 나라의 한복판에서는, 자난이 열이 나서 방에 누워 있고, 내가 처치하지 못했던 모기가 같은 방에서 음흉하게 밤을 기다리고 있을 것이다. 나는 빨리 일을 끝내고 승리자로서 돌아가 새로운 인생을 시작할 수 있도록, 서류와 계획을 다시 한 번 검토했다.

자정 무렵 비몽사몽간에 눈을 뜨고 갈아탄 버스의 흔들리는 차창에서 고개를 들었을 때, 어쩌면 이곳에서 처음으로 너를 직접 볼 수 있을지도 모른다는 행복한 생각을 했다, 천사여. 그러나 영혼의 순수함과 비유할 데 없는 이 순간의 마법을 하나로 만드는 영감은 내게서 얼마나 멀리 떨어져 있는가. 버스 유리창 너머로 너를 볼 일은 오랫동안 없으리라는 것을 나는 알고 있었다. 어두운 벌판들, 무시무시한 계곡들, 수은 색 강들, 버려진 주유소들, 글자가 벗겨진 담배 광고판들과 화장수 광고들이 창밖을 스쳐 지나갈 때, 내 머릿속은 사악한 계획들, 이기적인 생각들, 죽음, 그리고 책으로 가득했다. 나의 상상을 가득 채워 줄 텔레비전 화면의 암갈색 색깔도 눈에 들어오지 않았고 도살장에서 하루치 학살을 해치우고 집으로 돌아가 불안한 잠에 빠진 백정의 소름끼치는 코 고는 소리도 들리지 않았다.

아침 무렵 버스가 나를 내려놓은 산악 지대에 위치한 알라자엘리 마을은 늦여름을 지나 가을은 건너뛰고 서둘러 겨울을 맞이하고 있었다. 공공 기관이 문을 열 때까지 기다리기 위해 들어간 작은 찻집에서 차를 우려 내고 찻잔을 씻는 종업원이 내게, 텅신도 교구님의 실교를 들으러 왔느냐고 물었다. 그는 머리카락이 눈썹 바로 위에서부터 나 있어서 이마가 거의 없는 거나 다름없었다. 시간을 죽이기 위해 나는 그에게 그렇다고 말했다. 그러자 그는 내게 공짜로 진한 차 한 잔을 주고는, 병든 자를 고치고 불임 여성을 임신하게 만드는 일과 같은 기적들 말고도 교주의 진짜 능력, 가령 한 번 쳐다보는 것만으로 손에 든 포크를 구부린다든지, 손가락 끝으로 만지는 것만으로 펩시 콜라 병마개를 따는 것 같은 능력들을 내게 기꺼이, 아주 즐겁게 이야기해 주었다.

찻집에서 나왔을 때는 이미 겨울은 사라져 버리고, 가을도 뛰어넘어, 덥고 파리 떼가 득실대는 여름날이 한창이었다. 나는 문제를 직접 맞닥뜨려 해결하는, 신념 강하고 성숙한 사람들처럼 곧장 우체국으로 갔다. 나는 약간 흥분한 상태에서, 책상에 앉아 신문을 읽거나 창구에 기댄 채 차를 마시거나 담배를 피우고 있는, 잠이 덜 깬 듯한 직원들을 주의 깊게 훑어보았다. 그러나 그들 사이에 그는 없었다. 내가 눈으로 찍었던, 정다운 누이처럼 보이는 여직원은 완전히 심술궂은 여자였다. 그녀가 메흐메트 불둠 씨는 방금 전에 우편물을 배달하러 나갔다는 사실을 말해 줄 무렵에는 나는 이미 진이 다 빠져 있었다. "그 사람과 어떤 관계라고 하셨지요? 여기서 기다리지 그래요? 그런데 근무 시간이니까 나중에 오시지 그래요?" 나는 내가 이스탄불에서 온 메흐메트의 군대 동기인데, 체신부의 고위직들과 상당한 친분이 있다고 말할 수밖에 없었다. 그러는 동안 아주 조금 전에, 지금 막 우체국에서 나간 메흐메트 불둠은 내가 이름들 때문에 헷갈려서 절망적으로 헤매고 다녔던 골목들로, 주택가 속으로 사라지기에 충분한 시간을 번 셈이었다.

"저기요, 혹시 집배원 메흐메트 씨가 여기를 지나갔나요?"

하고 여기저기 만나는 사람마다 묻고 다니다가, 나는 그만 주택가의 좁은 골목들 사이에서 길을 잃고 헤매게 되었다. 얼룩고양이가 햇빛 아래에서 느긋하게 자기 몸을 핥고 있었다. 침대 시트, 커버, 베개 들을 널려고 발코니로 나온 젊고 아름다운 여자가, 전봇대에 사다리를 대고 기어오르는 시청 직원들과 노골적으로 눈짓을 교환하고 있었다. 나는 까만 눈동자를 가진 아이를 보았다. 그 아이는 내가 이방인이라는 것을 즉시 알아채고는 건방진 목소리로 "무슨 일이죠?"라고 물었다. 자난이 곁에 있었다면 즉시 이 약삭빠른 아이와 친구가 되어 위트가 넘치는 대화를 시작했을 것이다. 나는 그녀가 너무 아름답거나 못 견디게 매력적이거나 신비스럽기 때문이 아니라 이런 아이하고도 금세 친해져 이야기를 나눌 수 있기 때문에 그녀에게 이렇게나 푹 빠져 있는 게 아닐까 하는 생각에 잠시 빠졌다.

나는 우체국 맞은편에 있는 줌뤼트 찻집의 야외 테이블 중 한 곳에 앉았다. 거기는 밤나무 밑이었고, 아타튀르크 동상 맞은편이었다. 잠시 후 나는 어느새 《알라자엘리 포스트》 신문을 읽고 있었다. 프나르 약국이 이스탄불에서 스틀롭스라는 변비약을 들여왔고, 다음 시즌에는 반드시 우승하겠다는 강한 의지를 보여 주고 있는 알라자엘리 키레미트[42] 청소년 팀이 블루 스포츠에서 스카우드한 축구 고치가 이제 이곳에 도착했다. 그럼 여기에 벽돌 공장이 있다는 거군 하고 생각

---

42) '벽돌'이라는 의미.

하고 있을 때 나는 메흐메트 불둠이 어깨에 커다란 우편물 가방을 메고 헉헉거리며 시청으로 들어가는 것을 보고 크게 실망했다. 발걸음이 무겁고 몹시 지쳐 있는 메흐메트의 모습은 자난이 잊지 못하고 있는 메흐메트의 모습과는 완전히 동떨어져 있었다.

여기에서의 내 볼일은 그것으로 끝났다. 이제 나는 나를 기다리고 있는, 리스트 속의 다른 더 많은 젊은 메흐메트들을 찾아 이 평온한 마을을 뒤로하고 즉시 다른 곳으로 가야만 했다. 그러나 악마의 꾐에 넘어간 것인지 나는 메흐메트 불둠이 시청 건물에서 나오기를 기다렸다.

메흐메트 불둠이 집배원 특유의 보폭 좁고 속도 빠른 걸음으로 거리를 가로질러 그늘진 인도를 향해 걷고 있을 때, 나는 그의 이름을 불러 걸음을 멈추게 했다. 그리고 어리둥절해서 나를 쳐다보는 그를 껴안고 이마에 입을 맞추면서, 군대 시절 가장 친하게 지냈던 친구를 계속 몰라보는 그가 서운하다고 말했다. 그는 죄책감 때문에 나와 함께 찻집 테이블에 앉았다. 그리고 나의 무자비한 '그렇다면 이름이라도 기억해 봐' 놀이에 속아서 쓸데없이 온갖 추측들을 떠벌이기 시작했다. 잠시 후 나는 그의 말을 딱 잘라 끊고는, 순간 머릿속에 떠오른 가명 하나를 불러 주며 내가 체신부 고위직에 아는 사람들이 많다고 말했다. 그는 충직한 사람처럼 보였다. 체신부나 진급할 수 있는 가능성에 별다른 관심을 보이지 않았다. 더위에 무거운 우편물 가방을 메느라 피곤한 데다 땀범벅이 되어 있었던 탓인지, 종업원이 우리 앞에서 따 준 얼음같이 차가운 부닥 사이다 병에만 눈길을 주었다. 가능하면 빨리 이 수상쩍은 군대 동기로부터, 그 친구를 전혀 기억하지 못하는 부끄러움으로부터 벗어나고 싶은 기색이 역력했다. 잠이 부족했던 탓이었는진 모르지만, 나는 갑자기 내 머릿속을 달콤하게 스쳐 가는 복수심을 분명하게 느꼈다.

나는 차를 한 모금 들이켜고 나서 아주 진지한 목소리로 말했다.

"책을 읽었다고 들었어. 오래전부터 이 책을 읽어 왔다는 게 사실이야? 가끔씩은 남들 앞에서도 아랑곳하지 않고 그걸 읽는다면서."

그의 얼굴이 잿빛으로 변했다. 그는 이 말이 무슨 뜻인지 아주 잘 알고 있었다.

"책을 어디에서 구했지?"

그러나 그는 재빨리 정신을 차렸다. 그러고는 이스탄불에 있는 병원으로 진료를 받으러 다니는 친척이 있는데, 그가 노점상에서 그 책을 보고 멍청하게도 제목에 속아서 건강 관련 서적인 줄 알고 샀다가, 버리기 아까워 가져와서 자신에게 주었다고 말했다.

잠시 정적이 흘렀다. 참새 한 마리가 우리 테이블에 있는 두 개의 빈 의자 중 하나에 가볍게 내려앉았다가 다른 의자로 건너뛰어 갔다.

나는 집배원을 꼼꼼하게 뜯어보았다. 그의 이름이 옷깃 위에 작고 정성스러운 필체로 박혀 있었다. 내 나이 또래, 어쩌면 한두 살 많은 것 같았다. 내 인생을 궤도에서 이탈시킨, 내

세계를 뒤죽박죽으로 만들어 버린 그 책과 그 역시 마주쳤었다. 그리고 그 충격에 비틀거리고 있었다. 동요의 정체가 무엇인지는 아직 나도 잘 모른다. 심지어 그에 대하여 알고 싶어 하는지조차도 알 수 없었다. 우리 두 사람을 희생양으로 만들지, 승리자로 만들지 모를 공통점이 우리에게는 있었다. 그리고 그 사실이 계속 내 마음에 걸렸다.

그가 아까의 부닥 사이다 뚜껑처럼 이 문제를 아무렇지도 않게 한구석에 던져 버리지 못하는 것에 주목하면서, 나는 책이 그의 마음속에서도 특별한 의미를 가지고 있음을 느꼈다. 그는 어떤 사람이었을까? 손가락이 길고 곧은, 무척 아름다운 손이 눈에 들어왔다. 피부가 연약하다 싶을 정도로 고왔다. 감정이 풍부한 얼굴에는 이제는 다소간의 분노와 호기심이 몰려들기 시작한 아몬드 모양의 눈이 있었다. 나와 마찬가지로 그 역시 책 때문에 덫에 빠졌다고 할 수 있을까? 그의 세계 역시 모두 변했을까? 책 때문에 느끼게 된 끔찍할 정도의 외로움으로 인해 슬픔에 파묻혔던 밤들이 그에게도 있었을까?

"어쨌든, 친구, 만나서 반가웠어. 아쉽게도 내가 탈 버스가 출발할 시간이군."

천사여, 부디 제멋대로인 내 행동을 용서해 줘. 갑자기 처음 계획대로 하고 싶지 않아졌어. 이 남자의 영혼을 벌거벗기고 나면, 나 역시 그에게 내 영혼의 고통을 보여 주어야만 할 것 같았어. 상처받은 모습 그대로 말이야. 술자리가 끝날 무렵에 나타나곤 하는, 슬픔과 눈물과 별로 믿을 수 없는 형제애 따위가 한데 어우러진 혈맹 의식 같은 것을 싫어하기 때문은 물론 아니야. 사실 나는 허름한 선술집에서 동네 사람들과 그렇게 어울리는 것을 정말로 좋아하거든. 하지만 지금은 오직 자난 말고는 그렇게 하고 싶은 사람이 없을 뿐이야. 나는 최대한 빨리 이 자리를 벗어나 혼자가 되고 싶었고, 언젠가 자난과 함께 누릴 행복한 결혼 생활에 대한 몽상에 빠져들고 싶었다. 내가 막 자리에서 일어나려는 순간, 내 군대 동기가 말했다.

"지금 이 시간에 이 도시에서 떠나는 버스는, 행선지가 어디건 간에, 한 대도 없어."

제기랄! 그도 바보는 아니었던 것이다! 정곡을 찔렀기 때문인지 그는 꽤 즐거워하면서 예쁘장한 손으로 사이다 병을 쓰다듬었다.

나는 권총을 꺼내 그의 연약한 피부에 구멍 몇 개를 내 주는 것과 그의 가장 좋은 친구, 흉허물 없는 친구, 같은 운명을 나누는 친구가 되는 것 사이에서 잠시 망설였다. 그 중간쯤을 택할 수도 있었다. 예를 들면, 일단 어깨에 총 한 방을 쏘고 난 후 그것을 후회하며 그를 급히 병원으로 옮기고 나서, 어깨에 붕대를 감은 그와 함께 우편물 가방에 있는 편지들을 하나하나 뜯어 읽으면서 밤을 즐길 수도 있었다.

결국 나는 "상관없어."라고 말했다. 그러고 나서 찻값과 사이다 값을 테이블 위에 당당하게 탁 하고 내려놓은 다음, 곧바로 뒤돌아서 그곳을 떠났다. 이런 제스처를 어떤 영화에서 보고 흉내 냈는지는 기억나지 않았지만, 그다지 나쁘진 않은 것 같았다.

계속해서 할 일을 만들어 내고, 일단 시도한 일은 무조건

성공시키는 사람처럼 빠른 속도로 걸었다. 멀어져 가는 내 발걸음을 그가 계속 지켜보고 있을 테니까. 나는 아타튀르크 동상 옆을 지나 좁고 그늘진 인도로 올라가서 버스 터미널로 향했다. 물론 좋게 말해 터미널이라고 한 것이다. 알라자엘리 같은 초라한 마을(내 집배원 친구는 분명 '도시'라고 불렀다.)에서 밤을 보내야만 할 정도로 불행한 버스가 있다 해도, 그 버스를 눈과 비로부터 보호해 줄 차고 같은 게 있으리라고는 전혀 생각할 수 없었다. 두 걸음만 걸으면 벽에 부딪히게 되어 있는 좁은 방에서 평생 표나 팔고 있을 팔자를 타고난 남자가 정오가 되기 전까지 버스가 없다고 의기양양하게 말했다. 물론 나 역시 그의 벗겨진 대머리 색깔이 그의 뒤에 걸린 굿이어 타이어 달력에 나오는 미녀의 다리 색깔과 똑같은, 누르스름한 빛이 감도는 핑크 색이라고 말해 주진 않았다.

그런데 왜 내가 화가 났지? 나는 계속해서 나 자신에게 물었다. 왜 기분이 나빠졌지? 천사여, 나에게 말해 줘. 네가 누구건, 어디서 왔건 상관없어. 제발 대답해 줘. 제발 나를 보살펴 줘. 분에 못 이겨 내가 바보 같은 짓을 하기 전에 나한테 경고를 보내 줘. 집안을 지키려고 안간힘을 다하는 가장들처럼 세상의 온갖 악과 불운이 나를 비껴가도록 애쓰면서 가능한 한 올바르게 살 수 있도록 해 줘. 열병에 걸려 누워 있는 자난에게 하루빨리 돌아갈 수 있도록 애써 줘.

그러나 내 마음속 분노는 사그라질 줄 몰랐다. 혹시 발터 권총을 소지하기 시작한 스물세 살의 젊은이는 누구나 다 이렇게 되는 걸까?

내가 메모한 것들을 슬쩍 보았다. 거기에 쓰여 있는 낯선 상점과 거리를 찾는 것은 그리 어렵지 않았다. 셀라메트 잡화상. 여러 시대의 시들이 끊임없이 흘러나오는 작은 진열장에는 나린 박사의 마음에 들 만한 수제 식탁보, 장갑, 아동용 신발, 레이스, 염주 들이 정성스럽게 진열되어 있었다. 안으로 들어가려는 순간 계산대 뒤에서 《알라자엘리 포스트》를 읽고 있는 남자가 눈에 들어왔다. 왠지 그와 마주치는 게 꺼림칙해서 나는 그냥 뒤돌아섰다. 이 마을에서는 모두 그렇게 자신감이 있는 것일까? 아니면 나에게만 그렇게 보이는 것일까?

약간의 패배감을 느끼면서 나는 찻집에 앉았다. 부닥 사이다를 마시면서 마음을 단단히 먹었다. 프나르 약국으로 가서 검은 안경을 샀다. 아까 좁고 그늘진 인도를 걸어올 때 먼지 낀 진열장에서 유독 내 눈길을 끌었던 것이었다. 부지런하게도 약사는 어느새 변비약 광고를 신문에서 오려서 유리창에 붙여 놓고 있었다.

검은 안경을 끼고 나니 나도 자신감 넘치는 사람들 중 하나가 된 듯한 기분이 들어서 셀라메트 잡화상으로 보무도 당당하게 들어갈 수 있었다. 나는 목소리를 낮게 깔면서 장갑을 보고 싶다고 말했다. 어머니는 항상 그렇게 말했다. 그녀는 결코 "저한테 맞는 가죽 장갑 좀 보여 주세요."라든지 "군에 가 있는 아들한테 보내 줄 7호짜리 양모 장갑 좀 주시겠어요."라고 말하지 않았다. 그녀는 당당하게 "장갑 좀 보고 싶은데요."라고 요구해서 점원들을 분주하게 만들었고 그로써 이런저런 이득을 보곤 했다.

그러나 나의 명령은 점원인 동시에 주인임에 틀림없는 남자의 귀에는 달콤한 음악처럼 들린 것 같았다. 그는 까다로운 가정주부의 손길을 떠올리게 할 정도로 우아하면서도 조심스럽게, 그리고 직업 군인 기질을 타고난 병사가 품고 있는, 질서에 대한 강박관념을 생각나게 할 정도로 정연하게 서랍과 수제 가방과 진열장에서 가져온 장갑들을 하나하나 차례대로 모두 보여 주었다. 예순 살가량 되었을까. 얼굴에는 짧은 수염이 덥수룩하게 나 있었고, 목소리에는 장갑에 대한 애정이 담뿍 담겨 있었다. 그는 내게 손으로 뜬 양모로 만든 작은 여성용 장갑들을 보여 주었다. 손가락마다 세 가지 다른 색으로 다채롭게 짠 장갑들이었다. 그다음에 그는 양치기들이 선호하는 굵고 거친 양모로 짠 장갑을 꺼내 손바닥 부분에 덧댄, 마라시산(産) 염소 털 펠트를 보여 주기 위해 안감을 바깥으로 뒤집었다. 그리고 양모에 인공 물감을 전혀 쓰지 않았으며, 자신이 직접 그것을 골라서 마을 여자들에게 준 후 자신의 디자인에 따라 장갑으로 뜨게 했다고 말했다. 또 양모 장갑에서 가장 쉽게 해지는 부분인 손가락 끝에는 안감을 대었다고 말했다. 손목 부분에 꽃문양이 들어 있는 장갑을 원한다면, 천연 호두 물감으로 염색한 후 손목 가장자리를 따라 레이스를 대어 장식한 것을 사야 했다. 또 다른 특별한 것을 원한다면, 검은 안경을 벗고 시바스산(産) 캉갈 개[43] 가죽으로 만든 이 멋진 장

---

43) 튀르키예 시바스 지역의 토종 개로, 주로 양치기 개나 경찰견으로 훈련된다.

갑을 자세히 살펴봐야만 했다.

나는 장갑을 살펴본 다음 다시 안경을 썼다. 그리고 말했다.

"에팀 엘리."

그것은 그가 나린 박사에게 보고서를 보냈을 때 썼던 암호였다.

"나린 박사가 저를 보냈습니다. 당신이 별로 탐탁지 않다더군요."

"이유가 뭐지?"

그가 냉정하게 되물었다. 마치 내가 장갑 색깔에 대한 불평을 늘어놓기라도 한 듯이 말이다.

"집배원 메흐메트는 남에게 해 끼치지 않고 조용히 살아가는 사람입니다. 왜 그가 잘못되기를 바라는 보고서를 썼죠?"

"그는 네가 생각하는 그런 사람이 아니야."

이렇게 말하고 나서 그는 장갑을 하나하나 보여 줄 때와 똑같은 목소리로 설명해 나갔다. 메흐메트는 계속 책을 읽는 것은 물론이고, 다른 사람의 관심을 끌어 가며 책을 읽고 있다. 그의 머릿속에는 책이 퍼뜨리고 있는 사악함과 관련된 더럽고 음습한 생각들이 가득 차 있다. 편지를 전해 준다는 핑계로 과부가 사는 집에 문도 두드리지 않고 들어가는 그를 붙잡은 적도 있다. 초등학생과 찻집에서 얼굴을 대고 바싹 붙어 앉아, 만화책을 읽어 주는 것을 본 적도 있다. 그 만화책은 물론 도둑들, 깡패들, 산적들을 성자들이나 성인들이나 똑같이 찬양하고 있었다는 것이다. 잡화상 주인이 내게 물었다.

"이만하면 알아듣겠나?"

몇 가지 미심쩍은 부분을 느꼈기 때문에 나는 약간 망설이며 대답하지 않았다.

"오늘날 이 마을에서(그렇다. 그는 '마을'이라고 말했다.) 금욕하며 사는 것을 부끄럽게 여기고, 손가락에 헤나 물을 들이는 여자들을 얕잡아 보게 된 것은 집배원이나 버스나 찻집에 있는 텔레비전이 미국으로부터 들여온 것들 때문이야. 무슨 버스로 여기에 왔지?"

나는 그에게 대답했다. 그가 말했다.

"나린 박사는 의심할 여지 없이 위대한 분일세. 그의 명령을 따르는 것은 내게 평안을 주지. 알라여, 정말 감사합니다. 그러나 젊은이, 돌아가서 그분께 전하게나. 내게 다시는 어린애를 보내지 말라고."

그러고는 장갑들을 한데 그러모으며 덧붙였다.

"이 말도 전하게. 그 집배원이 무스타파 파샤 사원의 화장실에서 자위하는 것을 본 적도 있다고."

"그 아름다운 손으로 말이죠."라고 말하고 나서 나는 상점을 나왔다.

밖으로 나오면 기분이 상쾌해질 거라 생각했다. 그러나 따가운 햇볕 아래에, 달궈진 접시 같은 보도블록이 깔려 있는 거리에 발을 내딛자마자, 아직도 이 마을에서 두 시간 30분이나 더 시간을 죽여야 한다는 끔찍한 사실을 기억해 냈다.

내 위는 지금까지 계속 마셔 댄 여러 잔의 홍차, 보리수차, 부닥 사이다로 들어차 있었고, 내 머릿속은 《알라자엘리 포스트》에 나왔던 짤막한 지역 뉴스들로 메워져 있었으며, 내 눈

앞에는 시청 지붕 기와들과, 햇빛이 반사되면서 마치 신기루처럼 나타났다 사라지는 지라트 은행 아크릴 유리 간판의 빨간색과 보라색이 보였고, 내 귀는 새 지저귀는 소리, 발전기 돌아가는 소리, 기침 소리로 꽉 차 있었다. 나는 현기증과 무력감, 그리고 불면으로 인한 흐리멍덩함에 시달리면서 시간이 가기를 기다렸다. 마침내 버스 한 대가 커브를 돌면서 끼이익 하는 요란한 소리와 함께 멈춰 섰을 때 나는 기쁜 마음에 무작정 버스로 뛰어가 차 문을 당겼다. 그때 차 안에서 사람들이 서로를 밖으로 밀고 당기는 소요가 발생했다. 뒤에 서 있던 사람들이 때마침 버스에서 내리려 하는 교주에게 길을 터 주기 위해 나를 뒤로 끌어당겼던 것이다.(그들이 내게 총이 있다는 것을 몰라서 천만다행이었다.) 교주는 장중한 발걸음으로 천천히 내 앞을 지나갔다. 그 장밋빛 얼굴에서는 뭔가를 깨달은 듯한 표정이 배어 나왔으며, 그 몸은 아직도 죄악에 물들어 있는 중생들 때문에 비탄에 잠긴 듯 근엄하게 움직였다. 그러나 동시에 그는 모든 사람이 자신을 주목하고 있다는 사실에 대단히 만족스러워하는 모습으로 천천히 걸어서 내 앞을 지나갔다. '뭣 때문에 총에 손을 대려고 하지?' 내 엉덩이 위에 총이 있다는 것을 느끼면서 속으로 물었다. 나는 그 누구도 신경 쓰지 않고 버스에 올라탔다.

버스는 영원히 출발하지 않을 거라고, 그리고 지난과 그녀를 둘러싼 온 세계가 나를 잊어버릴 거라고 생각하면서 나는 38번 좌석에 앉아서 기다리고 있었다. 그동안 나는 군중들이 교주를 맞이하는 모습을 구경할 수밖에 없었다. 교주의 손에 입 맞추기 위해 순서를 기다리는 찻집 종업원이 보였다. 그가 교주의 손에 정성스레 입을 맞춘 후 그 손을 아주 조심스럽게 자기 이마에 갖다 댈 때 마침내 버스가 출발했다. 그때였다. 물결치는 군중들의 머리들 속에서 '상처받은' 잡화점 주인의 머리가 눈에 들어왔다. 그는 정치 지도자를 죽이려고 결심한 암살자처럼 군중들을 뚫고 전진하고 있었다. 버스가 멀어지고 나서야 비로소 나는 그가 교주가 아니라 나를 향해 다가오고 있었음을 느꼈다.

마을에서 완전히 빠져나온 후 나는 "그 일은 이제 잊어버려."라고 나에게 말했다. 끊임없이 방향을 바꾸고 수없이 나무 그늘 아래를 지나갔지만 태양은 유능한 수사관처럼 계속해서 나에게서 떨어지지 않은 채 내 팔등과 목덜미를 빵처럼 구워댔다. 그 와중에도 나는 쉴 새 없이 그 일을 잊어버리자고, 이제 그만 그 일에서 놓여나자고 중얼거리고 있었다. 집도 없고 굴뚝도 없으며 나무도 없고 돌도 없는 누렇고 먼지 날리는 황무지를 성능 나쁜 버스가 콧소리를 내면서 달리는 동안, 그리고 강한 햇빛이 잠을 자지 못한 내 눈을 부시게 하는 동안, 나는 그 일을 잊기는커녕 오히려 다른 무언가를 내 마음 깊은 곳에서 느꼈다. 나는 '상처받은' 잡화점 주인의 보고서에 적힌 집배원의 이름이 메흐메트였기 때문에 그 마을에 갔다. 그리고 거기서 보낸 다섯 시간 동안 (그것을 어떻게 불러야 할지는 모르겠지만) 무언가가 이미 결정되어 버렸다. 앞으로 내가 아마추어 수사관 자격으로 찾아갈 모든 마을에서 내가 조사할 사람들과 장면들에 미리 색깔을 부여하고 있었던 것이다.

예를 들면, 알라자엘리를 떠난 지 정확히 서른여섯 시간 후인 자정에, 환상 속에나 나올 것처럼 보이는 먼지 많고 연기 많은 마을의 터미널에서 야간 버스를 기다리면서, 전혀 흐를 줄 모르는 시간도 죽일 겸 속 쓰림도 진정시킬 겸 치즈가 든 빵을 씹고 있을 때, 나는 뒤에서 사악한 의도를 품은 그림자가 다가오는 것을 느꼈다. 장갑에 푹 빠져 있는 잡화점 주인일까? 아니다. 그의 영혼인가! 아니면 '상처받은' 동시에 화까지 난 대리점주인가! 아니다. 내가 세이코일지도 모른다고 생각하고 있을 때, 갑자기, 꽝 하고 화장실 문이 닫혔다. 동시에 비옷을 입은 세이코의 환영이 평범한 사내로 바뀌었다. 차도르를 쓴 아주머니와 딸이 그 남자에게 다가가자, 내가 왜 세이코를 회색 비옷을 입은 모습으로 상상했는지가 궁금해졌다. '상처받은' 잡화점 주인이 군중 속에서 같은 색 비옷을 입고 있었던 모습을 보았기 때문일까?

실제로 위협이 나타났을 때, 그것은 세이코의 유령이 아닌 공장의 형태를 띠고 나타났다. 꽤 조용했던 버스에서 편히 잠을 잔 후, 다시 더 편안하고 흔들림조차 거의 느껴지지 않았던 버스로 갈아타 계속 잠을 잤던 다음 날 아침, 나는 바클라와[44] 상인이 고발한 젊은 회계원을 만나서 신속한 결론을 내리기 위해 곧바로 밀가루 공장으로 갔다. 거기서 나는 또다시 군대 동기라는 거짓말을 했다. 내가 추적하던 메흐메트들은 모두 스물다섯 살가량이었기 때문에 나는 종종 이 핑계를

---

44) 대단히 단 튀르키예식 파이 과자의 일종.

써먹곤 했다. 나는 처음으로 마주친, 머리끝에서 발끝까지 하얀 밀가루를 뒤집어쓴 직원에게 메흐메트의 군대 동기를 운운했는데, 이 말이 그에게 상당히 그럴듯하게 들린 듯했다. 그 역시 우리와 같은 중대에라도 있었던 것처럼, 순간적으로 그의 눈빛이 동지애와 형제애, 그리고 놀람으로 반짝였다. 그는 곧바로 사무실로 들어갔다. 나는 주춤거리면서 한쪽 구석으로 물러섰다. 몇 가지 측면에서 분위기가 무언가 이상할 정도로 위협적이었기 때문이다. 말만 공장이지 실제로는 방앗간이라고 하면 딱 맞을 이 밀가루 공장을 움직이는, 모터로 돌아가는 어마어마하게 커다란 방아 축이 허풍선이, 허풍선이라고 말하면서 내 머리 위에서 돌고 있었다. 입에 문 담배 끝이 가끔씩 빨갛게 반짝이는 희고 무시무시한 노동자 유령들이 희미한 불빛 속에서 아주 천천히 움직이고 있었다. 나는 그 유령들이 적의를 품고 나를 바라보고 있다는 것을, 나를 손가락질하면서 무언가를 이야기하고 있다는 것을 느꼈다. 그러나 구석에 물러선 채 나는 거기에 별로 신경 쓰지 않는 것처럼 보이려고 애썼다. 다시 조금 시간이 흐르면서 밀가루 부대로 이루어진 벽 틈으로 보이는 검은색 플라이휠까지도 악의를 품고 있는 것은 아닌가 하고 생각하는 순간, 바삐 움직이던 유령들 중 하나가 절뚝거리면서 다가와서는 내가 어디서 주사위를 던졌느냐고 물었다. 기계 소음 때문에 그의 말이 잘 들리지 않았다. 그래서 나는 큰 소리로 주사위를 던지지 않았다고 소리쳤다. 그는 그게 아니라 무슨 일로 여기에 왔느냐고 물었다고 했다. 다시 한 번 큰 소리로 나는 내 군대 동기를 아주 좋아하며, 메흐메트는 유머 감각이 넘치고 믿을 만한 친구라고 외쳤다. 그리고 생명보험과 손해보험을 팔려고 아나톨리아 지역을 돌아다니다가 문득 그가 여기에 있다는 게 생각났다고 말했다. 밀가루를 뒤집어쓴 유령은 보험 일에 대해 꼬치꼬치 캐물었다. 혹시 도둑들, 저질 사기꾼들, 프리메이슨들, 권총을 소지한 호모들, (아마도 그는 소음 때문에 내 말을 잘못 알아들은 것 같았다.) 그리고 사악한 뜻을 품은 국가 반역자들이나 이교도들이 그 일에 종사하느냐고 물었다. 나는 어쩔 수 없이 장황하게 그 일에 대해 설명했다. 그는 우호적인 표정으로 내 말을 끝까지 들었다. 우리는 모든 직업에는 좋은 점과 나쁜 점이 있다는 결론에 이르렀다. 이 세상에는 정직한 사람도 있으며, 그들이 바라는 게 무엇인지 알아채기 어려운 사기꾼도 있다는 빤한 이야기 말이다. 이야기를 끝맺고 나서 나는 다시 내 군대 동기인 메흐메트에 대해 물었다. 그가 지금 어디에 있느냐고? "잘 보게, 친구."라고 유령이 내게 말했다. 그리고 바지를 걷어 올려 이상하게 생긴 다리를 보여 주었다. "메흐메트 오쿠르는 절름발이인데도 군대에 갈 만큼 멍청하진 않아. 알겠나?" 그렇다면 나는 누구란 말인가?

속수무책이어서가 아니라 당황했기 때문에 한동안 나는 그 물음에 대답하지 못했다. 그럴듯한 대답이 전혀 아니라는 깃을 뻔히 알면시도 나는 열이 삐져서 주소의 이름을 헷갈렸다고 말했다.

몰매 맞지 않고 거기서 도망친 것은 행운이었다. 나중에 마을 한가운데에 있는 '상처받은' 과자 상인의 가게에서, 입 안에서 녹아 없어질 듯한 맛있는 뵈레크를 한 입 베어 물면서, 나는 절름발이 메흐메트는 결코 책을 읽은 사람처럼 보이지 않는다고 생각했다. 그러나 경험상 나는 사람을 알아보는 척하며 추측하는 것이 얼마나 그릇된 일인가를 잘 알고 있었다.

그 좋은 예로 거리 전체에 담배 냄새가 배어 있는 인지르파샤 마을이 있다. 그 마을에서는 고발당한 젊은 소방관만이 책을 읽은 게 아니라 마을 소방관 전부가 놀랄 만큼 진지하게 책을 읽었다. 마을은 그리스 점령 해방 기념일 준비로 분주했다. 아이들 몇 명과 온순한 양치기 개 한 마리와 나란히 서서 나는 화재 진압 훈련에 나선 소방관들이 꼭대기에 작은 가스등을 장식으로 단 철모를 쓴 채 소방서 앞 광장에서 머리 위로 넘실대는 불꽃을 뚫고 발맞추어 뛰면서 "불, 불, 불 속의 조국."이라고 입 맞추어 노래 부르는 것을 구경했다. 그 후에 모두 함께 식탁에 앉아 구운 염소 고기를 먹었다. 연노랑과 빨강이 어우러진 반소매 유니폼을 입은 소방관들은 농담 삼아 또는 나의 존재를 알리려고 때때로 책에 나오는 단어를 한두 개씩 중얼거렸다. 나중에 그들이 내게 보여 준 책은 소방서에 딱 한 대 있는 소방차의 운전석에 마치 코란이라도 되는 양 조심스럽게 보관되고 있었다. 책을 잘못 읽은 것은 나였을까? 아니면 별들이 반짝이는 여름밤에 천사들(단 하나만 있는 쓸쓸한 천사가 아니라)이 내려와서 담배 냄새를 맡고 비탄에 잠긴 사람들에게 행복의 길을 보여 주었다고 믿는 소방관들이었을까?

어떤 마을에서는 마을 사진사에게서 사진을 찍었다. 다른 마을에서는 의사에게 내 숨소리를 듣게 했다. 세 번째 마을에서는 보석 가게에 들어가서 반지를 끼어 보았지만 사지는 않았다. 슬픔에 잠겨 있고, 먼지로 더러우며, 허름하기 이를 데 없는 장소들에서 나올 때마다 나는 언젠가는 자난과 함께 여기에 와서 사진을 찍고, 그녀의 아름다운 숨결에 사랑을 흘려 넣고, 우리 두 사람을 죽을 때까지 묶어 놓을 반지를 사리라고 상상했다. 사진사 메흐메트, 의사 메흐메트, 보석상 메흐메트가 누구인지, 얼마나 정성들여 책을 읽었는가를 알아내기 위해서가 아니었다.

잠시 동안 나는 마을 여기저기를 돌아다니고, 아타튀르크 동상에 똥을 싸는 비둘기들을 소리 질러 쫓아내고, 시계를 들여다보고, 권총을 점검한 후 터미널로 향했다. 때때로 내가 사악한 놈들, 비옷 입은 녀석들, 단호한 세이코, 조사원의 유령들이 내 뒤를 따라오는 듯한 느낌을 받는 것은 바로 그럴 때였다. 아다나행(行) 버스에 막 타려고 하다가 나를 보곤 다시 버스에서 내린 키 크고 비쩍 마른 그림자는 정보부 출신의 모바도가 아니었을까? 그렇다. 그가 틀림없을 것이다. 아니, 바로 그다. 그렇다면 즉시 행선지를 바꾸어야만 했다. 행선지를 바꾼 후, 냄새가 지독한 화장실에 숨었다가 은밀하게 올라탄 헤멘 와란 고속버스의 창가에서 절망적으로 천사를 기다리고 있을 때, 나는 목덜미를 긴질이는 시선을 느끼고 슬쩍 돌이보았다. 이번에는 세르키소프가 맨 뒤 좌석에 앉아 음흉한 눈으로 나를 쳐다보고 있었다. 그래서 나는 자정 무렵 휴게소의 나무색 식당에서 차를 반쯤 마신 후 급히 자리를 떠나 버스가 출발할 때까지 옥수수 밭에 서서 검푸른 밤하늘의 별들을 쳐다보았다. 어떤 날에는 낮에 시장에 있는 한 가게에 새하얀 옷을 입고 웃는 얼굴로 들어갔다가 빨간 셔츠, 보라색 재킷, 빌로드 바지를 입고는 찡그린 얼굴로 나오기도 했다. 뒤에서 검은 그림자들이 쫓아오는 걸 보고, 붐비는 군중을 뚫고 터미널을 향해 뛰어간 적도 여러 번 있었다.

이렇게 수없이 달린 후, 총을 들고 나를 쫓던 유령을 완전히 따돌렸다는 확신이 들었을 때, 아니 어쩌면 나린 박사의 조사원들이 총으로 나를 쏘아 구멍을 낼 만한 어떤 이유도 없다는 결론을 내렸을 때, 마침내 나는 먼 곳에서 나를 추적하는 사악한 시선 대신 내가 같이 있는 것을 기뻐하는 마을 사람들의 우호적인 시선을 느꼈다.

한번은 이스탄불에 사는 삼촌 집에 가 버린 메흐메트가 내가 찾는 메흐메트가 아니라는 것을 확인하기 위해, 그의 집 맞은편 아파트에 사는 수다쟁이 여자가 장에서 돌아올 때 동행한 적이 있었다. 우리가 함께 들었던 그물 모양 시장바구니와 비닐봉지 속에 있었던 통통한 가지들, 싱싱한 토마토들, 뾰족한 고추들이 햇빛을 받아 반짝였다. 그 여자는 군대 동기를 찾는 것이 얼마나 멋진 일이며, 인생은 또 얼마나 아름다우냐고 말했다. 집에 병들어 누워 있는 내 아내에겐 관심조차 없었다.

인생이란 어쩌면 그녀의 말대로인지도 모른다. 카라찰르 마을의 바흐첼리 네파세트 식당에서 나는 커다란 플라타너스 나무 아래에 놓인 식탁에 앉아 가지 구이를 갈아 넣은 크림

퓌레와 함께 백리향 향신료를 넣은 맛있는 되네르를 먹었다. 나뭇잎을 살랑대게 하는 산들바람을 타고 부엌으로부터 즐겁고 소중한 추억들과 함께 밀가루 반죽 냄새가 날아왔다. 이름이 잘 기억나지 않는, 아피온 시 근처의 한 떠들썩한 마을에서 여행 내내 자주 그랬듯이 발길 닿는 대로 이리저리 떠돌다가 어떤 사탕 가게에 자연스레 닿게 되었는데, 그곳에서 마른 장미 색 사탕과 귤껍질 색 사탕이 가득한 유리 항아리들처럼 풍만하고 피부가 고운, 한 아이의 엄마를 보고 발걸음을 멈출 수밖에 없었다. 나는 온몸을 부르르 떨면서 계산대에 기대어 섰다. 거기엔 좀 더 작고 피부색이 더 하얀 엄마의 복사판이 앉아 있었다. 열여섯 살 남짓으로 보이는, 작은 손에 작은 입, 튀어나온 광대뼈에, 눈초리가 약간 위로 올라간 비할 데 없이 아름다운 작은 미녀는 읽고 있던 포토로망 잡지에서 고개를 들고, 믿을 수 없게도 미국 영화에 나오는 자유분방한 요부 같은 눈길로 나를 쳐다보며 환하게 미소를 지었다.

어느 날 밤, 나는 이스탄불에 있는 멋진 부잣집 저택의 편안하고 고요한 거실처럼 부드러운 전등으로 밝혀져 있는 터미널에 앉아 버스를 기다리면서, 거기서 만난 장교 후보 셋과 함께 그들이 개발했다는 카드놀이 '장군이 승리했다'를 하면서 시간을 보냈다. 예니제 담뱃갑에서 오려서 만든 종이 카드 위에는 장군들, 용들, 술탄들, 악마들, 연인들, 천사들이 그려져 있었다. 여성 조커 역할을 하는 천사들 각각은 옆집 처녀, 누군가의 단 하나뿐인 애인, 또는 (그들 중 가장 장난꾸러기인 녀석의 경우처럼) 녀석들이 자위할 때나 꿈꿀 수 있는 대상인 국산 영화 여배우나 카바레 가수들을 상징하고 있었다. 그들은 네 번째 천사를 내게 맡겼다. 그리고 영리하고 이해심 많은 친구들조차 거의 하지 않는 행동인, 내 상상 속에서 그 천사가 누구를 대신하고 있는지를 묻지 않는 섬세한 예의를 보여 주었다.

'상처받은' 조사원들이 내게 쏟아 붓는 온갖 허풍들을 듣던 시기의 더없이 행복한 장면들 중 특히 내 가슴을 아프게 했던 장면 하나가 있었다. 그때 나는 그 수많은 메흐메트들을 만나 좀처럼 닿기 어려운 외진 구석에, 닫힌 문에, 가시 울타리에, 담쟁이덩굴로 덮인 담에, 구불구불한 길에 꼭꼭 숨겨져 있는 것들을 가능한 한 모조리 다 조사하려고 동분서주하고 있던 중이었거나 버스 터미널에서, 마을 광장에서, 휴게소 식당에서 비옷을 입은 사람들이건, 상상으로 지어낸 사악한 조사원들이건 간에 내 뒤를 쫓고 있다고 생각되는 모든 사람들로부터 도망치기 위해 안간힘을 쓰고 있던 중이었다.

길을 나선 지 닷새째 되는 날이었다. 《초룸 휘르세스》 신문의 발행인이 찻잔에 부어 준 라크를 마시고 취해 있었기 때문에, 그가 나에게 읽어 주었던 자작시를 훨씬 더 잘 이해할 수 있었다. 그리고 나는 이제 그가 더 이상 자기가 책의 일부분을 가정면에 싣지 않을 것이라고 말할 수 있었다. 그것이 철도 문제를 해결하는 데에도, 아마시아와 초룸을 잇는 철도 건설을 저지하는 데에도 소용이 없다는 것을 그가 알게 되었기 때문이다. 그다음에 간 마을에서 메흐메트의 주소와 발자취를 찾는 데 여섯 시간이나 보낸 후에야, 나는 '상처받은' 조사원이 나린 박사한테서 돈을 우려내려고 존재하지도 않는 책 읽는 사람을, 존재하지도 않는 마을에 살고 있다고 보고한 것을 알아내고는 분노에 치를 떨었다. 나는 즉시, 양편으로 바위와 절벽투성이 산이 솟아 있어 해가 일찍 지는 도시인 아마시아로 날아갔다. 명단에 있는 메흐메트들을 찾아다녔지만 별 성과가 없었고, 여전히 열에 들떠 침대에 누워 있을 자난의 모습이 걱정되어 다리에 쥐가 날 것 같았기 때문에, 나는 이 도시에서 가야 할 주소로 찾아가 내 군대 동기를 만나고 나서, 그가 내가 찾는 메흐메트가 아니면 즉시 흑해 해변으로 가는 첫 번째 버스를 탈 생각이었다.

나는 '푸른 강'이라는 이름에 걸맞지 않게 전혀 푸르지 않은 탁한 물을 가로지르는 다리를 건너, 절벽 한가운데의 바위를 뚫어 만든 무덤들이 있는 곳 아래에 있는 마을로 갔다. 이곳에 있는 위풍당당한 고택(古宅)들은 한때 부유한 사람들—장군이나 고관 혹은 지주들—이 먼지 날리는 마을에 살았다는 것을 보여 주고 있었다. 나는 그 저택들 중 한 집의 문을 두드리고 나서 내 군대 동기에 대해 물었다. 그 집 사람들은 메흐메트가 지금 차를 타고 집으로 오는 중이라며 나를 집 안으로 들였다. 그들은 내게 축복이 넘쳐 나는 행복한 가족의 모습을 고스란히 보여 주었다.

1)가난한 사람들을 위해 무료로 법률 상담을 해 주고 있는 변호사 아버지는 소송 때문에 슬픔에 빠져 있는 의뢰인을 문까지 배웅하고 들어와서는 자신의 웅장한 책장에서 꺼낸 두툼한 법전을 이리저리 검토했다. 2)그 일을 잘 알고 있던 어머

니가 실의에 빠져 있는 남편에게, 총명한 눈빛의 딸에게, 돋보기를 쓴 할머니에게, '나의 조국 시리즈' 우표들을 들여다보던 아들에게 나를 소개했다. 그러자 그들은 모두, 서양 여행자들이 쓴 여행서들이 언급하곤 하는 튀르키예인 특유의, 손님을 환대하는 마음을 드러내면서 흥분하며 기뻐했다. 3) 어머니와 똑똑한 딸은 슈베이데 아주머니가 만든, 맛있는 냄새가 나는 뵈레크가 화덕에서 구워지기를 기다리는 동안 내게 정중하게 이런저런 질문을 하고 나서는 앙드레 모루아의 『기후』라는 소설에 대해 논쟁을 벌였다. 4) 하루 종일 사과 밭에서 일하고 돌아온 부지런한 아들 메흐메트는 군대 생활 당시의 나를 전혀 기억하지 못하겠다고 솔직히 말했다. 그러고는 고맙게도 선의를 품고 같이 이야기할 수 있는 공통의 화제를 찾으려고 애썼다. 그래서 결국 우리는 철도 부설을 중단하고 마을 협동 조합을 장려하지 않는 행위가 국가에 얼마나 손해인지를 논쟁할 수 있는 기회를 맞았다.

행복으로 가득한 저택에서 나와 거리의 어둠 속으로 잠겨 들어가면서 이 사람들은 서로의 마음을 절대 아프게 하지 않을 거라는 생각이 들었다. 문을 두드리고, 그들을 보자마자 내가 찾는 메흐메트가 이 집에 살지 않는다는 것을 알았다. 그렇다면 나는 왜 그 집에 들어가서 할부로 구입 가능한 주택 광고에나 나올 법한 행복한 장면에 매혹당했을까? 엉덩이에서 다시 한 번 그 감촉을 느끼면서 나는 발터 권총 때문이라고 중얼거렸다. 나는 즉시 되돌아가서 그 평화로운 저택 창문으로 9밀리 총알들을 다 써 버릴까 생각했다. 그러나 이는 진짜 생각이라기보다는 일종의 속삭임, 내 마음속 어둠의 숲에 있는 검은 늑대를 깊이 잠재우기 위한 속삭임이었다. 자라, 검은 늑대여, 자라! 아, 그래, 자러 가야지. 상점, 쇼윈도, 광고가 있었다. 나의 발은, 늑대를 두려워하는 양처럼 온순한 나의 발은 이렇게 나를 어딘가로 데려가고 있었다. 어디로? 사파 극장, 바하르 약국, 윌륌 건과(乾果) 가게. 손에 담배를 들고 있던 건과 가게 점원은 나를 왜 그렇게 뚫어지게 바라봤을까? 그다음 가게는 구멍가게와 빵집이었다. 마침내 나는 꽤 넓은 진열장 앞에서 멈춰 아르첼리크 냉장고, 아이가스 가스레인지, 빵 상자들, 안락의자들, 소파들, 에나멜을 칠한 스테인리스 요리기구들, 전등들, 모던 난로들, 털이 복실복실한 행복한 개, 그러니까 아르첼리크 라디오 위에 있는 개 인형을 들여다보기 시작했다. 더 이상 나 자신을 제어할 수가 없었다.

천사여, 두 개의 산 사이에 끼어 있는 아마시아 시에서, 한밤중에 진열장 앞에 선 채 나는 엉엉 울기 시작했어. 아이들에게 묻곤 하잖아. 애야, 왜 우니 하고. 사실은 마음에 깊은 상처를 입었기 때문에 울면서도, 아이는 물어보는 아저씨에게 파란색 연필깎이를 잃어버려서 운다고 말하지. 그와 비슷한 슬픔이 진열장에 있는 물건들을 바라보던 나를 덮친 거야. 무심코 살인자가 되고 싶었을 때 내게 엄습했던 그 느낌의 정체는 대체 무엇일까? 이제 나는 영혼 깊은 곳에서 이 무시무시한 고통을 느끼면서 평생을 살아야 하는 걸까? 건과 가게에서 해바라기 씨를 살 때, 아니면 나 자신을 비춰 볼 거울 몇 개를 식료품점에서 살펴볼 때, 아니면 냉장고와 난로 들로 가득한 행복한 삶을 볼 때, 내 속에 있는 저주스럽고 사악한 목소리가 (봐, 이빨을 드러내는 비열한 검은 늑대를) 으르렁대면서 너는 유죄라고 외쳐 댄다. 하지만 천사여, 나도 한때는 인생을, 선행을 믿었어. 하지만 나는 지금 내가 믿을 수 없는 자난과, 내가 믿는다면 곧 죽여 버려야 할 메흐메트 사이에 끼여서, 발터 권총과 행복한 삶에 관한 환상 외에는 달리 매달릴 것이 아무것도 없어. 불신과 불안이 극단적으로 얽혀 있는 계획에 바탕을 둔 오리무중의 상상 말이야. 내 마음속에는 냉장고들, 오렌지 짜는 기계들, 월부로 판매하는 안락의자들의 이미지가 소리 없는 통곡을 반주로 해서 차례로 흘러 지나갔어.

그때 국산 영화에서 주로 코를 훌쩍거리는 어린아이나 흐느끼는 아름다운 여인들의 고통을 누그러뜨리는 역할을 하던 아저씨와 비슷하게 생긴 사람, 그러나 내게는 별 쓸모없는 사람이 도움을 주기 위해 내게 다가왔다. 그러고는 "얘야, 왜 울고 있니? 무슨 일인데? 울지 마라."라고 말했다.

턱수염을 기른 이 영리한 아저씨는 아마 사원에 기도하러 가는 중이었거나 아니면 누군가를 목 조르러 가는 중이었을 것이다.

나는 "어제 아버지가 돌아가셨어요."라고 말했다.

그는 내 말을 의심하는 것 같았다.

"너는 뉘 집 아들이냐? 이곳 사람이 아닌 게 분명한데."

"의붓아버지는 우리가 이 근처에 오는 것을 원하지 않았어요."

혹시 덧붙여서 이 말도 했더라면 하고 생각했다.

'아저씨 저는 하즈[45]가 되려고 메카에 가는 중이었는데, 버스를 놓쳤어요. 제게 돈 좀 빌려 주세요!'

나는 슬픔 때문에 죽을 것처럼 행동하면서 어둠 속으로 걸어갔다. 실제로도 슬픔 때문에 죽어 가고 있었다.

그렇지만 괜한 거짓말을 두 번 한 것이 슬픔에서 벗어나는 힘이 되었다. 잠시 후 언제나 믿을 수 있는 귀벤리 와란[46] 고속버스에서 우아한 여자가 차를 몰고 악의 무리들을 향해 뛰어드는 영화를 보는 동안 나는 충분히 기분이 풀렸다. 다음 날 아침 나는 흑해 해변에 있는 잡화상에서 이스탄불에 있는 어머니에게 전화를 걸어 일을 마치면 천사 같은 며느리와 함께 집으로 돌아갈 거라고 말했다. 만약 어머니가 운다면 행복해서 울어야 한다. 나는 재래시장에 있는 빵집에 앉아 노트를 펴고는 가능한 한 빨리 일을 끝내기 위한 계획을 세웠다.

삼순 시에 사는, 책을 읽은 사람은 사회보험 병원에서 레지던트로 일하는 젊은 의사였다. 그를 보자마자 그가 내가 찾는 메흐메트가 아니라는 것을 알았다. 깨끗이 면도를 해서 말끔해 보였기 때문인지 균형 잡힌 몸매와 자신감 넘치는 태도 때문인지 이유는 잘 알 수 없었다. 나처럼 책 때문에 인생을 망쳐 버린 사람들과는 달리, 그는 책을 철저하게 건강한 방식으로 소화해서 평온하면서도 열정적으로 살아가고 있었다. 나는 즉시 그를 혐오하게 되었다. 나의 모든 세계를 바꾸어 놓

---

45) 메카 순례를 마친 이슬람교도에게 부여하는 칭호.
46) '안전하게 도착하는 와란'이라는 의미.

고, 내 운명을 뒤흔들어 버린 책이 어떻게 이 사람에게는 비타민제처럼 작용할 수 있었을까? 호기심 때문에 미칠 것 같았기 때문에, 나는 어깨가 건장하고 얼굴이 잘생긴 의사와 눈이 크고 이목구비가 뚜렷한 것이 영화배우 킴 노백을 닮은 다갈색 피부의 간호사에게 탁자 위에 놓인 의약품 카탈로그 사이에, 의약품 관련서처럼 기만적인 순수함을 풍기며 놓여 있는 책을 가리키며 말문을 열었다.

"아, 의사 선생님은 책 읽기를 아주 좋아하세요." 하고 능력 있고 재치 넘치는 킴 노백이 킥킥거리며 말했다.

간호사가 나가자 의사는 문을 잠그고 돌아와서 성숙한 남자처럼 의젓하게 의자에 앉았다. 우리는 남자 대 남자로 마주 앉아 담배 한 대씩을 피웠고, 그가 모든 것을 설명해 주었다.

가족의 영향으로 그 역시 어린 시절에는 신앙을 가졌었고, 금요일마다 사원에도 가고 라마단 기간에는 금식도 했다. 그러다가 한 여자를 사랑하면서 믿음을 잃었고, 그 뒤에는 공산주의자가 되었다. 이 모든 폭풍이 흔적만 남기고 지나가 버린 후, 그는 영혼에 빈 공간을 느꼈다. 그러나 한 친구의 책장에서 가져온 이 책을 읽자 모든 것이 '제자리'를 잡았다. 그는 이제 죽음이 우리의 인생에서 어떤 자리를 차지하는지를 알고 있었다. 그는 죽음을 정원에 없어서는 안 될 나무, 거리의 친구처럼 받아들였고, 거부하는 것을 그만두었다. 또 그는 어린 시절의 중요성도 알게 되었다. 과거에 스쳐 갔던 사소한 것들, 가령 풍선껌이나 만화책 같은 것을 기억하고 사랑하는 법도 배웠다. 첫사랑이나 그가 읽었던 첫 번째 책도 모두 그의 인생 안에서 자리를 잡았다. 황량한 그의 나라도, 그 거리를 달리던 난폭하고 슬픈 버스들도 어렸을 때부터 좋아했었다. 천사라는, 이 기적 같은 존재도 그는 이성으로 이해하고 가슴으로 믿게 되었다. 결국 이 모든 것을 종합해 보면, 그는 천사가 어느 날 자신을 찾아와 함께 새로운 인생으로 비상할 것임을, 예를 들면 독일에서 직장을 얻어 정착할 수 있으리라는 것을 알게 되었다.

그는 이 모든 것을, 행복 처방전을 써 줌으로써 어떻게 내 병을 치료할 수 있는지를 설명하듯이 내게 말했다. 환자가 자기 처방을 알아들었다고 확신하는 의사가 일어서자, 구제될 가망성이 없는 환자는 문을 향해 가야만 했다. 내가 나가려던 찰나, 약은 식후에 먹으라고 말하는 것처럼 그가 한마디 덧붙였다.

"나는 책을 읽을 때 밑줄을 치면서 읽지. 당신도 그렇게 해 보시오."

천사여, 마치 도망이라도 치는 것처럼 남쪽으로 가는 첫차에 올라탔어. 나는 '다시는!'이라고 생각했어. 나는 다시는 흑해 연안에는 오지 않을 거야. 덧붙이자면 자넨과 나는 흑해 연안에서는 결코 행복할 수 없을 거야. 나는 미래에 행복을 불러들일 내 계획 속에 그런 아주 분명하고 확고한 꿈이 있기라도 한 것처럼 말했다. 기울로 비낀 치창에 검은 마을들, 검은 목장 울타리들, 불멸의 나무들, 슬픈 주유소들, 텅 빈 식당들, 고요한 산들, 다급한 토끼들이 떠올랐다 사라져 갔다. 버스 안의 텔레비전에서 돌아가고 있는 영화에서는 선량하고 잘

생기고 젊은 남자가 자신이 오랫동안 속아 왔다는 사실을 알게 된 후, 악당들을 추궁하고 총으로 쏴 죽이고 있었다. 전에도 비슷한 것을 본 적이 있지 않나 하고 나는 중얼거렸다. 그는 악당들을 죽이기 전에 차례대로 그들을 심문하고, 그들에게 자비를 빌게 만들고, 그들을 용서해 줄까 생각하고, 그들이 다시 배반할 기회를 줄 정도로 오랫동안 망설인다. 악당이 배반할 무렵이 되면 우리 관객들 역시 그가 죽어 마땅한 놈이라고 생각하게 되고, 그 직후에 운전석 바로 위의 화면에서는 총소리가 들려온다. 그때마다 총소리와 엔진 소음과 타이어 소리가 어우러진 이상한 노래가 들려오는 듯한 기분을 느끼면서, 나는 피와 살인을 좋아하지 않는 누군가를 찾는 것처럼 창밖을 보았다. 천사여, 그 잘생긴 의사가 내게 책을 처방했을 때, 나는 왜 네가 누구인지는 묻지 않았을까?

노래의 가사는 아마 이렇게 흘러갈 것이다. "선생님, 선생님, 천사가 누구죠?"라고 젊은 환자가 물었을 때, 자신감에 찬 의사는 "천사라고요?"라고 말한다. 그리고 지도를 꺼내 테이블에 펼쳐 놓고 불쌍한 환자의 엑스레이 필름에서 가망 없는 내장 기관들을 보여 주는 것처럼 이곳은 '의미의 언덕', 이곳은 '유일무이한 순간의 도시', 이곳은 '순수의 계곡', 그리고 이곳은 '사고 지점'이라면, 보시오. 이곳은 '죽음'이오, 라고 말한다. 선생님, 천사와 만나는 것처럼, 죽음과 만나는 것도 사랑해야 하나요?

나의 노트에 따르면, 다음에 만날 책 읽은 사람은 이키즐레르 마을의 신문 보급소장이었다. 버스에서 내린 후 10분쯤 지

나고 나서 나는 시장 중간쯤에 있는 보급소에서, 자난의 애인
과는 전혀 닮지 않은, 키가 작고 뚱뚱한 몸을 와이셔츠 위로
시원하게 긁고 있는 사람을 보았다. 나, 즉 단호하고 날렵한 탐
정은, 10분 후에 도착한 다음 버스를 타고 마을을 떠났다. 버
스 두 대를 갈아타고 네 시간을 달려 도착한, 주도(州都)에 사
는 다음 용의자는 방금 전 사람보다는 나를 덜 힘들게 했다.
터미널 맞은편에 있는 이발소에서 부지런한 주인이 어떤 사람
의 머리를 깎고 있을 때, 그는 한 손에는 쓰레받기, 한 손에는
눈부시게 깨끗한 가운을 들고, 버스에서 내리는 우리 행복한
여행객들을 슬픔 가득한 눈으로 바라보고 있었기 때문이다.

나는 '자, 형제여, 우리 함께 가자. 나와 함께 버스를 타고,
미지의 땅으로 가자.'라고 막 머릿속을 스쳐 간 시구를 그에게
말하고 싶은 충동을 느꼈다. 하지만 나는 영감의 요정이 나
를 떠나기 전에 끝까지 가 보고 싶었다. 그로부터 한 시간 후
에 찾아간 마을의, 직업 없이 빈둥거리는 용의자는 실제로 꽤
의심스러워 보였기 때문에, 나는 '상처받은' 조사원이 자기 집
뒤뜰의 마른 우물에 감춰 두었던 낡은 새장들, 손전등들, 가
위들, 장미 나무로 만든 담배 파이프들, 장갑들, 우산들, 그리
고—놀랍게도—브라우닝 권총 한 자루를 세심히 조사해야
만 했다. 이가 부러진 '상처받은' 대리점주는 나린 박사를 향
한 존경과 선망의 겸손한 표시로서 전해 달라며 니에게 세르
키소프 시계를 건넸다. 그가 매주 금요 기도 시간 후에 세 친
구와 함께 제과점 뒷방에 모여서 심판의 날을 어떻게 맞이할
것인가에 대해 상의했던 것을 설명하고 있을 때, 갑자기 어느

새 저녁이 되었을 뿐만 아니라 가을도 눈 깜짝할 사이에 와 버렸다는 생각이 들었다. 낮고 어두운 구름이 내 머릿속에 내려앉고 있었고, 옆집의 방 하나에 전등이 켜졌다. 순간 낙엽들 사이로 반쯤 벗은 여자의 벌꿀 색 어깨가 창문에서 번개처럼 나타났다 사라졌다. 천사여, 그다음에 나는 하늘을 가로질러 달리는 검은 말들을 보았어. 그리고 조바심치는 괴물들, 주유 기들, 행복한 환상들, 폐쇄된 영화관들, 다른 버스들, 다른 사람들, 다른 마을들도 보았지.

그날 저녁 늦게, 나는 내가 찾는 메흐메트가 이 마을에 없다는 것을 깨달았지만 어쩐지 내게 실망보다는 희망을 준 카세트테이프 판매업자와 이런저런 주제로 계속 이야기를 나누었다. 그가 파는 테이프들이 사람들에게 주는 기쁨에 대해, 우기가 오고 가는 것에 대해, 이제 막 도착한 마을의 슬픔에 대해 얘기하다가, 슬픔에 가득 찬 기적 소리를 듣고 갑자기 마음이 조급해졌다. 이름조차 머릿속에 남아 있지 않은 이 마을을 하루 빨리 떠나, 버스가 나를 데려다 줄 벨벳 같은 달콤한 밤으로 돌아가야만 했다.

기적 소리가 들렸던 방향으로 버스 터미널을 향해 걸어가고 있을 때, 나는 길가에 세워 둔 자전거의 반짝이는 백미러에 비친 거리를 걷고 있는 내 모습을 보았다. 거기에 내가 있었다. 권총을 숨긴 채, 새로 산 보라색 재킷을 걸치고, 주머니에는 나린 박사에게 줄 선물인 세르키소프 시계를 지니고, 다리에는 청바지를 걸치고, 손을 아무렇게나 휘두르며 달아나듯 성큼성큼 걷고 있는 내 모습. 상점들과 쇼윈도들이 하나둘 내

등 뒤로 사라져 갔다. 밤을 뚫고 내 눈에 들어온 것은 입구에 천사가 그려져 있는 서커스 천막이었다. 그 천사의 외모는 페르시아 세밀화와 국내 영화배우를 합성한 듯한 모습이었지만 내 심장을 뛰게 하기에는 충분했다. 수업을 빼먹은 학생 하나가 담배를 피우면서 몰래 서커스를 보러 들어가고 있었다.

나는 표를 샀다. 천막 속으로 들어갔다. 앉았다. 곰팡내, 땀내, 흙 냄새 속에서 나는 모든 것을 잊은 채 시간을 보내기로 결심했다. 이 시간에도 부대로 귀환하지 않은 정신 나간 군인들, 시간을 죽이고 있는 한량들, 불쌍해 보이는 노인들, 그리고 아이와 함께 잘못된 장소에 들어온 몇몇 가족들과 나란히 앉아 나는 기다렸다. 왜냐하면 텔레비전에서 보았던 서커스와는 무척 달랐기 때문이다. 멋진 곡예사도, 자전거를 타는 곰도, 튀르키예인 마술사조차도 나오지 않았다. 한 사내가 더러운 회색 천을 라디오로 바꾸었다. 곧 라디오는 사라지고 음악만이 남았다. 튀르키예 노래 하나가 들리고 있는 중에 그 노래를 부르며 안에서 나온 젊은 여자가 구슬픈 목소리로 두 번째 노래를 부르고 들어갔다. 우리가 산 표에는 번호가 적혀 있는데, 나중에 번호를 추첨해서 경품을 주니까 인내심을 갖고 앉아 있으라고 말했다.

조금 전에 노래 부르던 여자가 전혀 다른 모습으로 다시 나타났다. 이번에는 친시로 번에 있었다. 눈초리가 올리긴 깃처럼 보이도록 눈가에 아이라인이 그려져 있었다. 천사는 어머니가 슈레이야 해변에서 입었던 것과 같은 종류의, 몸을 거의 다 가린 얌전한 비키니를 입고 있었고, 목에는 이상하게 생긴 천 조각을 걸치고 있었다. 처음에는 목도리나 괴상한 모양의 스카프라고 생각했지만, 곧 가냘픈 어깨 양쪽으로 늘어뜨린 그 물체가 뱀이라는 것을 알았다. 예전에는 한 번도 본 적이 없었던 이상한 빛을 보고 있었던 것일까? 아니면 그 빛을 기다렸던 것일까? 나는 이 빛을 오랫동안 상상해 왔는지도 모른다. 그곳에서, 그 천막 안에서 스물다섯 명가량의 사람들과 함께 천사와 뱀을 바라보는 것이 너무나 행복해서 눈에서 눈물이라도 솟아날 것만 같았다.

잠시 후 여자가 뱀과 이야기할 때 내 머릿속에 무엇인가가 떠올랐다. 사람은 때때로 오래전에 잊어버렸던 추억이 갑자기 떠올라서, 왜 지금 그것이 기억났는가를 궁금해하면서 완전히 혼란에 빠질 때가 있다. 나도 그런 느낌을 받았다. 그러나 내가 느낀 것은 혼란보다는 평화에 가까웠다. 언젠가 아버지와 함께 르프크 아저씨 댁에 갔던 적이 있다. 그때 아저씨는 이렇게 말했다.

"기차가 서는 곳이기만 하면 나는 세상 그 어떤 곳에서도 살 수 있단다. 설사 그곳이 세상 끝에 있는 간이역이라도 말이야. 나는 잠자기 전에 기적 소리를 듣지 못하는 삶은 단 한 번도 생각해 본 적이 없어."

나도 이 마을에서, 여기 이 사람들과 남은 생애를 함께 보낼 수 있으리라고 쉽게 상상할 수 있었다. 세상 그 어떤 것도 망각에서 오는 평온만큼 값지진 않다. 뱀과 달콤하게 이야기하는 천사를 보면서 나는 이 모든 것을 생각했다.

잠시 동안 불이 꺼지자, 천사가 무대에서 사라졌다. 불이 다시 들어오자 10분간 휴식이라는 안내 방송이 나왔다. 나는 밖으로 나가 내 인생을 함께할 고향 사람들과 어울리기 위해 돌아가야겠다고 마음먹었다.

나무 의자들 사이를 뚫고 지나갈 때, 나는 '무대'라고 불리는 약간 높은 땅으로부터 서너 줄 뒤에 앉아《비란바》신문을 읽고 있는 사람을 보았다. 심장이 걷잡을 수 없이 뛰기 시작했다. 바로 내가 찾고 있던 메흐메트, 자난의 애인이자 죽은 것으로 알려진 나린 박사의 아들이었다. 그는 다리를 꼬고 앉아 세상을 잊은 채 내가 오랫동안 갈망해 왔던 평온함에 가득 차 신문을 읽고 있었다.

13

　밖으로 나가자마자 서늘한 바람이 목덜미로 들어와 온몸을 돌아다니며 소름이 돋게 만들었다. 나의 동료 시민이 될 예정이었던 사람들은 믿을 수 없는 적들로 변했다. 심장은 계속해서 쿵쿵 뛰었고, 엉덩이께에서 권총의 무게가 느껴졌다. 나는 담배와 함께 세상의 전부를 내뿜었다.

　종이 울렸다. 안을 들여다보았다. 그는 여전히 신문을 읽고 있었다. 나는 그보다 세 줄 뒤에 앉았다. '프로그램'이 시작되었다. 머리가 어지러웠다. 무엇을 보았는지, 무엇을 보지 못했는지, 무엇을 들었는지, 무엇을 듣지 못했는지 기억할 수가 없었다. 머릿속에 누군가의 목덜미가 떠올랐다. 머리를 깨끗하게 깎은, 겸손한 그의 목덜미.

　시간이 한참 지난 후 보라색 주머니에서 번호를 꺼내어 부르는 복권 추첨을 구경했다. 당첨 번호가 발표되었다. 앞니가 빠진 노인이 기뻐하며 무대로 뛰어 올라갔다. 천사는 아까와 똑같은 비키니 위에 면사포만 덧쓰고 나와서 그를 축하해 주었다. 그때 천막 입구에서 표를 팔던 사람이 커다란 샹들리에를 들고 나타났다.

"세상에. 등잔이 일곱 개나 달린 샹들리에야."라고 앞니 빠진 노인이 소리쳤다.

뒤쪽에 앉은 관중이 큰 소리로 항의했기 때문에, 항상 이 사람이 당첨된다는 것과 매일 밤 비닐 커버로 덮은 똑같은 샹들리에가 나온다는 것을 알게 되었다.

무선 마이크인지 가짜 마이크인지는 잘 모르겠지만, 어쨌든 소리가 나지 않는 마이크에 대고 천사가 말했다. "지금 기분이 어떠세요? 행운아가 되니 어떤 기분이지요? 떨리세요?"

"정말 떨립니다. 그리고 정말 행복합니다. 하느님의 은총이 당신에게 있기를!" 하고 노인이 마이크에 대고 말했다. "인생은 아름다운 것입니다. 고통도 많고 슬픔도 많지만 저는 행복해지는 것을 두려워하지도 부끄러워하지도 않습니다."

몇 명이 그에게 박수를 보냈다.

천사는 "이 샹들리에를 어디에 거실 건가요?"라고 물었다.

"엄청난 우연이군요."라고 노인이 말했다. 그는 마치 예행 연습이라도 한 것처럼 조심스럽게 마이크를 향해 몸을 숙였다. "저는 사랑에 빠졌습니다. 제 약혼녀도 저를 아주 사랑하지요. 저희는 곧 결혼할 것입니다. 새집도 마련할 거고요. 그 집에 이 일곱 개의 등잔이 달린 샹들리에를 달 것입니다."

환호성이 터져 나왔다. 그리고 "뽀뽀해, 뽀뽀해." 하는 소리
가 들렸다.

천사가 노인의 두 뺨에 가볍게 입을 맞추자 모두 숨을 죽였
다. 정적 속에서 노인이 샹들리에를 들고 사라졌다.

"우리는 왜 절대 당첨이 안 되지?" 뒤쪽에서 화난 듯한 목소
리가 들렸다.

천사는 "조용히 하세요. 모두들 제 말을 들으세요."라고 말
했다. 뽀뽀했을 때와 똑같은 이상한 정적이 흘렀다. "언젠가 당
신에게도 행운의 여신이 미소 지을 겁니다. 잊지 마세요. 당신
에게도 행복의 시간이 올 것입니다. 안달하지 마세요. 비관하
지 마세요. 질투하지 말고 기다리세요. 인생을 즐겁게 사는 법
을 배우신다면 행복해지기 위해 무엇을 해야 할지도 알게 될
것입니다." 그러고는 유혹하듯 한쪽 눈썹을 치켜세웠다. "왜냐
하면 매일 밤 희망의 천사가 이곳, 정겨운 비란바 마을에 나타
나기 때문입니다."

그녀를 비추던 신비로운 조명이 꺼졌다. 그 대신 전구에 불
이 들어왔다. 나는 목표물과 일정한 간격을 유지하면서 사람
들과 함께 밖으로 나갔다. 바람이 세차게 불었다. 갑자기 사람
들로 앞이 막혀서, 나는 그의 두 걸음 뒤에 서 있게 되었다.

"어땠어요. 오스만 씨, 재미있었어요?"라고 중절모를 쓴 남
자가 그에게 물었다.

"그저 그랬어요."라고 그가 대답했다. 그는 겨드랑이 밑에
신문을 낀 채로 빨리 걸었다. 나히트가 되기를 거부했던 것처
럼 메흐메트가 되는 것도 그만둘 수 있다는 것을, 다른 이름

을 사용할 수 있다는 것을 왜 생각하지 못했을까? 생각할 수 없었는데 어떻게 생각했겠어? 나는 생각조차 하지 않았었다. 그의 뒤에 서서 그가 좀 더 내게서 멀어지기를 기다렸다. 구부정하고 가냘픈 그의 몸을 주의 깊게 바라보았다. 나의 자난이 미친 듯이 사랑하고 있는 자가 이자였다. 그의 뒤를 쫓아갔다.

비란바 마을은 지금까지 보았던 수많은 마을 중에서 거리에 가장 나무가 많았다. 나의 표적이 빠르게 걸어서 가로등 밑으로 가자, 어슴푸레 빛나는 무대로 올라간 것처럼 보였다. 그때 그가 밤나무 혹은 보리수나무들 중 하나로 다가가더니, 바람에 정신없이 흔들리고 있는 나뭇잎 사이의 어둠 속으로 사라져 버렸다. 나의 표적은 자신이 입은 하얀 셔츠에 엷은 노란색, 오렌지색, 파랗고 빨간빛이 나는 제과점, 우체국, 약국, 찻집의 희미한 네온등 불빛을 받으며 마을 광장에서 신세계 극장 앞을 지나 골목길로 들어갔다. 3층짜리 모델하우스들, 가로등들, 그리고 사각거리는 나무들이 보여 주는 완벽한 원근법을 보자, 세르키소프, 제니스, 세이코 같은 조사원들이 했던 미행이 생각났고, 거기에 내가 희열을 느꼈다는 데 소름이 끼쳤다. 일을 끝내기 위해, 표적이 입은 개성 없는 하얀 셔츠를 향해 서둘러 접근하기 시작했다.

그때 갑자기 큰 소리가 났다. 갑자기 나는 조사원들 중 한 명이 나를 미행한다고 생각하고 당황하며 구석에 숨었다. 바람에 창문이 닫혀서 유리창 깨지는 소리가 났고 어둠 속에 있는 나의 표적은 한순간 뒤돌아섰다. 나를 보지 못하고 계속 길을 가는구나 생각하고 있을 때 그가 갑자기 열쇠를 꺼내 문을 열었고, 내가 권총의 안전장치를 풀기도 전에 콘크리트로 만든 모델하우스 중 하나 속으로 사라져 버렸다. 나는 2층 창문에 불이 켜질 때까지 기다렸다.

그러고는 살인자, 혹은 예비 살인자처럼 이 세상에 나만 홀로 남았다고 생각했다. 정중하게 원근법에 복종하고 있는 한 블록 아래의 거리에서는, 바람에 이리저리 흔들리는 겸손한 엠니예트 호텔의 네온사인이 내게 약간의 인내와 약간의 이성, 약간의 평온, 하나의 침대 그리고 인생 전체와 살인자가 되기로 한 결심, 나의 자난을 다시 한 번 생각할 긴 밤을 약속해 주고 있었다. 나는 아무 생각 없이 안으로 들어갔다. 프런트 직원이 텔레비전이 있는 방을 원하느냐고 묻기에 그렇다고 했다.

호텔 방에 들어가자마자 텔레비전을 켰다. 흑백의 영상을 보고는 "좋은 선택이었어." 하고 혼잣말을 했다. 나는 구원받을 수 없는 살인자의 절망감 속에서가 아니라, 너무나 자주 강도질을 일삼아서 농담처럼 웃어넘길 수 있는 흑백영화 속 주인공들을 벗 삼아 이 밤을 보내고 싶었다. 볼륨을 조금 높였다. 잠시 후 손에 권총을 든 사람들이 서로 고함을 지르고, 미제 자동차들이 속도를 내어 달리다가 미끄러지듯 커브를 돌기 시작하자 나는 편안해졌다. 창밖의 세계를, 분노의 밤나무들을 평온하게 바라보았다.

나는 어디에도 존재하지 않는 동시에 모든 곳에 존재했다. 그래서 내가 세상의 존재하지 않는 중심에 있다고 생각했다. 이 중심에 위치한, 사랑스럽고 텅 비어 있는 호텔 방 창문으

새로운 인생

로, 내가 죽이려고 하는 사람의 방에 켜진 불빛을 볼 수 있었
다. 비록 그가 보이지는 않았지만, 그가 지금 그곳에 있고 나
도 이 밤 이곳에 있다는 사실이 만족스러웠다. 게다가 텔레비
전에 나오는 나의 친구들도 서로에게 총을 쏘기 시작했다. 내
표적의 불빛이 꺼진 후, 인생, 사랑, 그리고 책의 의미에 대해
서는 아무런 생각도 하지 않고 총소리를 들으면서 잠에 빠져
버렸다.

나는 아침에 일어나 샤워를 하고 면도를 한 다음, 전국에
비가 올 거라고 떠들어 대는 텔레비전을 끄지 않고 그대로 둔
채 호텔에서 나왔다. 나의 발터 권총도 점검하지 않았고, 연
인에 대한 사랑과 책에 대한 사랑을 위해 살인을 해야 한다고
자신을 설득하는 젊은이처럼 신경질적이었고, 거울과 세상 속
자신의 모습을 점검하지도 않은 채였다. 내가 입은 보라색 재
킷 때문에, 나는 분명 여름방학 때마다 이 마을에서 저 마을
로 떠돌아다니며 『신세계 백과사전』을 방문판매하는 낙천적
인 대학생으로 보일 게 틀림없었다. 낙천적인 대학생이 마을
에서 유명한 책 애호가의 문을 두드릴 때 문학과 인생에 대하
여 긴 시간 대화할 것을 기대하지 않을까? 내가 그를 지금 당
장 죽이지 않으리라는 것은 이미 알고 있었다. 한 층을 올라
갔다. 찌르릉 하는 초인종 소리가 날 거라고 생각했다. 그러나
초인종 소리 내신 카나리아 울음소리를 흉내 낸 찍찍 하는 진
자음이 들렸다. 최신 유행이 비란바 같은 시골 마을에까지 도
달하는 것처럼, 살인자 또한 희생자를 지옥 끝까지라도 쫓아
간다. 영화 속에서는 이런 상황이 되면 희생자들도 모든 걸 다

예상했다는 듯이 "당신이 올 줄 알았소."라고 말한다. 그렇지만 실제로 그런 일이 일어나지는 않았다.

그는 놀랐다. 그러나 자기가 놀랐다는 사실에 별로 놀라지 않은 것처럼 담담하게 행동했다. 그의 얼굴은, 내가 기대했던 것처럼 심오한 표정을 하고 있진 않았지만, 그럭저럭 꽤 괜찮게, (아 그래, 인정하자.) 그렇다, 잘생긴 얼굴이었다.

"오스만 씨, 제가 왔습니다."라고 내가 말했다.

침묵.

우리는 둘 다 정신을 가다듬었다. 그는 나를 안으로 들일 생각이 없는 것처럼 한순간 주저하며 나와 문을 번갈아 쳐다보았다. 그러고는 이렇게 말했다. "밖으로 나가지."

그는 방탄이 되지 않는 회색 재킷을 입었다. 그리고 함께 밖으로 나가, 과히 거리라고 부르기 어려운 골목길을 걸었다. 인도에서는 의심 많은 개가 우리를 노려보고 있었다. 밤나무 꼭대기에 있는 호도애새[47]들이 울음을 그쳤다. 봐, 자난, 우리가 어떻게 친구가 됐는지를. 그는 나보다 약간 키가 작은 듯했다. 나 같은 녀석들의 가장 확연한 특징인, 특이하게 걷는 모습(그러니까, 음, 어깨가 내려가고 올라가는 것과 발걸음을 내딛는 것 사이의 조화)에서 나와 닮은 데가 있는지 결정하지 못하고 있을 때, 그가 내게 아침을 먹었는지, 안 먹었다면 먹을 것인지, 기차역에 찻집이 있는데 차를 마실 것인지를 물었다.

빵집에서 따뜻한 빵 두 개를 샀다. 가게에 들러 카샤르 치

---

47) 애조 띤 울음소리로 유명한 새.

즈[48] 100그램을 먹기 좋게 잘라 기름종이에 쌌다. 그때, 저쪽의 서커스 포스터 속에 있는 천사가 우리에게 손짓했다. 우리는 찻집으로 들어갔다. 차 두 잔을 주문했다. 뒷문으로 나가 역이 보이는 정원에 앉았다. 밤나무인지 지붕인지 모르는 곳에 호도애새들이 앉아 우리를 개의치 않고 한숨을 쉬고 있었다. 기분 좋게 부드러운 아침의 선선함, 정적, 그리고 멀리 라디오에서 뭔지 모를 음악 소리가 들렸다.

그는 치즈 꾸러미를 열면서 "매일 아침 일을 시작하기 전에 집에서 나와 찻집에서 차를 마셔."라고 말했다.

"이곳은 봄과 가을이 좋지. 눈이 내릴 때도 좋고. 매일 아침 역에서 눈 위를 걷는 까마귀들을, 눈 덮인 나무들을 바라보는 것을 좋아해. 그리고 광장에 있는 큰 유르트 찻집도 좋지. 난로가 크고 잘 타거든. 그곳에서 신문을 읽거나 라디오를 듣기도 하고, 때로는 아무것도 하지 않은 채 앉아 있곤 하지."

"나의 새로운 인생은 규칙적이고 질서 있고 정확해…… 매일 아침 9시쯤 찻집에서 나와 집으로, 내 책상으로 돌아가지. 9시가 되면 책상에 앉아 커피도 준비해 놓은 상태에서 글을 쓰기 시작해. 다른 사람들에게는 내가 하는 일이 단순해 보일 거야. 그러나 주의를 요하는 일이야. 쉼표 하나도 빠뜨리지 않고, 철자, 마침표의 자리 하나도 틀리지 않고 반복해서 책을 쓰지. 나는 모든 깃, 마침표나 쉼표까지도 똑같기를 원해. 이 일은 똑같은 영감과 욕구가 있어야만 할 수 있는 일이야. 사람

---

48) 양젖이나 염소젖으로 만든 치즈.

들은 내 일에 대해 단순히 책을 베껴 쓰는 일일 뿐이라고 말할지도 몰라. 그러나 내 일은 단순한 복사를 넘어선 것이야. 나는 느끼면서, 이해하면서, 매번 모든 문장, 모든 단어, 모든 철자들이 나의 발명품인 것처럼 써. 이렇게 아침 9시부터 오후 1시까지 열정적으로 일하지. 다른 어떤 일도 하지 않아. 그 어떤 것도 내가 그 일을 하는 걸 방해할 순 없어. 아침에는 대개 일이 더 잘되지."

"나중엔 점심을 먹으러 밖으로 나가. 이 마을에는 식당이 두 군데 있어. 아슴 식당은 붐비지. 철도 식당은 분위기가 무겁고 술도 팔아. 때로는 첫 번째 식당에, 때로는 두 번째 식당에 가. 찻집에서 치즈와 빵만 먹거나 집에서 아예 나오지 않을 때도 있어. 낮에는 절대 술을 마시지 않아. 가끔은 낮잠을 자지. 그 정도야. 중요한 것은, 오후 2시 30분이 되면 다시 책상에 앉는다는 거지. 6시 30분이나 7시까지 규칙적으로 일해. 잘 써지면 계속할 때도 있어. 내 생각에는 쓰는 것이 좋고 즐겁다면 기회를 놓치지 말아야 해. 쓸 수 있을 때까지 써야 한다고 생각해. 인생은 짧으니까. 너도 알다시피. 식기 전에 차 마셔."

"하루 종일 일한 후에, 지금껏 쓴 데까지 즐겁게 한 번 읽고 나서 거리로 나가. 석간신문을 뒤적일 때, 텔레비전을 볼 때 곁에 대화할 한두 명이 있었으면 하기 때문이야. 혼자 살기 때문에, 혼자 살기로 결정했기 때문에 이래야만 해. 사람들을 만나고 이야기하고, 술을 조금 마시고, 한두 가지 이야기를 듣고, 어떤 때는 내 이야기도 한두 가지 해 주고, 이러한 모든 것들이 나는 좋아. 그러고 나선 극장에 가지. 때로는 텔레비전을 보고, 밤에 찻집에서 카드놀이를 하기도 해. 신문을 들고 집에 일찍 돌아올 때도 있고."

나는 "너는 어제도 같이 극장에 갔지."라고 말했다.

"그 사람들은 한 달 전부터 이 마을에 와서 머물고 있어. 여태까지도 밤에 가는 사람들이 있지."

"그곳에 있는 여자, 천사를 조금 닮은 것 같아."

"천사가 아냐. 마을 유지나 돈을 주는 군인들과 잠을 자는 여자라고. 알아?"

정적이 흘렀다. 그 "알아?"라는 말은 내가 술주정뱅이의 쾌락주의에 빠져 냉소와 분노를 퍼부어 대던 안락의자에서 나를 몰아내, 기차역을 내려다보는 정원에 놓인 불편한 나무 의자에 앉게 했다.

"책에 쓰여 있는 것들은, 이제 내게 아주 먼 과거로 남았어."

"그래도 너는 하루 종일 그 책을 쓰잖아."

"돈 때문에 쓰지."

이 말을 할 때, 그는 의기양양해하거나 부끄러워했다기보다는, 마치 그런 사실을 밝히게 된 것에 대해 미안해하는 것 같았다. 그는 평범한 학교 노트에 손으로 책을 다시 쓰고 있다고 했다. 매일 평균 8~10시간 일하는데 시간당 평균 세 장 정도 쓰기 때문에, 300페이지에 달하는 책을 열흘이면 거뜬히 마쳤다. 이곳에는 이러한 유의 물건에 '합당한' 가격을 쳐주는 사람들이 있다고 했다. 도시의 부자들, 전통주의자들, 그를 좋아하는 사람들, 그의 노력과 신념, 헌신, 인내심을 존경하는 사람들, 그렇게 말도 안 되는 짓을 고집하며 사는 바보가 자기들 같은 사람들 사이에서도 만족하며 산다는 사실에 일종의 행복감을 느끼는 사람들 등등…… 게다가 이런 보잘것없는 일에 그가 평생을 바쳤다는 사실이(그는 쭈뼛거리며 말했다.) 그도 모르는 사이에 일종의 '작은 전설'을 생겨나게 했다. 사람들은 그가 하는 일에서—그는 이번에도 "이걸 뭐라고 하나." 라고 말했다.—일종의 성스러운 무언가를 보고는 그를 존경했다.

그는 이 모든 것들을, 나의 강요 때문에, 나의 자극적인 물음들 때문에 설명했다. 자신에 대해 말하는 것을 전혀 좋아하지 않는 것 같았다. 책을 구입하는 사람들에 대하여, 손으로 쓴 필사본을 사는 호기심 많은 사람들의 선의에 대하여, 그들이 자신에게 보여 주는 존경에 관하여 감격스레 언급한 후에 그는 "어쨌든 나는 그들에게 봉사하고 있어. 그들에게 진실한 것을 제공하고 있지. 그것은 매 단어를 믿음으로, 피로, 영혼으로, 손으로 쓴 책이야. 그들도 나의 성실한 노력의 대가로 많든 적든 돈을 주고. 모든 사람의 인생이 결국 이와 같아."

우리는 입을 다물었다. 신선한 빵을 치즈 조각과 함께 먹을 때, 그의 인생이 이미 자리를 잡았고 책 속의 표현처럼 '정상 궤도에 들어섰음'을 나는 보았다. 그도 나처럼 책 때문에 길을 나섰지만, 그 여정 속에서 그는 내가 발견하지 못한, 죽음과 사랑과 재앙으로 충만한 여행과 모험을 발견해 냈다. 그리고 모든 사물이 영원히 변치 않을 어떤 균형을 찾아냈다. 내면의 평화를 찾아냈던 것이다. 그가 매일같이 손, 손가락, 입, 턱,

머리로 작은 동작들을 반복하고 있다는 것을 느꼈을 때, 나는 치즈 조각을 조심스럽게 깨물면서 찻잔 바닥에 남은 마지막 한 모금의 차를 음미하고 있던 참이었다. 그가 찾았던 균형의 평온은 그에게 결코 끝나지 않을 영원한 시간을 주었다. 나는 호기심과 긴장 때문에 테이블 밑에서 다리를 떨었다.

한순간 마음속에서 질투심이, 사악한 짓을 하고 싶은 욕망이 솟아났다. 그러나 나는 더욱더 무시무시한 사실을 알아챘다. 내가 지금 총을 꺼내서 그의 눈동자를 쏜다 해도, 그는 책을 베끼는 행위를 통해 이미 영원한 시간의 균형 상태에 도달했기 때문에, 나는 그에게 아무런 영향도 미치지 못할 것이다. 그는 정지한 시간 속에서 어떠한 형태로든 계속 존재해 나갈 것이다. 쉼 없이 불안에 떠는 나의 영혼은 목적지를 잊어버린 버스 운전사처럼 어디로든 가려고 몸부림치고 있었다.

나는 그에게 많은 것을 물었다. 그의 대답이 "응." "아니." "물론."처럼 너무나 짧았기 때문에, 내 질문에 대한 답을 나 자신도 이미 알고 있었음을 매번 깨닫곤 했다. 그는 자신의 인생에 만족했다. 인생에서 다른 무엇을 기다리지도 않았다. 여전히 책을 사랑하고 믿었다. 그 누구에게도 화를 내지 않았다. 인생의 의미가 무엇인지를 이해하고 있었다. 그러나 그것을 설명하지는 못했다. 당연히 그는 나를 보고 무척 놀랐다. 누군가에게 무언가를 가르친다는 생각은 하지 않았다. 모두들 자신의 인생이 있었고, 그의 말에 의하면, 모든 인생은 똑같았다. 그는 혼자 있기를 좋아했다. 그러나 이것도 그리 중요하진 않았다. 그는 사람들을 좋아했기 때문이다. 그는 자신을 매우 좋아했다. 그렇다. 그녀와 사랑에 빠졌었다. 그러나 나중에 그 사랑으로부터 도망치는 데도 성공했다. 내가 그를 찾아내었는 데도 그는 놀라지 않았다. 자난에게 안부를 전했다. 글을 쓰는 것은 그가 가진 유일한 것이었다. 그러나 유일한 행복은 아니었다. 모든 사람처럼 할 일이 있어야 한다는 것을 그는 알고 있었다. 다른 일을 좋아할 수도 있었다. 그렇다. 빵 살 돈을 가져다주기만 한다면 다른 일들도 할 수 있었다. 예를 들면, 세상을 보는 것, 진정한 의미에서 세상을 보는 것도 매우 즐거운 일이었다.

역에서는 증기기관차가 출발할 준비를 하고 있었다. 우리는 그것을 바라보았다. 열차가 칙칙대고 폭폭대며, 거대한 양의 수증기를 뿜어 대면서, 마치 무명 시립 교향악단처럼, 늙고 기운은 없지만 아직도 정정하게 금속성 소리와 신음 소리를 내며 우리 앞을 지나갈 때, 우리는 눈으로 그 뒷모습을 좇았다.

책을 반복하여 쓰면서 그가 찾던 평온을 어쩌면 나도 자난과 찾을 수 있으리라 생각했다. 잠시 후 증기기관차가 살구나무들 사이로 사라지자, 나의 총으로 가슴을 꿰뚫으려고 생각했던 남자의 눈에서 슬픔이 배어났다. 한순간 형제 같은 감정으로 그 눈 속에 있는 순진함과 슬픔을 바라보고 있자니, 자난이 이 사람을 왜 그렇게 깊이 사랑했는지를 이해하게 되었다. 내가 이해한 것이 너무나 사실적이고 옳게 느껴졌기 때문에 그를 사랑한 자난에게 존경심을 느꼈다. 그러나 잠시 후엔 내가 감당할 수 없게 다가오는 이 존경심 대신 구덩이로 굴러 떨어지는 것 같은 질투심이 그 자리를 메웠다.

나는 희생양에게, 이 한적한 마을에서 잊히기로 결심했을 때 가명으로 왜 오스만을, 나의 이름을 선택했는지를 물었다.

가짜 오스만은 진짜 오스만의 눈 속에 있는 질투의 구름을 보지 못하고 "모르겠어."라고 대답했다. 그러고는 달콤하게 미소 지으며 덧붙였다. "처음 보았을 때부터 너를 좋아했어. 어쩌면 그 때문인지도 모르지."

그는 살구나무들 뒤로 보이는, 다른 선로에서 되돌아오는 증기기관차를 존경심을 갖고 주의 깊게 바라보았다. 살인자는, 햇빛 아래 반짝반짝 빛나는 증기기관차에 몰입한 희생양의 눈이 그 순간 온 세상을 망각했다고 맹세할 수 있었다. 그러나 사실은 그렇지 않았다. 아침의 신선함이 대낮의 햇빛으로 바뀔 때 나의 원수는 "9시가 한참 지났어."라고 말했다. "책상에 앉아야 할 시간이야. 너는 어디로 갈 거지?"

내가 무엇을 해야 하는지를 너무나 잘 알면서도 나는 황급히, 속수무책으로, 그러나 신중하게, 내 인생에서 처음으로, 누군가에게 진심으로 애원했다. 제발 조금만 더 앉아 있자, 조금만 더 이야기하자, 조금만 더 서로를 이해하자. 그는 놀랐다. 조금 걱정하는 듯하더니 알아차렸다. 내 호주머니에 있는 권총이 아닌 나의 갈증을. 그가 내게 너무나 너그러운 미소를 지었기 때문에, 나는 엉덩이께에 있는 발터 권총의 존재를 느꼈고 우리 사이에 조성되었던 평등감도 산산이 부서져 버렸다. 인생의 심장부가 아니라, 자신의 초라함의 한계에만 도달할 수 있었던 불운한 여행자는 이 한계에서 만난 현자에게 인생, 책, 시간, 글, 천사, 모든 것의 의미를 묻는 분주함에 휩싸여 버렸다.

그에게 이 모든 것들의 의미가 무엇인지를 묻자 그도 나에게 '이 모든 것들'이 무엇이냐고 되물었다. 나는 그에게 모든 것의 시작인 문제가 무엇인지를 물어보았다. 그는 내가 찾아야 할 것은 시작과 끝이 없는 어떤 장소여야 한다고 말했다. 그러니까 어쩌면 그에게 물어볼 수 있는 질문조차 없는지도 몰랐다. 그렇다면 무엇이 있었을까? 그것은 사람이 무엇을 어떻게 보느냐에 달려 있다. 때로 정적이 흐를 때, 사람은 그것으로부터 무언가를 이해하려고 노력한다. 때로는 지금 이곳에서 우리 둘이 하는 것처럼, 아침에 찻집에서 차를 마시며 즐겁게 이야기하고 증기기관차와 기차를 구경하고 호도애새들이 지저귀는 것을 듣곤 한다. 어쩌면 이것들은 모든 것이 아닐지도 모른다. 그러나 아무것도 아닌 것은 아니다. 그렇다면 어떤 머나먼 곳으로, 그렇게 오래 여행을 했는데도 그가 본 새로운 나라는 없었던가? 어떤 곳이 있다면 그곳은 글 속에 있다. 그러나 글에서 찾았던 것을 글 바깥에서, 인생에서 찾는 것은 쓸데없는 짓이라고 그는 결론을 내렸다. 세상 또한 글만큼이나 한계가 없고 결점투성이에, 불충분했기 때문이다.

그렇다면 우리 둘은 책에서 왜 이렇게 큰 영향을 받게 된 거냐고 그에게 물었다. 그는 이 질문은 책에서 전혀 영향을 받지 않은 사람에게 물어야 할 것이라고 말했다. 이 세상에는 그런 사람이 많다. 그렇지만 나도 그러한 사람들 중 하나일까? 나는 내가 어떤 사람인지를 잊어버렸다. 자난이 나를 사랑하게 만들고, 책에 나오는 세계와 나의 적을 찾고, 그리고 그를 죽이기 위해 수많은 길을 지나오는 동안 나 자신의 중심을 잃어버렸다. 이것은 그에게 묻지 않았다. 천사여, 나는 네가 누구인지를 물었다.

그는 나에게 "책 속에 등장했던 천사는 한 번도 만나 보지 못했어."라고 말했다. "사람이 죽을 때에나, 어쩌면 버스 유리창을 통해 볼 수 있을 거야."

그는 얼마나 아름다우면서도 비정한 미소를 짓고 있었던가. 나는 그를 죽일 것이다. 하지만 지금은 아니다. 나는 잃어버린 내 영혼의 초점을 어떻게 하면 되찾을 수 있는지를 그에게서 알아내야만 했다. 그러나 내가 처한 비참함은 내가 필요로 하는, 정확한 질문을 하나도 묻지 못하게 만들었다. 라디오에서 비가 올 거라고 말했던, 가끔 구름이 끼곤 하는 아나톨리아 동부의 평범한 아침은 평온한 기차역의 청명함, 플랫폼 끝에서 무심히 땅을 헤치는 닭 두 마리, 손수레로 역 매점에 부닥 사이다 박스를 운반하며 대화하는 행복한 젊은이 둘, 담배를 피우는 역무원, 지나가고 있는 하루의 존재를 내 마음속에 완전히 정착시키고, 흐트러진 내 이성에 인생과 책에 관하여 제대로 물을 만한 그 어떤 힘도 남기지 않았다.

우리는 한동안 말을 하지 않았다. 나는 그에게 어떤 질문을 어떻게 해야 할지를 고심했다. 그도 어쩌면 나의 질문에서, 그리고 너에게서 이렇게 벗어나야 할지를 고심하고 있는지도 몰랐다. 한동안 우리는 그대로 있었다. 그때 재난의 순간이 다가왔다. 그가 찻값을 지불했다. 나를 안고 뺨에 입을 맞추었다. 그는 나를 만나서 얼마나 기뻐했던가! 나는 그를 얼마나 혐오

했던가! 아니다. 그렇다.˙그를 아주 좋아했다. 아니다, 내가 왜 그를 좋아해야만 하는가? 나는 그를 죽이려 하고 있다.

그러나 지금은 아니다. 그 미친 짓거리를 하는 자기 방, 원근법의 질서와 그 법칙의 균형에 복종하는 거리에 위치한 돼지우리 같은 보금자리로 돌아갈 때, 그는 반드시 간이 극장 앞을 지날 것이다. 나는 철로를 따라 나 있는 지름길로 그를 따라잡을 것이고, 그가 무시했던 '욕망의 천사'가 보는 앞에서 그를 죽일 것이다.

나는 이 자만심 넘치는 남자가 가도록 내버려 두었다. 그를 사랑할 수 있는 자난에게 화가 났다. 그러나 그의 연약하고 슬픈 그림자를 먼발치에서 한 번 보는 것만으로도 자난이 옳다는 것을 이해할 수 있었다. 당신이 읽고 있는 이 책의 주인공 오스만은 얼마나 단호하지 못한 사람인가…… 그리고 얼마나 불쌍한 사람인가…… 나는 증오하려고 애썼던 사람이 '옳다'는 것을 진심으로 알고 있었다. 그를 당장 죽이지 못하리라는 것도. 나는 찻집의 허름한 의자에 앉아 두 시간 정도 다리를 떨며 르프크 아저씨가 나의 새로운 인생에 어떤 함정들을 더 준비해 놓았을지를 생각했다.

나는 정오경에 예비 살인자처럼 온 동네를 이 잡듯 뒤지다 어깨가 축 처져서는 엠니예트 호텔로 돌아왔다. 호텔 지배인은 이스탄불에서 온 손님이 하룻밤 더 머물기로 했다는 사실에 무척 즐거워하며 차 한 잔을 대접해 주었다. 밤에 혼자 있을 생각을 하자 두려워져서 한참 동안 그의 군대 시절 추억을 들었다. 그가 나에 대해서 물었을 때 '할 일이 있다.'는 것을,

'그러나 아직 그 일을 마치지 못했다.'고 말하는 것으로 일축해 버렸다.

방에 들어가자마자 그사이 꺼져 버린 텔레비전을 다시 켰다. 화면 속에서 무기를 든 그림자가 흑백의 벽을 따라 걷고 있었다. 모퉁이에 도착하자마자 그는 목표를 향해 총알을 난사했다. 나는 마음속으로 이 영화를 컬러로 자난과 함께 버스에서 본 적이 있던가 하고 물었다. 침대 귀퉁이에 앉았다. 뒤이어 나올 살인 장면을 인내심을 가지고 기다렸다. 그러다가 유리창으로 그의 창문을 바라보고 있는 나 자신을 발견했다. 그는 그곳에서 책을 베껴 쓰고 있었다. 그림자, 내가 본 것이 그였던가. 알 수가 없었다. 그러나 그가 그곳에서 나를 비탄에 빠뜨리기 위해 평온하게 글을 쓰고 있다고 생각했다. 한동안 앉아서 텔레비전에 몰입했다. 그러나 일어났을 때는 텔레비전에서 무엇을 봤는지 기억이 나지 않았다. 그사이 다시 창밖으로 그의 창을 바라보고 있는 나를 발견했다. 그는 여정의 끝에 있는 고요한 지점에 도달해 있었고, 나는 서로에게 총을 쏘는 흑백의 그림자들 사이에 있었다. 그는 알고 있었다. 그는 저편으로 건너갔고, 새로운 인생을, 내게서 감춰 놓은 지식을 갖고 있었다. 나에게는 자난을 얻을 수 있다는 희미한 희망 외에는 아무것도 없었다.

왜 영화들은 호텔 방에서 비침힘에 빠져 있는 슬픈 살인지의 고뇌를 우리에게 전혀 보여 주지 않는단 말인가? 내가 영화감독이었다면 시트가 흐트러진 침대, 페인트 칠이 벗겨진 창틀, 더러운 커튼, 예비 살인자의 더럽고 구겨진 셔츠, 손을 넣었다 뺐다 하는 보라색 재킷의 호주머니 안, 침대에 등을 굽히고 앉아 있는 모습, 시간을 보내기 위해 자위 행위를 하는지 등을 영화를 통해 보여 주었을 것이다.

잠시 동안 머릿속으로 다음과 같은 문제들을 가지고 공개 토론을 하는 프로그램을 상상해 보았다. 왜 아름답고 감성적인 여자들은 인생을 망친 비참한 남자들과 사랑에 빠지는 것일까? 내가 살인자가 된다면, 그리고 그 흔적이 평생 동안 내 눈에 남는다면, 나는 비참한 남자의 모습으로 보일까? 아니면 고뇌에 찬 남자의 모습으로 보일까? 자난은 진정으로 나를 사랑할까, 잠시 후에 내가 죽일 남자를 사랑했던 것의 절반만큼이라도 나를 사랑할 수 있을까. 나도 나히트-메흐메트-오스만처럼 평생을 철도원 르프크 아저씨의 책을 반복하여 노트에 베끼면서 보낼 수 있을까?

원근법에 복종하는 거리 뒤로 해가 사라지고, 가벼운 선선함이 기다란 그림자와 함께 교활한 고양이처럼 골목을 배회하기 시작한 후, 나는 창문으로 시종일관 그의 창을 바라보았다. 그가 보이지 않았다. 보았다고 생각했다. 간간이 골목을 지나가는 사람에게조차 한순간도 주의를 돌리지 않고 창문을, 창문 뒤에 있는 방을 바라보곤, 그곳에서 누군가를 보았다고 믿고 싶었다.

얼마나 시간이 걸렸는지 알 수 없었다. 날이 아직 어두워지지 않았고 그의 방에 불이 켜져 있지 않을 때, 창문 밑에서 그에게 소리치고 있는 나 자신을 발견했다. 유리창에 그림자 하나가 나타났다. 나를 보자마자 사라졌다. 나는 건물 안으로 들어갔다. 계단을 힘차게 뛰어 올라갔다. 초인종을 누를 필요도 없이 문이 열렸다. 그러나 그곳에 그가 보이지 않았다.

나는 안으로 들어갔다. 책상 위에는 초록색 펠트가 깔려 있었다. 그 위에 펼쳐진 노트와 책을 보았다. 연필, 지우개, 담뱃갑, 담뱃재, 재떨이 옆의 손목시계, 성냥, 식어 버린 커피 한 잔. 이것들은 평생 동안 글만 써야 하는 어떤 불쌍한 사람을 상징하는 도구들이었다.

그가 안에서 나왔다. 그의 얼굴을 보기가 두려웠기 때문이었는지, 나는 그가 노트에 쓴 것들을 읽기 시작했다. 그는 "때로는 쉼표 하나를 빼먹곤 하지. 단어 하나를, 철자 하나를 잘못 쓰기도 해. 그러면 나 자신이 느끼지도 믿지도 않는 상태로 쓰고 있다는 것을 알아채곤 일을 그만두지. 어떤 때는 똑같은 몰입 상태로 돌아가는 데만 몇 시간, 몇 날 며칠이 걸리기도 해. 내가 느끼지 못하고, 내 마음속에서 힘을 느낄 수 없는 단 하나의 단어도 쓰지 않기 위해 인내심을 가지고 영감이 오길 기다려."라고 말했다.

나는 나 자신이 아니라 다른 사람에 대해서 이야기하는 것 같은 냉정함으로 "내 말을 들어 봐. 난 나 자신이 되지 못하고 있어. 그 어떤 것도 되지 못하고 있어. 나를 도와줘, 네가 쓰고 있다는 것을, 이 방을, 책을 잊어버릴 수 있게끔. 예전 인생으로 평온하게 돌아가세끔 빌이야." 하고 말했다.

그는 인생과 세계의 심장부에 시선을 돌렸던 성숙한 사람들처럼 나를 이해한다고 말했다. 어쩌면 그는 자신이 모든 것을 이해한다고 믿는 것 같았다. 나는 왜 그곳에서 그를 죽이지 못했던가. 그가 "철도 식당에 가서 이야기하자."라고 말했기 때문이었다.

식당에 앉을 때, 8시 45분에 기차가 있다고 그가 말했다. 나를 배웅한 후에 극장에 가려 한다고 했다. 그러니까 이미 나를 돌려보내려고 생각했던 것이다.

그는 "자난을 만났을 때 나는 이미 다른 사람들에게 책에 대해 말하고, 책을 알리는 것을 포기한 상태였어. 다른 모든 사람들처럼 나도 내 인생이 있었으면 했어. 하지만 나는 이미 어느 누구보다도 많은 책을 갖고 있었어. 책이 내게 열어 준 세계에 도달하길 바라며 내가 경험했던 것들은 무척 도움이 되었을 거야. 그러나 자난은 나를 선동했어. 내게 인생을 알게 해 주겠노라고 했지. 어디엔가, 나를 넘어선 곳, 내가 알면서도 그녀에게 말하지 않은 어떤 정원이 있다고 말했지. 그녀는 그 정원의 열쇠를 너무나 원했기 때문에, 나는 어쩔 수 없이 그녀에게 책에 관해 말해야 했고 나중에는 책을 줘야만 했어. 그녀는 책을 읽었어. 반복해서 읽고 또 읽었지. 나는 책에 대한 그녀의 열정, 그곳에서 보았던 세상을 향한 너무나 열렬한 동경에 속았어. 한동안, 이렇게 해서 책의 고요함을, 그곳에 쓰여 있는 것의 (어떻게 말해야 하나) 내적인 음악을 나는 잊었어. 마치 책을 처음 읽었던 시절처럼 이 음악을 거리에서든, 먼 곳에서든, 어느 곳에 있든지 간에 들을 수 있을 거라는 바보 같은 희망에 휩싸였지. 그사이 책을 다른 사람에게 주자고 제안한 것도 그녀였어. 네가 책을 읽고, 그 즉시 그녀를 믿는 것을 보고 나도 두려웠어. 책이 무엇을 의미하는지를 잊고 있던 찰

나에 다행스럽게도 그들이 내게 총을 쏘았지."라고 말했다.

나는 책이 무엇을 의미하냐고 그에게 물었다.

그는 "좋은 책이란 우리에게 모든 세계를 연상시키는 그런 것이야. 어쩌면 모든 책이 그럴 거야, 그래야만 하고."라고 말했다. 그는 잠시 말을 멈추었다. "책은 실제로 책 속에 존재하지는 않으면서도, 책에 쓰여 있는 말을 통해 내가 그 존재감과 지속성을 느낄 수 있는 무언가의 일부분이야."라고 말했다. 그러나 그가 자신의 설명에 만족하지 못한다는 것을 나는 알았다. "세상의 정적 또는 소음으로부터 벗어난 그 무엇일 수도 있지. 그렇지만 정적과 소음도 그것 자체는 아니야." 이렇게 말한 다음, 그는 내가 자신이 헛소리를 하고 있다고 생각할까 봐 다시 한 번 다른 말로 설명하고자 했다. "좋은 책은 존재하지 않는 것, 일종의 무(無), 일종의 죽음을 설명하는 글이지…… 그렇지만 단어들 너머에 존재하는 나라를 글과 책 밖에서 찾는 것은 헛일이야." 그는 이것을 책을 반복해 쓰면서 알았고, 충분히 배웠다고 말했다. 새로운 인생과 나라를 글 밖에서 찾는 것은 쓸데없는 짓이었다. 그 때문에 그는 죗값을 치러야만 했다. "그러나 나를 죽이려 했던 살인자는 서툴렀어. 어깨에만 상처를 입혔거든."

그가 소형 버스 정거장에서 총에 맞았을 때, 타슈크슐라의 창에서 그 모습을 보았다고 나는 말했다.

그는 "나는 많은 조사를 했고, 버스 여행을 했어. 이러한 모든 것은 내게 책에 대항하는 음모가 있다는 것을 알게 해 줬어. 어떤 미친놈이 책에 깊은 관심을 가지고 있는 모두를 죽이

길 원해. 그 사람이 누구이며, 왜 그러는 것인지 나는 모르겠
어. 마치 책을 다른 사람에게 알리지 않으려는 나의 결심을 확
고하게 하려고 하는 짓 같아. 나는 그 누구도 곤경에 빠뜨리
고 싶지 않고, 그 누구의 인생도 망치고 싶지 않아. 나는 자난
에게서 도망쳤어. 우리가 원하는 나라를 찾을 수 없으리라는
것을 알기 때문에, 책에서 뿜어져 나오는 죽음의 빛으로부터
그녀도 영향을 받으리라는 것을 아주 잘 알기 때문에."라고
말했다.

내게 주지 않고 감추어 놓은 정보를 얻기 위해, 나는 철도
원 르프크 아저씨에 대해 언급함으로써 그를 순간 당황시켰
다. 책의 저자가 그 사람일 수도 있다고 말했다. 어린 시절부
터 그를 알았다고, 그가 쓰고 그린 만화책들을 미친 듯이 읽
었다고 말했다. 책을 읽은 후에 이 만화책들을, 예를 들면『페
르테브와 피터』를 다시 한 번 더 주의 깊게 검토한 것을, 아저
씨가 많은 문제를 먼저 그 만화책에서 언급했음을 내가 감지
했다고 말했다.

"그래서 실망했어?"

"아니, 그와 어떻게 만났는지를 내게 말해 줘."라고 나는 말
했다.

그의 설명을 들으며 세르키소프의 보고서에서 읽었던 정보
를 조합해 나갔다. 그는 책을 수천 번 읽은 후, 자신이 어린 시
절에 읽었던 만화책들을 기억했다. 여러 도서관에서 그 잡지
들을 열람하곤, 일련의 놀랄 만한 유사성을 발견했다. 그러고
는 작가의 신분을 알아냈다. 처음 방문했을 때는 부인의 방해

때문에 르프크 아저씨와 아주 잠시밖에 만나지 못했다. 문 앞에서 이뤄진 이 만남에서 르프크 아저씨는 자기 앞에 있는 낯선 젊은이가 책에 관심을 갖고 있음을 알아채자마자 그 문제에 대해 언급하고 싶지 않아 했다. 메흐메트가 고집을 피우자, 자신은 이제 그 문제와는 전혀 관계가 없다고 말했다. 그곳, 문 앞에서 젊은 애독자와 늙은 작가 사이에 감동적인 장면이 연출되려고 할 때, 르프크 아저씨의 부인이(나는 그의 말 사이에 끼어들어 라티베 아주머니라고 알려 주었다.) 나처럼 끼어들어, 남편을 안으로 끌어당겼다. 그리고 초대하지 않은 손님인 애독자의 면전에서 문을 닫아 버렸다.

나히트와 메흐메트와 오스만 중 어떤 이름으로 불러야 할지 도저히 결정을 내릴 수 없었던 나의 적은 "난 너무나 실망해서 믿을 수가 없었어."라고 말했다. "한동안 그가 사는 마을로 가서 먼 곳에서 그를 주시했어. 그런 후 다시 한 번 용기를 내어 문을 두드렸지."

르프크 아저씨는 이번엔 그를 더 아량 있게 맞이했다. 책과는 이제 관련이 없지만, 고집 센 젊은이와 커피 한 잔은 마실 수 있다고 말했다. 아저씨는 몇 년 전에 썼던 그 책을 어디서 찾아 읽었는지 물었다. 읽을 만한 좋은 책이 많은데 왜 하필 그 책을 골랐는지 알고 싶어 했다. 그리고 그가 어느 대학에 다니고, 장래에 무엇을 하고 싶은지 등등을 물었다. 한때 메흐메트였던 사내는 "몇 번이나 책의 비밀을 말해 달라고 했지만, 내 말을 전혀 심각하게 받아들이지 않았어. 그가 옳았지. 내게 말해 줄 어떤 비밀도 없었다는 것을 지금은 알아."라고 말했다.

당시에는 이것을 몰랐기 때문에 그는 계속 고집을 피웠다. 노인은 책 때문에 곤욕을 치렀고, 경찰과 검찰의 압박을 받았다고 말했다. "이게 모두 다 아이들이 시간을 보내고 즐거워하라고, 그리고 몇몇 어른들도 읽고 즐기라고 썼던 책 한 권 때문이야." 이것으로는 충분치 않았는지 철도원 르프크 아저씨는 "나 자신이 즐기기 위해 썼던 한 권의 책 때문에 내 인생 전부가 파멸되는 것에 물론 나는 동조할 수가 없었지."라고 말했다. 분노에 찬 나히트는 노인이 자신이 쓴 책을 부인하고, 검사에게 다시는 그러한 책을 쓰지도, 인쇄하지도 않겠다고 말했을 때 얼마나 비참한 심정이었는지를 이해하지 못했다. 그러나 이제는 나히트도 아니고, 메흐메트도 아닌 오스만은 그 슬픔을 너무나도 잘 이해하기 때문에, 이후에 자신이 했던 분별 없는 행동을 생각할 때마다 부끄러움을 느낀다고 했다.

그는 그 책에 믿음으로 종속된 모든 평범한 젊은이들처럼 늙은 작가를, 책임과 신의를 저버린 자라고, 반역자라고, 겁쟁이라고 비난했다. "나는 분노에 차서 그에게 소리 질렀지. 그는 나를 이해했고 화조차 내지 않았어." 그러다 갑자기 르프크 아저씨가 일어서더니 "언젠가는 이해할 거야. 그러나 그날은 그 어떤 일에도 쓸모가 없을 정도로 나이가 든 후일 게다."라고 말했다. 자난이 미친 듯이 사랑한 사람은 "알겠습니다. 그러나 당신이 어떤 일에 쓸모가 있는지는 잘 모르겠습니다."라고 대답했다. 그는 "그 책을 읽은 모든 사람을 죽이려고 나를 따라다녔던 어떤 미친놈의 하수인들이 그 노인을 죽였다고 생각해."라고 덧붙였다.

　예비 살인자는 예비 피살자에게, 한 사람의 죽음의 원인이 되었다는 사실이 자신에게 평생 동안 짊어질 무거운 짐인지 아닌지 물었다. 예비 피살자는 대답하지 않았다. 그러나 예비 살인자는 그의 눈에 나타난 슬픔을 보곤 자신의 미래를 두려워했다. 그들은 천천히 천천히, 정중하고 신사답게 라크를 마셨다. 벽에 걸린 기차 사진과 고향의 풍경, 그리고 영화배우 사진들 사이 액자 속에 서 있는 아타튀르크는 술집의 군중들에게 공화국을 맡긴 것이 믿음직스러운 듯 미소 짓고 있었다.

　나는 시계를 봤다. 그가 나를 태워 보내려고 하는 기차의 출발 시간까지 아직 한 시간 십오 분이 남아 있었다. 이제 모든 것을 지나치게 많이 얘기했기 때문에, 그러니까 책에 쓰여 있는 것처럼, 우리 사이에는 '말할 필요가 있는 것은 다 말했기 때문에'와 같은 분위기가 감돌았다. 우리는 우리 사이에 형성된 이 침묵이 무의미하다고 생각했기에, 당황하지 않고 오래 사귄 진정한 친구들처럼 한동안 침묵했다. 내 생각에 우리는 이 침묵을 가장 의미 있는 대화라고 생각했던 것 같다.

　그런데도 그를 찬미하고 그가 하는 일을 모방하며, 그를 죽인 다음 자난을 소유하고자 안개 속에서 망설이던 나는 잠시 '책을 읽은 사람을 전부 죽이려 한 미친놈은 너의 아버지, 나린 빅시야.'라고 말할까 생각했다. 그를 괴롭히려고, 또는 나 자신이 지겨워서, 그냥. 그러나 말할 수 없었다. 그래그래. 혼자서 속으로 생각했다. 그를 지나치게 혼란에 빠뜨리지 말자.

　그는 나의 생각을, 최소한 내 생각의 반향을 희미하게나마 읽고 있는지, 아버지가 자신의 뒤를 추적하게 한 사람들로부터 벗어나기 위해 꾸민 버스 교통사고에 대해 설명해 주었다. 처음으로 미소 지으며, 새까맣게 탄 버스 안에서 옆에 앉아 있던 젊은이가 즉사한 것을 알고는 메흐메트라는 이 젊은이의 신분증을 호주머니에서 꺼내어, 버스가 활활 불에 타기 시작하자 밖으로 나온다. 불이 사그라진 후 기발한 생각이 떠오른다. 자신의 신분증을 타 버린 시체의 재킷 주머니에 넣는다. 자신이 앉았던 좌석에 시체를 올려놓고 새로운 인생을 향해 달린다. 이것들을 설명할 때 그의 눈은 천진한 즐거움으로 빛났다. 아버지가 그를 위해 만든 박물관에 있는 어린 시절 사진에서도 그처럼 즐거워하는 얼굴을 보았다는 것을, 물론 나는 말하지 않고 마음속에 숨겼다.

침묵, 침묵, 침묵이 흘렀다. 종업원, 우리에게 가지 돌마[49]를 갖다 줘.

시간을 죽이기 위해, 그러니까 아무 의미 없이, 한때 우리의 상황을, 그러니까 우리의 인생을 한번 검토해 보자고 말하면서 그의 눈은 자주 시계를 보았고, 나의 눈은 그의 눈을 보았다. 그러고는 서로에게 인생은 이렇다고 말했다. 사실 모든 것은 아주 단순했다. 철도 잡지에 글을 쓰는, 버스 여행과 버스 사고를 혐오하는 광신적인 철도원 늙은이가 자신이 썼던 어린이용 만화책에서 영감을 얻어 어떤 종류의 책을 썼다. 그

---

49) 가지, 호박 등 채소의 속을 빼낸 다음 그 속에 다진 고기와 쌀을 넣어서 만든 튀르키예 고유 음식.

후, 그러니까 몇 년이 흐른 후, 어린 시절에 그 만화책들을 읽었던 우리같이 착한 젊은이들이 그 책을 읽고는 우리의 인생이 완전히 바뀌었다고 믿으며 인생의 다른 길로 접어들었다. 그 책에 어떤 마법이 있고 인생에 어떤 기적이 있었던가! 이 일은 대체 어떻게 되었던 것일까?

나는 그에게 어렸을 때 르프크 아저씨를 알고 지냈다고 다시 한 번 말했다.

그는 "그런 말을 들으니 어쩐지 이상하군." 하고 말했다.

그러나 아무것도 이상하지 않다는 것을 우리는 알았다. 모든 것이 그랬다. 그랬다, 모든 것은.

내가 사랑하는 친구는 "비란바 마을에서는 더욱더 그렇지."라고 했다.

이 말이 내게 무엇인가를 연상시켰고, 나는 조심스레, 주의 깊게 그의 얼굴을 보며 또박또박 말했다. "있잖아, 몇 번이나 그 책이 나에 대해 설명하고 있다고, 그 이야기가 내 이야기라고 생각했어."

정적. 숨넘어가는 영혼의, 어떤 술집의, 어떤 마을의, 어떤 세계의 마지막 내면의 소리들. 포크와 나이프 소리들. 텔레비전 뉴스. 이십오 분 남았다.

나는 한 번 더 "있잖아, 아나톨리아를 여행할 때, 여러 곳에서 '세로운 인생' 상표가 붙은 캐러멜을 보았어. 이스탄불에서도 몇 년 전까지는 팔았대. 지금도 변두리에 가면 유리병과 상자 바닥에 남아 있는 걸 볼 수 있어."라고 말했다.

저쪽 세상에서 많은 광경을 본 나의 적은 "모든 것의 원천에, '근원'에, 원류에 도달하고 싶은 거지, 그렇지?"라고 물었다. "순수한 것에, 변하지 않는 것에, 진실한 것에 이르고 싶은 거지? 그렇지만 그런 근원이나 시작은 없어. 우리 모두가 모방하고 있는 어떤 진실, 어떤 열쇠, 어떤 말, 어떤 기원을 찾는 것은 쓸데없는 일이야."

나는 자난을 소유하기 위해서가 아니라, 오 천사여, 그가 너의 존재를 믿지 않았기 때문에, 그를 역에 가는 길에 죽이기로 결심했다.

무의미한 정적을 깨뜨리기 위해 그가 다음과 같은 것들을 말했지만 나는 어째선지 귀 기울여 듣지 못했다. 그 고뇌에 찬 잘생긴 남자의 말을.

"어렸을 때, 독서는 내게, 모든 다른 직업과 마찬가지로, 언젠가는 우리가 가질 수 있는 직업 중 하나로 느껴지곤 했어."

"악보를 베끼는 일을 했던 루소도, 다른 사람들이 창작한 것을 거듭하여 쓰는 것이 어떤 의미를 갖는지 알았어."

그때 정적뿐 아니라, 모든 것을 어수선하게 만드는 분위기에 휩싸였다. 누군가 텔레비전을 끄고, 애절하고 슬픈 사랑과 이별에 관한 노래가 흘러나오는 라디오를 켰다. 사람이 평생에 몇 번이나 서로 말을 주고받지 않는 침묵을 이렇게 즐길 수 있을까? 그가 종업원에게 계산서를 달라고 했을 때, 중년쯤 돼 보이는 초대하지 않은 손님이 우리 테이블에 앉았다. 그러고는 나를 한 번 죽 훑어보았다. 그는 내가 오스만 씨의 군대 동기인 오스만 씨인 것을 알고는 "우리가 오스만 씨를 얼마나 좋아하는데요. 이름이 같은 두 사람이 군대에서도 함께 복무하

셨군!"하고 말했다. 그러고는 나의 적에게 무슨 비밀이라도 말하는 것처럼 조심스럽게, 책의 친필 복사본을 원하는 손님에 관해 언급했다. 나는 그가 이러한 종류의 중개인에게 구전을 준다는 것을 알아채고는 나의 영원한 친구에게 마지막으로 한 번 더 진심으로 호감을 느낄 권리를 나 자신에게 부여했다.

이별의 장면은, 내 발터 권총의 소음만 제외하면, 대강『페르테브와 피터』의 마지막처럼 될 거라고 생각했는데 내 생각이 틀렸다. 마지막 모험에서, 수많은 전투를 함께했던 절친한 두 친구는 자신들이 한 여자를 사랑하고 있다는 것을 알고는, 한 테이블에 앉아 우호적으로 문제를 해결한다. 더 감성적이고 소극적인 페르테브는 그 여자가 친구와 있으면 더 행복할 거라고 생각하고, 더 적극적이고 낙관적인 피터에게 여자를 조용히 양보한다. 그리고 나처럼 눈물을 흘리는 독자들의 한숨 속에서 이 두 주인공은 한때 둘이 함께 용감하게 사수했던 기차역에서 헤어진다. 그렇지만 우리 사이에는 모든 종류의 극한 감정이나 분노에 마음을 두지 않는 중개인이 있었다.

우리 셋은 조용히 역을 향해 걸었다. 나는 표를 샀다. 아침에 먹었던 크루아상 두 개를 샀다. 페르테브는 나를 위해 유명한 비란바 포도 2킬로그램을 샀다. 내가 풍자 잡지를 고르고 있을 때 그는 포도를 씻으려고 회장실로 갔다. 중개인과 나는 서로를 쳐다보았다. 기차는 이틀 후에 이스탄불에 도착한다고 했다. 페르테브가 돌아왔을 때, 역무원은 나의 아버지를 연상시키는 단호하고 우아한 몸짓으로 신호를 보냈다. 우리는 서로 입을 맞춘 후 헤어졌다.

이후의 사건은 르프크 아저씨의 만화책보다는 자난이 버스에서 즐겨 보았던 공포 영화에 더 가깝다. 사랑을 위해 살인자가 되기로 결심한 미친 젊은이는, 젖은 포도로 가득 찬 비닐봉지와 잡지를 객실 구석에 던지고 기차가 아직 속도를 내기 전에 플랫폼 끝에서 기차 밖으로 뛰어내린다. 아무도 보지 못한 것을 확인한 후, 희생자와 중개인을 멀리서 조심스레 주시한다. 둘은 잠시 이야기를 나누고, 쓸쓸하고 우울한 거리를 함께 거닐다가 우체국 앞에서 헤어진다. 살인자는 피살자가 신세계 극장에 들어가는 것을 보고 담배에 불을 붙인다. 이러한 종류의 영화에서 살인자가 담배를 피우면서 무엇을 생각하는지 우리는 전혀 모른다. 단지 다 피운 담배꽁초를 내가 했던 것처럼 땅에 버리고 발로 짓밟는 것을, 단호해 보이는 발걸음으로 「끝없는 밤」이라는 제목의 영화 표를 사고 안으로 들어가는 것을, 객석에 앉기 전에 비상구를, 도망칠 길을 점검하기 위해 화장실에 들어갔다 나오는 것을 우리는 지켜본다.

그 후에는 밤이 동반하는 정적처럼 어수선했다. 나는 발터 권총을 꺼냈다. 안전장치를 풀었다. 영화가 상영되는 객석으로 들어갔다. 안은 습하고 더웠다. 천장은 낮았다. 손에 권총을 든 나의 그림자가 스크린 위에 비쳤다. 나의 셔츠와 보라색 재킷 위로 컬러 영화가 상영되기 시작했다. 영사기의 빛이 눈을 찔렀지만 좌석이 거의 비어 있었기 때문에 나는 곧바로 나의 피살자를 찾아냈다.

그는 놀란 것 같았고, 이해하지 못한 것 같았고, 나를 알아

보지 못한 것 같았고, 이렇게 되리라는 걸 예상한 것 같았지만, 자리에서 전혀 움직이지 않았다.

나는 "넌 나 같은 사람을 찾아서, 책을 주고 읽게 만들어. 그리고 인생을 망쳐 버리게 만들지."라고 말했지만 그건 혼잣말이었다.

그가 총에 맞았다는 것을 확실히 하기 위해, 보이지 않는 그의 얼굴과 가슴에 대고 정면에서 세 방을 쏘았다. 그렇게 총을 쏜 다음, 어둠 속에 앉아 있는 관객들에게 "내가 방금 사람을 죽였소."라고 말했다. 극장 밖으로 걸어 나오는 동안, 나는 「끝없는 밤」이 상영되고 있는 스크린 위에 비친 내 그림자를 바라보았다. 관객 중 누군가가 "영사기사! 영사기사!"라고 계속해서 외쳐 댔다.

나는 시외로 가는 첫차 안에서, 삶과 죽음에 관한 수많은 질문과 함께, 기차를 움직이는 사람(기관사, makinist)과 영사기를 돌리는 사람(영사기사, makinist)이 우리 나라에서 왜 같은 철자의, 프랑스에서 들여온 외래어로 불리는지 생각했다.

14

나는 버스를 두 번 갈아탔다. 버스 안에서 살인으로 인한 불면의 밤을 보냈다. 휴게소 화장실에서 금이 간 거울에 비친 나 자신을 바라보았다. 거울에서 본 사람이 살인자보다는 피살자의 환영에 가까웠다고 말한다면 아무도 나를 믿지 않을 것이다. 그러나 피살자가 쓰고 또 쓰면서 찾았던 내적 평온은, 화장실 그리고 조금 후에는 쉼 없이 달리는 버스 타이어 위에 있는 불안한 내게 얼마나 먼 이야기였던가!

이른 아침 나린 박사의 저택으로 돌아가기 전에 마을 이발소에 들러서 머리와 수염을 깎았다. 왜냐하면 행복한 가정을 꾸미기 위해 죽음과 직면하고, 수많은 모험을 성공적으로 마친 대담하고 긍정적인 젊은이의 모습으로 자난 앞에 나타나고 싶었기 때문이다. 나린 박사의 영지로 들어가다가 저택의 창

새로운 인생

문을 보며 따스한 침대에서 나를 기다리고 있을 자난을 생각
했다. 내 심장이 두 배로 빠르게 쿵쿵 뛰자 이에 맞춰 플라타
너스 나무 위의 참새 한 마리가 내 심장에 대고 짹짹거렸다.

권리자르가 문을 열었다. 불과 반나절 전에 그녀의 오빠를
영화관에서 죽여 버렸기 때문일까. 그녀의 얼굴에 나타난 놀
라움을 나는 알아볼 수가 없었다. 이 때문인지는 몰라도, 나
는 그녀가 의심스럽게 눈썹을 치켜세우는 것도 알아채지 못하
고, 그녀가 하는 말을 듣는 둥 마는 둥 했다. 아버지 집에 들
어가는 것처럼 안으로 들어가, 아픈 자난을 두고 왔던 우리
방으로 갔다. 내 연인을 놀래 주기 위해 노크 없이 방문을 열
었다. 문을 열고 방구석에 있던 침대가 깨끗하게 비어 있는 것
을 보고 나서야, 권리자르가 내가 현관에 들어왔을 때부터 계
속 같은 말을 했음을 알아차렸다.

자난은 사흘 동안 열에 들떠 누워 있다가 정신을 차렸다.
회복된 후에는 마을로 내려가 이스탄불에 전화를 해 자신의
어머니와 통화했으며, 내게서 전혀 소식이 오지 않자 이스탄
불로 가기로 갑자기 결정했다고 했다.

빈방 창문으로 아침 햇살에 반짝거리는 뒤뜰의 뽕나무를
보다가 때때로 꼼꼼하게 정리되어 있는 침대를 돌아보았다. 그
녀가 이곳에 올 때 차에서 부채 대신 사용했던 《귀뒬》 신문이
빈 침대 위에 놓여 있었다. 내 마음속의 어떤 소리는, 내가 끔
찍한 살인자임을 자난이 벌써 알고 있으며, 나는 이 때문에
그녀를 다시는 볼 수 없고, 이러한 상황에서 내가 할 수 있는
유일한 일은, 방문을 닫고 자난의 체취가 남아 있는 침대에

누워 울면서 잠이 드는 것이라고 말했다. 또 한편에서는 이에 반대하는 소리가 들렸다. 살인자는 살인자처럼 행동하고 냉정하며 당황하지 말아야 한다고, 자난은 어머니와 아버지의 집이 있는 니샨타시에서 분명 나를 기다리고 있을 것이라고 했다. 방에서 나가기 전에, 그렇다. 결국 그 교활한 모기를 창가에서 보았다. 단번에 손으로 쳐서 짓이겨 버렸다. 손바닥 손금의 애정선에 퍼진 이 피가 자난의 달콤한 피라고 나는 믿어 의심치 않았다.

'거대 음모 대항 세력'의 심장부에 있는 저택을 나와, 이스탄불에 있는 나의 자난과 상봉하기 전에 나린 박사를 보는 것이 나의 미래와 우리의 미래를 위해 좋을 것이라고 생각했다. 나린 박사는 뽕나무에서 조금 떨어진 곳에 놓인 테이블에 앉아 있었다. 그는 포도를 맛있게 먹으며 다른 손에 들고 있는 책에서 눈을 떼 우리가 함께 거닐었던 언덕을 바라보면서 눈의 피로를 풀고 있었다.

그와 나는 마치 세상의 모든 시간을 다 가진 사람들처럼 평온하게, 인생의 비정함에 대해, 자연이 어떻게 인간의 운명을 은밀히 결정하는지에 대해, 우리가 시간이라 부르는 함축적 개념이 어떻게 인간의 마음에 고요함과 편안함을 가져다주는지에 대해, 아무리 잘 익은 저 포도라도 결연한 의지와 단호함이 없으면 그 맛을 즐길 수 없다는 사실에 대해, 그 누구의 것에 대한 모방도 아닌 진짜 인생의 본질에 도달하는 데 필요한 의식과 욕망에 대해, 그리고 자그마한 고슴도치 한 마리가 우리 곁을 바스락거리며 지나가게 한 것이 우주의 위대한 질서의 발현인지 아니면 단순한 우연의 장난에 불과한지에 대해 얘기를 나눴다. 사람을 죽이는 것이 분명 인간을 성숙케 하는 것인지, 놀라워하며 나린 박사에게 계속 느꼈 왔던 감탄을, 마치 그동안 잠복해 있었던 질환이 갑자기 나타난 것처럼 갑자기 솟아나온 동정과 관용과 연결시킬 수 있었다. 이 때문에, 나린 박사가 오후에 아들 무덤을 찾아가려 하는데 같이 가자고 제의했을 때, 나는 그의 기분 상하지 않게, 그러나 단호하게 거절했다. 바쁘게 지낸 그 피곤한 일주일이 나를 무척이나 지치게 만들었다. 최대한 빨리 집에 있는 아내 곁으로 돌아가 쉬면서 그가 내게 제안한 커다란 책임 문제에 대해 결정을 내리려면 정신을 차려야만 했다.

나린 박사가, 자신이 준 선물을 사용할 기회가 있었느냐고 물었을 때, 나는 발터를 사용할 기회가 있었고 그 결과에 만족한다고 말했다. 그러고는 세르키소프 시계가 내 호주머니에 있는 것을 기억하고 그것을 꺼냈다. 나는 그것이 상처받은 마음과 부러진 이를 가진 어느 회원이 그에게 바치는 존경과 찬탄의 표시라고 말하며, 시계를 금으로 만든 포도 접시 옆에 놓았다.

"상처받은 이 사람들은 모두 불행하고, 가련하고 나약하다네."라며 나린 박사는 시계를 눈끝으로 흘긋 보았다. "그들은 실들어신 물신들을 가지고 이미 익숙해진 인생을 빌이기길 바라지. 그들에게 공평한 세상에 대한 희망을 주면, 나 같은 사람에게 얼마나 열정적으로 매이게 되는지. 우리의 삶과 추억을 파괴하려는 외부 세력은 또 얼마나 잔혹한지! 이스탄불로 돌아가서 결정을 내리기 전에, 이 사람들의 상처받은 인생을 위해 자네가 할 수 있는 것들을 생각해 보게."

나는, 이스탄불에서 자난을 최대한 빨리 찾아 그녀를 설득한 후, 이곳 저택으로 데려와 '거대 음모 대항 세력'의 심장부에서 행복하게 오래오래 살 수 있을 거라고 잠시 생각했다.

"사랑스러운 자네의 아내에게 돌아가기 전에"라고 나린 박사는 프랑스 소설을 번역한 듯한 어투로 말했다. "영웅보다는 살인자처럼 보이게 하는 그 보라색 재킷을 벗어 버리게. 알겠나?"

나는 즉시 버스를 타고 이스탄불로 돌아갔다. 어머니가 문을 열어 주었을 때 사원에서 아침 기도 시간을 알리는 소리가 들려왔다. 나는 어머니에게 '엘도라도'를 좇아간 것에 대해서도, 천사 며느리에 대해서도 언급하지 않았다.

어머니는 보일러를 켠 다음 욕조에 더운물을 채우면서 "다시는 엄마를 이렇게 내버려두고 가지 마라."라고 했다.

어머니와 아들은 옛날처럼 조용조용히 아침을 먹었다. 정치나 종교의 물결에 휩쓸린 아들을 둔 어머니들이 그렇듯이 나의 어머니도, 내가 어떤 미지의 세계에 있는 자석에 끌려들어갔다고 생각한다는 것을, 그리고 자신이 이것에 대해 묻고 내가 대답한다면 그 대답으로 인해 공포에 휩싸일까 봐 잠자코 있다는 것을 나는 알았다. 어머니의 노련하고 가볍고 부지런한 손이 체리 잼 옆에 한순간 멈추자 손등에 핀 검버섯이 보였다. 나는 내가 예전의 인생으로 돌아왔다고 생각했다. 모든 것이 아무 일도 없었던 것처럼 계속되는 게 과연 가능할까?

아침을 먹은 후 책상에 앉았다. 놔두었던 곳에 여전히 펼쳐져 있는 책을 한참 동안 바라보았다. 그러나 그것은 읽는다고는 할 수 없는 행위였다. 기억한다고 해야 할까, 고통을 느낀다고 해야 할까.

자난을 찾으려고 집을 나서는데, 어머니가 내 앞을 막았다.

"저녁 때까지는 집에 돌아오겠다고 맹세해."

나는 맹세했다. 두 달 동안 매일 아침 집에서 나갈 때마다 맹세했다. 그러나 자난은 어느 곳에도 없었다. 니샨타시에 갔다. 골목들을 배회했다, 문 앞에서 기다렸다, 초인종을 눌렀다, 다리를 지났다, 배에 탔다, 극장에 갔다, 전화를 했다. 그러나 그 어떤 정보도 얻을 수 없었다. 10월 말경 수업이 시작되면 강의실 복도에서 볼 수 있을 거라고 나 자신을 위로했다. 그러나 그녀는 오지 않았다. 하루 종일 강의실 복도에서 배회하고, 때로 그녀를 닮은 그림자가 복도를 향해 난 유리창 앞을 지나갔다는 이유만으로 강의실에서 뛰쳐나와 뛰기도 했다. 때로 공원이나 소형 버스 정거장 쪽을 향한 빈 강의실 중 한 곳에 들어가 거리와 인도를 지나가는 사람들을 무심히 바라보았다.

난로와 스팀을 때기 시작하던 무렵, 하루는, 영리하게 계획했다고 생각한 시나리오로, '실종된 같은 과 친구' 부모 집의 문을 두드려 용의주도하게 준비한 거짓말을 늘어놓았기만 창피만 당했다. 내게 자난이 어디에 있을지와 관련된 그 어떤 정보도 주지 않았을 뿐만 아니라, 어디서 정보를 얻을 수 있을지에 대해서도 전혀 힌트를 주지 않았다. 그래도, 어느 일요일 오후 나는 컬러텔레비전에서 한참 축구 경기가 나오고 있을 때, 그들 집을 두 번째로 방문했다. 나는 그들이 내 동기를 캐면서 나에게서 정보를 얻으려는 것을 보고 그들이 말해 주지는 않았지만 많은 것을 알고 있음을 눈치 챘다. 전화번호부에서 찾은 그녀의 친척들로부터 정보를 캐내려는 노력도 수포로 돌아갔다. 퉁명스러운 삼촌들, 호기심 많은 숙모들, 조심스러운 하녀들 그리고 버릇 없는 조카들과 했던 모든 전화 통화에서 얻어 낸 결론은 자난이 대학에서 건축학을 공부한다는 것이었다.

같은 건축학과 친구들로 말하자면, 몇 달 전에 소형 버스 정거장에서 총에 맞았다고 알려진 메흐메트에 대해서뿐만 아니라 자난에 관해서도, 자신들이 꾸민 전설을 믿었다. 메흐메트가 자신이 일하던 호텔에서 마약상과 내부 쟁탈전을 벌이다가 총에 맞았다고 하는 사람도 있었고, 광신자들의 희생양이 되었다고 속삭이는 사람도 있었다. 상류층 가정의 딸이 묘한 분위기의 남자에게 빠지게 될 경우 그 가족들이 흔히 그러듯, 자난을 유럽의 어디론가 유학 보냈다고 말하는 사람도 있었다. 그러나 대학 교학과에서 잠깐 탐정 놀이를 한 결과 이것이 사실이 아니라는 것을 알게 되었다.

내가 한때 몇 년에 걸쳐 했었던 또 다른 천재적인 탐문 수사의 세세한 부분이나 불행한 사람의 꿈을 떠올리게 하는 색깔에 대해서는 언급하지 않는 것이 좋겠다. 어쨌든 자난은 없었다. 그녀에게선 전혀 소식이 없었고, 그 어떤 흔적도 찾을 수 없었다. 나는 놓친 한 학기 수업을 들었고 그다음 학기도 마쳤다. 나도 그들을 찾지 않았고, 나린 박사도 그의 조사원들도 나를 찾지 않았다. 그들이 계속 살인을 하는지 하지 않는지도 몰랐다. 그들은 자난의 부재와 함께 내 상상 속에서, 악몽에서 사라졌다. 여름이 왔고, 가을에 새 학기가 시작되었다. 2학기를 마쳤다. 그다음 학기도 마쳤다. 그 후엔 곧바로 군에 입대했다.

군 복무를 마치기 두 달 전에 어머니가 돌아가셨다는 소식을 들었다. 휴가를 받아서 이스탄불에서 치러진 장례식에 참석했다. 어머니를 묻었다. 친구들과 함께 하룻밤을 지낸 다음 집에 돌아왔다. 텅 빈 방 속에서 적막함을 느끼자 갑자기 두려움이 밀려왔다. 나는 부엌 벽에 걸린 프라이팬과 주전자를 바라보면서, 냉장고가 귀에 익은 그 소리로 탄식하며 슬퍼하는 것을 들었다. 나는 이제 완전히 홀로 남겨졌다. 어머니 침대에 누워 조금 울다가 텔레비전을 켰다. 그리고 어머니처럼 텔레비전 맞은편에 앉아 일종의 체념과 살아 있다는 기쁨을 느끼며 꽤 오랫동안 텔레비전을 시청했다. 잠들기 전에 숨겨 두었던 곳에서 책을 꺼내 책상 위에 놓았다. 그리고 처음 읽었던 날처럼 커다란 영향을 받을 거라고 기대하면서 읽기 시작했다. 사실 내 얼굴로 빛이 분사되거나 앉았던 책상과 의자에서 몸이 떨어져 나와 멀어지리라고는 생각지 않았다. 나는 내면의 평화를 느꼈다.

그렇게 해서 나는 다시 책을 읽기 시작했다. 그러나 이젠 어디서 불어오는지 알 수 없는 강한 바람에 의해 내 인생이 어떤 미지의 영역으로 굴러 떨어진다고는 더 이상 생각하지 않았다. 나는 오래전에 해결된 사건 속에 숨겨진 이야기의 기하학, 중요한 점들, 혹은 내가 어떤 사건을 경험하고 있는 동안에는 듣지 못했던 내면의 소리를 찾아내려 애쓰고 있었다. 독자여, 당신도 알고 있지 않은가? 나는 제대를 하기도 전에, 이미 늙어 있었던 것이다.

이런 식으로 나는 다른 책에도 몰두하기 시작했다. 해 질 무렵, 마음속에 뱀처럼 똬리를 트는, 다른 영혼을 소유하고자 하는 희망과 이 세상에서 절대 보이지 않는 다른 곳에 있는 비밀의 축제에 행복하게 참가하려는 기쁨을 북돋거나, 뭐랄까, 자난과 만날 수 있는 새로운 인생으로 달려가기 위해서가 아니라, 내가 경험했던 것과 마음속 깊이 느꼈던 자난의 부재를 현자처럼 신중하게, 점잖게 받아들이기 위해 나는 책을 읽었다. 내가 자난과 함께 집을 아름답게 꾸밀 수 있도록. '욕망의 천사'가 위로의 선물로 일곱 개의 등잔이 달린 샹들리에를 주리라는 희망조차 내게는 남아 있지 않았다. 한밤중에 일종의 영혼의 균형과 만족감으로 읽었던 책에서 머리를 들 때, 나는 마을의 깊은 정적을 느꼈다. 갑자기 내 눈앞에 끝날 것 같지 않던 버스 여행 중 자난이 내 곁에서 자던 모습이 떠올랐다.

매번 기억할 때마다 천국의 꿈처럼 내 눈앞에 형형색색으로 떠오르는 그 버스 여행들 중, 예상치 못하게 갑자기 더워지기 시작하는 버스의 난방 때문에 자난의 이마와 관자놀이가 땀에 젖은 것을, 머리카락이 서로 엉겨붙은 것을 보았다. 퀴타흐야에서 샀던 도자기 무늬 손수건으로 이마 위에 맺힌 땀방울들을 조심스레 눌러 찍으면서, 꿈나라를 거니는 내 연인의 얼굴에서 (갑자기 우리에게 쏟아진 주유소의 푸른색 빛도 한 몫을 하여) 충만한 행복감과 경이의 표정을 나는 읽었다. 그런 후, 휴게소 식당에서 땀으로 푹 젖은 슈메르방크 직물로 만든 옷을 입고 차를 몇 잔 마시면서 자난은 즐거워했고, 꿈속에서 아버지가 자신의 이마에 입 맞추었다고, 그러나 잠시 후 그 사람이 아버지가 아니라 빛으로 만들어진 세계에서 온 집배원인 것을 알았다고 미소 지으며 말했다. 미소를 지은 후에, 자난은 부드러운 손동작으로 머리를 귀 뒤로 넘기곤 했다. 그러면 매번 나의 이성과 나의 가슴, 그리고 나의 영혼의 일부분이 녹아서 어두운 밤 속으로 사라지곤 했다.

그러한 밤들 이후에 내 영혼, 내 이성 그리고 내 가슴에 남은 것들로 내가 살아가려고 노력한다는 것을 이해한 나의 독자들 중 일부가 눈썹을 찡그리며 슬퍼하는 모습이 눈에 선하다. 인내심 많은 독자여, 이해심 많은 독자여, 감성적인 독자여, 나를 위해 울어 주시오. 하지만 당신이 살인자를 위해 눈물을 흘리고 있다는 사실은 절대 잊지 마시오. 그러나 만약, 평범한 살인자에게도, 동정과 연민과 자비를 필요로 하는 감형이란 것이 존재한다면, 내가 깊이 관련되어 있는 이 책 속에 그것이 들어 있었으면 한다.

얼마 후 나는 결혼을 했지만, 그럼에도 그리 머지않았다고 생각되는 나의 죽는 날까지 내가 하게 될 모든 일들은, 많건 적건 모두 자난과 관계된 일일 것임을 난 알고 있었다. 결혼 전에도, 또 나의 신부의 아버지가 물려주고 어머니가 비워 준 아파트에 들어와 편안히 살게 된 지 몇 년이 지난 후까지도,

나는 우연히 자난을 만날 수 있을지도 모른다는 희망으로 긴 긴 버스 여행을 떠나곤 했다. 버스들은 점점 더 커졌고, 버스 안은 쾌적해졌다. 자동 수압 시스템이 설치되어 단추 한 개만 누르면 문이 조용히 열리고 닫혔다. 운전사들도 빛바랜 재킷과 땀에 젖은 셔츠를 벗고 견장이 달린 파일럿 제복으로 몸을 감쌌다. 거친 차장들도 이제는 매일 면도를 한 모습으로 정중하며, 휴게실도 더 환하고 더 활기 차졌지만 단조로운 장소로 변해 버렸다. 그리고 아스팔트가 깔린 도로들 역시 더 넓어진 것을, 몇 년 동안의 여행에서 알게 되었다. 그러나 자난은, 그 흔적조차도 찾을 수 없었다. 그래서 나는 그녀를 포기했고 휴가도 얻지 않았다. 그러나 그녀와 함께 버스에서 보냈던 그 멋진 밤들로부터 온 물건과, 어느 터미널에서 손에 찻잔을 들고 대화를 나눴던 아주머니와 그리고 그 아주머니의 얼굴에 비친, 그 아주머니의 얼굴에서 내 얼굴로 반사되었다고 확신한 한 줄기 빛과 만날 수 있다면, 그 빛의 힘으로 한순간 자난을 내 곁에서 느낄 수 있다면, 나는 내 모든 것을 줄 수도 있었다. 그러나 아스팔트로 덮여 어린 시절의 추억들을 어둡게 하고, 교통 신호들, 꺼졌다 켜졌다 하는 빛들, 무자비한 선전 간판들로 둘러싸인 그 새 도로처럼, 모든 것이 우리와 우리의 추억으로부터 빠르고 성급하게 벗어나기에 바쁜 듯했다.

이런 우울한 여행에서 돌아온 어느 날, 자난이 결혼해 튀르키예를 떠났다는 소식을 들었다. 결혼했고, 아이가 있으며, 한 가정의 자애로운 아버지이자 살인자인 여러분의 주인공이 시청 건축과에서 일을 마치고 저녁 시간에 집에 돌아올 때, 손

에는 가방, 가방 속에는 아이를 위한 초코멜[50], 가슴에는 우
울한 구름, 얼굴에는 얼어붙은 피곤한 시선이 카드쾨이행(行)
배 안의 혼잡을 주시하고 있을 때, 갑자기 대학 시절 수다쟁
이 학과 친구와 만났다. 수다쟁이 여자는 과 여자 친구들의
결혼 소식들을 열거한 후 "자난도 삼순 출신의 의사와 결혼해
독일에 정착했대."라고 말했다. 더 나쁜 소식을 듣기 전에 여
자에게서 시선을 거두어 배의 창밖으로 돌리자, 저녁 무렵에
이스탄불과 보스포루스 해협에 드물게 끼는 안개가 보였다.
그리고 살인자는 자기 자신에게 '이것은 안개인가, 아니면 불
행한 내 영혼의 고요인가?'라고 물었다.

자난의 남편이 삼순 국립 병원에서 일하는, 책을 읽은 후
다른 사람과는 전혀 다르게 건강한 방법으로 책을 소화하여,
평온하고 행복하게 사는 넓은 어깨를 가진 잘생긴 의사라는
것을 알아내기까지 그리 많은 질문을 할 필요는 없었다. 수년
전에 그 의사와 병원의 방에서 인생과 책의 의미에 대해 남자
대 남자로 나누었던 대화의 슬픈 세부 사항을 나의 비정한 기
억력이 자꾸 기억하지 못하도록, 나는 한동안 술에 자신을 내
던졌지만 별로 큰 도움이 되지 않았다.

바퀴가 두 개 떨어져 나간 내 딸의 소방차와, 물구나무를
선 채로 텔레비전을 보고 있는 파란 곰인형만 빼고는 집 안의
시끄러운 일이 다 정리되었을 때 나는 부엌에서 세심하게 준
비한 라크 잔을 손에 들고, 곰인형 옆에 앉아 텔레비전을 켜

---

50) 초콜릿으로 만든 캐러멜 상표.

고 소리를 줄였다. 지나치게 통속적이지 않은 연속극 프로그램을 선택해서, 텔레비전을 보며 내 머릿속에 자욱한 연기의 색들을 구별하려고 노력한다.

너 자신을 동정하지 마! 현실 속에서 너라는 존재가 유일하다고 믿지 마, 네가 느낀 사랑의 힘이 이해받지 못한다고 슬퍼하지 마. 너도 알다시피 나는 오래전에 한 권의 책을 읽었어. 한 여자를 만나 사랑에 빠졌지. 심오한 감정을 경험했어. 그들은 나를 이해하지 못했어…… 그들은 사라졌지. 지금은 무얼 하고 있을까? 자난은 독일에 있어…… 반호프슈트라세[51]에…… 그녀는 잘 지내고 있을까…… 그녀의 남편은 의사지…… 생각하지 마. 저녁에 그가 집에 돌아와…… 자난이 문을 열어 주지…… 좋은 집…… 새 차…… 두 아이…… 생각하지 마…… 그녀의 남편은 얼간이야. 내가 독일로 파견 근무를 나간다고 쳐, 우리가 영사관에서 우연히 마주친다고 치자고…… 어 잘 지냈어……? 행복해……? 그땐 널 정말 사랑했는데. 지금은? 아직도 널 사랑해…… 사랑해…… 난 모든 걸 포기할 각오가 돼 있어…… 내가 독일로 올게…… 널 정말 사랑해…… 널 위해 난 살인도 했어…… 아무 말도 하지 마…… 넌 정말 아름다워…… 생각하지 마. 아무도 나만큼 널 사랑할 순 없어. 버스 타이어가 펑크 났을 때, 한밤중에 결혼식 취객과 마주쳤던 거 생각나? 그리고 또…… 생각하지 마…….

때때로 술에 취해 곯아떨어졌다가 몇 시간 후에 잠에서 깨

---

51) 독일 도시들의 중심가.

어 소파에 와서 앉을 때면, 거꾸로 놓여 있었던 파란 곰인형이 텔레비전 앞에 똑바로 앉아 있는 것을 보고 놀라곤 했다. 어떤 상심한 순간에 곰인형을 소파에 똑바로 앉혀 놓았을까? 또 때로 화면에 나오는 외국 뮤직 비디오를 멍하니 보고 있을 때면, 지난과 버스에서 서로에게 기대어 앉아 내 어깨에 기댄 그녀의 가냘픈 어깨의 따스함을 느끼며 그 노래들 중 하나를 함께 들었던 것이 생각나곤 했다. 나를 봐, 울고 있는 나의 모습을, 우리가 함께 듣던 그 음악이 텔레비전에서 저렇게 화려한 색깔로 나오고 있잖아. 또 한번은 어쩐 일인지 방 안에서 딸아이가 기침하는 소리를 내가 아이 엄마보다 먼저 듣게 되었다. 잠자는 딸을 안고 나는 거실로 나왔다. 딸애가 텔레비전 화면의 색깔들을 보고 있는 동안 나는 어른의 손을 완벽하게 축소해 놓은 듯한 딸애의 손, 그리고 놀랄 만큼 작으면서도 섬세한 곡선을 이루고 있는 손가락과 손톱을 경이롭게 바라보았다. 인생이라는 책에 대한 생각에 잠겨 있을 때, 딸애가 갑자기 말했다. "저 아저씨 꼴까닥 했어."

흠씬 몰매를 맞은 후 피투성이가 되어 쓰러진, '꼴까닥' 한 불쌍한 남자의 희망 잃은 얼굴을 나는 관심 있게 바라보았다.

지금껏 나의 모험을 따라온 감성적인 나의 독자들은, 내가 거의 하룻밤의 반을 술에 절어 있다고 해서, 내가 나 자신을 완전히 포기해 버렸다거니 내 삶이 완전히 '꼴끼닥 했다'고 생각해선 안 된다. 이 세상의 이편에 있는 대부분의 남자들처럼 나도, 아직 서른다섯이 되기도 전에 상처 입은 남자가 되었다. 그러나 그래도 나 자신을 추스르고, 책을 읽으면서 내 머리를 정리하는 데는 성공했다.

　나는 책을 아주 많이 읽었다. 단지 내 온 인생을 바꾸어 버린 책뿐만이 아니라 다른 책들도. 그러나 책을 읽을 때, 나는 상처 입은 내 인생에 어떠한 깊은 의미를 주려고도, 위안을 찾으려고도, 더욱이 슬픔의 아름답고 존중할 만한 부분을 찾으려고도 절대 시도하지 않았다. 체호프에게, 폐렴에 시달리는 그 재능 있고 겸손한 러시아인에게 사랑과 경탄 이외에 무엇을 느낄 수 있을까? 그러나 헛되이 지나 버린 상처받고 슬픈 인생을 체호프주의라는 감성으로 미화시키고, 인생의 빈곤함에 대해 으스대면서 아름다움과 숭고한 감정을 느끼는 독자들에게 안타까움을 느낀다. 그리고 위안을 구하는 이러한 독자들에 응하는 것을 자신의 직업으로 삼는 약삭빠른 작가들을 혐오한다. 이 때문에 나는 많은 현대 소설들을 읽다가 말고 도중에 덮어 버리곤 한다. 아, 말[馬]과 대화하면서 외로움에서 벗어나려고 하는 슬픔에 가득 찬 남자. 아, 자신의 사랑을 하염없이 물을 주던 화분 속 꽃들에게 바친 무력한 귀공자. 허름한 의자에 앉아서 절대 오지 않을 편지를, 옛날 애인을 또는 이해심 없는 딸을 기다리는 예민한 남자. 우리에게 계속해서 상처와 아픔을 전시하는 이 주인공들을, 체호프를 투박하게 모방하고 훔쳐서 다른 지형과 기후에서 우리에게 펼쳐 보이는 작가들도 사실상 입을 모아 이렇게 말하고 싶어 한다. 보시오, 우리를, 우리의 고통과 상처를 보시오, 우리는 얼마나 예민하고 얼마나 섬세하고 얼마나 특별한가요! 고통은 우리를 당신들보다 더 섬세하고 감성적이게 만들었습니다. 당신들도 우리처럼 되고 싶고, 당신의 불행을 승리로, 특히 우월함으로 바꾸고 싶지요, 그렇지요? 그렇다면 우리를 믿으십시오. 우리의 슬픔이 인생의 평범한 즐거움보다 더 멋지다는 것을 믿는다면 그것으로 충분합니다.

그러니 독자여, 그다지 섬세하지도 못한 나 같은 인물을 믿지도 말고, 나의 고뇌나 내가 이제부터 하려는 이야기의 폭력성도 믿지 말라. 오직 이 세계가 잔인한 곳이라는 사실만을 믿어라. 그리고 서양 문명이 만들어 낸 최고의 발명품, 소설이라는 이 새로운 장난감은 우리가 알 바가 아니다. 이 페이지들에서 독자들이 듣는 나의 목소리가 이토록 격한 이유는 내가 책으로 오염되고 거대한 사고(思考)들로 인해 저속해진 수준에 대해 말하고 있기 때문이 아니다. 그보다는 이 외국에서 들여온 장난감 속에서 내가 어떻게 배회해야 할지 여전히 알수 없기 때문일 것이다.

나는 이것을 말하고 싶다. 자난을 잊고, 내가 경험한 것들을 이해하고, 내가 도달하지 못한 새로운 인생의 색깔들을 상상하고, 즐겁게 그리고 조금 더 영리하게(항상 영리하진 않았지만) 시간을 보내기 위해 계속해서 책들을 읽었기 때문에, 결국 나는 일종의 책벌레가 되어 버렸다. 그러나 지식인다운 누군가를 모방하려는 욕구에는 휩쓸리지 않았다. 더욱더 중요한 것은, 내가 이러한 욕구에 휩쓸린 사람들을 무시하지 않았다는 점이다. 나는 책을 읽는 것을, 마치 극장에 가는 것과 신문과 잡지를 뒤적이는 것을 좋아하는 것처럼 좋아했다. 이러한 행위는 어떤 이익이나 결과를 기대하기 위해서도 아니고,

뭐랄까, 나 자신을 다른 사람들보다 더 우월하고 더 지식 많고 더 심오하게 생각하기 위한 것도 아니었다. 게다가 감히 말할 수 있는 것은, 책을 많이 읽는 것이 내게 겸손함도 가르쳐 주었다. 나는 책 읽기를 좋아했다. 그러나 르프크 아저씨가 그랬던 것처럼, 누구에게도 내가 읽었던 책에 대해 언급하는 것은 좋아하지 않았다. 책들이 내게 대화를 하고 싶다는 자극을 불러일으켰지만, 나는 이를 주로 머릿속에서 책들끼리 하도록 내버려두었다. 때로, 계속해서 여러 권을 읽으면 그 책들끼리 속삭이는 게 들렸고, 이렇게 해서 내 머릿속이, 모든 구석에서 각각의 다른 악기가 소리를 내는 오케스트라 연주장으로 바뀌어 버린 것을 느꼈다. 그리고 나는 내 머릿속의 이 음악 때문에 내가 인생을 견디며 산다고 인식했다.

예를 들면, 어느 밤 아내와 딸이 잠든 후에 시작되는 그 매력적이지만 고통스러운 고요 속에서, 지난을, 나를 그녀와 만나게 해 주었던 책을, 그러니까 인생을, 천사를, 사고를, 시간을, 텔레비전의 만화경 같은 색깔들을 감탄하며 바라보면서 생각할 때, 이 음악이 사랑에 대해 내게 속삭인 것들로 시선집을 만들 수도 있겠다는 생각이 들었다. 젊은 나이에, 내 인생은 사랑으로 인해 엉망이 되었기 때문에(보시는 바와 같이 독자 여러분, 책을 탓하지 않을 정도로 저는 멀쩡합니다.) 이 문제에 대해 신문이며 책이며 잡지며 라디오며 텔레비전에서 칼럼니스트며 여론 분석가며 소설가 들이 말한 모든 것이 머릿속에서 떠나지 않았다.

사랑은 무엇인가?

사랑은 항복하는 것이다. 사랑은 사랑의 원인이다. 사랑은
이해하는 것이다. 사랑은 일종의 음악이다. 사랑과 고귀한 가
슴은 동일한 것이다. 사랑은 슬픔의 시다. 사랑은 예민한 영혼
이 거울을 들여다보는 것이다. 사랑은 언젠간 소멸되는 것이
다. 사랑은 절대 후회한다고 말하지 않는 것이다. 사랑은 결정
이 되어 가는 과정이다. 사랑은 주는 것이다. 사랑은 껌 한 개
를 나누는 것이다. 사랑은 절대 어떻게 될지 모르는 것이다.
사랑은 공허한 말이다. 사랑은 신과 결합하는 것이다. 사랑은
고통이다. 사랑은 천사와 눈이 마주치는 것이다. 사랑은 눈물
이다. 사랑은 전화벨이 울리길 기다리는 것이다. 사랑은 세상
전부다. 사랑은 영화관에서 손을 잡는 것이다. 사랑은 취하는
것이다. 사랑은 괴물이다. 사랑은 눈멂이다. 사랑은 마음의 소
리에 귀 기울이는 것이다. 사랑은 성스러운 침묵이다. 사랑은
노래다. 사랑은 피부에 좋다.

나는 자신을 온전히 바치지 않고, 그러나 내 영혼을 홀로
남겨 둘 어떤 비난에도 완전히 휩쓸리지 않고, 그러니까 마치
텔레비전에 나오는 장면을 보는 것처럼 속는 줄 알면서도 속
고, 속지 않으면서도 속기를 원하면서 이 진주들을 소유했다.
나의 환상적이지만, 집약된 경험을 토대로 해서, 이 문제에 대
한 나의 생각들을 첨가해 보겠다.

사랑은 누군가를 격렬하게 안고, 그와 같은 곳에 있고 싶어
하는 그리움이다. 그를 안고, 모든 세상을 바깥에 두고자 하

는 열망이다. 인간의 영혼에 안전한 피난처를 찾고자 하는 그리움이다.

보시는 바와 같이 나는 전혀 새로운 것을 말하지 않았다. 그렇지만 그래도 무엇인가를 얘기하지 않았나! 이제는 그것이 새롭다거나 새롭지 않다거나 하는 데 신경 쓰지 않는다. 잘난 체하기를 좋아하는 바보들이 생각하는 것과는 정반대로 한두 단어라도 말하는 것이 침묵보다는 낫다. 비정함으로 천천히 전진하는 기차처럼, 인생이 우리의 영혼과 몸을 소멸시키며 지나갈 때 침묵하면, 입을 닫고 한마디도 하지 않으면 무슨 소용이 있나? 한 남자를 안다. 내 또래였다. 그 사람은 이러한 침묵이, 우리를 향해 다가와 우리를 갈기갈기 찢어 놓는 그 모든 격렬함과 악과 투쟁하는 것보다 더 낫다고 암시하려 했다. 난 지금 그가 암시하려 했다고 말한다. 왜냐하면 그는 말 잘 듣는 어린이처럼 침묵 속에서 아침부터 저녁까지 책상에 앉아 다른 사람의 단어들을 노트 한 권에 썼기 때문이다. 때로 그가 죽지 않고, 여전히 쓴다고 생각하기도 했고, 그의 고요함이 내 마음속에서 커져 소름 끼치게 하는 어떤 공포의 형태를 띠는 것을 두려워하곤 했다.

그의 얼굴과 가슴에 총알을 쐈다. 그러나 그를 정말로 죽였을까? 내가 쏜 것은 단지 세 발뿐이었다. 게다가 극장 안은 어두웠고 영사기에서 내 눈으로 쏟아진 빛 때문에 주위를 잘 구별할 수 없었다.

그가 죽지 않았다고 믿을 때는 그가 다시 방에서 책을 똑같이 쓰고 있다고 상상하곤 한다. 이러한 생각은 나를 얼마나 견딜 수 없게 만드는지! 내가, 착한 아내, 귀여운 딸, 텔레비전, 신문, 책, 시청에서의 직무 그리고 같은 사무실의 동료, 수다, 커피 그리고 담배로 나와 화합할 수 있는 위안의 세계를 만들려고 노력하며, 구체적인 것으로 나를 감싸고 보호할 때 그는 자신을 전적으로 단호하게 정적에 맡긴다. 한밤중에 그가 믿고, 자신을 겸손하게 양도했던 정적을 생각하면, 책을 다시 쓰는 모습을 눈앞에 떠올리면, 내 머릿속에는 가장 커다란 기적이 실현된다. 그곳에서, 그의 책상 앞에서, 그가 인내심으로 항상 같은 동작을 반복하고 있을 때, 정적이 그와 말하기 시작하는 것을 느끼곤 한다. 내가 도달하지 못한, 그러나 나의 희망과 나의 사랑이 보았던 것의 비밀은 그 정적과 어둠 속에 있다. 자난이 사랑한 남자가 글을 쓸수록, 나 같은 사람은 절대 도달하지 못한 깊은 밤의 진정한 속삭임이 말을 하기 시작할 거라고 나는 생각하곤 한다.

15

어느 날 밤 이 속삭임을 듣고자 하는 갈망에 사로잡혀 텔레비전을 껐다. 일찍 잠이 든 아내를 깨우지 않으려고 소리 없이 침대 머리맡에서 책을 집어 들었다. 그러고는 매일 밤 텔레비전을 보면서 저녁을 먹는 식탁에 앉아 새로운 열망으로 책을 읽기 시작했다. 그렇게, 지금은 내 딸이 자고 있는 방에서 몇 년 전 이 책을 처음 읽었던 때를 나는 기억했다. 같은 빛이 책에서 뿜어져 나와 내 얼굴을 때리기를 너무나 압도적으로 원했기 때문에, 새로운 세계의 환상이 한순간 내 속에서 꿈틀거렸다. 마음의 동요, 일종의 절박함을 느꼈다. 그것은 나를 책의 심장부에 데려갈 속삭임의 비밀을 알려 줄 어떠한 꿈틀거림이었다.

책을 처음 읽었던 날 밤에 그랬던 것처럼 마을 거리를 걷고 있는 나 자신을 발견했다. 가을밤의 어두운 거리는 젖어 있었다. 인도에는 집으로 돌아가는 사람들이 드문드문 보였다. 에렌쾨이 역 광장에 다다랐을 때, 익숙한 구멍가게의 진열장, 낡아 빠진 트럭들, 과일 가게 주인이 인도 위에 내놓은 오렌지와 사과 상자를 덮어 놓은 낡은 방수포, 정육점 진열대에서 새어 나오는 푸른빛, 약국의 커다란 구식 난로, 모든 것이 예전 그대로인 것을 보았다. 대학 시절 동네 친구들과 어울리곤 하던 찻집에는 컬러텔레비전을 보고 있는 젊은이가 한두 명 있었다. 거리를 계속 걸어가다 보니, 아직도 깨어 있는 가족들의 거실에서 반쯤 열린 커튼 사이로, 똑같은 텔레비전 프로그램으로부터 흘러나온 파란색, 초록색, 빨간색 불빛들이 플라타너스 나무에, 젖은 전신주에, 발코니의 철제 난간에 비치는 것이 보였다.

반쯤 열린 커튼 사이로 새어 나오는 텔레비전 불빛을 바라보며 걸어가다가 르프크 아저씨의 집 앞에서 멈췄다. 그러고는 2층 창문을 한참 동안 바라보았다. 한순간, 자난과 아무 버스나 올라탔다가 아무 데서나 내려 버렸을 때 느꼈던, 자유롭고 흥미진진한 기분을 느꼈다. 커튼 사이로 텔레비전이 밝히고 있는 방이 보였다. 그러나 소파에 앉아 있을 거라 상상했던 르프크 아저씨의 미망인은 볼 수 없었다. 텔레비전에 나오는 장면에 따라 빛은 때로는 분홍, 때로는 칙칙한 노랑으로 물들었다. 나는 책과 내 인생의 비밀이 그곳 거실에 존재한다는 생각에 사로잡혔다.

나는 마음의 결정을 내리고, 아파트 정원과 인도 사이에 있는 담 위로 올라갔다. 라티베 아주머니의 머리와 그녀가 보고 있는 텔레비전이 보였다. 그녀는 텔레비전으로부터 45도 돌아가게 놓인 죽은 남편의 빈 의자에 앉아, 우리 어머니가 그랬던 것처럼 머리를 양어깨 사이에 쑥 집어넣고는, 어머니가 뜨개질을 했던 것과 달리 담배를 뻑뻑 피우고 있었다. 나는 한참 동안 그녀를 지켜보다가, 나 이전에 이 담을 기어올라 창문 안을 훔쳐보았던 두 사람을 기억해 냈다.

나는 아파트 입구에서 르프크 하트 씨 댁 초인종을 눌렀다. 이윽고 2층 창문이 열리고 여자가 아래를 향해 소리쳤다.

"누구세요?"

"저예요, 라티베 아주머니."라고 했다. 내가 잘 보이도록 몇 발자국 뒤로 물러나 가로등의 불빛을 향해 걸으면서 "저예요, 철도원 아키프의 아들 오스만이요."라고 말했다.

"아, 오스만."이라고 말하며 그녀는 안으로 들어갔다. 그녀가 스위치를 누르자 문이 열렸다.

그녀는 현관문 앞에서 미소로 나를 맞이했다. 내 볼에 입을 맞추고 나서는 "머리도 이리 대 보렴."이라고 말했다. 내가 머리를 숙이자, 어렸을 때 하던 것처럼, 그녀는 과장된 몸짓으로 머리카락 냄새를 맡으면서 그곳에 입을 맞추었다.

그녀의 이런 행동을 보니, 아주머니가 르프크 아저씨와 한평생 나누었던 슬픔과 두 분 사이에 자녀가 없다는 사실이 가장 먼저 떠올랐다. 그다음엔 어머니가 돌아가신 후로, 7년 동안 아무도 나를 어린아이처럼 대하지 않았다는 사실이 떠올랐다. 갑자기 너무나 편안해졌고, 집 안으로 들어가면서 아주머니가 무언가를 묻기도 전에 내가 먼저 말했다.

"라티베 아주머니, 이 앞을 지나가다가 불이 켜져 있기에, 시간이 늦은 줄은 알지만 인사차 들렀어요."

"아이고, 잘했다! 이리 와 텔레비전 앞에 앉아라. 잠도 안 오고 해서 텔레비전을 보고 있었단다. 저기 타자기 앞에 앉아 있는 여자는 뱀처럼 교활해. 주인공인 저 경찰관에게는 나쁜 일들만 일어나지. 저 일당들은 도시 전체를 폭파하려고 해…… 홍차 한 잔 줄까?"

그러나 아주머니는 곧장 차를 준비하러 가지 않았다. 우리는 한동안 함께 텔레비전을 보았다. 아주머니는 화면에 나오는 빨간 옷을 입은 미국인 미녀를 가리키면서 "저것들 좀 봐라. 저 부끄러운 것도 모르는……"이라고 했다. 미녀는 옷을 벗기 시작했다. 먼저 남자와 길게 키스를 한 후, 라티베 아주머니와 나의 담배 연기 사이에서 사랑을 나누었다. 그러다, 화면에 나온 많은 차, 다리, 권총, 밤, 경찰 그리고 미녀 들처럼 그 빨간 옷을 입은 여자도 화면에서 사라졌다. 자난과 함께 이 영화를 보았는지는 전혀 기억이 나지 않았다. 그러나 자난과 함께 앉아서 보았던 영화에 대한 기억들이 내게 고통이 되어 내 안에서 빠르게 꿈틀거리는 것을 느꼈다.

라티베 아주머니가 차를 준비하기 위해 안으로 들어갔을 때 나는 이 고통에서 벗어나기 위해, 나를 상처 입은 남자로 만든 인생과 책의 비밀을 풀고 최소한 조금이라도 마음의 안정을 찾기 위해 이곳에서, 무언가를 찾아야만 한다고 생각했다. 구석에 있는 새장 안에서 졸고 있는 카나리아는, 내가 어린 시절에 르프크 아저씨와 이 방에서 놀고 있을 때 계속해서 돌아다니며 안달하던 그 새일까, 아니면 그 새 혹은 그 새 이후에 데려온 다른 새들이 죽은 다음에 다시 사서 새장에 넣은 새일까? 정성스레 액자로 만들어 벽에 걸어 놓은, 객차와 증기기관차 사진들은 예전 그 자리에 있었다. 그러나 나는 그것들을, 어린 시절 기분 좋은 햇빛 아래서, 르프크 아저씨의 농담을 들으며, 수수께끼를 풀려고 했던 때에만 보았기 때문에, 이제 대부분 운행하지 않는 이 은퇴한 기차들이 텔레비전 불빛 아래서 잊혀 먼지투성이가 된 것을 보자니 서글퍼졌다. 유리가 끼워진 진열장의 절반을 리큐어 세트와 반병쯤 남은 야생 딸기 리큐어가 차지하고 있었다. 그 옆에는 어린 시절 아버지와 함께 놀러 왔을 때 르프크 아저씨가 내게 가지고 놀라고 주었던 차장의 검표용 펀치가 철도청에서 받은 메달들과 증기기관차 모양의 라이터 사이에 놓여 있었다. 객차 모형들, 가짜 크리스털 재떨이 그리고 25년 된 열차 시간표 뒤에 있는 거울에 반사된 진열장의 다른 선반에서 30권 정도의 책이 보였다. 심장이 쿵쿵 뛰기 시작했다.

저것들은 르프크 아저씨가 『새로운 인생』을 썼던 시기에 읽은 책들임에 틀림없었다. 그렇게 많은 여행을 한 후, 그렇게 많은 세월이 흐른 후 자난의 구체적인 흔적과 만난 듯한 흥분의 소용돌이가 온몸에 퍼졌다.

차를 마시며 텔레비전을 볼 때 라티베 아주머니는 내 딸아이가 어떤지, 그리고 내 아내가 어떤 여자인지 물었다. 아주머니를 결혼식에 초대하지 못했던 데 죄책감을 느끼며 나는 뭐라고 중얼거렸다. 아내가 지금 사는 골목에 이전부터 살고 있던 집 딸이라고 말하다가, 갑자기 후에 내 아내가 될 이 여자를 책을 처음 읽었던 때에 본 것을 기억해 냈다. 지금 이것들 중 어떤 것이 더 근본적이고 더 놀랄 만한 우연의 일치일까? 우리 집 맞은편에 있던 빈 아파트에 이사 온 그리고 그날 밤 강한 전등 빛 아래서 텔레비전을 보면서 온 가족이 함께 식사하던 가족의 딸을, 몇 년 후에 나와 결혼할 그 슬픈 여자를, 책을 처음 읽었던 날 처음 본 것이 우연일까, 아니면 이 우연을, 결혼하고도 몇 년이 지나 내 인생의 숨겨진 기하학을 찾아내기 위해 르프크 아저씨의 소파에 앉아 있을 때 기억해 낸 것이 우연일까? 그 여자의 머리칼은 옅은 밤색이었고 텔레비전 화면은 초록색이었던 것으로 기억한다.

이렇게 기억, 우연 그리고 인생에 관한 달콤한 혼란으로 정신이 나가 있는 상태에서 라티베 아주머니와 이웃들에 대한 소문에 대해, 새로 연 정육점에 대해, 내 단골 이발사에 대해, 옛날 영화에 대해, 아버지의 신발 가게를 확장해 신발 공장을 열어 부자가 된 후에 이 동네를 떠난 친구에 관해 이야기를 나누었다. '인생은 얼마나 너절한가'에 관해 이야기하던 우리의 너절한 대화는 정적과 함께 끊어졌다. 그리고 총소리, 열렬한 애무 장면, 고함 소리, 추락하는 비행기, 폭발하는 석유 탱크로 와자기껄친 텔레비전은 '뭐든지 닝깅편을 민들어 버리자.'라고 말하고 있었다. 그러나 우리는 신경 쓰지 않았다.

밤중까지 신음 소리, 잠꼬대 그리고 죽음의 비명들이 나오는 텔레비전 프로그램을 보다가 이른 새벽이 되어서 인도양에 떠 있는 크리스마스 섬에 사는 빨갛고 검은 게들의 일생에 대한 교육적인 다큐멘터리를 보고 있을 때, 독을 품은 탐정인 나는 화면 속에 나오는 감성적인 게처럼 옆으로 옆으로 주제에 다가가 "옛날에는 모든 것이 참 아름다웠지요."라고 용기를 내어 말했다. 라티베 아주머니는 "젊은 시절에는 인생이 아름답지."라고 말했다. 그러나 남편과 함께 보낸 젊은 시절의 (어쩌면 어린이 만화책, 철도원의 정신, 르프크 아저씨의 글들에 대해 내가 물었기 때문인지는 모르겠지만) 행복한 추억은 말하지 않았다. "르프크 아저씨는 쓰고 그리는 그 열정 때문에 우리 둘의 젊은 시절을 엉망으로 만들었단다."

사실 아주머니도 처음에는 남편이 《철도》 잡지에 글을 쓰고, 그 잡지를 만드는 데 여러 가지 노력을 기울이는 것을 좋아했다. 왜냐하면 이러한 핑계 덕에 르프크 아저씨는 철도 감독관들이 의무적으로 참가해야 하는 긴 출장에서 해방되었고, 라티베 아주머니도 집에서 혼자 남편이 돌아오기만을 기다릴 필요가 없었기 때문이었다. 그런데 얼마 후 르프크 아저씨는, 잡지 맨 뒤에 만화를 그려 넣으면, 철도원들의 아이들이 그걸 보고 철도가 우리 나라를 구원할 것임을 믿을 거라고 생각했다. 라티베 아주머니는 처음으로 미소 지으며 "어떤 아이들은 그 만화를 아주 좋아했지."라고 말했다. 나도 그 모험들을 무척 좋아하며 읽었고, 특히 『페르테브와 피터』 시리즈는 줄줄 외울 정도였다고 아주머니께 말했다.

"그러나 그 정도에서 그만두었어야만 했어. 그렇게까지 혼신의 힘을 다하지 말았어야 했지." 하고 아주머니가 내 말을 가로막았다. 그녀에 의하면 남편이 저지른 잘못은, 만화들이 인기를 얻자 바브알르에 있는 약삭빠른 출판사의 제의에 넘어가 그 만화들을 따로 떼어 어린이 잡지로 만들기로 결정을 내린 것이라고 했다. "그러고는 밤낮없이 그 일에 매달렸단다. 출장에서, 철도청에서 피곤에 절어 집에 돌아와서도, 곧장 책상에 앉아 새벽까지 일하곤 했어."

이 잡지들은 한동안 잘 팔렸다. 그러나 얼마 지나지 않아 역사를 소재로 한 만화책인 《칸》 시리즈, 《카라올란》[52] 시리즈, 《하칸》 시리즈, 그러니까 비잔틴인들과 싸우는 용맹한 튀르키예인들의 모험담이 유행하자, 곧 아저씨의 책은 인기가 떨어졌다. "그 당시 『페르테브와 피터』가 인기 있어 돈도 좀 벌었지. 그렇지만 진짜 돈은, 물론 그 날강도 같은 출판업자가 벌었어."라고 라티베 아주머니는 말했다. 출판업자는 르프크 아저씨에게, 미국에서 카우보이 놀이와 철도원 놀이를 하는 튀르키예 어린이들에 대한 이야기는 그만두고, 당시 유행하던 《카라올란》, 《칸》, 《정의의 칼》 같은 것들을 그려 오라고 요구했다. 이에 르프크 아저씨는 "기차가 최소 한 번이라도 등장하지 않는 만화책은 그리지 않겠소."라고 응수했다. 의리 없는 출판업자와의 관계는 이렇게 해서 끝이 났다. 아저씨는 한동안 집에서 혼자 만화책을 그리며 다른 출판사를 찾았지만, 그들이 관심을 갖기 않자 포기해 버렸다.

나는 방을 둘러보며 "그 출판하지 않았던 만화들은 지금

---

52) 튀르키예 판 홍길동.

어디에 있습니까?"라고 물었다.

아주머니는 대답하지 않았다. 그러고는 배 속에 있는 수정란을 바다의 높이가 적당한 순간에 산란하기 위해 섬 전체를 처음부터 끝까지 횡단해야 하는 수난 많은 검은 암게의 힘겨운 여행을 한동안 시청했다.

"모두 버렸어. 서랍 가득한 그림, 잡지, 카우보이 모험, 미국인들과 카우보이에 관한 책, 옷을 그릴 때 견본으로 삼았던 영화 서적, 그 모든 『페르테브와 피터』 무더기, 그 외에 알 수 없는 것들······ 아저씨는 내가 아니라 그것들을 좋아했지."라고 말했다.

"르프크 아저씨는 아이들을 아주 좋아했어요."

"맞아, 좋아했지. 정말 그랬어." 그녀가 말했다. "그는 좋은 사람이었어. 모두를 좋아했지. 그런 사람이 요즘 세상에 또 있을까?"

아주머니는 죽은 남편을 두고 한두 마디 좋지 않은 말을 한 데 대한 죄책감 때문인지 잠시 눈물을 흘렸다. 격한 파도와 갈매기의 희생양이 되기 전에 육지에 도달한 몇 마리의 운 좋은 새끼 게들을 보고 있을 때, 아주머니는 어디서 꺼냈는지 모를 손수건으로 재빨리 눈물과 콧물을 닦았다.

바로 그 순간 주의 깊은 탐정은 "그리고, 르프크 아저씨가 성인들을 위해 『새로운 인생』이라는 책을 써서 다른 필명으로 출판했다고 알고 있는데요."라고 말했다.

"그걸 어디서 들었니?"라며 내 말허리를 잘랐다. "그런 것 없다."

아주머니가 나를 어찌나 무섭게 노려보고 신경질적으로 담배에 불을 붙인 다음 격하게 연기를 뿜어 내며, 분노에 찬 침묵에 한순간 휩싸이는지, 독을 품은 탐정은 입을 다물 수밖에 없었다.

한동안 우리는 아무 말도 하지 않았다. 그렇지만 그래도 나는 일어서서 나가지 못했다. 무슨 일인가 일어나기를 기원하면서, 인생의 보이지 않는 균형이 이제는 나타나기를 기대하며 기다렸다.

텔레비전의 교육적인 다큐멘터리가 끝나고, 게가 되는 것이 사람이 되는 것보다 더 불행하다고 생각하며 위안거리를 찾고 있는데, 라티베 아주머니가 거칠고 단호하게 자리에서 일어났다. 그녀는 내 팔을 잡고 장식장 쪽으로 갔다. "봐라." 그녀가 목을 구부릴 수 있는 램프를 켜자, 벽에 걸려 있던 사진 액자가 밝아졌다.

하이다르파샤 기차역 앞 계단에서 똑같은 재킷에 똑같은 넥타이를 매고 비슷비슷한 바지를 입고, 똑같이 콧수염을 기른 35~40명 정도의 남자들이 카메라를 쳐다보며 웃고 있었다. 라티베 아주머니는 "철도 감독관들, 이들은 우리 나라가 철도로 개발되고 부흥할 것이라고 믿었지." 손가락으로 그들 중 한 명을 가리켰다. "이게 우리 남편이야."

그는 내가 어린 시절 알았던, 몇 년 동안 상상해 온 모습 그대로였다. 중간에 서 있는 키가 크고 마른 체형에 잘생긴 얼굴을 한 약간 고뇌에 찬 모습. 그 안에 속해 있어서, 그들과 닮아서 행복하다는 표정으로 그는 희미하게 미소 짓고 있었다. "알

다시피, 나는 아무도 없단다. 네 결혼식에도 못 갔어. 최소한 이거라도 받아 주렴." 하면서, 아주머니는 장식장에서 꺼낸 은으로 만든 사탕 그릇을 내 손에 쥐어 주었다. "지난번에 역에서 네 부인과 딸을 보았단다. 무척 아름다운 여자더구나. 그녀의 가치와 소중함을 알고 있니?"

나는 내 손에 들린 사탕 그릇을 계속 쳐다보았다. 왠지 모를 죄책감과 불편함을 느꼈다고 말한다면 독자들은 믿지 않을지도 모르겠다. 이렇게만 말해 두자. 내가 기억하는 것이 무엇인지 정확하게는 모르겠지만 기억한다고는 말할 수 있다. 은제 사탕 그릇에 거울과 같이 방 전체와 나, 그리고 라티베 아주머니가 동그랗게 휘어져서 비쳐 있었다. 얼마나 마법 같은가. 한순간 세상을, 우리의 눈이라고 말하는 열쇠 구멍을 통해서가 아니라, 잠시 동안 일종의 다른 이성의 렌즈 체계를 통해 보는 것이. 영리한 아이들은 이것을 이해한다, 영리한 어른들은 이에 미소 짓는다. 독자여, 내 이성의 반은 다른 곳에 있었고, 나머지 반은 또 다른 곳에 신경 쓰고 있었다. 당신들에게도 무엇인가를 기억하려다가, 기억하려는 것이 무엇인지 정리하기도 전에 알지 못하는 어떤 이유로 기억하는 것을 나중으로 미루는 일이 일어나는가.

나는 고맙다는 말을 하기조차 부끄러워, 장식장의 다른 칸에 꽂힌 책들을 가리켰다. "라티베 아주머니, 저 책들을 가져가도 될까요?"

"뭐에 쓰려고?"

"읽으려고요."라고 대답했다. 살인자이기 때문에 밤에 잠을 못 이루고 있다고는 말하지 않았다. "밤에 책을 읽거든요. 텔레비전은 눈이 피로해서 오래 못 봐요."

아주머니는 수상쩍다는 표정으로 "정 그렇다면 가져가. 하지만 다 읽으면 돌려줘야 해. 빈 자리가 생기면 안 되니까. 죽은 영감은 항상 그것들을 읽곤 했지."라고 말했다.

그리고 천사들의 도시 로스앤젤레스를 배경으로 일군의 악당들——코카인에 중독된 부자들, 창녀 성향이 있는 것처럼 보이는 여배우 지망생들, 야심 많은 경찰들, 순진무구한 아이 같은 천국의 행복감으로 사랑을 나누다가도 등만 돌리면 뒤에서 남의 험담을 하는 아름다운 젊은이들——이 나오는 영화를 라티베 아주머니와 끝까지 본 후, 나는 책을 가득 담은 비닐봉지를 들고 굉장히 늦은 시간에 집으로 돌아왔다. 한 손에 든 비닐봉지의 책 더미 위엔 은제 사탕 그릇이 놓여 있고, 세상이, 가로등이, 벌거벗은 미루나무가, 밤하늘이, 우수에 잠긴 밤이, 젖은 아스팔트가 날 지켜보는 가운데, 팔다리를 힘차게 앞뒤로 흔들어 대면서.

어머니가 살아 계실 때는, 지금은 내 딸아이의 방으로 쓰고 있는 뒷방에 있었지만 지금은 거실로 가져온, 몇 년 동안 학교 숙제를 했고, 『새로운 인생』을 처음 읽은 곳이기도 한 책상 위에 정성스레 책들을 나열했다. 은제 사탕 그릇 뚜껑은 잘못 닫혀서 열리지기 않았다. 그것도 책들 옆에 같이 놓았다. 담뱃불을 붙이곤 이 모든 것을 즐겁게 바라보았다. 책은 다 합쳐서 서른세 권이었다. 이 중에는 『신비주의의 원리』, 『아동심리』, 『간략한 세계사』, 『위대한 철학자들과 위대한 순교자들』, 『그림으로 풀어 본 꿈의 해석』같은 참고용 책들, 교육부에서 출판하여 무료로 배포하는 고전 시리즈 중 단테, 이븐 아라비, 릴케의 번역본들, 『가장 아름다운 사랑의 시』, 『고향으로부터 온 이야기』같은 시선집들, 쥘 베른, 셜록 홈스, 마크 트웨인의 번역본들 그리고 『콘티키』, 『천재들도 어린이였다』, 『마지막 정거장』, 『애완용 새들』, 『내게 비밀을 말해 줘』, 『1001가지 수수께끼』같은 책들도 있었다.

나는 그날 밤부터 즉시 책을 읽기 시작했다. 그리고 『새로운 인생』에 나오는 몇몇 장면들, 몇몇 표현들, 몇몇 환상들이 이 책들로부터 영감을 받아 쓰였거나 이 책들을 그대로 표절했다는 것을 알게 되었다. 르프크 아저씨는 어린이용 만화를 그릴 때 《톰 믹스》, 《페코스 빌》, 《외로운 보안관》을 베끼면서 사용했던 수법을 『새로운 인생』을 쓸 때도 똑같이 써먹었던 것이다.

몇 가지 예를 들겠다.

천사들은 인간이라는 칼리프가 창조되는 것에 관한 비밀에 도달하지 못했다.

　　　　　　　　　　　—이븐 아라비, 『지혜의 봉인』

우리는 영혼의 동반자였고, 동지였다. 우리는 서로의 무조건적인 지지자였다.

　　　　　　　　　—네샤티 아칼렘, 『천재들도 어린이였다』

외로운 방으로 돌아온 나는 이 고상한 여인에 대한 생각에 빠져들었고, 그녀를 생각하면서 달콤한 잠에 떨어졌다. 잠결에 경이로운 환영(幻影)이 내게 나타났다.

　　　　　　　　　　　　　　　──단테, 『새로운 인생』, 제3장

어쩌면 우리는 이러한 것들을 말하기 위해 이 세상에 있는 지도 모른다. 집, 다리, 우물, 항아리, 문, 과일나무, 창, 그리고 어쩌면 기둥, 탑 정도……? 그러나 이것들을 말하기 위해서 이러한 것들 자신들조차, 자신들이 이렇게나 충분하게 존재한다는 것을 한 번도 상상한 적이 없었음을 잊지 말아야 한다.

　　　　　　　　　　　　　　　──릴케, 『두이노의 비가』, 제9비가

그렇지만 이곳에는 전혀 집이 없었다. 폐허 외에 다른 것은 보이지 않았다. 이 폐허들은 세월이 흘렀기 때문이 아니라 일련의 재앙 때문에 형성된 것처럼 보였다.

　　　　　　　　　　　　　　　──쥘 베른, 『이름 없는 가족』

책 한 권을 입수했다. 읽는다면 제본한 책처럼 보일 것이고, 읽지 않는다면 초록색 비단으로 된 한 뭉치의 천으로 보일 것이다. 바로 그때 책의 숫자와 철자를 들여다보는 나 자신을 발견했고 그 서체를 통해 알레포의 개판관이자 교주인 암두르라흐만의 아들이 이 책을 썼다는 것을 알게 되었다. 정신을 차렸을 때는 지금 당신이 읽고 있는 장을 쓰고 있는 나 자신을 발견했다. 그러고는 교주의 아들이 쓴 것과 내가 꿈에서 읽었던 장,

그리고 내가 지금 쓰고 있는 책에 있는 장이 서로 똑같다는 것을 문득 알게 되었다.

——이븐 아라비, 『메카의 계시』

사랑은 내게 엄청난 영향을 미쳤다. 전적으로 그 영향하에 놓인 내 몸은 무겁고, 생기 없는 물체처럼 행동하곤 했다.

——단테, 『새로운 인생』, 제11장

돌아오기를 원하는 사람이라면 넘어서는 안 될 생사의 경계를 나는 방금 확실히 넘어섰네.

——단테, 『새로운 인생』, 제14장

16

나는 우리가 이 책의 비평 부분에 와 있다고 생각한다. 책상에 놓인 서른세 권의 책을 몇 달 동안 반복해서 읽었다. 바랜 책장들에 쓰여 있는 단어와 문장 들에 밑줄을 쳤다. 노트와 종이 조각에 메모를 했다. 경비들이 책 읽는 사람들을 '도대체 여기서 뭐하는 거람!'이라고 말하는 듯한 시선으로 쳐다보곤 하는 도서관에 자주 드나들었다.

나는, 한때 인생이라는 그 소용돌이에 자신을 의욕적으로 내던지고도 기대했던 것을 찾지 못한 비탄에 빠진 수많은 사람들처럼, 네가 읽었던 것들에서 일련이 상상들과 표현들을 비교하면서 글 속에 있는 비밀스러운 속삭임을 발견했다. 그리고 이것들로부터 비밀들을 끌어내고, 이 비밀들을 열거하여 그들 사이에 새로운 관계를 설정하고, 바늘로 우물을 파는 식의 인내심으로 만들어 낸 이 관계망의 복잡다단함을 자화자찬하면서 인생에서 놓쳐 버린 것들에 복수를 하려고 했다. 그이유를 알기 위해서라면 이슬람 마을의 도서관 책꽂이가 다른 책에 관한 친필 해석이나 비평 들로 얼마나 빽빽하게 들어차 있는지 보고 놀랄 것이 아니라 비탄에 빠진 거리의 군중들을 한번 훑어보면 된다.

이러한 노력을 하는 동안에, 르프크 아저씨가 다른 책에서 빌려 온 새로운 문장이나 이미지나 생각을 이 책에서 볼 때마다, 상상으로만 그려 왔던 천사가 실은 전혀 순수하지 못하다는 것을 알게 된 젊은 몽상가처럼, 처음에 나는 실망감에 빠졌다. 그러나 결국에는 완전한 사랑의 희생자처럼, 처음 봐서는 순수해 보이지 않던 것이 사실은 꼭꼭 숨겨져서 쉽게 드러나지 않는 비밀을 담고 있다거나 독특한 의미를 갖고 있다고 믿고 싶어 했다.

모든 것을 천사의 도움으로 풀 수 있으리라 판단한 것은 다른 책과 함께 『두이노의 비가』를 다시 한 번 읽으면서였다. 비가에 나오는 천사가 르프크 아저씨가 책에서 언급했던 천사를 연상시켰다기보다는, 자난이 천사에 대해 말하는 것을 들으며 그녀와 함께 보냈던 밤들이 더 그리웠기 때문이다. 밤의 정적 속에서, 기다란 화물열차가 끝없는 덜커덩 소리를 울리며 동쪽으로 사라지고 나서도 한참이 지난 후에, 나는 빛과 감동과 내가 추억하기 좋아하는 삶이 부르는 소리가 들리기만을 고대하고 있었다. 종이와 공책 들로 뒤죽박죽된 책상에 앉아 담배를 피우는 내 모습과 텔레비전 화면이 비친, 반짝거리는 사탕 그릇을 뒤로하고 창 쪽으로 걸어가 커튼 사이로 어두운 밤을 음미하곤 했다. 가로등 혹은 맞은편 아파트에서 흘러나오던 희미한 빛이 한순간 유리창의 작은 물방울에 비치곤 했다.

정적의 심장부에서 내게 말을 걸어오기를 바라는 이 천사는 누구인가? 나는 르프크 아저씨처럼 튀르키예어밖에 몰랐지만, 잘 쓰이지 않는 언어로부터 우연하고 일시적인 흥분으로 번역된 조잡한 엉터리 번역본들에 둘러싸여 있다는 사실에 별로 개의치 않았다. 여러 대학을 돌아다니며 나를 아마추어라고 비난한 교수와 번역가 들에게 질문했다. 주소를 구해 독일에 편지를 썼고, 친절하고 사려 깊은 사람들로부터 답장을 받았다. 이 비밀의 중심부를 향해 한 걸음 나아갔다고 나 자신을 납득시키려 애썼다.

폴란드인 번역가에게 썼던 유명한 편지에서 릴케는 『두이노의 비가』에 나오는 '천사'는 기독교의 천사라기보다는 이슬람교의 천사에 더 가깝다고 말했다. 르프크 아저씨는 번역가가 썼던 짧은 서문에서 이를 알게 되었다. 비가를 쓰기 시작하던 해, 스페인에서 루 안드레아스 잘로메[53]에게 보낸 편지에서, 릴케가 『코란』을 '놀라고 또 놀라며' 읽었다는 것을 안 나는 한동안 『코란』에 나오는 천사들에게 열중했다. 그렇지만 어머니나 동네의 나른 아주머니들, 그리고 만물박사들에게서 들었던 것과 비슷한 이야기는 한 번도 발견하지 못했다. 신문의

---

53) 릴케의 연인이었던 독일의 작가.

캐리커처나 도덕 시간의 교통 포스터에서 자주 본 적 있는 이
즈라일은 『코란』에는 이름조차 없었고, 그를 단지 죽음의 천
사라고 칭했을 뿐이다. 미카엘, 그리고 심판의 날에 나팔을 불
천사인 이즈라필에 대해서도 이미 알고 있던 것 외에 다른 것
들은 찾을 수 없었다. 『코란』 35장 처음 부분에 나오는 "날개
가 둘씩, 셋씩, 넷씩 달린" 천사라는 표현이 과연 이슬람에만
유일한 것인지 아닌지를 독일인 펜팔 친구에게 물었다. 그는
예술 서적에서 복사한 기독교의 천사 그림이 가득 찬 서류철
을 내게 보내 주는 것으로 이에 대한 답을 대신했다. 『코란』에
서는 천사를 다른 계층으로 언급하며, 지옥의 파수꾼인 악마
들도 천사로 간주하는 데 비해, 『성경』에서의 천사는 신과 창
조물 사이를 좀 더 끈끈하게 연결해 준다는 사소한 차이를 빼
고는 기독교의 천사와 이슬람교의 천사 사이에 릴케의 말이
타당하다고 여겨질 만큼의 중요한 차이는 없었다.

그러나 「타크위르」[54]의 몇몇 구절에 적혀 있는 것처럼, 밤
의 어둠과 낮의 빛이 서로 뒤바뀌는 순간에 대천사 가브리엘
이 '선명한 지평선' 위로 마호메트 앞에 나타난 것을, 사라졌
다 밝아지며 흘러가는 별들이 목격했음을 릴케가 암시하지
않았다 해도, 나는 르프크 아저씨가 자신의 책을 마무리하면
서 '모든 것이 쓰여 있는' 성스러운 책이라는 존재를 기억해 내
었을 것이라고 믿었다. 그러나 그때는 몇 달 동안 읽고 또 읽
느라 읽은 내용을 모든 것에 비유해 보면서 르프크 아저씨의

---

54) 『코란』 81장.

작은 책은 단지 서른세 권의 책에서가 아니라 모든 책에서 연유한 것이라 생각했던 시절이다. 내 책상 위에 쌓인 형편없는 번역서와 복사본, 메모 들이 단지 릴케의 천사에 대해서뿐 아니라, 천사들이 왜 아름다운지에 대해, 사고와 우연을 제외하는 절대적 아름다움에 대해, 이븐 아라비에 대해, 인간을 뛰어넘는 천사의 우월성과 한계, 죄에 대해, 이곳과 저곳에 동시에 존재할 수 있는 능력에 대해, 시간과 죽음, 사후의 인생에 대해 언급할수록, 나는 이것들을 르프크 아저씨의 작은 책에서뿐만 아니라, 『페르테브와 피터』의 모험에서도 읽었던 것을 떠올리게 되었다.

봄이 올 무렵의 저녁 식사 후, 몇 번을 읽었는지도 모를 릴케의 편지가 "우리의 할아버지에게조차"라고 내게 말했다. "한 채의 집, 하나의 우물, 알고 있는 탑, 자신의 옷들, 재킷들. 이것들은 상상할 수 없을 만큼, 상상할 수 없을 만큼 더 개인적이다."

잠시 주위를 둘러보고 약간의 현기증을 느꼈던 것을 기억한다. 단지 오래된 내 책상 위에 있는 책들 사이에서가 아니라, 흐트러뜨리기를 좋아하는 딸아이가 그것들을 가져간 곳에서, 창틀 아래에서, 먼지 낀 라디에이터 위에서, 러그 위에서, 다리가 하나밖에 없는 보조 탁자 위에서, 카펫 위에서 천사들의 검고 하얀 그림자 수백 개가 나를 바라보고 있었고, 그 모습들이 은제 사탕 그릇에 비치고 있었다. 그것은 몇 백 년 전 유럽의 어느 곳에선가 그려진, 천사들을 그린 진품 유화의 복제품이었다. 나는 그것들을 진품보다 더 좋아한다고 생각했다.

세 살짜리 딸아이에게 "천사들을 챙기렴." 하고 말했다. "역에 기차 구경 하러 가자꾸나."

"캐러멜도 살 거예요?"

딸아이를 안고, 세제와 고기 탄 냄새가 진동하는 부엌에 있는 아내에게 기차를 구경하러 갈 것이라고 말했다. 아내가 설거지를 하다가 고개를 들고 우리에게 미소를 지어 보였다.

품에 딸아이를 꼭 안고, 봄의 선선한 공기를 쐬며 역으로 걸어가다 보니 기분이 좋아졌다. 집에 돌아가거든 텔레비전에서 오늘의 축구 경기를 보고, 아내와 「일요 극장」도 봐야지, 라고 생각하자 기뻤다. '인생'이라는 이름의, 역 광장의 제과점은 진열장 유리를 낮추고 아이스크림 판매대와 아이스크림용 원뿔 과자를 밖에 내놓으며 겨울을 마감했다. 우리는 마벨 캐러멜 100그램을 달라고 했다. 조바심 내는 딸애의 입 속에 종이 껍질을 벗긴 캐러멜 한 개를 넣어 주었다. 우리는 플랫폼으로 갔다.

정확히 9시 16분에, 깊은 곳에서, 마치 땅의 영혼에서 나오는 듯한 육중한 엔진 소리와 함께 남부 특급 열차가 우리에게 자신의 존재를 알렸다. 기차의 전조등 불빛이 철교의 벽에 반사되고 있었다. 역에 접근했을 때 잠잠해진 듯하다가 다시금 충격적이고 멈출 수 없는 힘으로 연기와 먼지를 일으키며, 서로를 껴안고 있는 우리 두 연약한 생명체 앞으로 기차는 지나갔다. 뒤에 남겨 놓은 더 인간적인 굉음 속에서 칙칙폭폭 하며 지나가는 객차에 기대어 앉은 여행객들을 보았다. 의자에 기대어 앉은 사람, 창에 기댄 사람, 재킷을 거는 사람, 담배를 피우는 사람, 우리를 보지 못한 여행객들이 눈 깜짝할 사이에 미끄러져 갔다. 기차가 남겨 놓은 가벼운 바람과 정적 속에서 마지막 객차 뒤편의 빨간 불빛을 한동안 바라보았다.

나는 본능적으로 딸아이에게 "이 기차가 어디로 가는지 알고 있니?"라고 물었다.

"어디로 가는데요?"

"이즈미트, 그다음에는 빌레지크로 가지."

"그런 다음에는요?"

"에스키셰히르, 그다음에는 앙카라."

"그다음에는요?"

"그러고 나서 카이세리, 시바스, 말라트야로 가지."

밝은 갈색 머리를 가진 내 딸은 여전히 희미하게나마 보이는 빨간 불빛을 장난 반 호기심 반으로 바라보며 "그다음에는요?"라고 계속해서 물었다.

그리고 나는 그다음, 또 그다음에 기차가 들를 역들을 하나하나 생각해 보면서, 기억나는 역뿐만 아니라 기억나지 않는 역의 이름들에서 어린 시절의 기억들을 떠올렸다.

내가 열한두 살이었을 때였을 것이다. 저녁 무렵 아버지와 함께 르프크 아저씨 집에 갔었다. 르프크 아저씨와 아버지가 시양 주사위 놀이를 하고 있을 때, 나는 리디베 이주머니기 준 쿠키를 손에 들고 새장 속의 카나리아를 구경하고 있었다. 어떻게 읽고 해석하는지 여전히 알지 못하는 기압계를 탁탁 치고, 선반의 책들 중 한 권을 집어 『페르테브와 피터』의 오래된 모험 이야기에 빠져 들고 있을 때 르프크 아저씨가 나를 곁으로 불렀다. 그러고는 올 때마다 반복했던 질문을 하기 시작했다.

"욜차트와 쿠르탈란 사이에 있는 역들을 말해 봐라."

"욜차트, 울루오바, 퀴르크, 시브리제, 게진, 마덴." 이렇게 시작하여 하나도 빼먹지 않고 다 말했다.

"아마시아와 시바스 사이에 있는 역들은?"

나는 하나도 놓치지 않고 댈 수 있었다. 르프크 아저씨가 영리한 튀르키예 어린이라면 모두 외워야 한다고 해서 역 이름을 다 외웠기 때문이다.

"퀴타흐야에서 출발한 기차가 우샤크에 가기 위해 왜 아프욘을 거쳐 가야 하지?"

그것은 기차역 지도를 보고 알았던 게 아니라 르프크 아저씨에게서 배웠던 것이다.

"국가가 불행하게도 철도 활성화 정책을 그만두었기 때문에요."

"마지막 문제." 아저씨는 눈을 반짝거리며 말했다. "체틴카야에서 말라트야 사이에 있는 역들 이름은?"

"체틴카야, 데미리즈, 악게디크, 울루귀네이, 하산 첼레비, 헤킴한, 케식쾨프뤼……." 이렇게 세기 시작하다가 끝내지 못하고 나는 입을 다물었다.

"다음은?"

나는 가만히 있었다. 아버지는 손에 들고 있는 주사위와, 주사위 판에 있는 알들을 보고 있었다. 구석에 몰려 있어서 빠져나올 길을 찾고 있었던 것이다.

"케식쾨프뤼 다음은?"

새장 속에서 카나리아가 날갯짓하는 소리가 들렸다.

"헤킴한, 케식쾨프뤼."라고 희망을 가지고 말하기 시작했지만 그래도 그다음 역 이름은 떠오르지 않았다.

"다음은?"

그 뒤에는 긴 정적이 흘렀다. 내가 울음을 터뜨리려고 하자 르프크 아저씨가 나를 달랬다. "라티베, 이놈에게 캐러멜을 한 개 줍시다. 어쩌면 기억할 수도 있으니까."

라티베 아주머니가 캐러멜을 갖다 주었다. 르프크 아저씨의 말처럼 한 개를 입에 넣자마자 케식쾨프뤼 다음 역이 생각났다.

23년 후 예쁜 딸아이를 품에 안고 남부 특급의 마지막 객차 뒤편의 빨간 불빛을 보고 있을 때, 우리의 멍청한 오스만은 같은 역의 이름을 또 기억하지 못하고 말았다. 그러나 한참 동안 나는 기억하기 위해 애썼다. 깨어날 줄 모르는 연상 작용을 달래고 불붙여 기억을 떠올리기 위해서 스스로에게 말했다. 얼마나 기막힌 우연인가? 1) 지금 우리 앞을 지나간 기차는 내가 기억하지 못했던 그 역을 내일 지나갈 것이다. 2) 라티베 아주머니는 후에 내게 선물했던 것과 똑같은 사탕 그릇에서 캐러멜을 꺼내 주었다. 3) 딸의 입속에 흰 개의 캐러멜이, 내 손에는 100그램의 캐러멜이 있다.

독자여, 나는 나의 과거와 미래가 교차하는 오늘 같은 봄날 저녁에, 우연과는 한참 거리가 먼 지점에 나의 기억이 고착되어 가는 것이 너무나 즐거워서, 기차역 이름을 떠올리려 애쓰면서 그 자리에 그대로 서 있었다. 한참 후에 딸아이가 내 품 속에서 "개."라고 말했다.

너무나 더럽고 초라한 길 잃은 개가 내 바짓가랑이에 코를 대고 쿵쿵거리고 있었고, 기차역의 밤은 마을 위로 부는 가벼운 산들바람으로 선선해져 갔다. 우리는 즉시 집으로 돌아갔다. 그러나 나는 은제 사탕 그릇 쪽으로 바로 가지 않았다. 딸아이와 같이 놀아 주다가 재운 후, 아내와 함께 「일요 극장」에 나오는 키스 신과 살인 사건들을 보았다. 아내도 잠든 후 나는 책상 위의 책과 종이와 천사를 대강 정리한 후 가슴을 두근거리며 기억이 여물어 한 방향으로 정리되기를 기다렸다.

기억이여, 내게 오라. 사랑과 책의 희생자인 상처받은 가슴을 지닌 남자가 이렇게 애원했다. 나는 은제 사탕 그릇을 집어 들었다. 나의 몸짓은 불쌍한 요릭의 해골[55] 대신 어느 유목민의 해골을 들고 연기하는 시립 극단 배우의 몸짓을 닮아 있었다. 그러나 그 결과를 생각해 본다면, 결코 거짓된 몸짓은 아니었다. 독자여, 결과를 보아라. 기억이라고 하는 불가사의는 얼마나 다루기 쉬운가. 나는 즉시 역 이름을 기억해 냈다.

우연과 사고를 믿는 독자들이, 그리고 르프크 아저씨의 일을 우연과 사고로 치부하지 않으리라 믿는 독자들이 모두 예상한 바대로 역의 이름은 비란바였다.

---

55) 셰익스피어의 희곡 『햄릿』에 햄릿 왕자가 어릿광대 요릭의 해골을 들고 독백하는 장면이 나온다.

더 많은 것도 기억해 냈다. 왜냐하면, 23년 전에 캐러멜을 입에 넣고, 은제 사탕 그릇을 보면서 내가 "비란바."라고 하자 르프크 아저씨가 "브라보!"라고 외쳤기 때문이다.

곧 높은 주사위 숫자를 연달아 던져 아버지의 알 두 개를 뺏어 와선 "아키프, 자네 아들은 아주 영리하군! 미래의 어느 날 내가 무엇을 할 건지 말해 줄까?"라고 했다. 그러나 뺏긴 알들과 눈앞의 수에 열중하던 아버지는 그의 말을 듣고 있지 않았다. "언젠가 책 한 권을 쓸 거란다." 르프크 아저씨는 내게 말했다. "주인공에게 너의 이름을 붙일 거란다."

"『페르테브와 피터』 같은 책이요?" 이렇게 묻고 있는 나의 심장은 쿵쿵 뛰었다.

"아니, 그림이 없는 책이란다. 그러나 너의 이야기를 쓸 거야."

나는 침묵했다. 믿지 않았다. 그 책이 어떤 책이 될 것인지 상상할 수가 없었다.

그러는 사이에 라티베 아주머니가 말했다. "또 애한테 바람 집어넣는다."

이 장면이 사실인지, 아니면 비탄에 빠진 남자를 위로하기 위해 착하고 마음 좋은 나의 기억이 그 순간 꾸며 낸 공상인지 알 수 없었다. 즉시 라티베 아주머니에게 뛰어가 묻고 싶은 충동이 들었다. 사탕이 담긴 은그릇을 손에 들고 창 쪽으로 걸어갔다. 한산해진 거리를 바라보며 생각했다. 그러나 이것이 생각인지, 잠꼬대인지 모르겠다. 1) 동시에 세 채의 집에서 전등이 갑자기 켜졌다. 2) 역에서 보았던 초라한 개가 으스대며 문 앞을 지나갔다. 3) 이렇게 머릿속의 복잡한 생각으로 움직인 손가락이 어떻게 했는지는 모르지만 은제 사탕 그릇이 그리 힘들이지도 않고 아, 보라, 저절로 열렸다.

일순간 동화에서처럼, 사탕 그릇에서 신비한 주문과 마법의 반지들, 독을 머금은 포도들이 나올 거라 생각하지 않은 것은 아니었다. 그러나 그 안에서 나온 것은 한적한 구멍가게와 시골 마을 구석의 사탕 가게에서조차 보이지 않는 '새로운 인생'이란 상표가 붙은 내 어린 시절의 캐러멜 일곱 개였다. 모든 캐러멜의 포장지에는 일곱 명의 천사가 '인생'의 '인' 자 주위에 고상하게 앉아 있었다. '새로운'과 '인생' 사이의 빈 공간에 아름다운 다리를 우아하게 뻗고, 20년 동안 견뎠던 사탕 그릇의 어둠 속에서 자신들을 구한 나를 감사히 바라보며 달콤하게 미소 짓고 있었다.

너무나 묵어 버려서 대리석처럼 딱딱해진 캐러멜 껍질 위의 천사들을 다치지 않게 하려고 조심 또 조심해서 껍질을 벗겼다. 캐러멜 포장지 안쪽에는 민요 한 구절이 있었다. 그러나 그것들이 내가 세상과 책을 이해하는 데 도움을 주었다고는 말할 수 없다. 예를 하나 들자면 이런 것이다.

집 뒤에는
시멘트 공장.
내가 그대에게 원하는 건
재봉틀 한 대뿐인데.

게다가 나는 밤의 정적 속에서 이 이치에 맞지 않는 구절들을 혼자 반복해서 읊조리기 시작했다. 미쳐 버리지 않기 위한 마지막 희망으로 나는 예전에 내 방이었던, 지금은 내 딸이 자고 있는 방으로 갔다. 오래된 장식장의 서랍을 조용히 열고 손으로 더듬었다. 한쪽에는 자, 다른 한쪽에는 책갈피, 그리고 끝이 뭉툭한 플라스틱 확대경 따위의, 어린 시절 여러 가지 목적으로 쓰던 플라스틱 도구들을 찾아 꺼냈다. 그리고 스탠드 불빛 아래서, 위폐 감별사처럼, 캐러멜 포장지에 있는 천사들을 꼼꼼하게 살펴봤다. 하지만 욕망의 천사도, 네 개의 날개를 단 천사가 꼼짝하지 않고 있는 이란의 세밀화도, 수년 전에 버스 유리창에서 볼 거라고 생각했던 천사도 그리고 흑백의 복제품 천사도 머릿속에 떠오르지 않았다. 대신 나의 기억은 무엇인가를 했다는 것을 보여 주기라도 하려는 듯, 내가 어렸을 때 기차 안에서 불쌍한 아이들이 이 캐러멜을 팔았다는 사실을 쓸데없이 상기시켰다. 포장지의 천사 그림이 외국 잡지에서 도용한 것이라고 생각하고 있을 때 포장지 구석에서 생산자 표시가 내게 손짓했다.

> 원료명: 포도당, 설탕, 식물성 기름, 버터, 우유, 바닐라 향
> 새로운 인생 캐러멜은 천사제과의 제품입니다.
> 치체크리데레가 18번지, 에스키셰히르.

다음 날 저녁 나는 에스키셰히르로 가는 버스 안에 앉아 있었다. 시청의 상사에게는 연고가 없는 먼 친척이 병이 났다고 말했고, 아내에게는 내 미친 상사가 나를 아무도 없는 먼

곳으로 출장 보냈다고 말했다. 독자들도 알 거라고 생각한다. 인생이 어떤 미친놈이 지껄인 얼토당토않은 이야기가 아니라면, 인생이 세 살짜리 내 딸아이 같은 아이가 연필로 종이 위에 대강 끼적거린 낙서가 아니라면, 인생이 논리도 없는 엉터리 같은 짓의 사슬이 아니라면, 『새로운 인생』을 쓸 때 르프크 아저씨가 집어넣은 우연의 일치처럼 보였던, 모든 재미와 속임수에는 어떤 숨겨진 논리가 있음에 틀림없었다. 또 수년 동안 여기저기에서 천사가 내 앞에 불쑥 나타나곤 했던 것도 위대한 계획자의 의도임에 틀림없었다. 그렇다면 나같이 비탄에 빠진 평범한 주인공이, 어렸을 때 좋아했던 캐러멜 포장지에 왜 천사 그림을 넣었는지를 캐러멜을 처음 만든 사람 본인의 입에서 직접 듣는다면, 인생의 어느 가을 저녁 우울해지면서 슬픔을 느낄 때, 우연의 잔인함을 탓하기보다 인생의 의미에 대해 언급할 어떤 위안을 찾을 수도 있을 것이었다.

우연이라는 말이 나온 김에, 나를 에스키셰히르로 데려다 준 최신식 메르세데스 버스의 운전사가, 14년 전에 자난과 나를 가냘픈 첨탑이 있는 초원의 작은 마을에서 태운 후 홍수 때문에 늪으로 변한 진흙투성이 마을에 내려놓았던 사람이라는 것을, 내 눈보다는 콩콩 뛰고 있는 내 심장이 먼저 알아보았다. 나의 눈은, 내 몸과 함께 최신 버스에 설치된 가장 현대적인 편안함, 그 웅웅거리는 환기 장치, 좌석 위에 달린 개인 독서등, 호텔 종업원처럼 차려입은 차장, 관광 회사의 날개 휘장이 새겨진 냅킨과 함께 쟁반에 받쳐 가져다 주는 인공의 맛이 나는 음식들이 든 현란한 봉투에 익숙해지려고 노력하고 있었다. 이제 의자는 손가락으로 버튼만 누르면 뒤에 앉은 운 없는 사람의 무릎 위로 내려앉는 침대로 변해 있었다. '직행' 버스는 파리가 날아다니는 식당에 멈추는 법 없이, 한 터미널에서 다른 터미널로 직행하기 때문에, 몇몇 버스는 사형 집행용 전기의자를 연상케 하는, 따라서 사고의 순간에는 결코 들어가 있고 싶지 않은 작은 화장실도 갖추고 있었다. 텔레비전에는 버스에 타서 잠시 졸거나 그저 그 화면만 보고 있으면 우리를 아스팔트 포장도로에서 초원의 심장부로 데려다주는 여행사의 버스 광고들이 자주 나왔다. 이렇게 해서 텔레비전은 버스 여행을 할 때 졸거나 텔레비전을 본다는 게 얼마나 즐거운 일인지를 재차 강조하고 있었다. 한때 자난과 함께 본 적이 있는 아무것도 없던 차창 밖 야생의 초원은 담배와 타이어 선전으로 파헤쳐졌고, 햇빛을 차단하려고 색유리를 끼운 버스 유리창들은 때론 진흙투성이의 찻집, 때론 사원 지붕의 초록빛, 때론 묘지를 연상케 하는 초록빛으로 뒤덮여 있었다. 그래도 미끄러져 가 버린 내 인생의 비밀에, 그리고 문명의 뒷전에서 잊힌 한적한 마을에 가까워질수록 내가 여전히 살아 있다는 것을, 여전히 의욕적으로 숨 쉬고 있다는 것을, 여전히——과거에 했던 말을 빌려 표현하자면——어떤 열망의 뒤를 좇고 있다는 것을 느꼈다.

　나의 여행이 에스키셰히르에서 끝나지 않았다는 걸 짐작할 수 있으리라 생각한다. 한때 천사제과의 사무실과 공장이 있었던 치체크리데레가 18번지에는 이슬람 신학교 기숙사인 6층짜리 아파트가 있었다. 에스키셰히르 상공회의소의 문서 보관실에서 내게 소다가 든 보리수 차를 대접해 준 나이 많은 직원은 몇 시간 동안 서류를 뒤적인 후에 천사제과가 지금은 퀴타흐야 상공회의소에 속해 있는 지역에서 상업 활동을 하기 위해 22년 전에 에스키셰히르에서 철수했다고 말해 주었다.

퀴타흐야에서는 그 회사가 7년 동안 그곳에서 생산을 하고서 폐업했다는 사실을 알게 되었다. 그림 장식 타일들로 꾸며진 동사무소와 멘질하네 마을에 갈 생각을 못했더라면, 천사제과의 설립자인 슈레이야 씨가 15년 전에 하나밖에 없는 사위의 고향인 말라트야로 이주했다는 것을 알지 못했을 것이다. 말라트야에서는 지금부터 14년 전 몇 년 동안 천사제과가 성업을 이루었다는 정보를 얻었다. 그리고 나는 자난과 함께 버스 터미널에서 그 마지막 캐러멜들을 보았던 것을 기억했다.

마치 붕괴되어 가는 제국이 발행한 마지막 주화(鑄貨)처럼 '새로운 인생' 캐러멜이 말라트야와 그 주변 지역에서 마지막으로 한 번 더 유명해지자, 말라트야 상공회의소에서 발행되는 회보는 한때 튀르키예 전체에서 소비되었던 캐러멜과 천사제과의 역사에 관한 글을 실었고, '새로운 인생' 캐러멜이 한때는 구멍가게, 담배 가게에서 거스름돈 대신 사용되었다는 사실까지 상기시켜 주었다.《말라트야 회보》에서는 천사들이 등장하는 광고들이 나왔다. 이 지역에서 캐러멜이 다시 옛날처럼 잔돈 대신 통용되려고 하려던 차에 다국적 기업이 들어와 과일즙이 든 신제품을 판매하기 시작했고 텔레비전에서 예쁜 입술을 가진 영화배우가 그것을 맛있게 먹는 광고가 자주 방영되기까지 하자 모든 것은 끝이 나 버렸다. 그 제과회사가 커다란 솥, 포장지 만드는 기계 그리고 상표 이름까지 팔았다는 사실을 지역 신문에서 읽고 알게 되었다. 나는 '새로운 인생' 캐러멜의 생산자인 슈레이야 씨의 사위의 친척들로부터 그가 말라트야를 떠나 어디로 갔는지를 알아내려고 애썼다. 탐문 끝에 동부 지역으로, 한적한 도시로, 중학교 사회과 부도에도 이름이 나오지 않는 외진 곳에 위치한 조그만 마을까지 찾아갔다. 한때 흑사병을 피해 외진 마을로 도망가던 사람들처럼, 슈레이야 씨와 그 가족들도, 서양에서 들어온 텔레비전과 광고 덕분에, 죽음을 가져오는 전염병처럼 나라 전체를 휩쓴 외국어 상표의 현란한 소비품들로부터 도망이라도 치듯, 먼 곳으로, 그림자 도시들을 향해 달아나 버렸다.

버스에 탔고, 버스에서 내렸으며 터미널을 돌아다녔고 시장 골목들을 지났다. 주민등록증 발급소에서, 동사무소에서, 뒷골목에서, 우물, 나무, 고양이 그리고 찻집이 있는 마을 광장에서 나는 배회했다. 한때 나의 발길이 닿는 모든 도시에서, 내가 걸어 다녔던 모든 인도 위에서, 멈춰 서 차를 마셨던 모든 찻집에서, 이곳과 십자군, 비잔티움, 오스만 제국을 연결하는 어떤 음모의 흔적을 찾았다고 생각했다. 나를 관광객이라 생각하고 새로 주조한 가짜 비잔틴 화폐를 팔려고 했던 약아빠진 아이들에게 미소를 지어 보였다. 오줌 색깔의 예니 우라브트 화상수를 내 목덜미에 쏟은 이발사에게도 신경 쓰지 않았다. 여기저기에 우후죽순처럼 지어진 전시장의 휘황찬란한 문이 히타이트 유적에서 뜯어 와 붙인 것임을 알아내고도 놀라지 않았다. 제키 안경점의, 사람 키만 한 안경으로 만든 간

판 위에, 십자군 원정대들이 남겨 놓고 간, 먼지로 된 무언가가 있다고 결론을 내리는 데, 내 상상력이 한낮의 찌는 듯한 더위에 내가 걸었던 그 아스팔트처럼 녹아 버릴 필요도 없었다.

그러나 가끔은 이 땅이 변화하는 걸 방해해 온 역사적이고 보수적인 음모들이 산산조각 났다고 느낄 때도 있었다. 14년 전 자난과 나에게 셸주크 시대 성처럼 변함없이 건재할 것처럼 보였던 시장들, 동네 구멍가게들, 빨래가 널린 골목들이 서양에서 불어온 바람의 힘으로 휩쓸려 가 버린 것을 감지하곤 했다. 도시 중심부 식당의 가장 멋진 곳을 평온한 정적으로 감쌌던 모든 수족관들은 그 안의 물고기들과 함께 갑자기 비밀 명령에 의해 사라져 버린 것 같았다. 지난 14년 동안, 큰길뿐 아니라 지저분한 뒷골목까지 서로서로 악쓰는 듯한 문구가 적혀 있는 아크릴 유리 광고판으로 도배하라고 지시한 것은 누구인가? 광장의 나무들을 베어 버리라고 한 것은 누구인가? 교도소의 담장처럼 아타튀르크의 동상을 둘러싸고 있는 콘크리트 아파트 건물을 바라보면서, 나는 누가 발코니의 철제 난간들을 저렇게 찍어 낸 듯 똑같이 만들라고 명령했을까 생각했다. 아이들에게 지나가는 버스에 돌을 던지라고 가르친 건 누구인가? 인체에 유해하고 냄새까지 지독한 소독약을 호텔 방에 뿌리자는 발상을 내놓은 것은 대체 누구인가? 백인 미녀들이 그 기다란 다리 사이에 타이어를 끼고 있는 달력을 전국에 유통한 자는 누구인가? 또 엘리베이터나 환전소나 대기실 같은 생소한 장소에서 스스로 안전하다고 느끼고 싶다면 상대방을 적대적인 눈빛으로 바라봐야 한다고 결정한 사람은 누구인가?

나는 내 나이보다 빨리 늙어 버렸다. 금방 피로를 느끼고 많이 걷지 못하게 되었다. 내 몸이 수많은 군중 속에 파묻혀 천천히 끌려 다니다가 사라지는데도 나는 그것을 알아채지 못했다. 또 좁은 거리에서 내 어깨를 치고 지나가는 사람들과 내가 어깨를 부딪힌 사람들의 얼굴을, 내 머리 위에서 흘러 지나가는 광고판에 나오는 수많은 변호사와 치과 의사와 회계사의 이름처럼 보자마자 잊곤 했다. 예전에 마음씨 좋은 아주머니가 우리를 초대했던 뒤뜰을 산책할 때처럼 지난과 마치 소꿉놀이라도 하듯 감상에 빠져 돌아다녔던 그 모든 천진한 작은 도시들, 그리고 세밀화에서 뛰쳐나온 듯한 뒷골목들이, 이제는 어떻게 해서 서로를 모방하는 위험 신호와 감탄 부호로 들끓는 공포스러운 무대 장치로 변해 버렸는지, 이해할 수 없었다.

가장 부적절한 장소에, 이를테면 사원의 뜰이나 양로원이 바라보이는 구석에 문을 연 어두운 바와 맥줏집 들을 보았다. 옷이 가득한 가방을 들고, 도시에서 도시로 돌아다니며, 버스에서, 마을 극장에서, 시장에서 혼자 패션쇼를 준비한 후 자신이 전시한 옷들을 스카프와 차도르를 쓴 여자들에게 파는 영양 같은 눈을 가진 러시아 모델들을 보았다. 버스에서 내 새끼손가락보다도 작은 코란 책을 팔던 아프가니스탄 이주민들이, 플라스틱 체스 세트와 베이클라이트[56] 망원경, 전공 훈장,

---

56) 합성수지 상표명.

그리고 카스피 해산(産) 캐비어를 파는 조지아인과 러시아인 가족들로 대체된 것을 보았다. 비가 오던 날 밤 자난과 함께 죽을 고비를 넘겼던 교통사고 후 죽은 애인의 손을 잡은 채로 죽어 간, 청바지를 입은 소녀를 여전히 찾고 있는 아버지를 보았다. 선포되지도 않은 전쟁 때문에 유령도시가 된 쿠르드족 마을들과 멀리 떨어진 바위산의 어두운 곳에서 포격 연습을 하는 포병 부대를 보았다. 무단결석한 학생들, 젊은 실업자들, 동네 천재들이 모여서 자신들의 능력과 운과 성깔을 시험해 보는 오락장에서는, 25,000점을 따야 일본인이 디자인하고 이탈리아인이 만든 분홍 천사가 나와서 행운을 약속하는 듯한 미소를 짓는 모습을 볼 수 있는 비디오게임이 낙오자들로 하여금 곰팡내와 먼지 냄새로 가득한 게임방에 들어앉아 미친 듯이 오락기 버튼만 두드리게 만들어 버리는 모습도 목격했다. 오파 비누 향기를 풍기는 남자가 죽은 신문기자인 젤랄 살리크가 쓴, 사후에 발견된 칼럼을 읽는 모습을 보았다. 오래된 목조 건물 별장들이 철거되고 그 자리에 콘크리트 아파트가 생겨 부자 마을이 된 마을 광장의 찻집에서, 새로 스카우트된 알바니아인, 보스니아인 축구 선수들이 금발의 아름다운 부인과 아이 들과 함께 앉아 코카 콜라를 마시는 모습을 보았다. 음침한 술집에서, 붐비는 식당에서, 탈장과 관절을 전시해 놓은 약국의 맞은편 상점을 비추는 진열장 유리에서, 밤마다 호텔 방에서 또는 버스 의자에 파묻혀서 빠져 들곤 했던 악몽과 형형색색의 행복한 상상 사이에서 세이코나 세르키소프라고 생각했던 그림자들을 보곤 두려워했다.

말이 나왔으니, 나린 박사가 이 나라의 심장부에 정착시키고 싶어 했던 한적한 차트크 마을에, 나의 마지막 목적지인 손파자르에 가기 전에 한번 들러 봤다는 것을 말해야만 할 것 같다. 그러나 그곳도 전쟁과 이주 때문에 혹은 단편적인 기억 상실, 복잡함, 두려움, 냄새 때문인지는 몰라도 너무나 변해 있었다─목적 없는 군중들 사이에서 방향을 잃어버린 내 이성을 어떻게 표현해야 할지 모르겠지만 독자들이 추측할 수 있으리라 생각한다. 나는 내게 남은 자난과의 추억들이 상처를 입을지 모른다는 걱정에 빠졌다. 약국 진열장에 전시된 일본제 디지털 시계들은 나린 박사가 조정하는 거대 음모 저항 세력과 그를 위해 일하는 조사원 조직이 무너진 지 오래라는 것을 사실적으로, 또 상징적으로 말해 주었다. 여기에 시장에 줄줄이 늘어선, 외국어로 상표가 쓰여 있는 소다수, 자동차, 아이스크림 그리고 텔레비전 대리점들도 한몫 거들고 있었다.

나로 말하면 기억 상실로 고통받고 있는 이 나라에서 인생의 의미를 찾고자 애쓰는 불행하고 바보 같은 주인공이다. 나는 자난의 얼굴, 미소, 그녀가 했던 말을 다시 떠올리게 함으로써 나에게 행복한 도피처를 제공해 줄 신선하고 한적한 곳을 찾고자 했다. 행복한 추억이 서려 있는 뽕나무와, 나린 박사가 한때 사랑스러운 딸들과 함께 살았던 저택을 향해 걸었다. 계곡에는 전신주가 세워져 전화선이 연결되어 있었으며 전기도 들어왔지만 이 지역에는 인가가 전혀 없었다. 폐허 외에는 그 어느 것도 보이지 않았다. 이 폐허는 세월이 흘렀기 때문이 아니라 일종의 재앙 때문에 형성된 것처럼 보였다.

같은 내용의 글을 반복해 쓰면서 영원한 시간의 평온과 인생의 비밀을—이것을 뭐라고 부르든지 간에—찾을 거라고 생각한 자난의 옛 애인을 죽이길 잘했다고, 예전에 나린 박사와 같이 올라갔던 언덕에 설치된 아크 은행의 광고판을 바라보며 생각했다. 나는 그의 아들을 이 더러운 광경으로부터, 이 모든 비디오와 문자 들의 범람으로부터, 이 빛도, 광채도 없는 세상에서 장님이 되는 것으로부터 구하였다. 이 괴상하고 소심한 잔인함을 가진 나라에서 누가 나를 빛으로 감싸 구해 줄 것인가? 한때 상상의 극장에서 눈부시게 빛나는 색깔을 꿈꿀 수 있게 하고, 내 가슴속에 단어들을 속삭였던 천사로부터 이제는 그 어떤 목소리나 신호도 받을 수가 없었다.

쿠르드족의 반란 때문에 비란바 도시로의 기차 운행이 중지되었다. 비록 수년이 흘렀다 해도 살인자가 살인했던 장소에 가 볼 마음은 없었다. 그러나 캐러멜에 '새로운 인생'이라는 이름을 붙이고, 그 위에 천사 한 명을 앉힐 생각을 한 슈레이야 씨가 손자와 함께 살고 있다는 손파자르 마을에 도착하기 위해서는 쿠르드족 게릴라가 자주 출몰하는 비란바 지역을 낮에 운행하는 버스를 타고 지나야만 했다. 버스 터미널에서 살펴본 바로는 이곳에서 기억할 만한 것은 별로 없는 듯했다. 그렇지만 만에 하나라도 누군가 살인자를 보고 기억할 수도 있을 것 같아, 버스가 출발할 때까지 《밀리예트》 신문 속으로 머리를 파묻고 있었다.

북쪽을 향해 올라가기 시작했을 때, 산은 떠오르는 태양빛과 함께 날카로워지고 위풍당당해졌다. 버스 안의 침묵이 공포 때문인지, 아니면 버스가 험한 산을 꼬불거리며 지나가는 바람에 우리 모두의 머리가 어지럽기 때문인지 알 수 없었다. 때로는 군인들의 검문을 통과하기 위해, 때로는 인적 없는 마을에서 구름을 벗 삼아 걸어갈 사람을 내려 주기 위해 버스는 멈췄다. 나는 몇 백 년 동안 목격한 모든 비정함에 침묵하며 귀머거리가 된 산을 경외심으로 바라보고 또 바라보았다. 죄를 성공적으로 감춘 살인자도 이처럼 평범한 문장들을 쓸 권리가 있다고 내가 말한다면, 인내심을 가지고 여기까지 읽었던 독자들은 이 마지막 문장에 눈썹을 치켜세우고 비난하며 책을 한쪽 구석으로 던져 버리리라.

내 생각에 손파자르 마을은 쿠르드족 게릴라의 영향 밖에 있는 것 같았다. 또 마을은 현대 문명의 영향력도 모르는 듯했다. 왜냐하면 버스에서 내린 후 마을 광장에 이르렀을 때 '돌고 돌아 다시 같은 장소에 왔구나.'라는 느낌이 들었기 때문이다. 이 도시에서 나를 맞이한 것은 은행, 아이스크림, 냉장고, 담배, 그리고 텔레비전 대리점의 시끄러운 문자들이 아니라, 평온한 마을과 행복한 파디샤들을 그리고 있는 지금은 잊힌 동화 속의 신비로운 정적이었다. 마을 광장일 법한, 교차로가 바라보이는 찻집에서 고양이 한 마리를 보았다. 등나무가 만들어 준 조용한 그늘 아래서 천천히 몸을 핥고 있는 고양이는 자기 삶에 너무나 흡족해하는 듯 보였다. 정육점 앞에는 행복한 주인이, 구멍가게 앞에는 근심 없는 가게 주인이, 과일 가게 앞에는 졸고 있는 주인과 파리들이 달콤하디달콤한 아침 햇살 아래 앉아들 있었다. 이 세상에 존재하는 것이, 그리고 모든 사람들이 반복하는 가장 단순한 일상이 얼마나 큰 은혜인지를 현명하게 깨달아 알고 있는 그들은 거리를 달구는 금빛 햇살에 평온하게 녹아 가고 있었다. 그들이 곁눈질로 바라보는 이방인은, 이 생소한 동화 속 장면에 자신을 빼앗기고, 한때 미치도록 사랑했던 자난이 우리 할아버지들의 오랜 유산인 시계와 잡지 한 뭉치를 손에 들고 얼굴에 장난기 어린 미소를 띤 채 첫 번째 골목에서 자기 앞에 나설 것 같다고 생각했다.

나는 첫 번째 골목에서 나 자신의 이성의 고요함을 알아차렸다. 두 번째 골목에서는 땅에까지 늘어진 버드나무 가지들이 나를 어루만지는 것을 느꼈고, 세 번째 골목에서는 긴 속눈썹을 가진 아름다운 아이를 보고 주머니에서 종이를 꺼내 주소를 묻고 싶었다. 나의 더러운 세계의 글자들이 그 아이에게 생소하게 느껴졌는지, 아니면 아이가 글을 읽을 줄 몰랐는지는 알 수 없었다. 그러나 200킬로미터 남쪽의 면사무소에서 종이쪽지에 적어 준 주소가 알아보기 힘들게 적혀 있기는 했다. 나는 또박또박 큰 소리로 "지야 테페가."라고 말하려 했다. 그러나 내가 말을 다 끝마치기도 전에, 한쪽 창문에서 머리를 내민 아주머니가 "저기, 오르막길이라오."라고 일러 주었다.

몇 년 동안 계속되었던 내 여행의 종착역이 이 오르막길이 될 거라 생각하고 있을 때, 넘칠 듯 찰랑이는 물을 가득 채운 양철 들통을 싣고 마차가 나보다 먼저 오르막길로 들어섰다. 저 위쪽 어딘가의 건축지로 물을 실어 나르는 모양이었다. 오르막길을 오를수록 마차가 흔들리면서 물이 밖으로 콸콸 넘쳐흐르는 것을 보며, 그런데 들통들이 왜 양철일까 나 자신에게 물었다. 이곳에는 플라스틱이 아직 들어오지 않았던가? 내가 눈이 마주친 것은 자신의 일로 정신없이 바쁜 마부가 아니라 말이었다. 나는 나 자신이 부끄러웠다. 갈기는 땀투성이였다. 분노에 차 있었고, 어찌할 바를 몰라했다. 짐이 너무나 무겁고 오르기가 힘겨워 고통을 당하는 것이었다. 말의 슬프고 고뇌에 찬 커다란 눈 속에서 불현듯 나 자신을 보았다. 말의 처지가 내 처지보다 더 끔찍하다는 것을 알게 되었다. 양철 들통들이 시끄럽게 덜그렁거리고, 마차 바퀴가 돌바닥에 부딪혀서 덜그럭대고, 비천한 내 존재가 헉헉대고 씩씩대는 가운데, 우리는 안람테페를 향해 올라갔다. 마차는 모래가 뒤섞인 작은 정원으로 들어갔다. 나는 어두운 구름 뒤로 해가 사라질 때 '새로운 인생' 캐러멜 창안자의, 그 어둡고도 신비로운 정원과 집으로 들어갔다. 나는 정원이 딸린 석조 건물에서 여섯 시간을 머물렀다.

'새로운 인생' 캐러멜의 창안자이자, 내 인생의 비밀을 풀 열쇠를 줄 슈레이야 씨는, 하루에 삼순 담배 두 갑을 마치 불로장생약을 복용하듯 행복하게 피울 수 있는 여든 살 정도의 노인이었다. 그는 옛날부터 알고 지내던 손자의 친구나 친지를 대하듯 나를 맞이했다. 그는 마치 어제 잠시 중단했던 이야기를 계속하는 것처럼 어느 겨울날 퀴타흐야의 자기 가게에 왔던 헝가리 스파이에 대해 장황하게 설명하기 시작했다. 페시테에 위치한 사탕 가게에 대해, 1930년대 이스탄불에서 파티에 참석한 여성들이 쓴 천편일률적인 모자에 대해, 튀르키예 여성들이 더 아름다워 보이기 위해 했던 잘못된 치장에 대해, 또 안으로 들어왔다가 다시 나가는 내 나이 또래의 손자가 왜 결혼을 못하고 있는지에 대해—성사될 뻔했던 두 번의 결혼 이야기를 상세하게 설명하면서—언급했다. 내가 결혼했다는 것을 알고 즐거워했으며, 나 같은 젊은 보험 판매원이 재앙으로부터 자신들을 지켜 낼 수 있게끔 국민들을 경고하고 고무시키며, 이 나라를 결속시키기 위해 아내와 자식으로부터 떨어져 있는 것을 감수하고 긴 여행을 기꺼이 하려는 것이 진정한 애국이라고 말했다.

두 시간 후였다. 나는 내가 보험 판매원이 아니며, '새로운 인생' 캐러멜에 대해 호기심을 가지고 있다고 말했다. 그는 안락의자에서 한 번 움직였다. 어두운 정원에서 들어오는 빛을 등진 얼굴로 내게 독일어를 아느냐고 신비로운 태도로 물었다. 내 대답은 기다리지도 않고 그는 '샤흐마트(Schachmatt)'라고 했다. 이 단어는 왕이라는 의미의 이란어 'Shah'와 죽었다는 의미의 아랍어 'mat'로 만든 유럽 혼혈어라고 밝혔다. 우리는 서양에 체스를 가르쳤다. 세속적인 것, 흰색 군대와 검은색 군대가 싸우는 우리 마음속의 선과 악의 영적인 전쟁으로, 전장의 모습으로. 그들은 체스를 가지고 어떻게 했나? 그들은 우리의 사(士)를 퀸으로 바꾸었고, 우리의 상(象)을 비숍으로 만들었다. 이것 자체로는 별로 중요하지 않다. 그러나 그들은 체스를 자신들의 지성과 합리주의의 승리로 우리에게 다시 돌려주었다. 오늘날 우리는 우리의 감수성을 그들의 이성으로 이해하려고 몸부림치며, 이를 문명화되는 것이라고 생각한다.

내가 알고 있었던가——손자는 알고 있었다.——봄이 끝날 무렵 북으로 날아갈 때, 혹은 8월에 남쪽 아프리카로 되돌아갈 때 학은 과거의 행복한 때에 날았던 것보다 더 높이 날아간다. 이는 그들이 날갯짓하며 내려다보았던 도시와 나무, 강들이 더 이상 보고 싶지 않을 만큼 비참한 상태로 변해 버렸기 때문이다. 그는 학에 대해 정겹게 언급하다가, 50년 전부터 이스탄불에서 공연해 온 학처럼 길고 가는 다리를 가진 프랑스 여자 곡예사로 화제를 돌렸다. 그리고 예전의 서커스와 박람회에 대해, 그곳에서 팔던 사탕의 종류에 대해 향수에 젖어서라기보다는 그 색깔과 세부적인 것을 세세하게 기억하며 설명했다.

나는 점심 식사에 초대받았다. 함께 점심을 먹고 차가운 투보르그 맥주를 마시다가, 슈레이야 씨는 제8차 십자군 원정 당시 중앙 아나톨리아에서 포위당해 남았던 한 무리의 기사들이 카파도키아의 동굴 하나에 숨어 들어가 지하로 내려갔던 이야기를 해 주었다. 수백 년 동안 인구가 늘어남에 따라 그들의 자손들은 동굴을 넓히고 통로를 만들었으며, 다른 동굴들을 발견했다. 이렇게 해서 하나의 도시가 만들어졌다. 수백 명의 십자군 혈통이 살았던, 햇빛 한 줄기 들지 않던 미로 도시 출신의 변장한 스파이가, 가끔씩 우리의 도시와 거리로 스며들어 우리에게 서유럽 문명이 얼마나 숭고한지에 대해 설교하기 시작하였다. 이는 우리의 땅을 파고 정착한 사람들이 우리의 머리도 파고 세뇌하여 마음 편히 지상으로 나오려는 계획이었다. 그는, 이 스파이들이 '오파'라고 불린다는 것과 이들과 같은 이름의 면도 비누가 있다는 것을 알고 있는지 내게 물었다.

아타튀르크가 볶은 이집트 콩을 좋아했던 게 우리 나라에 얼마나 커다란 재앙의 원인이 되었는지 그가 내게 말했던가, 아니면 내가 그 당시 상상했던가? 나린 박사에 대해 그가 언급한 것인지, 아니면 내가 영감으로 그에게 암시해 주었는지 기억이 잘 나지 않는다. 나린 박사의 실수는, 마치 유물론자처럼 물건을 믿고 그것들을 보존함으로써 사라진 혼을 보호하려고 했던 것이라고 했다. 만약 그것이 맞다면, 벼룩시장은 영적 광채에 휩싸일 것이다. 광채. 이 단어로 시작하는 많은 상표가 있다. 물론 모두 모조품이다. 광채 백열 전구, 광채 잉크 등. 나린 박사는 사라진 우리의 혼을 물건들로는 결코 보존할 수 없으리라는 것을 깨닫고 테러로 방향을 바꾸었다. 이것은 물론 미국만 좋게 만들었다. 그 누구도 CIA보다 이 일을 더 잘해 낼 수는 없을 것이다. 그의 저택이 있던 곳에는 찬바람만 불었다. 딸들은 모두 도망가 버렸고, 아들은 벌써 살해되었다. 거대한 제국의 몰락에서 볼 수 있는 여느 장면처럼 조직도 뿔뿔이 흩어졌다. 식민주의 두뇌의 영리한 책략으로 오늘날 '중동'이라고 불리는 웅장한 땅은, 자치국을 선언한 서투른 왕자 살인으로 들끓고 있다. 그가 담배 끝으로 내가 아닌, 내 옆의 빈 안락의자를 가리키면서 강조한 패러독스는 이 땅의 자치 역사도 이제 거의 끝나 간다는 것이었다.

어두운 정원에, 묘지에 깃든 한밤의 정적처럼 밤이 더해질 때쯤 그는 내가 몇 시간이나 기다려 왔던 주제로 들어섰다. 카이세리 시 근방에서 우연히 만났던 일본인 가톨릭 선교사가 이슬람 사원 뜰에서 시도했던 세뇌 활동을 설명하다가 갑자기 주제를 바꾸었던 것이다. '새로운 인생'이라는 이름을 어디에서 가져왔는지는 그도 기억하지 못했다. 그러나 캐러멜은 오래전부터 이 땅에 살아온 사람들의 잃어버린 과거를 새로운 맛, 새로운 감각과 결합시키면서 어떤 연상 작용을 불러일으켰기 때문에, 이러한 다소 환상적인 이름이 잘 어울릴 거라고 생각했다고 했다. 그러나 흔히 생각하는 것과는 달리, 캐러멜(karamela)이라는 단어도, 상품 자체도 프랑스에서 들여오거나 프랑스 것을 모방한 건 아니었다. 어쨌든 카라[57]라는 단어는 이 땅에서 만 년째 살아오고 있는 튀르키예 민족의 언어에서 가장 기본적인 단어이다. 그 때문에 32년 동안 캐러멜을 생산하면서 포장지에 쓴 수만 편의 민요 속에 이 단어가 천 개 정도 들어가 있었던 것이다.

"그렇다면 천사는요?" 불행한 여행객이자 인내심 많은 보험 판매원인 가련한 주인공은 한 번 더 물어보았다.

슈레이야 씨는 포장지 안쪽에 쓰여 있는 1만 편의 민요들 중 여덟 편을 외우는 것으로 답을 대신했다. 세계의 미녀들과는 비교되는, 졸린 처녀들이 연상되며 동화 같은 마법으로 흠뻑 젖고, 점점 어린애처럼 되어 내게서 멀어져 가는, 매력적으로 느껴지지도 않고 어린 시절 추억을 생생하게 하지도 못하는 순수한 천사들이 민요의 시행 속에서 내게 손짓했다.

슈레이야 씨는 자신이 읊은 모든 민요들이 자신의 작품이라고 밝혔다. '새로운 인생' 캐러멜에 쓰인 1만 편의 민요 중 6,000편에 가까운 작품을 자신이 썼다고 했다. 믿을 수 없을 만큼 수요가 많았던 황금기에는 하루에 20편 쓴 적도 있었다. 하긴 첫 비잔틴 주화를 주조한 아나스타시우스도 동전의 앞면에 자신의 얼굴을 넣지 않았던가. 슈레이야 씨도 한때, 이 나라의 모든 구멍가게의 저울과 계산대 사이에 놓인 병들에

---

57) kara. '검은색'이라는 의미.

자신의 작품이 있었다는 것, 자신의 도장이 찍힌 물건들이 수백만 명의 호주머니 속에 들어가 있었다는 것, 그것이 잔돈으로도 사용되었다는 것을 내게 상기시켜 주며, 주화를 주조한 황제처럼 자신도 부, 권력, 행운, 미녀들, 명성, 성공 같은 인생의 즐거움을 모두 누렸다고 말했다. 그렇기 때문에 그는 생명 보험을 들 필요가 없다고 했다. 그러나 젊은 보험 판매원 친구에게 조금이나마 위안이 되도록 캐러멜 포장지에 왜 천사 그림을 집어넣게 되었는지를 가르쳐 주겠다고 했다. 그는 젊은 시절 영화관에 자주 가곤 했는데, 특히 마를레네 디트리히가 출연한 작품을 보는 걸 즐겼다. 그중에서도 가장 좋아했던 영화는, 우리 나라에서는 '푸른 천사'라는 제목으로 개봉했던 「데어 블라우에 엥겔」이라는 영화로, 독일 작가 하인리히 만의 소설을 각색한 작품이었다. 슈레이야 씨는 원작 소설인『운라트 교수』도 읽었다. 에밀 야닝스가 연기한 운라트 교수는 평범한 고등학교 교사인데, 어느 날 거리의 여자와 사랑에 빠진다. 그녀의 겉모습은 천사 같아 보였지만, 사실은…….

밖에 바람이 심하게 불어서 나무들이 사각거리는 것인가, 아니면 나의 이성이 바람에 휩싸여 끌려가는 소리를 듣는 것인가? 몽상에 젖어 있으며, 천진난만하기만 한 학생들에게 마음씨 좋은 교사들이 하는 말처럼 한동안 나는 '정신을 팔고' 있었다. 내가『새로운 인생』을 처음 읽었던 젊은 시절의 환영이 책에서 뿜어져 나온 빛에 싸여 신비로운 배를 타고 내 눈앞을 섬광처럼 지나 밤의 어둠 속으로 속절없이 사라져 갔다. 내가 고요함에 파묻혀 있을 때, 슈레이야 씨가 젊은 시절에 좋아했던 영화와 소설의 슬픈 이야기를 하고 있다는 것은 알았지만 아무것도 들리지 않았고 아무것도 보이지 않았다.

그때 그의 손자가 들어와 전등을 켰고, 바로 그 순간 나는 세 가지를 한꺼번에 알게 되었다. 1) 천장에 매달린 샹들리에는 비란바 마을의 간이 극장에서 '욕망의 천사'가 매일 밤 행운의 당첨자에게 인생에 대한 비할 데 없는 충고와 함께 선물했던 샹들리에와 똑같은 것이었다. 2) 날이 너무 어두워져 한동안 늙은 사탕 장수를 전혀 보지 못하고 있었다. 3) 그도 나를 전혀 보지 못했다. 왜냐하면 그는 장님이었기 때문이다.

여섯 시간 동안 그가 장님이란 사실을 전혀 눈치 채지 못한 나의 주의력과 지능을 비웃는 호전적이고 조롱하기 좋아하는 독자에게, 나 역시 호전적인 자세로 묻고 싶다. 당신이 지금 손에 들고 있는 책의 모든 구석구석을 충분히 주의하면서 지능적으로 보았는가? 예를 들어, 천사에 대해 처음 언급했던 장면의 색깔을 지금 기억할 수 있는가? 또는 『철도의 영웅들』이라는 작품에서 르프크 아저씨가 회사 이름들을 열거하는 것이 『새로운 인생』에 어떤 영감을 주었는지 즉시 말할 수 있는가? 내가 극장에서 메흐메트를 총으로 쏘았을 때, 그가 자난을 생각하고 있었다는 것을 내가 어떻게 알아챘는지 알고 있는가? 나처럼 인생을 망친 사람들에게 슬픔은 영리해지려고 노력하는 분노로 나타난다. 그리고 영리해지려는 열망은 결국 모든 것을 망치고 만다.

나 자신의 슬픔에 묻힌 채, 우리 머리 위로 불빛을 내뿜는 샹들리에를 바라보는 그의 시선을 보고 나는 그가 장님이라는 사실을 알게 되었다. 나는 처음으로 일종의 경외심과 찬탄을 가지고, 솔직히 말하면 일종의 선망의 눈길로 그 노인을 바라보았다. 그는 큰 키에 마르고, 우아하며, 나이에 비해 건장한 모습이었다. 손과 손가락을 능란하게 사용하는 방법을 알고 있었고, 머리는 여전히 아주 잘 돌아가고 있었다. 자신이 보험 판매원이라고 완강하게 믿고 있는 몽상에 젖은 살인자에 대한 흥미를 전혀 잃지 않은 채 여섯 시간을 이야기할 수 있는 사람이었다. 행복과 자극으로 충만했던 젊은 시절에 무언가에 성공했다는 것은, 비록 그의 성공이 수백만 명의 위에서 녹아 없어졌다 해도, 6,000편의 민요가 캐러멜 껍데기와 함께 쓰레기통에 던져졌다 해도, 이 세상에서의 자신의 자리에 관한 탄탄하고 긍정적인 생각을 그에게 부여해 주었다. 게다가 여든 살 정도까지 하루에 담배 두 갑을 기분 좋게 즐기며 피울 수도 있게 해 주었다.

그는 조용한 가운데 장님들 특유의 감각으로 나의 슬픔을 느끼고는 나를 즐겁게 해 주려고 했다. 인생은 사실 이렇다. 사고가 있고, 운이 있고, 사랑이 있고, 외로움이 있다. 즐거움이 있고, 슬픔이 있고, 빛과 죽음, 그리고 있을 듯 말 듯한 행복이 있다. 이러한 것들을 잊지 말아야 한다. 라디오에서는 8시에 뉴스를 하고, 손자는 지금 라디오를 켤 것이다. 나도 그들과 함께 저녁 식사를 해야 할 분위기였다.

내일 비란바 마을에서, 생명보험을 들고자 하는 많은 사람들이 나를 기다리고 있다고 양해를 구했다. 눈 깜짝할 사이에 나는 정원으로 나왔고, 어느덧 거리에 있었다. 겨울이 이곳에서 매우 혹독하게 지나갔음을 느끼게 해 주는 신선한 봄밤에, 나는 정원의 짙은 사이프러스 나무보다도 나 자신이 더 외롭다고 느꼈다.

앞으로 내가 무엇을 하려고 했지? 알아야 할 필요가 있는 것들을——또한 전혀 알 필요가 없는 것들을——나는 알았고 이제는 나를 위해 고안할 수 있는 모든 비밀과 모험, 그리고 여행의 끝에 와 있었다. 나의 미래라고 할 수 있는 인생의 일부분은, 활기찬 밤과 즐거운 군중들 또는 환히 밝힌 길로부터는 멀리 떨어진, 저 아래의 잊힌 손파자르 마을의 몇 개의 창백한 가로등 이외에는 어둠뿐인 그런 곳에 있었다. 그러나 개한 마리가 으르렁거리며 두 번 컹컹 하고 짖는 바람에 나는 오르막길에서 아래로 내려왔다.

세상 끝에 있는 이 작은 마을에서 나를 은행 광고판과 담배 광고, 사이다 병 들과 텔레비전 화면의 소음으로 데려다 줄 버스를 기다리면서 하릴없이 거리를 배회했다. 세상, 책, 인생의 의미와 본질에 도달하기 위한 희망이나 바람이 이제는 별로 남아 있지 않았기 때문에, 그 어떤 것도 표시하거나 암시하지 않은 모습들 사이에서 거리를 돌아다니는, 목적 없는 나 자신을 발견했다. 열린 창으로 식탁 주위에 모여 저녁 식사를 하는 가족을, 사원 벽에 걸린 게시판에 붙어 있는 코란 강좌 시간표들을 보았다. 등나무가 있는 커피숍에서는 부닥 사이다가 코카 콜라, 슈웹스, 펩시의 전 방위 공격 속에서도 나름대로 선전하고 있음을 보았지만 별로 관심이 없었다. 길 맞은편에 있는 자전거포 앞에는 안에서 흘러나오는 빛 아래서 바퀴를 고치고 있는 기술자와 손에 담배를 들고 그와 정담을 나누는 친구가 있었다. 나는 왜 친구라고 하는가, 어쩌면 그들의 마음속 깊은 곳에는 적의와 팽팽한 긴장감이 감돌 수도 있는데. 두 가지 경우 모두 내게는 흥미롭지도, 흥미롭지 않지도 않았다. 나를 아주 비관적인 사람이라고 생각할지 모르는 독자들을 위해, 등나무가 있는 찻집의 그늘 아래 앉아 그들을 구경하는 것이, 구경하지 않는 것보다는 더 좋았다고 느꼈음을 밝히고 싶다.

버스가 도착했고 나는 이러한 기분으로 손파자르 마을을 떠났다. 내가 탄 버스는 꼬불거리며 산으로 올라갔다. 끽끽거리는 브레이크 소리를 불안하게 들으며 산을 내려왔다. 검문소 앞에서 몇 번을 멈췄다. 군인들에게 신임을 주려고 애쓰면서 신분증을 꺼내 보여 주었다. 산과 군인들이 사라지고 검문이 끝나고, 내가 탄 버스가 넓고 어두운 평지에서 속도를 내며 흥겨워하고 흥분하기 시작했을 때, 내 귀는 이미 엔진의 으르렁거리는 소리와 타이어의 덜컹거리는 소리가 만들어 낸 익숙한 오래된 음악의 슬픈 곡조를 듣기 시작했다.

버스가 한때 자난과 같이 탔던, 내구성이 뛰어나며 튼튼하지만, 소음이 심한 마기루스 버스의 마지막 주자였기 때문인지, 아니면 초당 여덟 번 회전하는 타이어들이 독특한 신음 소리를 내며 울퉁불퉁한 아스팔트 도로를 달리고 있기 때문인지, 아니면, 예실참[58] 스튜디오에서 만든 영화 속 남녀 주인공

58) 튀르키예 영화 제작의 중심지.

이 서로 오해하여 싸우는 장면의 보랏빛과 남빛 화면에서 내 과거와 미래를 보았기 때문인지 잘 모르겠다, 모르겠다. 어쩌면 내 인생에서 찾지 못했던 의미를 우연의 숨겨진 질서에서 찾아야지 하며 본능적으로 37번 좌석에 앉았기 때문인지, 혹은 그녀가 앉았어야 할 빈자리에 기대어 어두운 창밖을 바라보면서 한때 우리에게 시간처럼, 환상처럼, 인생처럼, 책처럼 결코 끝나지 않을 듯 비밀스럽고 매력적으로만 여겨졌던 벨벳 같은 밤을 봤기 때문인지도 모른다. 나보다 더 슬픈 비가 유리창에 뚝뚝 부딪히기 시작하자 나는 의자를 완전히 뒤로 젖혀 기대었다. 그리고 추억의 음악 속에 나 자신을 맡겼다.

비는 나의 슬픔에 발맞추어 점점 더 세게 내렸다. 자정 무렵, 내 머릿속에 핀 보라색 슬픔의 꽃들과 같은 색의 번개, 그리고 내가 탄 버스를 휘두르는 바람이 여기에 합세해 억수같이 퍼붓기 시작했다. 창틀의 틈을 통해 좌석으로 물이 들어오고 있을 때, 우리가 탄 버스는 엄청난 소나기로 잠겨 버린 주유소와 물의 유령들이 습격한 진흙투성이 마을을 지나서 휴게소를 향해 천천히 커브를 돌았다. '물가 추억' 식당 네온사인의 푸른빛이 우리에게 비치자, 피곤해진 운전사는 "30분간 부득이한 휴식!"이라고 외쳤다.

사실 내 머릿속에는 꼼짝 않고 혼자 앉아서 나의 추억인 슬픈 영화를 보고 싶다는 생각이 간절했지만, 마기루스의 천장을 때리는 비가 내 마음속의 커다란 비애를 너무나 짙게 만들었으므로, 내가 그것을 견딜 수 없게 되는 것이 두려웠다. 신문과 비닐봉지로 머리를 가린 채, 진흙 위를 팔짝팔짝 뛰어

가는 여행객들과 함께 나도 밖으로 나왔다.

사람들과 섞이는 편이 나 자신에게 좋을 거라고 생각했다. 수프를 마시고 무할레비를 먹고, 이 세계의 구체적인 즐거움으로 시간을 보내며, 이렇게 내 인생의 이미 지나간 부분들을 돌아보며 슬퍼하는 대신에 내 마음의 이성적인 측면을 앞으로 펼쳐질 내 인생에 집중시켜 나 자신을 추슬러야겠다고 생각하게 됐다. 두 계단을 올라갔다. 손수건으로 머리를 말렸다. 기름과 담배 냄새가 밴 번쩍거리는 살롱으로 들어갔다. 나를 휘청거리게 만든 어떤 음악을 들었다.

심장마비가 오는 것을 감지한 경험이 있는 환자처럼, 조치를 취하면서, 위기를 넘기려고 속수무책으로 몸부림치며 괴로워했던 것을 나는 기억한다. 그러나, 라디오에서 흘러나오는 저 음악을 꺼 주시오, 자난과 내가 교통사고를 당한 후 우리가 손을 잡고 함께 들었던 음악이오, 라고 말할 수는 없었다. 이 식당에서 자난과 함께 밥을 먹으며 벽에 걸린 우리 나라 여배우의 사진들을 쳐다보면서 우리가 무척이나 웃어 댔다오, 라고 그들에게 소리 지를 수도 없었다. 내 호주머니에는 슬픔의 위기에 잘 듣는 알약 같은 것이 없었기 때문에, 그냥 수프 한 접시와 빵 한 조각 그리고 라크 한 잔을 산 후에 그것들을 쟁반에 올려 놓고 구석 테이블로 물러났다. 수저로 수프를 젓는데 접시에 짜디짠 눈물이 뚝뚝 떨어지기 시작했다.

나는 체호프를 흉내 내는 작가들처럼 독자들이 공감할 수 있는 인간의 존엄성을 나의 고통으로부터 끌어내고 싶지는 않다. 그보다는 동양의 작가들처럼 교훈적인 이야기를 해 보고 싶다. 단적으로 말해, 나 자신을 다른 사람들로부터 분리하여, 누구와도 다른 목표가 있는 특별한 사람이 되고 싶었다. 이곳에서 이것은 용서받을 수 있는 죄가 아니다. 나는 어린 시절 읽었던 르프크 아저씨의 만화책 때문에 이 불가능한 꿈을 품게 되었다고 스스로에게 말했다. 그리고 어떤 이야기에서든 교훈을 이끌어내길 좋아하는 독자들은 이미, 내가 어린 시절에 읽었던 책들이 나중에 『새로운 인생』으로부터 지대한 영향을 받으리라는 사실을 경고해 주었기 때문에 이런 불가능한 꿈을 꾸게 된 것이라고 생각하고 있었으리란 사실을 다시 한 번 깨달았다. 그러나 권선징악적인 이야기를 잘 지어내는 이야기꾼들처럼 나 역시 이야기의 교훈을 믿지 않았기 때문에, 내 삶의 이야기는 순전히 내 개인적인 이야기로만 남게 되었고 나의 고통을 덜어 주지는 못했다. 서서히 나의 마음을 지배하게 된 이 잔인한 결론은 내가 오랫동안 예상해 온 것이었다. 나는 나 자신을 주체하지 못하고 라디오에서 흘러나오는 음악을 들으며 엉엉 울기 시작했다.

내 상태가, 수프를 떠먹으며 밥을 먹고 있는, 나와 동행하던 여행객들에게 좋은 인상을 주지 않았다는 것을 알았기 때문에 나는 화장실로 숨어 들었다. 콜록거리며 흐르는 수돗물에 머리를 흠뻑 적시고 미지근하고 탁한 물을 얼굴에 끼얹었다. 코를 풀고 잠시 가만히 있었다. 그리고 돌아가서 내 테이블에 앉았다.

잠시 후에 곁눈질로 그들을 보았을 때, 다른 테이블에서 나를 쳐다보던 동행들이 조금 안심했다는 것을 알 수 있었다. 그

때 그들과 함께 나를 주시하던 늙은 상인이 골풀로 만든 바구니를 손에 들고, 내 눈을 들여다보며 다가왔다.

"신경 쓰지 말게나. 이것도 지나갈 거야. 자, 이 박하사탕 한 개 먹어 보게. 좋아질 걸세."

노인은 내 테이블 위에 '상쾌'란 상표의 작은 박하사탕 한 봉지를 내놓았다.

"이거 얼마지요?"

"아닐세, 아니야. 이건 내가 자네에게 주는 선물일세."

거리에서 울고 있는 어린아이의 손에, 마음씨 좋은 아저씨가 사탕을 쥐여 주는 경우가 있지 않은가…… 그 아이처럼 나는 사탕 장수 아저씨의 얼굴을 죄 지은 듯이 바라보았다. 말이 좋아 아저씨지, 어쩌면 나보다 나이가 그렇게 많은 것은 아닐 수도 있었다.

그는 "오늘날 우리는 패배했지. 서양은 우리를 삼켰어, 짓밟고 지나갔지. 우리의 수프, 사탕, 팬티까지, 모든 곳에 들어와 우리를 끝장내고 말았어. 그러나 어느 날, 천년 후의 어느 날, 반드시 이 음모를 끝장내고, 우리의 수프, 껌, 영혼 속에서 그들을 몰아냄으로써 복수를 하고 말 거야. 이제 박하사탕을 먹게나. 그리고 쓸데없이 울지 말게."라고 말했다.

내가 찾던 위로가 이것이었던가. 모르겠다. 그러나 거리의 마음씨 좋은 아저씨의 이야기를 심각하게 받아들인 아이처럼 나는 한동안 이 위로를 음미했다. 그리고 에르주룸 출신 이브라힘 하크, 또는 초창기 르네상스 작가들의 어떤 생각들이 떠올라 새로운 위로가 되었다. 슬픔의 원천은 위장에서 머리까지 퍼져 인체에 해가 되는 어두운 액체라고, 나 또한 그들처럼 생각하고는, 내가 먹고 마시는 것에 집중하기로 결정했다.

빵을 뜯어 수프 안에 넣고 떠먹었다. 조심스레 라크를 마신 후, 멜론 한 조각과 라크 한 잔을 더 주문했다. 버스가 출발하기 전까지, 위장에서 일어나는 일에 집중하는 조심성 있는 노인처럼 술과 음식을 즐기며 시간을 보냈다. 버스로 가서 맨 앞의 빈 좌석들 중 하나에 앉았다. 여러분이 나를 이해했으리라 생각한다. 항상 선호했던 37번 좌석을 나의 과거와 관련된 모든 것과 함께 뒤에 남겨 두고 싶었던 것이다. 그리고 잠에 빠져 들었다.

버스가 문명의 최첨단 전초기지인, 새로 문을 연 현대적 휴게소에 들어가 멈춘 아침 무렵 나는 길고도 곤한 잠에서 깨어났다. 벽면의 은행과 코카 콜라 광고에 나오는 아름답고 착해 보이는 여자들, 달력의 풍경들, 큰소리로 나를 부르는 광고 문구들의 생생한 색깔들, 그리고 약삭 빠르게 '셀프서비스'라고 써 놓은 진열장 위의, 빵 밖으로 내용물이 가득 삐져나온 통통한 햄버거들 그리고 립스틱의 빨간색과 국화의 노란색, 꿈 같은 파란색의 아이스크림 그림들을 보는 것이 나를 조금 즐겁게 했다.

커피를 한 잔 사서 구석진 자리에 앉았다. 강렬한 빛 아래서, 맞은편에 있는 세 대의 텔레비전 화면을 보았다. 플라스틱 통에 담긴 새로운 상표의 '케첩'을 감자 튀김 위에 제대로 뿌리지 못하는, 잘 차려입은 여자아이와 아이의 엄마가 나왔다. 화면에서와 같은 '맛좋아' 표 케첩의 플라스틱 통이 내 테이블 위에도 놓여 있었다. 어떻게 해도 열리지 않는, 여자아이의 옷을 엉망으로 더럽힐 만큼 열기 어려운 플라스틱 통의 뚜껑 30개를 3개월 안에 모아서 아래의 주소로 부치면, 추첨을 통해 플로리다 디즈니랜드의 일주일 여행권을 보내 준다고 노란 글씨로 적혀 있었다. 그때 가운데 있는 텔레비전에서 누군가 한 골을 집어넣었다.

절대 표면으로 드러나지는 않았지만, 나를 기다리고 있는 인생에 잘 어울릴 만큼 합리적이며 구체적이기도 한 낙관주의를 속으로 느끼면서, 나는 햄버거 줄에 서 있거나 테이블에 앉아 있는 다른 사내들과 함께 똑같은 골 득점 장면이 다시 한 번 슬로모션으로 방송되는 걸 바라보았다. 텔레비전에서 축구 경기 보기, 일요일이면 집에 앉아 게으름 피우기, 어떤 밤에는 술에 흠뻑 취하기, 딸과 함께 역에 나가 기차 구경하기, 새로운 상표의 케첩 맛보기, 책 읽기, 아내와 잡담을 하다가 사랑 나누기, 담배 피우기, 이 순간에 했던 것처럼 아무 데나 앉아 방해받지 않고 커피 마시기, 이와 같은 수천 가지의 것들을 나는 좋아했다. 건강을 보살피면서 캐러멜 장수 슈레이야 씨만큼 장수한다면, 앞으로 그런 일들을 만끽하며 살 수 있는 시간이 거의 반 세기나 남았다. 갑자기 집과 아내, 딸이 그리워졌다. 토요일 오후 집에 도착하면 딸애와 뭘 하며 놀지를 생각했다. 역 앞의 제과점에서 딸에게 줄 사탕을 사고, 저녁 무렵 그 애가 정원에서 뛰어놀 때 아내와 진실되고 열정적으로 사랑을 나눌 것이다. 그렇게 모두 함께 텔레비전을 보면서 딸을 간지럽히고 서로 웃는 모습을 슬로모션으로 상상했다.

커피는 나를 정신이 번쩍 나게 만들었다. 아침 무렵 형성되는 그 깊은 고요함 가운데 버스에서는 오직 운전사와 그의 오른쪽 약간 뒤편에 앉은 나, 두 사람만 자지 않고 깨어 있었다. 입속에 박하사탕을 물고, 눈을 크게 뜨고서, 마치 내 인생의 남은 부분처럼 절대 끝나지 않을 듯 보이는 초원을 가로지르는 아스팔트를 주시했다. 중앙선의 끊긴 부분들을 세면서, 가끔씩 지나가는 트럭과 버스의 빛을 주의 깊게 바라보면서, 초조하게 아침을 기다리고 있었다.

30분이 채 지나기 전에 아침이 오는 첫 징후를 오른쪽 창에서—그러니까 우리는 북쪽을 향해 가고 있었다.—알아보기 시작했다. 먼저 어둠 속에서 하늘과 땅의 경계선이 어렴풋이 나타나기 시작했다. 그때 초원을 전혀 비추지 않는 이 경계선은 어두운 하늘의 일부를 찢는 비단 같은 붉은빛으로 변했다. 그러나 그 장밋빛 붉은 선은 너무나 얇고 가냘파서 또한 너무나 황홀했기에, 제어할 수 없는 미친 말처럼 어둠을 향해 쏜살같이 달리는 부지런한 마기루스와 버스에 탄 우리 여행객들은 순간적으로 쓸데없는 기계적 혼란에 빠졌다. 어느 누구도 이를 알아채지 못했다. 아스팔트에 눈을 고정시킨 운전사조차도.

몇 분 후 조금 더 빨갛게 물든 지평선 주위에 희미한 빛이 퍼지면서 동쪽의 어두운 구름 주위가 밝아지는 것 같았다. 오랜 심야 여행을 하는 버스 위로 아낌없이 비를 퍼부었던 사나운 구름들이 희미한 빛을 받아 멋지게 변해 가는 모습을 보면서 무엇인가를 의식했다. 초원은 여전히 깜깜했기 때문에 바로 앞의 넓은 창유리에서, 내부의 빛으로 약간 밝아진 버스 안에 있는 나 자신의 얼굴과 몸을, 그 마법적인 장밋빛 하늘을, 불가사의한 구름을, 그리고 계속해서 반복되는 고속도로의 끊긴 차선들을 보았다.

버스의 전조등이 비춘 차선들을 보고 있을 때 머릿속에 그 후렴구가 떠올랐다. 몇 시간 동안이나 같은 속도로 바퀴가 돌고, 엔진도 같은 박자로 신음하며, 인생도 같은 단위로 반복되고 있을 때, 지친 버스에 타고 있는 피곤에 전 여행객의 영혼의 심연에서 나와, 고속도를 따라 서 있는 전신주와 함께 반복할 후렴구 말이다. 인생은 무엇인가? 시간이다! 시간은 무엇인가? 사고다! 그렇다면 사고는 무엇인가? 인생이다, 새로운 어떤 인생…… 나는 이렇게 반복하고 있었다. 한편 버스 내부의 어둠과 바깥 어둠의 농도가 같아졌던 그 마법적인 순간에, 앞의 큰 유리창에 비친 내 모습이 언제 사라질 것인지, 그리고 가축 우리의 그림자와 나무의 환영이 깜깜한 초원에 언제 나타날 것인지를 궁금해하던 차에, 갑자기 내 눈으로 환한 빛이 들어왔다.

버스의 넓은 창유리 오른쪽에 비친 그 새로운 빛에서, 나는 천사를 보았다.

천사는 나와 매우 가까운 곳에, 그러나 동시에 내게서 너무나도 먼 곳에 있었다. 그래도 나는 알았다. 그 깊고, 적나라하고, 강렬한 빛이 나를 위해 그곳에 있다는 것을. 마기루스가 전속력으로 초원을 달리고 있었지만 천사는 내게 가까워지지도, 그렇다고 멀어지지도 않았다. 주위의 환한 빛 때문에 정확히 무엇을 닮았는지도 볼 수 없었다. 내가 천사를 알아보았을 때 나는 기쁨, 가벼움, 자유로움을 느꼈다.

그 천사는 페르시아 세밀화에 나오는 천사를 닮지도 않았고, 캐러멜 포장지에 있는 천사를 닮지도 않았으며, 사진에서 본 천사를 닮지도 않았고, 내가 오랜 세월 그 목소리를 듣기를 갈망해 온 내 상상 속의 존재를 닮지도 않았다.

한순간 나는 천사에게 무언가를 말하고 싶었다. 천사와 이야기하고 싶었다. 어쩌면 여전히 느끼는 그 어렴풋한 즐거움과 놀라움 때문인지도 모르겠다. 그러나 목소리가 나오지 않았다. 나는 걱정이 되었다. 처음 느꼈던 우정이나 친밀감, 연민은 여전히 내 마음속에 살아 있었다. 나는 그것들로 평온을 찾고 싶었다. 그리고 지금이 몇 년 동안 기다려 왔던 바로 그 순간이라고 생각하며 내 마음속에서 버스의 속력보다도 더 빠르게 커지는 두려움을 진정시키기 위해 이 순간의 나에게 천사가 시간, 사고, 평온, 글, 인생, 새로운 인생의 비밀을 알려 주길 원했다. 그러나 모두 쓸데없었다.

천사는 내게서 너무나 멀고 또한 너무나 멋졌지만, 그만큼 무정했다. 무정하기를 원했기 때문이 아니라, 그 앞에 나타나기만 했을 그 순간 다른 어떤 것도 하지 않았기 때문이다. 아직 반쯤은 어두운 초원을 달리는, 빈 깡통처럼 덜컹거리는 마기루스의 앞 좌석에서, 믿을 수 없을 만큼 찬란하게 떠오르는 빛 속에서 당황하고 불안해하는 나 자신을 보았다. 그 정도였다. 모든, 그 모든 무자비하고 피할 수 없는, 견딜 수 없는 힘을 느꼈다.

본능적으로 운전사를 보았을 때, 무언가가 앞 유리창 전체를 가공할 힘으로 덮치고 있는 것을 보았다. 60~70미터 전방에 서로 추월하려는 트럭 두 대가 우리를 향해 전조등을 곧바로 비춘 채 우릴 덮치기 위해 엄청난 속도로 접근해 오고 있었다. 사고를 피할 수 없음을, 나는 알았다.

나는 수년 전에 경험했던 사고 뒤에 따라왔던 평온함에 대한 기대를 기억해 냈다…… 슬로모션으로 촬영한 것처럼 느껴지는 사고 뒤에 따라오는 전이의 느낌을. 나는 마치 천국으로부터 내려온 시간을 서로 나누듯 행복감으로 가득 찬 채 꿈틀거리며 이곳에 있지도, 저곳에 있지도 않았던 승객들을 기억했다. 곧 잠들어 있던 여행객들이 깨어날 것이고, 아침의 고요함은 행복한 비명과 무의식적으로 터져 나오는 고함 소리에 깨어질 것이다. 두 개 사이의 문턱에서, 무중력 상태의 공간에서 끝나지 않는 장난들을 발견하듯, 우리는 혼돈과 흥분 속에서 피투성이 내장과 쏟아져 나온 과일들, 조각난 시체들, 찢어진 가방에서 나온 빗이며 신발, 어린이 책 등을 한꺼번에 발견하게 될 것이다.

아니다. 모두 함께는 아니다. 그 비유할 데 없는 믿을 수 없는 순간을 경험할 행운아들은 버스가 굉장한 소음으로 폭발한 후에도 살아남을 수 있는 뒷좌석에 있은 여행객들 중에서 나올 것이다. 맨 앞 좌석에 앉아 다가오는 트럭들의 빛을, 책에서 분사되는 가공할 만한 빛을 보았던 것처럼 감탄과 두려움으로 눈부시게 바라보며 나는 즉시 새로운 세계로 들어가려

했다.

　이것이 내 인생의 끝이라는 것을 알았다. 하지만 나는 집으로 돌아가고 싶었다. 죽는 것을, 새로운 세계로 들어가는 것을, 결코, 결코 원하지 않았다.

이스탄불에서
1992~1994년

작품 해설

튀르키예인 고유의 슬픔과 폭력의
심장부로 향하는 여행

오르한 파묵은 『새로운 인생』에서 종말을 향해 질주하는 현대 문명의 광폭한 버스 안에서 텔레비전의 영상에 몰두하느라 상상력을 잃어버린 현대인들에게 기하학적인 경고를 한다. 특히 그는 동양의 도덕과 서양의 합리주의, 물질과 정신, 비디오와 문자가 대치하는 경계의 비정함 또는 타협 속에서 신음하는 군상들의 모습을 생동감 있고도 감각적인 문체로 표현하고 있다.

파묵은 인생과 소설을 동일시하는 작가다. 이 작품에서도 역시 자신의 작품 세계에 대한 새로운 모색과 인생의 고뇌를 다층적인 이야기 구조에 자연스럽게 삽입하였는데, 이를 통해 독자들은 더욱더 다양한 소설적 재미와 메시지를 동시에 얻게 된다.

어느 날 한 권의 책을 읽었다. 그리고 나의 인생은 송두리째 바뀌었다.

생동감 있고 서정적이며 마법적인 소설 『새로운 인생』은 이렇게 시작된다. 읽었던 책에서 깊은 감명을 받고, 책장에서 내뿜는 빛에 모든 인생을 걸고, 책이 언급한 새로운 인생의 뒤를 추적하는 주인공의 이야기가 이 소설의 주요 골격이다. 주인공은 책의 영향으로 사랑에 빠지고, 대학 생활에서 멀어져 튀르키예 방방곡곡으로 끝나지 않는 버스 여행을 떠난다. 독자는 주인공과 같은 속도로 이끌려 가면서, 주인공이 읽은 책이 아니라 그의 경험들에 동참하며 튀르키예인 고유의 슬픔과 폭력의 심장부에서 자신을 발견하게 될 것이다. 흑백텔레비전이 있는 찻집, 비디오 감상을 할 수 있는 버스들, 정치적 음모와 살인, 대리점주들의 조직, 편집증적으로 쓴 보고서들, 시계만큼이나 정확한 조사원들, 이제는 사라진 옛 물건들의 시(詩), 그리고 지방 수구 세력의 반란으로까지 연장되는 이 경이로운 여행은 파묵이 세계 현대 소설의 가장 독창적인 작가들의 전위에 서 있음을 다시 한 번 확인케 한다. 이 소설은 한편으로는 인생, 비할 데 없는 순간들, 죽음, 글, 사고의 비밀을 열어 보여 주는 동시에, 다른 한편으로는 어린 시절의 만화책, 한 번 나타났다 사라지는 권기의 단데, 릴케의 시 들로 현길퇴는 독특함을 지니고 있다.

단지 '재미'를 얻기 위해 책을 사서 읽는다는 것은 사치라는 생각이 지배적인 튀르키예에서 파묵의 소설들은 포스트모더니즘적인 난해함과 경이로운 상상력, 그리고 영혼에 호소하는 듯한 강렬한 이끌림으로 독자에게 한발 더 나아간다.

세계문학계의 반응 역시 제3세계 출신 작가에 대한 평가로 보기 어려울 만큼 시종 찬사로 일관했다. '동양에 떠오른 샛별, 튀르키예 작가 파묵《뉴욕 타임스 북 리뷰》)' '파묵은 일류 소설가다. 현대의 가장 특이한 작가들 중의 한 명, 놀랄 만한 성공.《타임스》)' '유럽과 미국의 문학계와 비평가들이 제3세계 출신 작가를 이렇게 극찬한 예는 드물다.《주르날 데 브라질》)' '절대적으로 문학적이다. 문학의 승리.《시드니 모닝 헤럴드》)' '놀랄 만한 재능의 소유자.《더 뉴 리퍼블릭》)'

파묵에 대한 이러한 평가는 작가 자신의 표현처럼 복수를 하듯 글을 쓰는 절실함과 "남은 생애를 (글을 쓰며) 수도승처럼 방 한구석에서 보낼 수 있다."라고 말하는 소설에 대한 그의 열정이 작품에 반영된 결과다. 이제 튀르키예 문학계는 파묵을 하나의 '현상'으로 받아들이고 있다. 지금까지 발표된 그의 작품 모두가 소설에 별로 관심이 없는 일반인에게까지 널리 읽히고 있으며, 그는 '베스트셀러를 만들어 내는 작가'라고 일컬어진다. 그의 다음 소설이 언제 출판될 것인지가 늘 독자들의 관심사이며, 매스컴도 이에 촉각을 세우고 주목하고 있다.

그의 다섯 번째 소설인 『새로운 인생』(1994)은 당시 튀르키예에서 그 유례를 찾아볼 수 없을 정도로 많이 팔린 작품이다. 그 전까지는 얼굴조차 잘 내비치지 않는 작가였던 파묵 또한 자신의 이미지에서 벗어나 방송이나 잡지에 자주 등장하기 시작했고 텔레비전과 신문, 잡지에서도 이 소설을 대대적으로 광고했다. 때문에 이 책이 그렇게 많이 팔린 데는 매스 미디어의 역할을 무시할 수 없다는 의견도 있다. 또한 파묵은, 그가 이전에 계약했던 출판사와 인연을 끊고 이 작품을 다른 출판사와 계약하면서 거액의 계약금을 받았다는 소문이 취재 거리가 될 만큼 유명 인사가 되었다.

『새로운 인생』에서는 이전 소설인 『검은 책』에서 사용된 복잡한 콜라주 기법은 사라지고 서사를 갖춘 서술 기법을 선보인다. 그러나 그가 서술하는 것은 구체적인 삶 자체가 아니라 '이미지들'의 세계이자 실상이며, 그 이미지들이 다양한 의미로 인용되는 구조다.

1인칭 시점으로 서술된 이 소설은 주인공인 나 오스만이 어떤 '책' 한 권을 읽고 인생의 모든 것이 바뀌었다는 고백으로 시작된다. 주인공 오스만은 자신의 삶의 목적이 된 이 '책'의 비밀을 풀기 위해 대학을 중도에 포기하고 길을 떠난다. 작가는 마을에서 마을로, 도시에서 도시로 이어지는 주인공의 끝없는 여행과 모색과 모험을 대단히 감각적이고 위트가 넘치는 문체와 미스터리적이면서도 매우 긴박한 스토리로 전개하고 있다. 주인공이 이끄는 대로 함께 미스 여행을 하는 독자는 현란한 소비품들, 서로를 모방하는 위험 신호와 감탄 부호로 들끓는 도시들, 잊힌 마을과 인생들, 퇴색한 알파벳들, 살인자들, 사고와 죽음 들 사이에서 오스만과 함께 불완전한 옛 인생을 뒤로하고 새로운 인생을 실현할 만한 어떤 실마리를 찾을 수 있을지도 모른다.

이 소설의 골격을 이루는 '여행'은 개인과 사회의 모험을 적나라하게 파헤치는 중요한 모티프 역할을 한다. 독자들은 주인공의 여행을 통해 그의 심리 상태와 튀르키예 시골 지역의 가슴 아픈 광경들을 보게 된다. 이 소설에서 여행은 튀르키예의 사회 문제를 부각하는 주요 수단이다. 『새로운 인생』에는 두 가지 종류의 여행이 있는데, 그중 하나는 주인공이 읽은 책의 세계에서 실현되는 여행, 다른 하나는 버스 여행이다. 여기서 두 번째 여행을 예비한 것은 물론 첫 번째 여행이다. 주인공 오스만은 그가 읽었던 책의 영향으로 끝없는 여행에의 환상을 꿈꾼다. 그것은 새로운 세계에서 새로운 인생을 살 거라는 환상이다. 사실 이 소설에서 새로운 인생이란 한마디로 말하면 '시련'이라 할 수 있다. 오스만의 말을 빌리면 새로운 인생은 '비유할 데 없는 순간(교통사고를 당하는 순간)'에 맛볼 수 있는 행복(죽음)이다.

작가 파묵은 독자들을 끌어들이기 위해 언어, 문체, 장소 같은 요소들을 로맨틱한 분위기 속에서 창출하려 했다. 그는 이 세 가지 요소를 통해 이전 세계(이전 인생)와 새로운 세계(새로운 인생)를 상반된 것으로 제시한다. 새로운 세계가 가상이라 할지라도 그것은 아름답고 매력적이기 때문이다.

파묵의 소설은 은유적이면서도 암유적인 문체로 메시지를 전달한다. 『새로운 인생』에서도 여주인공 자난은 '신(神)적인'

동시에 '성(性)적인' 존재이며, '천사'는 성(聖)스러운 존재를 의미하는 동시에 캐러멜과 껌을 만드는 회사의 이름으로 사용되기도 한다. 철도원 르프크 아저씨가 책의 제목으로 쓴 '새로운 인생'은 캐러멜 상표이기도 하고, 주인공 오스만이 읽은 책 제목이기도 하다. 그 밖에 비정하리만큼 천천히 전진하는 기차와 사고를 향해 질주하는 버스들, 문자와 영상, 도망자와 찰거머리 같은 추적자들…… 이분법적 대립 구조와 동시성이 부여된 텍스트는 독자들의 상상력을 한껏 자극하는 구조로 설정되어 있으며, 또한 신비롭고 환상적인 연상을 불러일으키는 '빛'과 '천사'의 이미지가 계속적으로 묘사된다.

비란바 마을로 잠적해 책을 베껴 팔며 살고 있는 나히트인지, 메흐메트인지, 아니면 오스만 자신인지 도저히 판단할 수 없는 희생자를 추적한 오스만은 '신세계 극장'에서 영화 「끝없는 밤」을 관람하던 그를 향해 총알 세 발을 발사한 후 "내가 방금 사람을 죽였소."라고 외친다. 이 소설의 클라이맥스인 이 장면에서, 작가는 죽은 자가 누구인지와 죽은 것이 무엇인지에 대해 밝히지 않는다. 나히트, 메흐메트, 오스만, 세 가지 인생 모두를 죽인 것인지, 아니면 영화와 메흐메트, 그리고 저격자인 오스만 자신의 과거에 총격을 가한 것인지는, 이 책의 마지막 장을 덮고 난 후에야 비로소 알 수 있을 것이다.

파묵은 소설에서 주요 모티프를 형성하는, 독자 모두에게 영향을 미치는 '책', 그리고 모두가 다 도달하고 싶어 하는 '새로운 인생'이 어떤 의미인지를 한 번도 명확하게 언급하지 않는다. 결국 이에 대한 해석과 해결은 독자들의 몫인 셈이다.

이 소설의 배경인 1980년대는 튀르키예 근대사 중 가장 다이내믹한 시대를 형성했던 시기다. 파묵은 이 시대의 사회 변화를 충분히 묘사하기 위해 1970년대와 1930년대까지 거슬러 올라가 당시의 전형적인 사건이나 문제 들을 다루었다. 이로써 작가는, 독자의 뇌리에 사건들을 구체화하고 설득할 수 있는 기회를 잡게 된다. 독자들은 이렇게 해서 시간, 장소, 사회 면에서의 변화를 총체적으로 목격할 수 있다.

이 소설을 전통적인 서사체로 읽으며 다가서는 독자들은 처음부터 텍스트와 소통할 수 없을지도 모른다. 만약 이런 방식으로 접근한다면 텍스트 뒤에 숨어 있는 수많은 단서들을 놓칠 수 있기 때문이다.

파묵의 모든 소설에는 '삶의 의미'를 찾는 인물들이 등장하는데, 이는 '진정한 자아를 찾는 길'의 첫걸음인 셈이다. 이스탄불이나 튀르키예 전역을 돌아다니는 등장인물들은 자신들의 내면 세계에서 '자아', 결국 '삶의 의미'를 찾는다. 작가 자신도 이에 대해서 "이것은 우리 곁에, 어쩌면 멀리 떨어진 곳에 있을지도 모른다. 사람에 따라 다르겠지만 직감적으로 찾을 수 있는 것이라 생각한다."라고 말한 바 있다. 그는 독자들이 텍스트 속의 숨은 단서를 추적하고 그 의미를 찾길 기대하며 이 소설 속에 특별한 장치를 숨겨 놓았다.

파묵은 스스로 언급했던 것처럼 '사회성이 뛰어난 사람'이 아니다. 그는 머리를 혼란케 하는 카오스가 인생이라고 했는데, 자신이 소설을 쓰게 된 원인도 인생에 대한 불만족에서 비롯되었기 때문에 그는 "글을 쓰는 것은 불만족 때문이다."라고 말했다.

파묵은 자신이 영향을 받은 많은 작가들 중에서도 탄피나르(A. H. Tanpinar), 케말 타히르(Kemal Tahir), 그리고 튀르키예 현대 소설의 초석이라고 할 수 있는 오즈 아타이(Oğuz Atay)의 영향이 지대했다고 고백했다. 이들 작가들은 특히나 뚜렷한 역사의식을 작품에 담고 있는데, 파묵은 자신의 작품에서 심오한 사상 위에 서정적인 분위기를 덧칠하는 탁월한 기법을 구사한다. 물론 그의 작품에서 이들의 영향을 찾아볼 수는 있지만, 그가 역사를 배경으로 소설을 쓰는 보다 근본적 이유는 그 자신이 역사에 지대한 관심을 가지고 있기 때문이다. 그는 "역사는 내게 순수하고 순결한 상상력을 부여해 준다."라고 말했다.

파묵은 소설에서 인물들을 세부적으로 묘사하지 않는다. 예를 들면 삼사백 쪽 분량의 장편소설에서 등장인물에 대한 묘사는 단지 키가 크고 안경을 썼다는 정도로 끝난다. 그것은 등장인물의 외부 묘사보다는 내면 묘사나 심리 분석에 더 치중하려는 의도인데, 등장인물의 외적인 묘사를 남김 없이 할 경우, 독자들의 상상력을 제한할 수 있다는 그의 생각에서 비롯된 것일 수도 있다. 이 또한 파묵 소설의 간과할 수 없는 특징 중 하나라 하겠다.

소설가라는 직업은 하나의 형태를 다루는 직업이며, 자신이 소설을 쓰는 이유는 사회 문제에 대한 해결책을 찾기 위해서가 아니라 자기 자신을 위해서일 뿐이라고 항상 강조해 온 파묵은 자신이 시도하는 새로운 형태의 소설을 통해 항상 독자들의 감응을 기대한다. 그는 '독자의 영혼에 어떠한 영향을 미치고, 그들의 마음을 어떻게 빼앗을 수 있을 것인가?'에 대해 계산하면서 소설을 구성한다고 말했다. 사실 그는 거의 모든 소설을 건축가처럼 치밀하게 설계한다. 텍스트는 은유적이면서도 암유적인 문체로 독자들에게 해결 방법을 제시하고 메시지를 전달한다. 그렇기 때문에 독자들은 그의 책을 쉽게 읽어 나갈 수 없으며, 상상력을 총동원해 가며 추적해야 하는 것이다.

파묵은 소설 쓰기(창작)를 인생과 동일한 것으로 본다. 소설 미학에 관한 그의 견해는 소설에 사회적으로 풍부한 경험을 반영하는 것이 아니라, 개인의 내적 심오함에 중요성을 부여하는 것이다. 자신 역시 사회와 단절되어 살아가고 있음을 감안한다면 별로 이상할 것 없는 언급이라고 할 수 있다.

쉽게 읽을 수 있는 소설이 아닌 만큼, 파묵의 작품이 지닌 의미를 이해하고자 한다면 독자는 특별한 노력을 하면서 접근해야 한다. 그의 작품에 접근하기 위해서는 어느 정도 역사의식을 가지고 있어야 하며, 작가가 가공한 세계를 퍼즐을 풀어 나가듯 추측할 수 있어야 한다.

그는 "문학은 신성하고, 텍스트는 외부 세계를 나타낼 뿐만 아니라, 우리 내부의 감춰진 부분들이나 풍부한 요소들도 내포하고 있다."라고 하였는데, 이것은 그가 예술을 일종의 종교처럼 신성히 여기고 있음을 의미한다.

문학은 어떠한 형태로든지 사회참여를 한다. 어느 작가도 사회 구성원으로서의 활동에서 격리될 수 없기 때문이다. 파묵 또한 사회참여적인 소설관을 가지고 있다. "강력하게 주장하지는 않지만 나는 나 자신을 좌익이라고 생각하고 있다. (……) 내가 알고 있는 좌익주의란 사회를 비판하는 것이다. 좌익주의는 모든 역사를 비판적인 시각으로 보는 것이다." 이것은 그가 역사의식을 가지고 텍스트를 쓴다는 것과 역사에 대해 냉철한 탐색과 분석을 시도한다는 것을 의미한다.

포스트모더니즘은 특징적으로 행위와 참여를 중시한다. 물론 이러한 현상은 문학에서도 예외는 아니다. 파묵은 자신의 작품에서 독자들이 그와 함께 '글쓰기'의 행위에 창조적으로 참여해 줄 것을 기대한다. 특히 『새로운 인생』은 이러한 현상을 보여 주는 아주 좋은 예에 해당한다. 그는 이 작품에서 이야기를 잠시 멈춘 채 독자들에게 다음과 같은 질문을 던진다.

예를 들어, 천사에 대해 처음 언급했던 장면의 색깔을 지금 기억할 수 있는가? 또는 『철도의 영웅들』이라는 작품에서 르프크 아저씨가 회사 이름들을 열거하는 것이 『새로운 인생』에 어떤 영감을 주었는지 즉시 말할 수 있는가? 내가 극장에서 메흐메트를 총으로 쏘았을 때, 그가 자난을 생각하고 있었다는 것을 내가 어떻게 알아챘는지 알고 있는가?

이는 파묵이 독자들로부터 무엇을 기대하고 있는지를, 모든 단서를 놓치지 말고 주의해서 텍스트를 읽어 주기를 원한다고 독자에게 허심탄회하게 말하고 있는 것이다. 그가 모더니즘과 포스트모더니즘 소설을 잘 알고 있으며, 학자 같은 섬세함으로 그것을 소설에 적용하고 있다는 증거다.

파묵은 모더니즘의 장점(상징의 설정, 모던 서술 기법)과 포스트모더니즘을 잘 활용하여 복잡하게 보일지도 모르는 소설 구조를 시도하고 있으며, 모호하고 신비로운 언어와 문체를 의식적으로 사용하여 독자들을 놀라게 하면서 그들을 미로의 세계로 끌어들이는 작가다. 그는 20세기 초반에 활동한 제임스 조이스, 윌리엄 포크너, 버지니아 울프 그리고 카프카 같은 아방가르드 작가들의 모던 소설 견해에서 영향을 받았지만, 그의 모더니즘 소설 이해를 더욱더 강하게 뒷받침해 준 원류는 앞서 언급한 튀르키예의 모더니즘 작가들이라고 할 수 있다.

파묵은 기존 소설의 틀을 의도적으로 해체하는 실험 소설(메타픽션)을 써 왔다. 또한 "파묵의 소설에서는 튀르키예 사회의 주요 문제가 중요한 모티프를 형성한다. 지정학적인 면에서 두 문화 사이에 끼인 튀르키예 사회의 민족 정체성 문제, 즉 오스만 제국이 서구화 과정을 통과하며 치렀던 산고, 국제 이해관계의 틈바구니에서 드러나는 현대 튀르키예의 정체성 문제까지도 그의 소설에 나타난다. (……) 그의 소설은 비판 의식의 체를 걸러 나온 텍스트들이다. '개인'이 집약적으로 표현된 그의 소설에서 비판적 서술이 가장 많이 묘사된 부분은 사회적 내용의 서술 부분이다."라고 평론가 일디즈 에제비트(Yildiz Ecevit)는 『파묵 읽기』에서 언급하였다. 그는 자신이 살고 있는 사회를 예리하게 해부하고 있으며 이런 의미에서 그의 모든 소설은 시대 소설이라고 할 수 있다.

파묵의 소설은 대부분 환상적이고 유희적인 동시에 현실적이고 역사적이다. 그의 소설을 읽으면, 그가 자신의 소설에서 어떤 기법과 어떤 형식을 취할지에 관해 많은 고민을 했다는 것을 알 수 있다. 또한 그가 서양의 선구자적 작가와 이론가 들의 책을 읽고 영향을 받았으며 여기에 튀르키예의 고유한 요소들도 소설 짜임새 안에 가미하여 혼합하려고 노력한 흔적들이 보인다.

우리는 파묵의 작품에서 그가 감수성이 예민하고 자기 성찰적인 지성의 소유자라는 것을 알 수 있다. 소설에서 나타나는 내면 지향적인 태도와 심층 의미의 탐색은 그의 진지한 작가 의식의 발로이기도 하다.

따라서 이 소설의 독자에게는, 주인공과 함께한 여행으로부터 진정한 자아를 찾고자 하는 절실함과 열정으로 모든 메시지를 이해하려는 진지함, 그리고 자신의 새로운 인생을 실현할 실마리를 찾으려는 집요함이 요구될 것이다.

글을 마치며 마지막으로 튀르키예 최고의 작가를 국내에 처음 소개하는 데 개척자적인 역할을 수행한 민음사 여러분께 감사의 마음을 보낸다.

2006년 가을
이난아

작가 연보

1952년 6월 7일 사업가인 아버지 귄뒤즈 파묵(Gündüz
Pamuk)과 어머니 셰퀴레 파묵(Şeküre Pamuk) 사이
에서 태어났다. 『제브데트 씨와 아들들(Cevdet Bey ve
Oğulları)』과 『검은 책(Kara Kitap)』에서 묘사된 이스탄
불의 부유하고 서구화된 니샨타시 구역에 거주하는 대
가족 속에서 자랐다.

1959년 7세 때부터 그림 그리기를 좋아해, 자전 에세이 『이스
탄불(İstanbul)』에서도 밝혔듯이, 22세까지 화가의 꿈
을 키우며 그림에 열중했다. 이스탄불 명문 학교인 미
국계 로버트 칼리지 중고등학교 졸업했다.

1970년 아버지와 삼촌의 뒤를 이어 이스탄불 공과대학 건축학
과 입학했다.

1973년   이스탄불 공과대학 건축학과 3학년 때 자퇴했다.

1974년   글쓰기를 자신의 유일한 직업으로 택한 후 전업 작가를 선언했다.

1976년   이스탄불 대학 저널리즘 학과를 졸업했다. 하지만 저널리스트로 일한 적은 없다.

1979년   한 가족의 삼대에 걸친 이야기를 통해 튀르키예 사회와 역사를 다룬 가족사 소설이자 등단작인 「제브데트 씨와 아들들」이《밀리예트》신문 소설 공모에 당선됐다.(공동 수상) 공모 당시 제목은 '어둠과 빛(Karanlık ve Işık).'

1982년   『제브데트 씨와 아들들』을 출간했다. 당시 튀르키예 문단은 농촌 소설이 대세였기 때문에 어떤 출판사도 이 소설을 출판해 주지 않아 당선 3년 후에 출판되었다.
3월 1일 아일린 튀레귄(Aylin Türegün)과 결혼했다.

1983년   세 형제가 할머니의 집에 머무는 일주일 동안 드러나는 비밀스러운 가족사를 다룬 두 번째 소설 『고요한 집 (Sessiz Ev)』을 출간했다.
『제브데트 씨와 아들들』로 '오르한 케말 소설상'을 수상했다.

1984년   『고요한 집』으로 '마다라르 소설상'을 수상했다.

1985년   파묵의 관심사인 동서양 문제의 깊이 있 문세글 본격식으로 다룬 『하얀 성(Beyaz Kale)』을 출간했다.《뉴욕 타임스》가 '동양에서 새로운 별이 떠올랐다.'라고 극찬하는 등 처음으로 국제적인 명성을 얻었다.

1988년   미국 컬럼비아 대학교 방문 학자로 초청되어 미국에 체류했다. 이 기간에『검은 책』집필에 착수하여 대부분을 완성했다.

1990년   『검은 책』을 출간했다. 이 소설로 파묵의 명성은 세계적으로 확산되었다.『검은 책』프랑스 번역판으로 '프랑스 문화상'을 수상했다.
          『하얀 성』으로 영국의 '인디펜던트 외국 소설상'을 수상했다.

1991년   『고요한 집』으로 프랑스에서 '1991년 유럽 발견상'을 수상했다.
          『검은 책』의 한 페이지를 바탕으로 시나리오를 쓴 영화 「비밀의 얼굴(Gizli Yüz)」이 '안탈리아 황금 오렌지 영화제'에서 최고 각본상을 수상했다.
          딸 뤼야(Rüya)가 태어났다.

1992년   『비밀의 얼굴』을 출간했다.

1994년   한 권의 책에서 새로운 인생을 발견한 공대생이 그 인생을 찾아 떠나는 여행을 다룬 소설『새로운 인생(Yeni Hayat)』을 출간했다.

1998년   오스만 제국의 동서양 회화 충돌, 세밀화가들의 고뇌와 갈등을 그린 소설『내 이름은 빨강(Benim Adım Kırmızı)』을 출간했다. 출간되자마자 한 달 만에 11만 부가 판매되었다.

1999년   다양한 잡지와 신문에 쓴 문학, 예술 관련 글들을 모은 에세이집『다른 색들(Öteki Renkler)』을 출간했다.

2001년	아일린과 이혼했다.
2002년	'처음이자 마지막으로 쓴 정치 소설'이라고 밝힌 『눈(Kar)』을 출간했다.
	『내 이름은 빨강』으로 프랑스 '최우스 외국 문학상'과 이탈리아 '그렌차네 카보우르 상'을 수상했다.
2003년	자전 에세이 『이스탄불』을 출간했다.
	『내 이름은 빨강』으로 '인터내셔널 임팩 더블린 문학상'을 수상했다.
2004년	『눈』이 《뉴욕 타임즈》 '올해의 책'으로 선정되었다.
2005년	1월에 스위스 《다스 마가진》과 했던 인터뷰에서 "오스만 제국 당시 100만 명의 아르메니아인과 3만 명의 쿠르드족이 학살되었다."라는 발언을 하여, 국가 정체성을 모독한 '튀르키예인 명예훼손죄' 혐의로 형법 301조에 기소되었다.
	『눈』으로 프랑스의 '메디치 상' 외국어 소설 부문을 수상했다.
2006년	『눈』으로 프랑스 '지중해 최고 소설상'을 수상했다.
	튀르키예 문학사상 최초로 '노벨 문학상'을 수상했다.
	1월 22일 '튀르키예인 명예훼손죄'가 기각되었다.
	컬럼비아 대학 중동아시아어문화학과 예술학교에서 강의하기 시작했다.
2008년	한 남자의 집착적이며 열정적인 사랑을 그린 소설 『순수 박물관(Masumiyet Müzesi)』을 출간했다.
2010년	에세이집 『풍경의 조각들(Manzaradan Parçalar)』을 출

간했다.

하버드대 강연록 『소설과 소설가(The Naive and the Sentimental Novelist)』를 출간했다.

2012년   4월, 이스탄불에 '순수 박물관'이 개관했다.

2014년   소설 『내 마음의 낯섦』을 출간했다.

2016년   소설 『빨강 머리 여인』을 출간했다.

2021년   열한 번째 장편소설 『페스트의 밤』을 출간했다. 전 지구적 팬데믹 상황을 예견하고 작품화하여 새로운 문학적 성취를 거둠으로써 이후 작가의 행보가 더욱 주목받고 있다.

세계문학전집 134

새로운 인생

1판 1쇄 펴냄 1999년 5월 5일
1판 2쇄 펴냄 2005년 10월 1일
2판 1쇄 펴냄 2006년 11월 15일
2판 30쇄 펴냄 2024년 3월 20일

지은이 오르한 파묵
옮긴이 이난아
발행인 박근섭, 박상준
펴낸곳 (주)민음사

출판등록 1966. 5. 19. (제 16-490호)
서울특별시 강남구 도산대로1길 62(신사동) 강남출판문화센터 5층 (우편번호 06027)
대표전화 02-515-2000 팩시밀리 02-515-2007
www.minumsa.com

한국어 판 © (주)민음사, 1999, 2006. Printed in Seoul, Korea

ISBN 978-89-374-6134-7 04800
ISBN 978-89-374-6000-5 (세트)

* 잘못 만들어진 책은 구입처에서 교환해 드립니다.

민음사 세계문학전집

세계문학전집 목록

1·2 변신 이야기 오비디우스 · 이윤기 옮김 서울대 권장도서 100선

3 햄릿 셰익스피어 · 최종철 옮김 서울대 권장도서 100선 | 미국대학위원회 선정 SAT 추천도서

4 변신 · 시골의사 카프카 · 전영애 옮김 서울대 권장도서 100선

5 동물농장 오웰 · 도정일 옮김 미국대학위원회 선정 SAT 추천도서 | 《타임》 선정 현대 100대 영문소설

6 허클베리 핀의 모험 트웨인 · 김욱동 옮김 《뉴스위크》 선정 100대 명저

7 암흑의 핵심 콘래드 · 이상옥 옮김 미국대학위원회 선정 SAT 추천도서 | 《뉴스위크》 선정 10대 명저

8 토니오 크뢰거 · 트리스탄 · 베네치아에서의 죽음 토마스 만 · 안삼환 외 옮김 노벨 문학상 수상 작가

9 문학이란 무엇인가 사르트르 · 정명환 옮김

10 한국단편문학선 1 김동인 외 · 이남호 엮음 국립중앙도서관 선정 청소년 권장도서

11·12 인간의 굴레에서 서머싯 몸 · 송무 옮김

13 이반 데니소비치, 수용소의 하루 솔제니친 · 이영의 옮김 노벨 문학상 수상 작가

14 너새니얼 호손 단편선 호손 · 천승걸 옮김

15 나의 미카엘 오즈 · 최창모 옮김

16·17 중국신화전설 위앤커 · 전인초, 김선자 옮김

18 고리오 영감 발자크 · 박영근 옮김

19 파리대왕 골딩 · 유종호 옮김 노벨 문학상 수상 작가 | 《타임》 선정 현대 100대 영문소설

20 한국단편문학선 2 김동리 외 · 이남호 엮음

21·22 파우스트 괴테 · 정서웅 옮김 서울대 권장도서 100선 | 미국대학위원회 선정 SAT 추천도서

23·24 빌헬름 마이스터의 수업시대 괴테 · 안삼환 옮김

25 젊은 베르테르의 슬픔 괴테 · 박찬기 옮김 논술 및 수능에 출제된 책(1998~2005)

26 이피게니에 · 스텔라 괴테 · 박찬기 외 옮김

27 다섯째 아이 레싱 · 정덕애 옮김 노벨 문학상 수상 작가

28 삶의 한가운데 린저 · 박찬일 옮김

29 농담 쿤데라 · 방미경 옮김

30 야성의 부름 런던 · 권택영 옮김

31 아메리칸 제임스 · 최경도 옮김

32·33 양철북 그라스 · 장희창 옮김 노벨 문학상 수상 작가 | 서울대 권장도서 100선

34·35 백년의 고독 마르케스 · 조구호 옮김 노벨 문학상 수상 작가 | 서울대 권장도서 100선

36 마담 보바리 플로베르 · 김화영 옮김 서울대 권장도서 100선

37 거미여인의 키스 푸익 · 송병선 옮김

38 달과 6펜스 서머싯 몸 · 송무 옮김

39 폴란드의 풍차 지오노 · 박인철 옮김

40·41 독일어 시간 렌츠 · 정서웅 옮김

42 말테의 수기 릴케 · 문현미 옮김

43 고도를 기다리며 베케트 · 오증자 옮김 노벨 문학상 수상 작가 | 서울대 권장도서 100선

44 데미안 헤세 · 전영애 옮김 노벨 문학상 수상 작가

45 젊은 예술가의 초상 조이스 · 이상옥 옮김 서울대 권장도서 100선

46 카탈로니아 찬가 오웰 · 정영목 옮김

47 호밀밭의 파수꾼 샐린저 · 정영목 옮김 《타임》 선정 현대 100대 영문소설 | 미국대학위원회 선정 SAT 추천도서 | 《뉴스위크》 선정 100대 명저 | BBC 선정 꼭 읽어야 할 책

48·49 파르마의 수도원 스탕달 · 원윤수, 임미경 옮김

50 수레바퀴 아래서 헤세 · 김이섭 옮김 노벨 문학상 수상 작가 | 국립중앙도서관 선정 청소년 권장도서

51·52 내 이름은 빨강 파묵 · 이난아 옮김 노벨 문학상 수상 작가

53 오셀로 셰익스피어 · 최종철 옮김 서울대 권장도서 100선

54 조서 르 클레지오 · 김윤진 옮김 노벨 문학상 수상 작가

55 모래의 여자 아베 코보 · 김난주 옮김

56·57 부덴브로크 가의 사람들 토마스 만 · 홍성광 옮김 노벨 문학상 수상 작가

58 싯다르타 헤세 · 박병덕 옮김 노벨 문학상 수상 작가

59·60 아들과 연인 로렌스 · 정상준 옮김 《뉴스위크》 선정 100대 명저

61 설국 가와바타 야스나리 · 유숙자 옮김 노벨 문학상 수상 작가 | 서울대 권장도서 100선

62 벨킨 이야기 · 스페이드 여왕 푸슈킨 · 최선 옮김

63·64 넙치 그라스 · 김재혁 옮김 노벨 문학상 수상 작가

65 소망 없는 불행 한트케 · 윤용호 옮김 노벨 문학상 수상 작가

66 나르치스와 골드문트 헤세 · 임홍배 옮김 노벨 문학상 수상 작가

67 황야의 이리 헤세 · 김누리 옮김 노벨 문학상 수상 작가

68 페테르부르크 이야기 고골 · 조주관 옮김

69 밤으로의 긴 여로 오닐 · 민승남 옮김 노벨 문학상 수상 작가 | 미국대학위원회 선정 SAT 추천도서

70 체호프 단편선 체호프 · 박현섭 옮김

71 버스 정류장 가오싱젠 · 오수경 옮김 노벨 문학상 수상 작가

72 구운몽 김만중 · 송성욱 옮김 서울대 권장도서 100선 | 국립중앙도서관 선정 청소년 권장도서

73 대머리 여가수 이오네스코 · 오세곤 옮김

74 이솝 우화집 이솝 · 유종호 옮김 논술 및 수능에 출제된 책(1998~2005)

75 위대한 개츠비 피츠제럴드 · 김욱동 옮김 《타임》 선정 현대 100대 영문소설

76 푸른 꽃 노발리스 · 김재혁 옮김

77 1984 오웰 · 정회성 옮김 《타임》 선정 현대 100대 영문소설 | 《뉴스위크》 선정 100대 명저

78·79 영혼의 집 아옌데 · 권미선 옮김

80 첫사랑 투르게네프 · 이항재 옮김

81 내가 죽어 누워 있을 때 포크너 · 김명주 옮김 노벨 문학상 수상 작가

82 런던 스케치 레싱 · 서숙 옮김 노벨 문학상 수상 작가

83 팡세 파스칼 · 이환 옮김

84 질투 로브그리예 · 박이문, 박희원 옮김

85·86 채털리 부인의 연인 로렌스 · 이인규 옮김

87 그 후 나쓰메 소세키 · 윤상인 옮김

88 오만과 편견 오스틴 · 윤지관, 전승희 옮김 미국대학위원회 선정 SAT 추천도서

89·90 부활 톨스토이 · 연진희 옮김 논술 및 수능에 출제된 책(1998~2005)

91 방드르디, 태평양의 끝 투르니에 · 김화영 옮김

92 미겔 스트리트 나이폴 · 이상옥 옮김 노벨 문학상 수상 작가

93 페드로 파라모 룰포 · 밍밍 옮김

94 차라투스트라는 이렇게 말했다 니체 · 장희창 옮김 국립중앙도서관 선정 청소년 권장도서

95·96 적과 흑 스탕달 · 이동렬 옮김 국립중앙도서관 선정 청소년 권장도서

97·98 콜레라 시대의 사랑 마르케스 · 송병선 옮김 노벨 문학상 수상 작가 | BBC 선정 꼭 읽어야 할 책

99 맥베스 셰익스피어 · 최종철 옮김 서울대 권장도서 100선 | 미국대학위원회 선정 SAT 추천도서

100 춘향전 작자 미상 · 송성욱 풀어 옮김 서울대 권장도서 100선

101 페르디두르케 곰브로비치 · 윤진 옮김

102 포르노그라피아 곰브로비치 · 임미경 옮김

103 인간 실격 다자이 오사무 · 김춘미 옮김

104 네루다의 우편배달부 스카르메타 · 우석균 옮김

105·106 이탈리아 기행 괴테 · 박찬기 외 옮김

107 나무 위의 남작 칼비노 · 이현경 옮김

108 달콤 쌉싸름한 초콜릿 에스키벨 · 권미선 옮김

109·110 제인 에어 C. 브론테 · 유종호 옮김 BBC 선정 꼭 읽어야 할 책

111 크눌프 헤세 · 이노은 옮김 노벨 문학상 수상 작가

112 시계태엽 오렌지 버지스 · 박시영 옮김 《타임》 선정 현대 100대 영문소설 | 《뉴스위크》 선정 100대 명저

113·114 파리의 노트르담 위고 · 정기수 옮김 미국대학위원회 선정 SAT 추천도서

115 새로운 인생 단테 · 박우수 옮김

116·117 로드 짐 콘래드 · 이상옥 옮김 《뉴스위크》 선정 100대 명저

118 폭풍의 언덕 E. 브론테 · 김종길 옮김 미국대학위원회 선정 SAT 추천도서

119 텔크테에서의 만남 그라스 · 안삼환 옮김 노벨 문학상 수상 작가

120 검찰관 고골 · 조주관 옮김

121 안개 우나무노 · 조민현 옮김

122 나사의 회전 제임스 · 최경도 옮김 미국대학위원회 선정 SAT 추천도서

123 피츠제럴드 단편선 1 피츠제럴드 · 김욱동 옮김

124 목화밭의 고독 속에서 콜테스 · 임수현 옮김

125 돼지꿈 황석영

126 라셀라스 존슨 · 이인규 옮김

127 리어 왕 셰익스피어 · 최종철 옮김 서울대 권장도서 100선 | 《뉴스위크》 선정 100대 명저

128·129 쿠오 바디스 시엔키에비츠 · 최성은 옮김 노벨 문학상 수상 작가

130 자기만의 방 · 3기니 울프 · 이미애 옮김

131 시르트의 바닷가 그라크 · 송진석 옮김

132 이성과 감성 오스틴 · 윤지관 옮김

133 바덴바덴에서의 여름 치프킨 · 이장욱 옮김

134 새로운 인생 파묵 · 이난아 옮김 노벨 문학상 수상 작가

135·136 무지개 로렌스 · 김정매 옮김

137 인생의 베일 서머싯 몸 · 황소연 옮김

138 보이지 않는 도시들 칼비노 · 이현경 옮김

139·140·141 연초 도매상 바스 · 이운경 옮김 《타임》 선정 현대 100대 영문소설

142·143 플로스 강의 물방앗간 엘리엇 · 한애경, 이봉지 옮김 미국대학위원회 선정 SAT 추천도서

144 연인 뒤라스 · 김인환 옮김

145·146 이름 없는 주드 하디 · 정종화 옮김

147 제49호 품목의 경매 핀천 · 김성곤 옮김 《타임》 선정 현대 100대 영문소설

148 성역 포크너 · 이진준 옮김 노벨 문학상 수상 작가 | 퓰리처상 수상 작가

149 무진기행 김승옥

150·151·152 신곡(지옥편 · 연옥편 · 천국편) 단테 · 박상진 옮김 《뉴스위크》 선정 100대 명저

153 구덩이 플라토노프 · 정보라 옮김

154·155·156 카라마조프가의 형제들 도스토옙스키 · 김연경 옮김

157 지상의 양식 지드 · 김화영 옮김 노벨 문학상 수상 작가

158 밤의 군대들 메일러 · 권택영 옮김 퓰리처상 수상 작가

159 주홍 글자 호손 · 김욱동 옮김 서울대 권장도서 100선 | 미국대학위원회 선정 SAT 추천도서

160 깊은 강 엔도 슈사쿠 · 유숙자 옮김

161 욕망이라는 이름의 전차 윌리엄스 · 김소임 옮김

162 마사 퀘스트 레싱 · 나영균 옮김 노벨 문학상 수상 작가

163·164 운명의 딸 아옌데 · 권미선 옮김

165 모렐의 발명 비오이 카사레스 · 송병선 옮김

166 삼국유사 일연 · 김원중 옮김 서울대 권장도서 100선

167 풀잎은 노래한다 레싱 · 이태동 옮김 노벨 문학상 수상 작가

168 파리의 우울 보들레르 · 윤영애 옮김

169 포스트맨은 벨을 두 번 울린다 케인 · 이만식 옮김

170 썩은 잎 마르케스 · 송병선 옮김 노벨 문학상 수상 작가

171 모든 것이 산산이 부서지다 아체베 · 조규형 옮김 《타임》 선정 현대 100대 영문소설

172 한여름 밤의 꿈 셰익스피어 · 최종철 옮김 미국대학위원회 선정 SAT 추천도서

173 로미오와 줄리엣 셰익스피어 · 최종철 옮김 미국대학위원회 선정 SAT 추천도서

174·175 분노의 포도 스타인벡 · 김승욱 옮김 노벨 문학상 수상 작가 | 《타임》 선정 현대 100대 영문소설

176·177 괴테와의 대화 에커만 · 장희창 옮김

178 그물을 헤치고 머독 · 유종호 옮김 《타임》 선정 현대 100대 영문소설

179 브람스를 좋아하세요... 사강 · 김남주 옮김

180 카타리나 블룸의 잃어버린 명예 하인리히 뵐 · 김연수 옮김 노벨 문학상 수상 작가

181·182 에덴의 동쪽 스타인벡 · 정회성 옮김 노벨 문학상 수상 작가

183 순수의 시대 워튼 · 송은주 옮김 《뉴스위크》 선정 100대 명저 | 퓰리처상 수상작

184 도둑 일기 주네 · 박형섭 옮김

185 나자 브르통 · 오생근 옮김

186·187 캐치-22 헬러 · 안정효 옮김 《타임》 선정 현대 100대 영문소설

188 솔로호프 단편선 솔로호프 · 이항재 옮김 노벨 문학상 수상 작가

189 말 사르트르 · 정명환 옮김

190·191 보이지 않는 인간 엘리슨 · 조영환 옮김 《타임》 선정 현대 100대 영문소설

192 왑샷 가문 연대기 치버 · 김승욱 옮김 퓰리처상 수상 작가

193 왑샷 가문 몰락기 치버 · 김승욱 옮김 퓰리처상 수상 작가

194 필립과 다른 사람들 노터봄 · 지명숙 옮김

195·196 하드리아누스 황제의 회상록 유르스나르 · 곽광수 옮김

197·198 소피의 선택 스타이런 · 한정아 옮김 퓰리처상 수상 작가

199 피츠제럴드 단편선 2 피츠제럴드 · 한은경 옮김

200 홍길동전 허균 · 김탁환 옮김

201 요술 부지깽이 쿠버 · 양윤희 옮김

202 북호텔 다비 · 원윤수 옮김

203 톰 소여의 모험 트웨인 · 김욱동 옮김

204 금오신화 김시습 · 이지하 옮김

205·206 테스 하디 · 정종화 옮김 미국대학위원회 선정 SAT 추천도서 | BBC 선정 꼭 읽어야 할 책

207 브루스터플레이스의 여자들 네일러 · 이소영 옮김

208 더 이상 평안은 없다 아체베 · 이소영 옮김

209 그레인지 코플랜드의 세 번째 인생 워커 · 김시현 옮김 퓰리처상 수상 작가

210 어느 시골 신부의 일기 베르나노스 · 정영란 옮김

211 타라스 불바 고골 · 조주관 옮김

212·213 위대한 유산 디킨스 · 이인규 옮김 서울대 권장도서 100선 | BBC 선정 꼭 읽어야 할 책

214 면도날 서머싯 몸 · 안진환 옮김

215·216 성채 크로닌 · 이은정 옮김

217 오이디푸스 왕 소포클레스 · 강대진 옮김 서울대 권장도서 100선

218 세일즈맨의 죽음 밀러 · 강유나 옮김

219·220·221 안나 카레니나 톨스토이 · 연진희 옮김 서울대 권장도서 100선

222 오스카 와일드 작품선 와일드·정영목 옮김

223 벨아미 모파상·송덕호 옮김

224 파스쿠알 두아르테 가족 호세 셀라·정동섭 옮김 노벨 문학상 수상 작가

225 시칠리아에서의 대화 비토리니·김운찬 옮김

226·227 길 위에서 케루악·이만식 옮김 《타임》 선정 현대 100대 영문소설 | 《뉴스위크》 선정 100대 명저

228 우리 시대의 영웅 레르몬토프·오정미 옮김

229 아우라 푸엔테스·송상기 옮김

230 클링조어의 마지막 여름 헤세·황승환 옮김 노벨 문학상 수상 작가

231 리스본의 겨울 무뉴스 몰리나·나송주 옮김

232 뻐꾸기 둥지 위로 날아간 새 키지·정회성 옮김 《타임》 선정 현대 100대 영문소설

233 페널티킥 앞에 선 골키퍼의 불안 한트케·윤용호 옮김 노벨 문학상 수상 작가

234 참을 수 없는 존재의 가벼움 쿤데라·이재룡 옮김

235·236 바다여, 바다여 머독·최옥영 옮김

237 한 줌의 먼지 에벌린 워·안진환 옮김 《타임》 선정 현대 100대 영문소설

238 뜨거운 양철 지붕 위의 고양이·유리 동물원 윌리엄스·김소임 옮김 퓰리처상 수상작

239 지하로부터의 수기 도스토옙스키·김연경 옮김

240 키메라 바스·이운경 옮김

241 반쪼가리 자작 칼비노·이현경 옮김

242 벌집 호세 셀라·남진희 옮김 노벨 문학상 수상 작가

243 불멸 쿤데라·김병욱 옮김

244·245 파우스트 박사 토마스 만·임홍배, 박병덕 옮김 노벨 문학상 수상 작가

246 사랑할 때와 죽을 때 레마르크·장희창 옮김

247 누가 버지니아 울프를 두려워하랴? 올비·강유나 옮김

248 인형의 집 입센·안미란 옮김

249 위폐범들 지드·원윤수 옮김 노벨 문학상 수상 작가

250 무정 이광수·정영훈 책임 편집 서울대 권장도서 100선

251·252 의지와 운명 푸엔테스·김현철 옮김

253 폭력적인 삶 파솔리니·이승수 옮김

254 거장과 마르가리타 불가코프·정보라 옮김

255·256 경이로운 도시 멘도사·김현철 옮김

257 야콥을 둘러싼 추측들 욘존·손대영 옮김

258 왕자와 거지 트웨인·김욱동 옮김

259 존재하지 않는 기사 칼비노·이현경 옮김

260·261 눈먼 암살자 애트우드·차은정 옮김 《타임》 선정 현대 100대 영문소설

262 베니스의 상인 셰익스피어·최종철 옮김

263 말리나 바흐만·남정애 옮김

264 사볼타 사건의 진실 멘도사·권미선 옮김

265 뒤렌마트 희곡선 뒤렌마트·김혜숙 옮김

266 이방인 카뮈·김화영 옮김 노벨 문학상 수상 작가 | 미국대학위원회 선정 SAT 추천도서

267 페스트 카뮈·김화영 옮김 노벨 문학상 수상 작가 | 국립중앙도서관 선정 청소년 권장도서

268 검은 튤립 뒤마·송진석 옮김

269·270 베를린 알렉산더 광장 되블린·김재혁 옮김

271 하얀 성 파묵·이난아 옮김 노벨 문학상 수상 작가

272 푸슈킨 선집 푸슈킨·최선 옮김

273·274 유리알 유희 헤세·이영임 옮김 노벨 문학상 수상 작가

275 픽션들 보르헤스 · 송병선 옮김 서울대 권장도서 100선

276 신의 화살 아체베 · 이소영 옮김

277 빌헬름 텔 · 간계와 사랑 실러 · 홍성광 옮김

278 노인과 바다 헤밍웨이 · 김욱동 옮김 노벨 문학상 수상 작가 | 퓰리처상 수상작

279 무기여 잘 있어라 헤밍웨이 · 김욱동 옮김 미국대학위원회 선정 SAT 추천도서

280 태양은 다시 떠오른다 헤밍웨이 · 김욱동 옮김 《타임》 선정 현대 100대 영문 소설

281 알레프 보르헤스 · 송병선 옮김

282 일곱 박공의 집 호손 · 정소영 옮김

283 에마 오스틴 · 윤지관, 김영희 옮김

284·285 죄와 벌 도스토옙스키 · 김연경 옮김 미국대학위원회 선정 SAT 추천도서

286 시련 밀러 · 최영 옮김

287 모두가 나의 아들 밀러 · 최영 옮김

288·289 누구를 위하여 종은 울리나 헤밍웨이 · 김욱동 옮김 노벨 문학상 수상 작가

290 구르브 연락 없다 멘도사 · 정창 옮김

291·292·293 데카메론 보카치오 · 박상진 옮김

294 나누어진 하늘 볼프 · 전영애 옮김

295·296 제브데트 씨와 아들들 파묵 · 이난아 옮김 노벨 문학상 수상 작가

297·298 여인의 초상 제임스 · 최경도 옮김 미국대학위원회 선정 SAT 추천도서

299 압살롬, 압살롬! 포크너 · 이태동 옮김 노벨 문학상 수상 작가

300 이상 소설 전집 이상 · 권영민 책임 편집

301·302·303·304·305 레 미제라블 위고 · 정기수 옮김

306 관객모독 한트케 · 윤용호 옮김 노벨 문학상 수상 작가

307 더블린 사람들 조이스 · 이종일 옮김

308 에드거 앨런 포 단편선 앨런 포 · 전승희 옮김 미국대학위원회 선정 SAT 추천도서

309 보이체크 · 당통의 죽음 뷔히너 · 홍성광 옮김

310 노르웨이의 숲 무라카미 하루키 · 양억관 옮김

311 운명론자 자크와 그의 주인 디드로 · 김희영 옮김

312·313 헤밍웨이 단편선 헤밍웨이 · 김욱동 옮김 노벨 문학상 수상 작가

314 피라미드 골딩 · 안지현 옮김 노벨 문학상 수상 작가

315 닫힌 방 · 악마와 선한 신 사르트르 · 지영래 옮김

316 등대로 울프 · 이미애 옮김 《타임》 선정 현대 100대 영문소설 | 《뉴스위크》 선정 100대 명저

317·318 한국 희곡선 송영 외 · 양승국 엮음

319 여자의 일생 모파상 · 이동렬 옮김

320 의식 노터붐 · 김영중 옮김

321 육체의 악마 라디게 · 원윤수 옮김

322·323 감정 교육 플로베르 · 지영화 옮김

324 불타는 평원 룰포 · 정창 옮김

325 위대한 몬느 알랭푸르니에 · 박영근 옮김

326 라쇼몬 아쿠타가와 류노스케 · 서은혜 옮김

327 반바지 당나귀 보스코 · 정영란 옮김

328 정복자들 말로 · 최윤주 옮김

329·330 우리 동네 아이들 마흐푸즈 · 배혜경 옮김 노벨 문학상 수상 작가

331·332 개선문 레마르크 · 장희창 옮김

333 사바나의 개미 언덕 아체베 · 이소영 옮김

334 게걸음으로 그라스 · 장희창 옮김 노벨 문학상 수상 작가

335 코스모스 곰브로비치·최성은 옮김

336 좁은 문·전원교향곡·배덕자 지드·동성식 옮김 노벨 문학상 수상 작가

337·338 암 병동 솔제니친·이영의 옮김 노벨 문학상 수상 작가

339 피의 꽃잎들 응구기 와 시옹오·왕은철 옮김

340 운명 케르테스·유진일 옮김 노벨 문학상 수상 작가

341·342 벌거벗은 자와 죽은 자 메일러·이운경 옮김 퓰리처상 수상 작가

343 시지프 신화 카뮈·김화영 옮김 노벨 문학상 수상 작가

344 뇌우 차오위·오수경 옮김

345 모옌 중단편선 모옌·심규호, 유소영 옮김 노벨 문학상 수상 작가

346 일야서 한사오궁·심규호, 유소영 옮김

347 상속자들 골딩·안지현 옮김 노벨 문학상 수상 작가

348 설득 오스틴·전승희 옮김

349 히로시마 내 사랑 뒤라스·방미경 옮김

350 오 헨리 단편선 오 헨리·김희용 옮김

351·352 올리버 트위스트 디킨스·이인규 옮김

353·354·355·356 전쟁과 평화 톨스토이·연진희 옮김

357 다시 찾은 브라이즈헤드 에벌린 워·백지민 옮김

358 아무도 대령에게 편지하지 않다 마르케스·송병선 옮김

359 사양 다자이 오사무·유숙자 옮김

360 좌절 케르테스·한경민 옮김 노벨 문학상 수상 작가

361·362 닥터 지바고 파스테르나크·김연경 옮김 노벨 문학상 수상 작가

363 노생거 사원 오스틴·윤지관 옮김

364 개구리 모옌·심규호, 유소영 옮김 노벨 문학상 수상 작가

365 마왕 투르니에·이원복 옮김 공쿠르상 수상 작가

366 맨스필드 파크 오스틴·김영희 옮김

367 이선 프롬 이디스 워튼·김욱동 옮김 퓰리처상 수상 작가

368 여름 이디스 워튼·김욱동 옮김 퓰리처상 수상 작가

369·370·371 나는 고백한다 자우메 카브레·권가람 옮김

372·373·374 태엽 감는 새 연대기 무라카미 하루키·김난주 옮김

375·376 대사들 제임스·정소영 옮김

377 족장의 가을 마르케스·송병선 옮김 노벨 문학상 수상 작가

378 핏빛 자오선 매카시·김시현 옮김

379 모두 다 예쁜 말들 매카시·김시현 옮김

380 국경을 넘어 매카시·김시현 옮김

381 평원의 도시들 매카시·김시현 옮김

382 만년 다자이 오사무·유숙자 옮김

383 반항하는 인간 카뮈·김화영 옮김 노벨 문학상 수상 작가

384·385·386 악령 도스토옙스키·김연경 옮김

387 태평양을 막는 제방 뒤라스·윤진 옮김

388 남아 있는 나날 가즈오 이시구로·송은경 옮김

389 앙리 브륄라르의 생애 스탕달·원윤수 옮김

390 찻집 라오서·오수경 옮김

391 태어나지 않은 아이를 위한 기도 케르테스·이상동 옮김 노벨 문학상 수상 작가

392·393 서머싯 몸 단편선 서머싯 몸·황소연 옮김

394 케이크와 맥주 서머싯 몸·황소연 옮김

395 월든 소로 · 정회성 옮김

396 모래 사나이 E. T. A. 호프만 · 신동화 옮김

397·398 검은 책 오르한 파묵 · 이난아 옮김 노벨 문학상 수상 작가

399 방랑자들 올가 토카르추크 · 최성은 옮김 노벨 문학상 수상 작가

400 시여, 침을 뱉어라 김수영 · 이영준 엮음

401·402 환락의 집 이디스 워튼 · 전승희 옮김

403 달려라 메로스 다자이 오사무 · 유숙자 옮김

404 아버지와 자식 투르게네프 · 연진희 옮김

405 청부 살인자의 성모 바예호 · 송병선 옮김

406 세피아빛 초상 아옌데 · 조영실 옮김

407·408·409·410 사기 열전 사마천 · 김원중 옮김 서울대 권장도서 100선

411 이상 시 전집 이상 · 권영민 책임 편집

412 어둠 속의 사건 발자크 · 이동렬 옮김

413 태평천하 채만식 · 권영민 책임 편집

414·415 노스트로모 콘래드 · 이미애 옮김

416·417 제르미날 졸라 · 강충권 옮김

418 명인 가와바타 야스나리 · 유숙자 옮김 노벨 문학상 수상 작가

419 핀처 마틴 골딩 · 백지민 옮김 노벨 문학상 수상 작가

420 사라진 · 샤베르 대령 발자크 · 선영아 옮김

421 빅 서 케루악 · 김재성 옮김

422 코뿔소 이오네스코 · 박형섭 옮김

423 블랙박스 오즈 · 윤성덕, 김영화 옮김

424·425 고양이 눈 애트우드 · 차은정 옮김

426·427 도둑 신부 애트우드 · 이은선 옮김

428 슈니츨러 작품선 슈니츨러 · 신동화 옮김

429·430 세계의 끝과 하드보일드 원더랜드 무라카미 하루키 · 김난주 옮김

431 멜랑콜리아 I-II 욘 포세 · 손화수 옮김 노벨 문학상 수상 작가

432 도적들 실러 · 홍성광 옮김

433 예브게니 오네긴 · 대위의 딸 푸시킨 · 최선 옮김

434·435 초대받은 여자 보부아르 · 강초롱 옮김

436·437 미들마치 엘리엇 · 이미애 옮김

438 이반 일리치의 죽음 톨스토이 · 김연경 옮김

439·440 캔터베리 이야기 제프리 초서 · 이동일, 이동춘 옮김

세계문학전집은 계속 간행됩니다.